古韵今品

——经典古诗词译赏

余建忠◎译著

云南人民出版社

图书在版编目（CIP）数据

古韵今品：经典古诗词译赏 / 余建忠译著.
昆明：云南人民出版社, 2024. 6. -- ISBN 978-7-222-22363-9

Ⅰ. I207.2
中国国家版本馆CIP数据核字第20248BD189号

责任编辑：陈　晨
责任校对：梁明青
责任印制：窦雪松
装帧设计：王冰洁　越凡文化

封面题字：余波海

古韵今品——经典古诗词译赏
GU YUN JIN PIN
——JINGDIAN GUSHICI YISHANG

余建忠　译著

出　版	云南人民出版社
发　行	云南人民出版社
社　址	昆明市环城西路609号
邮　编	650034
网　址	www.ynpph.com.cn
E-mail	ynrms@sina.com
开　本	720mm×1010mm　1/16
印　张	27.25
字　数	500千
版　次	2024年6月第1版第1次印刷
印　刷	昆明德厚印刷包装有限公司
书　号	ISBN 978-7-222-22363-9
定　价	58.00元

云南人民出版社微信公众号

如需购买图书、反馈意见，请与我社联系
总编室：0871-64109126　发行部：0871-64108507　审校部：0871-64164626　印制部：0871-64191534

版权所有　侵权必究　印装差错　负责调换

采撷佳篇标隽句，平章风雅示金针
——序余建忠教授《古韵今品》

赵嘉鸿

近代以来，我国不可避免地卷入全球化浪潮中，传统与现代、本土与世界的发展态势和文明价值抉择凸显在国人面前。"五四"新文化运动及其余波，具有"复调性"，尽管在具体的观念和意识上有所不同，但总体上对传统持批判立场，对现代性和西式文明形态有较大程度的认同和期待。此后百年，由于缺乏深刻的理性关切和探索精神，缺乏辩证、审慎的文化价值选择智识，我们在古今、中西的发展变局中左冲右突却常常失衡，要么因循守旧，盲目排外，缺乏世界性胸怀和眼光；要么诋毁传统，弃如敝屣；要么崇洋媚外，亦步亦趋，丧失自我。所有这些态度都是片面的、不足取的。面对传统，我们需要的是扬弃的精神、现代的意识、辩证的理念和全球的眼光，需要的是在世界性格局中洞悉和借鉴异域文化，需要的是披沙拣金的慧眼、薪火传承的担当和创造性发展的识见。

近些年来，传承和弘扬中华优秀传统文化的呼声不绝于耳，不过，盲目复古者有之，不知何者为传统精粹而鼓吹者有之，鼓吹而不身体力行者有之。而余建忠教授则以他的专著《古韵今品——经典古诗词译赏》孜孜不倦、实实在在地做着传承中华优秀传统文化的志业。他十分珍视古典诗词在中华文化传承中的独特价值，他讲："中国人之所以是中国人，中华民族之所以是中华民族，中国文化之所以是独特的中国文化，绝少不了古代诗词的熏陶和影响。要认识和了解中国文化的内容和特点，要领悟和咀嚼中国文化的博大和精深，要感悟和品味中国文化的内蕴和奇美，离开对古代诗词的学习是难以做到的。"有鉴于此，他希望以"名句"为线索，兼顾时代顺序去编选、注译和赏析古典诗词，以此"做好古代诗词的学习和普及工作""增加其可读性和趣味性""让广大读者对古代诗词有亲近感"。这项工作，前人和今人已有许多人做过，其中不乏名家。比如，就赏析评论而言，有俞陛云、闻一多、胡云翼、夏承焘、马茂元、刘永济、林庚、唐圭璋、缪钺、施蛰存、刘逸生、沈祖棻和叶嘉莹等；就注释而言，有龙榆生的《唐五代词选注》、钱钟书的《宋诗选注》、刘学锴的《唐诗选注评鉴》等；就翻译而言，有姜亮夫《屈原赋今译》、程俊英《诗经译注》、霍松林《古诗今译集》等等。不过，一方面优秀的诗作之所以有永恒的魅力，即在于其具有"象外之境""言外之旨"，具有"召唤结构"，穿越和回应着不同时代的历史境遇、人文情态和审美趣味，从而赋予重释和创造性转换以广阔的空间。另一方面"诗无达诂""以意逆志"，读者各有会心，因此，"古韵今品"、古诗今译的工作自不会终结，必将在与传统持续不断的对话中实现其当代价值。

翻译，在中国有很好的传统，远在西晋时佛经译介便形成"格义"之法。近现代学贯中西的学者们，比如王国维、鲁迅、陈寅恪、钱钟书、朱光潜、宗白华和季羡林等，都曾为中国译学作出过重要贡献，朱生豪译介莎士比亚，穆旦译介拜伦，傅雷译介巴尔扎克，李健吾译介福楼拜，是人们所耳熟能详的。自然，由于诗语的精练性、跳跃性和韵味，译诗比起译小说来难度可能更大些，但也绝非如某些学者所言不可译。《说苑·善说》篇所载鄂君译的《越人歌》情辞俱美，流逸可诵，梁启超谓"不在风骚下"。翻译是一门艺术，是一种再创造的艺术。翻译的原则，比较著名的有严复提出的"信、达、雅"，后世译家奉为纲领，林语堂提出"忠实、通顺、美"的标准，傅雷则认为"翻译应当像临画一样，所求的不在形似而在神似"。对此，我们可以看一下诸译家对希腊女诗人萨福残章的翻译：

田晓菲译：

"正如山中一枝风信子，被牧人
脚步践踏，在地上，紫色的花……"

伯恩斯通英译：

"正如山中一枝风信子花，
被牧羊人的脚步践踏了。
虽然是被践踏了，
依然紫红地开着。"

罗洛依巴纳德英译：

"像群山中的
一枝风信子
被牧人践踏
只剩下紫色的斑点
残留在地上

朱湘译：

好比野生的风信子茂盛在山岭上，
在牧人们往来的脚下她受损伤，
一直到紫色的花儿在泥土里灭亡。

对比数种译文有人认为田晓菲所译较优，原因在于"无忧、无欢、自然、大气，就像那暮色中的晚星，正是古希腊的风流了"，虽然此说也难免带有个人的欣赏趣味，不过"自由""自然"确实是希腊的风神。这个例子告诉我们"得其神似"对于译诗的重要性。当然，除了"神似"，译作必须将原作落实在思想、情感、措辞、声律、节奏、修辞和风格中，因此，将诗译好其实并不容易。

余建忠教授的"古韵今品"，由于他的定位非常明确，他的体例十分清晰，尤其他投入的热忱、他的音乐感、韵律意识以及他艺术感受力和鉴赏力的敏锐和精深，使得他的翻译和鉴赏均达到较高的水平，实现了预期的目的，他试图在新旧诗之间寻找平衡的努力也值得重视。古典诗词可以新诗化吗？古典诗词如何现代化等问题，也可以在"古韵今品"中得到部分的回答。余建忠教授讲目前一些今译"未能更多注意其语言、韵律与现代诗歌的结合，甚至是顾及了原意而伤害了作为现代诗歌的可读性。尽可能地将两者很好地结合起来，这也是本书编写的思路之一。""古韵今品"贯穿着余建忠教授的辩证意识、整体观念、艺术灵趣和人文情怀。他讲："有的是'句''诗'俱名，'句'和'诗'都是家喻户晓，人人皆知；有的是'句'比'诗'名，'诗'因'句'名；也有的是'诗'比'句'名，'句'因'诗'名"，他在译赏作品时强调"知人论世"，注重时代际会、作者意图、艺术效果，注重修辞、语象、措辞、声律等，既重视局部、细节的细腻体会，也强调从诗境的整体立意和美学效果上去考究。对此，我们可以聊举数例以见"古韵今品"的功夫。譬如，《诗经·蒹葭》一作，作者译道：

　　河边芦苇开得莽苍苍，
　　夜里露水已结成了霜。
　　我心中思念的那个人，
　　她就在河水的那一方。
　　我逆流而上去寻找她，
　　河道艰险啊路又漫长。
　　我顺流而下去寻找她，
　　她仿佛就在那水中央。

　　译文尽量整饬押韵，并使用原诗韵脚，其风格简洁朴质、谐畅悠扬，深得风诗韵致。《蒹葭》一诗的主题具有多义性，有"刺襄公说""求贤说""爱情说"和"理想说"等等，清人陈继揆《读风臆补》言其："意境空旷，寄托无淡。秦川咫尺，宛然有三山云气，竹影仙风。故此诗在《国风》为第一篇缥缈文字，宜以恍惚迷离读之。"余建忠教授则评析道："'秋水伊人'是本诗创造的独特的审美意象……作为一种'企慕的象征'，它表达了处在希望和失望间这一特定环境中的特定感受，不仅能唤取读者相应的爱情体验，甚至遭遇挫折、前途渺茫、理想愿望不能实现等等心灵回响，都能从该诗中找到感应，具有广泛的社会意义"，持论亦十分允当。又如陈子昂的《登幽州台歌》他认为其："抒发了天地虽大、知音难觅、岁月无情、时不我待的深沉感喟……视野开阔，取象宏大，托意深远，体现出究通古今之变，阅尽人世沧桑后的历史见识，给人以雄浑博大、沉郁悲壮的艺术美感"，所评言简意赅，深邃精警。杜甫的《闻官军收河南河北》则评曰："这首诗的艺术特色可以用一个'快'字来概括。首先，基调欢快。诗人一改过去惯常沉郁忧愤的调子，让积蓄已久的感情迸发了出来。这种渴望胜利已久而终得满足的喜悦之情决定了全诗欢快的基调。其次,行文畅快。诗歌几乎是一气呵成。诗人文思如泉涌,信手拈来一系列动词、介词和副词,使全诗语句流畅、气势贯通,形象地体现了'快'的特点。第三,色彩明快。这首诗为读者展现了一幅幅鲜明的画面,如飞报喜讯、喜泪盈巾、返家欢乐、高歌狂饮、春日启程,这些色彩明快的画面给人以美好的艺术享受。后人评论说:'此诗句句有喜跃意,一气流注,而曲折尽情,绝无妆点,愈朴愈真',是老杜'生平第一首快诗'。"如此评论真可谓"穷形得神",允为杜公知音,读者之高明向导也。

最后,尤值一提的是,古诗注译由于是一项普及工作,当今古代文学研究界某些自视甚高的研究者,大多不愿为之,而余建忠教授却倾心倾力为之,满含着生命意识、人文情怀和艺术追求去为之。所以,他讲《墨梅》,"意在述志。诗人将画格、诗格、人格有机地融为一体。表面上是在赞誉梅花,实际上是赞赏自己的立身之德"。他解读《正气歌》则说:"人总是要有一点精神的,文天祥之所以在中国历史上彪炳千秋,永垂不朽,就是因为他有一种精神,这种精神就是不可战胜的'浩然正气'。有了它才能'鼎镬甘如饴''百沴自辟易'"。而从《鹧鸪天·代人赋》的评析,则可以见出他对蓬勃生命力的欣赏:"词中描述的全是初春的景象,写的全是鲜活的事物,描摹的全是有生命力的景物……桑芽、幼蚕、细草、黄犊等等,多是新鲜的、富有生命力的事物。这些,连同那出现在画面上的山村茅店的酒旗,都体现了一种活泼向上的生机"。对《汉江临泛》的鉴赏则体现出他专业的诗艺素养:"诗歌写景极有层次,极有气势,由宏观而微观,由远观而近看。浓淡相宜,角度变换,视野开阔,动静结合,虚实相衬。前六句写辽阔壮丽之景,后两句抒爽快愉悦之情。写景抒情完满结合,创造幽远壮美的意境。"这些赏析,是他几十年讲授古诗词的教学积淀,由于融入了他的欣喜、爱憎和趣味,融入了他的生命情调,融入了他希望古典诗词裨益时风和升华今人心志的追求,因此,这些耳熟能详的作品,便以别开生面、富于新机的方式再现于读者面前。

余建忠教授不仅自己努力去亲近古贤,去触摸他们的心魂,也要让广大读者通过"古韵今品"更便捷、更亲切地走进古贤优美风雅的世界,他的精神和努力是令人钦佩和赞赏的。

2024年6月19日

作者简介：

赵嘉鸿（1975.5—）白族，大理市人，博士，云南民族大学文学与传媒学院教师，比较文学与世界文学专业硕士生导师。云南省诗词学会会长、云南传统文化研究会副会长、中华诗词学会少数民族工委副主任、中华诗词学会高校工委委员。

古代名诗词的选读、翻译和赏析
（自序）

中国古代诗词是中国传统文化的重要内容，优秀的古代诗词是中国文化的瑰宝，而古代诗词中的经典名诗句则是中国文化精华中的精华，千百年来深受人们的喜爱和传诵。中国人之所以是中国人，中华民族之所以是中华民族，中国文化之所以是独特的中国文化，绝少不了中国古代诗词的熏陶和影响。要认识和了解中国文化的内容和特点，要领悟和咀嚼中国文化的博大和精深，要感悟和品味中国文化的内蕴和奇美，离开对古代诗词的学习是难以做到的。

中国文化是中华民族的根，优秀的古代诗词所概括出来的精神内涵则是中国文化的魂。有人说，缺少文化的民族是可悲的，而有了自己的文化却不了解它同样是可悲的，也是不可想象的。学好自己祖国的语言文化，是每个国民尤其是青年人应具备的基本素养，而学习中国语言文化最好、最有效的方式之一，就是学习优秀的古代诗词。从学习优秀的古代诗词开始，在盎然兴趣中，在潜移默化中，在诵读和吟唱中，不知不觉进入中华文化的浓郁氛围，不知不觉去感受几千年来伟大的中华民族脉搏的跳动。在当今建立和谐社会的过程中，在赓续中华文脉、推动中华优秀传统文化发展的过程中，提倡和普及对优秀古代诗词的学习则显得更为重要。

古代诗词浩如烟海，每个人的阅读时间有限，怎样去选读呢？答案是选读优秀的经久传诵的古代名诗词。名诗词何以"名"？以什么标准去衡量、去选择名诗词？这是一个见仁见智的问题。但是，以流传千百年的名诗句作为线索去衡量、去选择，却是非常客观、非常公允的。"名句"之所以成为名句，是千百年流传的结果，是历朝历代读者选择的结果。这是时间的选择，是历史的选择，是大众的选择。因此，尽可能从古代诗词的名句入手，在卷帙浩繁、数不胜数的古代诗词中去选编最受广大读者喜爱的名诗词，是一个极佳的思路。基于这样的想法，我们将所选编诗词的名句直接标在目录上，让读者"一目了然"，以方便读者查找，同时也可引起读者的阅读兴趣。

名诗名词名句有各种不同的情况。有的是"句""诗"俱名，"句"和"诗"都是家喻户晓、人人皆知；有的是"句"比"诗"名，"诗"因"句"名；也有的是"诗"比"句"名，"句"因"诗"名。有些名诗句千百年来已广为人知，甚至如雷贯耳，但对诗歌本身，有的读者还不太熟悉，需要了解原诗，在补充和增加知识的同时，进一步获得更完美的感受。而名诗名句的内容也各不相同。有给人以民族精神和爱国主义熏陶的，如"捐躯赴国难，视死忽如归""人生自古谁无死，留取丹心照汗青""王师北定中原日，家祭无忘告乃翁""苟利国家生死以，岂因祸福避趋之"；有表现人格和情操的，如"苏世独立，横而不流""疾风知劲草，板荡识诚臣""不要人夸颜色好，只留清气满乾坤"；有描写祖国壮丽山河的，如"江流天地外，山色有无中""无边落木萧萧下，不尽长江滚滚来""江作青罗带，山如碧玉簪""水是眼波横，山是眉峰聚"；有抒写平生志向和人生价值的，如"老骥伏枥，志在千里""长风破浪会有时，直挂云帆济沧海""天生我材必有用，千金散尽还复来"；有歌颂尚武精神和英雄主义的，如"醉卧沙场君莫笑，古来征战几人回""黄沙百战穿金甲，不破楼兰终不还"；有表达珍爱生命和珍惜光阴的，如"少壮不努力，老大徒伤悲""对酒当歌，人生几何""莫等闲、白了少年头，空悲切"；有歌颂美好爱情和亲情的，如"窈窕淑女，君子好逑""所谓伊人，在水一方""谁言寸草心，报得三春晖""曾经沧海难为水，除却巫山不是云""春蚕到死丝方尽，蜡炬成灰泪始干"；有表达人生感悟和情感体验的，如"于嗟女兮，无与士耽""抽刀断水水更流，举杯销愁愁更愁""人生七十古来稀""夕阳无限好，只是近黄昏""苦恨年年压金线，为他人作嫁衣裳""衣带渐宽终不悔，为伊消得人憔悴""无可奈何花落去，似曾相识燕归来"；有谈读书和写作经验的，如"读书破万卷，下笔如有神""语不惊人死不休""问渠那得清如许？为有源头活水来""纸上得来终觉浅，绝知此事要躬行""糟粕所传非粹美，丹青难写是精神"；有思念故乡和亲人的，如"海上生明月，天涯共此时""洛阳亲友如相问，一片冰心在玉壶""露从今夜白，月是故乡明""但愿人长久，千里共婵娟"；有描写深远意境的，如"采菊东篱下，悠然见南山""蝉噪林逾静，鸟鸣山更幽""曲径通幽处，禅房花木深""疏影横斜水清浅，暗香浮动月黄昏"；有含有哲理和意蕴的，如"会当凌绝顶，一览众山小""新松恨不高千尺，恶竹应须斩万竿""沉舟侧畔千帆过，病树前头万木春""试玉要烧三日满，辨材须待七年期""山雨欲来风满楼""梅须逊雪三分白，雪却输梅一段香"等。

以上所举，仅是古代名句中的一部分，但它所包含的深刻思想内涵和审美体验，已经是读者不能不受用的精神大餐。

其次是"读"的问题。读古代诗词不仅要了解字、词、句，更重要的是要能读懂全诗大意，领略其内涵，这就要借助一个重要的手段——"古诗今译"。

古代名诗词语言凝练、含蕴丰富，要想将其翻译或改写为现代诗歌，进行再创作，是一件很不容易做好的工作，何况千百年流传下来的诗词作者不同、时代不同、语言不同、风格不同，很难翻译或改写。有的专家甚至认为，古代诗词是不能翻译或改写的。这个观点确有一定道理，因为不可能将其原汁原味"翻译"出来。但是，要做好古代诗词的学习和普及工作，要让广大读者对古代诗词一开始就有亲近感，增加其可读性和趣味性，翻译或改写古代名诗词却又不失为一个较好的方法。这个工作已经有很多专家学者做过尝试，有较为成功的，也有不够成熟的。多数是就原诗的字句直译，未能更多注意其语言、韵律与现代诗歌的结合，甚至顾及了原意而伤害了作为现代诗歌的可读性。尽可能将两者很好地结合起来，是本书编写的思路之一。

其实翻译和改写古代诗词，不仅能起到辅助阅读的作用，让一般读者在接触和学习古诗词时能很快入门，从一开始就引起阅读诗词的兴趣，并取得实际的阅读效果，更能从古诗词和现代诗歌的比较阅读中提高学习、鉴赏和写作的能力。例如看下面这首诗：

温柔娴静的姑娘你多么可爱,
早已经在墙角旁边将我等待。
可你藏在哪儿啊怎么不出来,
急得我东张西望抓耳又挠腮。

温柔娴静的姑娘你多么美丽,
你送给了我一支红色的箫笛。
这支红色的箫笛多么好看啊,
我喜欢它是因为我更喜欢你。
…………

这是一首人人能读懂的现代诗歌。它使用明白晓畅的口语,将一对恋人约会时的情趣极为传神地表现了出来。尤其写出了小伙子因少女故意躲着不出来而急得坐立不安、抓耳挠腮的动作、情态和心理,能很快引起读者的阅读兴趣。可看它的原诗《诗经·静女》:

静女其姝,俟我于城隅。
爱而不见,搔首踟蹰。

静女其娈,贻我彤管。
彤管有炜,说怿女美。
…………

不难想象,当一般的读者读到这首诗时,因语言的障碍就很难读懂诗意,更不能去领悟和欣赏其中的美感,甚至会迅速放弃对这首诗的阅读。

再看下面几首诗歌。我们可以从古今比较阅读中看出其应取得的阅读效果:

王籍《入若耶溪》

【原诗】

艅艎何泛泛,空水共悠悠。
阴霞生远岫,阳景逐回流。
蝉噪林逾静,鸟鸣山更幽。
此地动归念,长年悲倦游。

【译诗】

木舟在平镜似的溪水上漂游,
空阔的水面上小船荡荡悠悠。
变幻着的彩霞从远山上升起,
太阳光的影子在追赶着水流。
知了的叫声使树林显得更静,
鸟儿的啁啾让山里更加清幽。
面对这里的美景我动了归念,
可叹我为何在外疲累得太久!

这首诗中的"蝉噪林逾静,鸟鸣山更幽"两句,是传诵千古的名句,但读者对原诗和作者一般不熟悉。而通过对原诗的阅读和赏析,读者不仅认识了王籍和他的这首名作《入若耶溪》,而且在增加文学知识的同时,更深入地了解了名诗名句的深邃意境和审美内涵。

辛弃疾《青玉案》

【原词】

东风夜放花千树。更吹落,星如雨。宝马雕车香满路。凤箫声动,玉壶光转,一夜鱼龙舞。

蛾儿雪柳黄金缕,笑语盈盈暗香去。众里寻他千百度,蓦然回首,那人却在,灯火阑珊处。

【译诗】

好像一夜之间春风吹开了万千灯树,
焰火似流星如雨点散落到每家每户。

街市上全都是佩金饰银的华丽车马,
浓郁扑鼻的香气塞满了每一条道路。
凤箫声中玉壶般的月亮在缓缓移动,
看那满街的鱼灯、龙灯在彻夜欢舞。

四处是笑语盈耳人声鼎沸暗香轻拂,
走过一群插金戴银的大姑娘小媳妇。
我在人堆里到处寻找着心上的人儿,
百遍千遍地寻找啊她竟然踪影全无。
猛然一回头,没料想她竟然站在那,
街旁游人稀少灯火冷落的僻静之处。

这是一首有所寄托的词作,是辛弃疾的著名篇章。词人假借在元宵节时对一个自甘寂寞、独立不移、性格孤傲的女子的寻求,含蓄地表达了自己的高洁志向和情怀。其中"众里寻他千百度,蓦然回首,那人却在,灯火阑珊处"几句是千古传诵的精彩名句,被近代国学大师王国维在《人间词话》中列为"古今成大事业、大学问者"所必须经历的第三种境界,也是最高的境界。但一般的读者对原词不熟悉,或者读了原词也难以了解和领会其中精彩的描写和深刻的内蕴,而译诗显然能给读者以很好的帮助。

龚自珍《咏史》
【原诗】

金粉东南十五州,万重恩怨属名流。
牢盆狎客操全算,团扇才人踞上游。
避席畏闻文字狱,著书都为稻粱谋。
田横五百人安在,难道归来尽列侯?

【译诗】

青楼的脂粉气熏染着东南十五州,
成天争名夺利结怨的是那些名流。
盐官清客为谋利机关算尽很得意,

团扇才人不学无术竟居官场上游。
离席而起是惧谈虎色变的文字狱，
执笔著书只为谋生计要养家糊口。
那英勇的田横五百士如今在哪里，
难道归来投汉真的都能加爵封侯？

　　这首诗呈现出来的是另一个特点。这是龚自珍诗歌中传诵较广的代表作品之一，但有的读者可能对龚自珍的这首诗连同名句本身都不熟悉，加上诗歌写作的背景较为复杂，表现的内容和情感较为隐晦，因此没有译诗可能就难以理解诗歌的内容，更谈不上对诗歌的进一步赏析了。

　　至于对古代名诗词的赏析，主要体现在各首诗前后的"导读"和"赏析"部分。这是读者接触和学习该首诗时，在了解了诗歌的大意、引起了阅读兴趣后所必需的深化，是学习和欣赏名诗词不可或缺的。我们知道，从文学哲学、文学社会学、文学心理学、文学价值学、文学文化学的角度看，学习和欣赏一部文学作品，不仅需要疏通字句、了解大意，还应该去了解这个作品是谁写的，在什么背景下写的，为什么写，写的是什么内容，作者有什么写作意图，达到了怎样的艺术效果，对后世的影响以及在文学史上的地位怎样……这些显然都是读者关心的，也是需要了解的。这样才能满足读者的阅读需要和审美需求。因此，这本书的编写尽可能去帮助读者解决相关的问题。综合考虑读者的阅读需要、阅读时间以及写作篇幅等因素，这些部分的编写秉承必要和精当的原则，让读者在欣赏每一首诗词时，在有限的阅读时间内了解作者简要情况和写作的相关背景，既能从书中了解作品的内容，也能从鉴赏的角度了解作品的艺术特色。

　　还有一个考虑是，在以往的类似出版物中，多数是分门类、分朝代、分内容编写的，如唐诗、宋词、元曲等。而本书打破门类或朝代的限制，凡是古代流传较广、读者比较喜爱的，均以名句为线索收集编写，力争让读者通过一本书就查找和了解到最优秀的古代名句名诗名词的各个方面。编写的顺序大致以时间为序，给读者一个较为清晰的"史"的线索。篇目的排列则尽可能考虑以朝代、作家的生卒年以及作品写作的先后为序，便于读者查找和阅读（生卒年和写作年代不详或有争议的，则酌情排列）。那种将作品按内容编排，如述志类、应酬类、爱情类等的编法反而不便于读者查找和阅读，实际是出力不讨好的做法。在作品的选择上，甚至也不完全拘泥于作品的体裁，略微突破了诗词的界限。如杜牧的《阿房宫赋》和孙髯的《大观楼长联》两篇，一篇为赋，一篇为对联，但因为融赋、联、诗、词、骈文于一炉本身就是这两篇作品的艺术特色，完全可以将其作为一首好诗或好词来读，加上艺术价值高、知名度高，历来受人喜爱，因此也一起收入其中。

古代名诗词数不胜数，要想用一本书将其"一网打尽"是不可能的。本书精选的228首诗词应是"名中选名"，基本囊括了古代流传最广、最脍炙人口的诗词精华。当然，从不同的标准和要求来看，还有不少名诗词未能选入，因限于篇幅无法做到，这是颇感遗憾的。

正所谓"试玉要烧三日满，辨材须待七年期"。尽管本书力图从读者好读好用的角度出发，使其成为一本具有一定知识性、趣味性、可读性、学术性的让广大教师、学生和文学爱好者喜欢的教材、参考书或课外读物，但由于水平和时间等因素的局限，必然很不成熟，有待于专家、读者和时间的检验。

权以为序。

余建忠
2024年3月31日

目　录

采撷佳篇标隽句，平章风雅示金针——序余建忠教授《古韵今品》…赵嘉鸿
古代名诗词的选读、翻译和赏析（自序）……………………………余建忠

击壤歌 ……………………………………………… 先秦古歌　001
　　名句：日出而作，日入而息。

关　雎 ……………………………………………《诗经·周南》　003
　　名句：窈窕淑女，君子好逑。

静　女 ……………………………………………《诗经·邶风》　005
　　名句：爱而不见，搔首踟蹰

子　衿 ……………………………………………《诗经·郑风》　007
　　名句：一日不见，如三月兮！

蒹　葭 ……………………………………………《诗经·秦风》　009
　　名句：所谓伊人，在水一方。

橘　颂 ……………………………………………… 屈　原　012
　　名句：受命不迁，生南国兮。
　　　　　苏世独立，横而不流兮。

上　邪 ……………………………………………… 汉乐府　014
　　名句：天地合，乃敢与君绝！

长歌行 ……………………………………………… 汉乐府　016
　　名句：少壮不努力，老大徒伤悲。

短歌行 ……………………………………………… 曹　操　018
　　名句：对酒当歌，人生几何？

步出夏门行（观沧海）·················曹 操 021
　　名句：日月之行，若出其中；星汉灿烂，若出其里。

步出夏门行（龟虽寿）·················曹 操 023
　　名句：老骥伏枥，志在千里；烈士暮年，壮心不已。

白马篇（节选）·····················曹 植 025
　　名句：捐躯赴国难，视死忽如归。

七步诗·························曹 植 027
　　名句：本是同根生，相煎何太急？

归园田居五首（其一）·················陶渊明 028
　　名句：羁鸟恋旧林，池鱼思故渊。

饮酒二十首（其五）··················陶渊明 030
　　名句：采菊东篱下，悠然见南山。

入若耶溪·······················王 籍 032
　　名句：蝉噪林逾静，鸟鸣山更幽。

敕勒歌························北朝民歌 033
　　名句：天苍苍，野茫茫，风吹草低见牛羊。

赠萧瑀························李世民 035
　　名句：疾风知劲草，板荡识诚臣。

送杜少府之任蜀川···················王 勃 036
　　名句：海内存知己，天涯若比邻。

滕王阁诗·······················王 勃 038
　　名句：画栋朝飞南浦云，珠帘暮卷西山雨。

登幽州台歌······················陈子昂 040
　　名句：前不见古人，后不见来者。

咏 柳·························贺知章 041
　　名句：不知细叶谁裁出，二月春风似剪刀。

回乡偶书二首（其一）·················贺知章 043
　　名句：少小离家老大回，乡音无改鬓毛衰。

春江花月夜 ································· 张若虚　044
　　名句：春江潮水连海平，海上明月共潮生。
　　　　　谁家今夜扁舟子？何处相思明月楼？

望月怀远 ··································· 张九龄　048
　　名句：海上生明月，天涯共此时。

登鹳雀楼 ··································· 王之涣　050
　　名句：欲穷千里目，更上一层楼。

凉州词 ····································· 王之涣　051
　　名句：羌笛何须怨杨柳，春风不度玉门关。

过故人庄 ··································· 孟浩然　052
　　名句：绿树村边合，青山郭外斜。
　　　　　待到重阳日，还来就菊花。

春　晓 ····································· 孟浩然　054
　　名句：夜来风雨声，花落知多少？

从军行七首（其四） ························· 王昌龄　055
　　名句：黄沙百战穿金甲，不破楼兰终不还。

出塞二首（其一） ··························· 王昌龄　057
　　名句：但使龙城飞将在，不教胡马度阴山。

闺　怨 ····································· 王昌龄　058
　　名句：忽见陌头杨柳色，悔教夫婿觅封侯。

芙蓉楼送辛渐 ······························· 王昌龄　059
　　名句：洛阳亲友如相问，一片冰心在玉壶。

终南望余雪 ································· 祖　咏　061
　　名句：林表明霁色，城中增暮寒。

九月九日忆山东兄弟 ························· 王　维　062
　　名句：独在异乡为异客，每逢佳节倍思亲。

相　思 ····································· 王　维　063
　　名句：红豆生南国，春来发几枝？

使至塞上 ··································· 王　维　064
　　名句：大漠孤烟直，长河落日圆。

汉江临泛 ··· 王 维 066
  名句：江流天地外，山色有无中。

终南别业 ··· 王 维 068
  名句：行到水穷处，坐看云起时。

山居秋暝 ··· 王 维 069
  名句：明月松间照，清泉石上流。

送元二使安西 ··· 王 维 071
  名句：劝君更尽一杯酒，西出阳关无故人。

静夜思 ··· 李 白 072
  名句：举头望明月，低头思故乡。

望庐山瀑布 ··· 李 白 074
  名句：飞流直下三千尺，疑是银河落九天。

黄鹤楼送孟浩然之广陵 ····································· 李 白 075
  名句：孤帆远影碧空尽，唯见长江天际流。

蜀道难 ··· 李 白 076
  名句：蜀道之难，难于上青天！
    一夫当关，万夫莫开。

清平调词三首 ··· 李 白 081
  其一 名句：云想衣裳花想容，春风拂槛露华浓。
  其二 名句：一枝红艳露凝香，云雨巫山枉断肠。
  其三 名句：名花倾国两相欢，长得君王带笑看。

月下独酌四首（其一）····································· 李 白 084
  名句：举杯邀明月，对影成三人。

行路难三首（其一）······································· 李 白 086
  名句：长风破浪会有时，直挂云帆济沧海！

梦游天姥吟留别 ··· 李 白 088
  名句：安能摧眉折腰事权贵，使我不得开心颜！

将进酒 ··· 李 白 092
  名句：君不见黄河之水天上来，奔流到海不复回。
    天生我材必有用，千金散尽还复来。

宣州谢朓楼饯别校书叔云 ············· 李 白 096
  名句：俱怀逸兴壮思飞，欲上青天揽明月。
     抽刀断水水更流，举杯销愁愁更愁。

登金陵凤凰台 ····················· 李 白 098
  名句：三山半落青天外，二水中分白鹭洲。

早发白帝城 ······················· 李 白 099
  名句：两岸猿声啼不住，轻舟已过万重山。

次北固山下 ······················· 王 湾 101
  名句：潮平两岸阔，风正一帆悬。
     海日生残夜，江春入旧年。

黄鹤楼 ··························· 崔 颢 102
  名句：日暮乡关何处是？烟波江上使人愁。

凉州词 ··························· 王 翰 104
  名句：醉卧沙场君莫笑，古来征战几人回？

别董大二首（其一）················· 高 适 105
  名句：莫愁前路无知己，天下谁人不识君？

题破山寺后禅院 ··················· 常 建 107
  名句：曲径通幽处，禅房花木深。

望 岳 ··························· 杜 甫 108
  名句：会当凌绝顶，一览众山小。

奉赠韦左丞丈二十二韵（节选）······· 杜 甫 110
  名句：读书破万卷，下笔如有神。
     致君尧舜上，再使风俗淳。

兵车行 ··························· 杜 甫 112
  名句：车辚辚，马萧萧，行人弓箭各在腰。
     生女犹得嫁比邻，生男埋没随百草。

春 望 ··························· 杜 甫 115
  名句：国破山河在，城春草木深。

羌村三首（其一）··················· 杜 甫 117
  名句：妻孥怪我在，惊定还拭泪。

曲江二首 ······ 杜 甫 119
  其一 名句：一片花飞减却春，风飘万点正愁人。
  其二 名句：酒债寻常行处有，人生七十古来稀。
       穿花蛱蝶深深见，点水蜻蜓款款飞。

月夜忆舍弟 ······ 杜 甫 122
  名句：露从今夜白，月是故乡明。

江畔独步寻花七绝句（其六）······ 杜 甫 123
  名句：留连戏蝶时时舞，自在娇莺恰恰啼。

蜀 相 ······ 杜 甫 125
  名句：出师未捷身先死，长使英雄泪满襟。

茅屋为秋风所破歌 ······ 杜 甫 126
  名句：安得广厦千万间，大庇天下寒士俱欢颜，风雨不动安如山！

春夜喜雨 ······ 杜 甫 129
  名句：好雨知时节，当春乃发生。

戏为六绝句（其二）······ 杜 甫 130
  名句：尔曹身与名俱灭，不废江河万古流。

绝句四首（其三）······ 杜 甫 131
  名句：两个黄鹂鸣翠柳，一行白鹭上青天。

闻官军收河南河北 ······ 杜 甫 133
  名句：白日放歌须纵酒，青春作伴好还乡。

秋兴八首（其一）······ 杜 甫 134
  名句：江间波浪兼天涌，塞上风云接地阴。

登 高 ······ 杜 甫 136
  名句：无边落木萧萧下，不尽长江滚滚来。

登岳阳楼 ······ 杜 甫 138
  名句：吴楚东南坼，乾坤日夜浮。

白雪歌送武判官归京 ······ 岑 参 139
  名句：忽如一夜春风来，千树万树梨花开。

枫桥夜泊 ······ 张 继 142
  名句：月落乌啼霜满天，江枫渔火对愁眠。

寒　食 ··· 韩　翃　143
　　名句：春城无处不飞花，寒食东风御柳斜。

登科后 ··· 孟　郊　145
　　名句：春风得意马蹄疾，一日看尽长安花。

游子吟 ··· 孟　郊　146
　　名句：谁言寸草心，报得三春晖。

早春呈水部张十八员外二首（其一）············· 韩　愈　148
　　名句：天街小雨润如酥，草色遥看近却无。

送桂州严大夫同用南字······························· 韩　愈　149
　　名句：江作青罗带，山如碧玉簪。

左迁至蓝关示侄孙湘······························· 韩　愈　151
　　名句：云横秦岭家何在？雪拥蓝关马不前。

竹枝词二首（其一）································ 刘禹锡　152
　　名句：东边日出西边雨，道是无晴却有晴。

竹枝词九首（其九）································ 刘禹锡　154
　　名句：山上层层桃李花，云间烟火是人家。

酬乐天扬州初逢席上见赠························· 刘禹锡　155
　　名句：沉舟侧畔千帆过，病树前头万木春。

乌衣巷 ··· 刘禹锡　157
　　名句：旧时王谢堂前燕，飞入寻常百姓家。

赋得古原草送别······································· 白居易　158
　　名句：野火烧不尽，春风吹又生。

长恨歌 ··· 白居易　160
　　名句：回眸一笑百媚生，六宫粉黛无颜色。
　　　　　玉容寂寞泪阑干，梨花一枝春带雨。
　　　　　在天愿作比翼鸟，在地愿为连理枝。

琵琶行　并序 ·· 白居易　169
　　名句：嘈嘈切切错杂弹，大珠小珠落玉盘。
　　　　　同是天涯沦落人，相逢何必曾相识！

暮江吟 ································· 白居易 178
　　名句：一道残阳铺水中，半江瑟瑟半江红。

钱塘湖春行 ······························ 白居易 179
　　名句：几处早莺争暖树，谁家新燕啄春泥。

忆江南（江南好）························ 白居易 181
　　名句：日出江花红胜火，春来江水绿如蓝。

长相思（汴水流）························ 白居易 182
　　名句：思悠悠，恨悠悠，恨到归时方始休。

金缕衣 ································· 无名氏 183
　　名句：劝君莫惜金缕衣，劝君须惜少年时。

悯农二首 ······························· 李　绅 185
　　其一　名句：四海无闲田，农夫犹饿死。
　　其二　名句：谁知盘中餐，粒粒皆辛苦。

江　雪 ································· 柳宗元 187
　　名句：千山鸟飞绝，万径人踪灭。

菊　花 ································· 元　稹 188
　　名句：不是花中偏爱菊，此花开尽更无花。

离思五首（其四）························ 元　稹 190
　　名句：曾经沧海难为水，除却巫山不是云。

题李凝幽居 ····························· 贾　岛 191
　　名句：鸟宿池边树，僧敲月下门。

题诗后 ································· 贾　岛 192
　　名句：两句三年得，一吟双泪流。

雁门太守行 ····························· 李　贺 193
　　名句：黑云压城城欲摧，甲光向日金鳞开。

南园十三首（其五）······················ 李　贺 195
　　名句：男儿何不带吴钩，收取关山五十州？

咸阳城西楼晚眺 ························· 许　浑 197
　　名句：溪云初起日沉阁，山雨欲来风满楼。

江南春 ·· 杜 牧 198
  名句：南朝四百八十寺，多少楼台烟雨中。

赤 壁 ·· 杜 牧 200
  名句：东风不与周郎便，铜雀春深锁二乔。

泊秦淮 ·· 杜 牧 201
  名句：烟笼寒水月笼沙，夜泊秦淮近酒家。

山 行 ·· 杜 牧 202
  名句：停车坐爱枫林晚，霜叶红于二月花。

清 明 ·· 杜 牧 203
  名句：清明时节雨纷纷，路上行人欲断魂。

阿房宫赋 ·· 杜 牧 205
  名句：廊腰缦回，檐牙高啄；各抱地势，钩心斗角。
    戍卒叫，函谷举，楚人一炬，可怜焦土。

瀑布联句 ·· 李 忱　香严闲禅师 212
  名句：溪涧岂能留得住，终归大海作波涛。

无题二首（其一）·· 李商隐 214
  名句：身无彩凤双飞翼，心有灵犀一点通。

无题四首（其一）·· 李商隐 216
  名句：来是空言去绝踪，月斜楼上五更钟。

无 题（相见时难别亦难）·· 李商隐 218
  名句：春蚕到死丝方尽，蜡炬成灰泪始干。

夜雨寄北 ·· 李商隐 219
  名句：何当共剪西窗烛，却话巴山夜雨时。

登乐游原 ·· 李商隐 221
  名句：夕阳无限好，只是近黄昏。

锦 瑟 ·· 李商隐 222
  名句：庄生晓梦迷蝴蝶，望帝春心托杜鹃。

江楼感旧 ·· 赵 嘏 224
  名句：同来望月人何处？风景依稀似去年。

蜂 ·· 罗　隐　225
　　　名句：采得百花成蜜后，为谁辛苦为谁甜？

自　遣 ·· 罗　隐　226
　　　名句：今朝有酒今朝醉，明日愁来明日愁。

题菊花 ·· 黄　巢　228
　　　名句：他年我若为青帝，报与桃花一处开。

菊　花 ·· 黄　巢　229
　　　名句：冲天香阵透长安，满城尽带黄金甲。

春　怨 ·· 金昌绪　230
　　　名句：啼时惊妾梦，不得到辽西。

贫　女 ·· 秦韬玉　231
　　　名句：苦恨年年压金线，为他人作嫁衣裳。

金陵图 ·· 韦　庄　233
　　　名句：无情最是台城柳，依旧烟笼十里堤。

谒金门（风乍起） ···································· 冯延巳　234
　　　名句：风乍起，吹皱一池春水。

相见欢（无言独上高楼） ······························ 李　煜　235
　　　名句：剪不断，理还乱，是离愁，别是一般滋味在心头。

相见欢（林花谢了春红） ······························ 李　煜　237
　　　名句：自是人生长恨水长东。

望江南二首 ·· 李　煜　238
　　　其一　名句：车如流水马如龙。
　　　其二　名句：心事莫将和泪说，凤笙休向泪时吹。

浪淘沙令（帘外雨潺潺） ······························ 李　煜　241
　　　名句：流水落花春去也，天上人间！

破阵子（四十年来家国） ······························ 李　煜　242
　　　名句：最是仓皇辞庙日，教坊犹奏别离歌，垂泪对宫娥。

虞美人（春花秋月何时了） ···························· 李　煜　244
　　　名句：问君能有几多愁？恰似一江春水向东流。

酒泉子（长忆观潮）························ 潘　阆　245
　　名句：弄潮儿向涛头立，手把红旗旗不湿。

山园小梅（其一）························ 林　逋　247
　　名句：疏影横斜水清浅，暗香浮动月黄昏。

长相思（吴山青）························ 林　逋　249
　　名句：两岸青山相送迎，谁知离别情？

雨霖铃（寒蝉凄切）······················ 柳　永　250
　　名句：今宵酒醒何处？杨柳岸、晓风残月。

望海潮（东南形胜）······················ 柳　永　253
　　名句：重湖叠巘清嘉，有三秋桂子，十里荷花。

蝶恋花（伫倚危楼风细细）················ 柳　永　256
　　名句：衣带渐宽终不悔，为伊消得人憔悴。

浣溪沙（一曲新词酒一杯）················ 晏　殊　257
　　名句：无可奈何花落去，似曾相识燕归来。

蝶恋花（槛菊愁烟兰泣露）················ 晏　殊　259
　　名句：昨夜西风凋碧树，独上高楼，望尽天涯路。

木兰花（东城渐觉风光好）················ 宋　祁　260
　　名句：绿杨烟外晓寒轻，红杏枝头春意闹。

陶　者································ 梅尧臣　262
　　名句：十指不沾泥，鳞鳞居大厦。

戏答元珍······························ 欧阳修　263
　　名句：春风疑不到天涯，二月山城未见花。

画眉鸟································ 欧阳修　265
　　名句：始知锁向金笼听，不及林间自在啼。

蝶恋花（庭院深深深几许）················ 欧阳修　266
　　名句：泪眼问花花不语，乱红飞过秋千去。

生查子（去年元夜时）···················· 欧阳修　267
　　名句：月上柳梢头，人约黄昏后。

登飞来峰······························ 王安石　269
　　名句：不畏浮云遮望眼，自缘身在最高层。

元　日 ··· 王安石　270
　　名句：爆竹声中一岁除，春风送暖入屠苏。

泊船瓜洲 ··· 王安石　271
　　名句：春风又绿江南岸，明月何时照我还？

梅　花 ··· 王安石　272
　　名句：遥知不是雪，为有暗香来。

读　史 ··· 王安石　273
　　名句：糟粕所传非粹美，丹青难写是精神。

卜算子·送鲍浩然之浙东 ··· 王　观　275
　　名句：水是眼波横，山是眉峰聚。

饮湖上，初晴后雨二首（其二）·································· 苏　轼　277
　　名句：欲把西湖比西子，淡妆浓抹总相宜。

江城子（十年生死两茫茫）·· 苏　轼　278
　　名句：料得年年肠断处，明月夜，短松冈。

江城子·密州出猎 ·· 苏　轼　280
　　名句：会挽雕弓如满月，西北望，射天狼。

水调歌头（明月几时有）··· 苏　轼　282
　　名句：人有悲欢离合，月有阴晴圆缺，此事古难全。
　　　　　但愿人长久，千里共婵娟。

念奴娇·赤壁怀古 ·· 苏　轼　285
　　名句：大江东去，浪淘尽、千古风流人物。
　　　　　江山如画，一时多少豪杰！
　　　　　人生如梦，一樽还酹江月。

题西林壁 ··· 苏　轼　287
　　名句：不识庐山真面目，只缘身在此山中。

惠崇《春江晚景》 ·· 苏　轼　289
　　名句：竹外桃花三两枝，春江水暖鸭先知。

卜算子（我住长江头）·· 李之仪　290
　　名句：我住长江头，君住长江尾。

鹊桥仙（纤云弄巧）　　　　　　　　　　　　　秦　观　291
　　名句：两情若是久长时，又岂在朝朝暮暮。

如梦令（常记溪亭日暮）　　　　　　　　　　　李清照　293
　　名句：争渡，争渡，惊起一滩鸥鹭。

如梦令（昨夜雨疏风骤）　　　　　　　　　　　李清照　294
　　名句：知否，知否？应是绿肥红瘦！

点绛唇（蹴罢秋千）　　　　　　　　　　　　　李清照　295
　　名句：倚门回首，却把青梅嗅。

醉花阴（薄雾浓云愁永昼）　　　　　　　　　　李清照　297
　　名句：莫道不消魂，帘卷西风，人比黄花瘦。

一剪梅（红藕香残玉簟秋）　　　　　　　　　　李清照　299
　　名句：花自飘零水自流，一种相思，两处闲愁。
　　　　　此情无计可消除，才下眉头，却上心头。

夏日绝句　　　　　　　　　　　　　　　　　　李清照　301
　　名句：生当作人杰，死亦为鬼雄。

声声慢（寻寻觅觅）　　　　　　　　　　　　　李清照　302
　　名句：寻寻觅觅，冷冷清清，凄凄惨惨戚戚。
　　　　　这次第，怎一个愁字了得！

满江红（怒发冲冠）　　　　　　　　　　　　　岳　飞　304
　　名句：三十功名尘与土，八千里路云和月。
　　　　　莫等闲、白了少年头，空悲切。

钗头凤（红酥手）　　　　　　　　　　　　　　陆　游　306
　　名句：红酥手，黄縢酒，满城春色宫墙柳。

游山西村　　　　　　　　　　　　　　　　　　陆　游　309
　　名句：山重水复疑无路，柳暗花明又一村。

卜算子·咏梅　　　　　　　　　　　　　　　　陆　游　310
　　名句：无意苦争春，一任群芳妒。

书　愤　　　　　　　　　　　　　　　　　　　陆　游　312
　　名句：楼船夜雪瓜洲渡，铁马秋风大散关。
　　　　　出师一表真名世，千载谁堪伯仲间！

临安春雨初霁 ·· 陆　游　313
　　名句：小楼一夜听春雨，深巷明朝卖杏花。

冬夜读书示子聿 ·· 陆　游　315
　　名句：纸上得来终觉浅，绝知此事要躬行。

沈园二首（其一）·· 陆　游　316
　　名句：伤心桥下春波绿，曾是惊鸿照影来。

示　儿 ·· 陆　游　318
　　名句：王师北定中原日，家祭无忘告乃翁。

钗头凤（世情薄）·· 唐　婉　319
　　名句：世情薄，人情恶，雨送黄昏花易落。

小　池 ·· 杨万里　321
　　名句：小荷才露尖尖角，早有蜻蜓立上头。

晓出净慈寺送林子方 ·· 杨万里　322
　　名句：接天莲叶无穷碧，映日荷花别样红。

春　日 ·· 朱　熹　323
　　名句：等闲识得东风面，万紫千红总是春。

观书有感二首 ·· 朱　熹　325
　　其一　名句：问渠那得清如许？为有源头活水来。
　　其二　名句：向来枉费推移力，此日中流自在行。

南柯子（山冥云阴重）·· 王　炎　327
　　名句：人间辛苦是三农。要得一犁水足望年丰。

水龙吟·登建康赏心亭 ·· 辛弃疾　328
　　名句：楚天千里清秋，水随天去秋无际。

青玉案（东风夜放花千树）·· 辛弃疾　331
　　名句：众里寻他千百度，蓦然回首，那人却在，灯火阑珊处。

菩萨蛮·书江西造口壁 ·· 辛弃疾　333
　　名句：青山遮不住，毕竟东流去。

丑奴儿·书博山道中壁 ·· 辛弃疾　334
　　名句：少年不识愁滋味，爱上层楼。

鹧鸪天·送人 …………………………………… 辛弃疾 336
  名句：今古恨，几千般，只应离合是悲欢？

鹧鸪天·代人赋 ………………………………… 辛弃疾 337
  名句：城中桃李愁风雨，春在溪头荠菜花。

清平乐·村居 …………………………………… 辛弃疾 339
  名句：醉里吴音相媚好，白发谁家翁媪。

破阵子（醉里挑灯看剑）………………………… 辛弃疾 340
  名句：醉里挑灯看剑，梦回吹角连营。

游武夷，作棹歌呈晦翁十首（其七）…………… 辛弃疾 342
  名句：人间正觅擎天柱，无奈风吹雨打何。

南乡子·登京口北固亭有怀 …………………… 辛弃疾 343
  名句：千古兴亡多少事？悠悠，不尽长江滚滚流。

永遇乐·京口北固亭怀古 ……………………… 辛弃疾 345
  名句：想当年，金戈铁马，气吞万里如虎。
    凭谁问：廉颇老矣，尚能饭否？

绝句·古木阴中系短篷 ………………………… 志　南 347
  名句：沾衣欲湿杏花雨，吹面不寒杨柳风。

扬州慢（淮左名都）……………………………… 姜　夔 349
  名句：二十四桥仍在，波心荡、冷月无声。

雪　梅 …………………………………………… 卢梅坡 352
  名句：梅须逊雪三分白，雪却输梅一段香。

题临安邸 ………………………………………… 林　升 353
  名句：山外青山楼外楼，西湖歌舞几时休？

约　客 …………………………………………… 赵师秀 354
  名句：黄梅时节家家雨，青草池塘处处蛙。

游园不值 ………………………………………… 叶绍翁 355
  名句：春色满园关不住，一枝红杏出墙来。

虞美人·听雨 …………………………………… 蒋　捷 356
  名句：悲欢离合总无情，一任阶前点滴到天明。

过零丁洋 .... 文天祥 358
  名句：人生自古谁无死？留取丹心照汗青！

正气歌 .... 文天祥 359
  名句：天地有正气，杂然赋流形。
     悠悠我心悲，苍天曷有极！

人月圆·卜居外家东园 .... 元好问 366
  名句：醒来明月，醉后清风。

庆东原 .... 白　朴 367
  名句：千古是非心，一夕渔樵话。

山坡羊·叹世 .... 陈草庵 369
  名句：今日少年明日老。山，依旧好；人，憔悴了！

天净沙·秋思 .... 马致远 370
  名句：枯藤老树昏鸦，小桥流水人家。

山坡羊·潼关怀古 .... 张养浩 371
  名句：兴，百姓苦；亡，百姓苦！

墨　梅 .... 王　冕 373
  名句：不要人夸颜色好，只留清气满乾坤。

水仙子·夜雨 .... 徐再思 374
  名句：一声梧叶一声秋，一点芭蕉一点愁。

石灰吟 .... 于　谦 375
  名句：粉骨碎身全不怕，要留清白在人间。

临江仙·滚滚长江东逝水 .... 杨　慎 377
  名句：滚滚长江东逝水，浪花淘尽英雄。
     青山依旧在，几度夕阳红。

题李太白墓 .... 梅之涣 378
  名句：鲁班门前弄大斧。

题《秋江独钓图》 .... 王士祯 380
  名句：一曲高歌一樽酒，一人独钓一江秋。

木兰花·拟古决绝词柬友 .... 纳兰性德 381
  名句：人生若只如初见，何事秋风悲画扇。

竹　石 ··· 郑　燮　383
　　名句：咬定青山不放松，立根原在破岩中。

大观楼长联 ·· 孙　髯　384
　　名句：五百里滇池，奔来眼底，披襟岸帻，喜茫茫空阔无边。
　　　　　数千年往事，注到心头，把酒临虚，叹滚滚英雄谁在？

论诗（其二）·· 赵　翼　388
　　名句：江山代有才人出，各领风骚数百年。

赴戍登程口占示家人 ································· 林则徐　389
　　名句：苟利国家生死以，岂因祸福避趋之？

咏　史 ·· 龚自珍　391
　　名句：避席畏闻文字狱，著书都为稻粱谋。

己亥杂诗（其五）···································· 龚自珍　393
　　名句：落红不是无情物，化作春泥更护花。

己亥杂诗（其一二五）······························· 龚自珍　394
　　名句：我劝天公重抖擞，不拘一格降人才。

后　记 ··· 397

击壤①歌

先秦古歌

名句：日出而作，日入而息。

【导读】

这首诗原载西晋皇甫谧的《帝王世纪》，可能是口头流传并用文字记载下来的中国最早的较完整的一首诗。据说是原始社会时一位老人在道旁做着"击壤"游戏时唱出的歌，因此称为"击壤歌"。

【原诗】

日出而作②，
日入而息③。
凿井而饮，
耕田而食。
帝力于我何有哉。

【注释】

①击壤：古代的一种游戏。把一块鞋子状的木片侧放地上，在三四十步处用另一块木片去投掷它，击中的就算得胜。②作：劳作。③息：休息。

【译诗】

太阳出来就去耕作田地，
太阳落山后就回家休息。
凿一眼井就可以有水喝，
种出庄稼就不会饿肚皮。
这样的日子有何不自在，
谁还去羡慕帝王的权力。

【赏析】

中国最早的诗歌要追溯到公元前11世纪至公元前6世纪的《诗经》，但比《诗经》更早的诗歌有没有，有哪些诗作，学术界一直难有确论。而《击壤歌》就是目前所知的流传下来早于《诗经》的一首歌谣。它反映了原始社会时劳动人民自然真实的生活状态，表现了人们对没有压迫、没有剥削的社会制度的向往，也表现了人们对奴隶制度下存在的阶级剥削和压迫的不满及否定，对中国的诗歌史和社会史来说弥足珍贵。

这首诗大约流传于4000多年前的原始社会时期。传说尧帝时代，"天下太和，百姓无事"，老百姓过着安定舒适的日子。一位老人一边悠闲地做着"击壤"游戏，一边唱出了这首歌。歌的前两句"日出而作，日入而息"，用极其简朴的语言描述了老人的生存状况——劳动生活。每天看着太阳作息，或劳作或休息，生活简单，无忧无虑。后两句"凿井而饮，耕田而食"，描述的是老人生存状况的另一方面——吃和喝。自己凿井，自己种地，生活虽然劳累辛苦，但自由自在、不受拘束。在前面叙事的基础上，最后一句抒发情感："帝力于我何有哉。"这样安闲自乐，谁还去向往那帝王的权力，帝王的权力对我有什么用呢？这句诗反映了老人旷达的处世态度，反映了当时人们对自然古朴的生产生活方式的自豪和满足，反映了农民对自我力量的充分肯定，也反映了对帝王力量的大胆蔑视。

这首诗描述了远古时代人们的生存状况，表现了原始社会中人们朴素唯物主义的思想感情。从中可以看到老子"小国寡民……甘其食，美其服，安其居，乐其俗"的影子。语言简朴，叙事简练并结合抒情议论。开头四句连续使用排比句式，语势充沛。整首诗风格极为质朴，没有任何渲染和雕饰，艺术形象鲜明生动。读完全诗，歌者无忧无虑的生活状态、怡然自得的神情，都表现得十分自然真切。几千年前的诗歌就有这样的艺术表现力，使人印象深刻。

关 雎

《诗经·周南》

名句：窈窕淑女，君子好逑。

【导读】

　　《诗经》是中国第一部诗歌总集，是中国文学的瑰宝，也是世界文学的瑰宝。诗集收录了西周初年至春秋中叶（公元前11世纪—前6世纪）500多年间的诗作305篇，最初只称《诗》《诗三百》，后世才称为《诗经》。《诗经》是我国现实主义诗歌的源头。

　　本篇选自《诗经·周南》。它是《诗经》的第一篇，在中国文学史上占据着特殊的位置。全篇以一个男子的口吻，歌唱他对一位姑娘的深切爱慕之情。

【原诗】

　　　　关关雎鸠①，在河之洲②。
　　　　窈窕③淑女，君子好逑④。

　　　　参差荇菜⑤，左右流⑥之。
　　　　窈窕淑女，寤寐⑦求之。

　　　　求之不得，寤寐思服⑧。
　　　　悠⑨哉悠哉，辗转反侧。

　　　　参差荇菜，左右采之。
　　　　窈窕淑女，琴瑟友之。

　　　　参差荇菜，左右芼⑩之。
　　　　窈窕淑女，钟鼓乐⑪之。

【注释】

　　①关关：指雌雄两鸟相对鸣叫的声音。雎鸠（jū jiū）：水鸟名。相传这种鸟雌雄形影不离，情意专一。②洲：水中的小块陆地。③窈窕（yǎo tiǎo）：娴静而美好。④逑（qiú）：配偶。⑤荇（xìng）菜：水生植物名。多长于湖塘中，嫩时可供食用。⑥流：

顺着水流采摘。⑦寤寐（wù mèi）：指日夜。寤：指睡醒。寐：指睡着。⑧思服：思念。服：怀想。⑨悠：长久。⑩芼（mào）：择取。⑪乐（lè）：动词，使……欢乐。

【译诗】

水鸟相对关关地唱，
在那河边的小洲上。
美丽温柔的好姑娘，
你就是我的好对象。

水中的荇菜有长短，
姑娘她双手采摘忙。
美丽温柔的好姑娘，
日夜在我的心坎上。

苦苦追你啊追不上，
你让我日思又夜想。
思也悠悠恨也悠悠，
翻来覆去我睡不香。

水中的荇菜有长短，
姑娘她双手采摘忙。
美丽温柔的好姑娘，
我弹琴和你来作伴。

水中的荇菜有长短，
姑娘她双手采摘忙。
美丽温柔的好姑娘，
钟鼓声中一起欢唱。

【赏析】

《诗经》是我国古代文学的第一个高峰，它不仅创作年代久远，而且艺术表现手法高超。我国文学艺术的许多优秀传统，都来源于《诗经》。《关雎》作为《诗经》的第一篇，也集中体现了这样一些特点。

首先是比兴手法的运用。诗歌一开篇就用河边的雎鸠和鸣来起兴，比喻男女之间的真挚相爱。这成双成对自由自在和鸣的雎鸠触动了小伙子的心，为后文小伙子的日思夜想创造了气氛。第二章又借荇菜来起兴，描绘了一位灵巧敏捷的采荇菜的姑娘，为后文小伙子彻夜痛苦相思进行铺垫。

其次是景情交融的写法。诗中展现了河边美丽的风光，一对对雎鸠鸟在自由地飞翔和鸣唱，清清的河水在淙淙流淌，河边一个美丽的姑娘正在用灵巧的双手采摘荇菜。这样的景物描写很好地为人物情感的抒发服务，使景和情交融在一起，创造了美好的意境。

第三是铺写和细节描写的方法。诗中对姑娘采荇菜的动作和小伙子相思的情状作了细致的铺写，采用细节描写的方法，描绘姑娘灵巧双手、优美身姿和小伙子"寤寐思服""辗转反侧"痛苦相思的情状，生动传神，有很强的表现力。

第四是浪漫主义的写法。诗中"琴瑟友之""钟鼓乐之"的情节，是一种美好的想象。被刻骨相思煎熬的小伙子想象着与美丽姑娘最终能结成眷属时的琴瑟、钟鼓齐鸣的热闹欢快景象，非常具有浪漫情调，既符合人物心理和情节的发展，又给人以美好的享受。

第五是形象的塑造。诗歌塑造了男女主人公的形象。女主人公美丽、勤劳、灵巧、聪慧。男主人公纯真、痴情、可爱、自尊。一个是"淑女"的形象，一个是"君子"的形象。男主人公的恋爱，既有真实的情感基础，又表现得平和而有分寸，这是一种美与德的结合，成了文学作品经常描写的理想爱情的典范。基于以上原因，这首诗历来被誉为"诗三百之首"。

静 女

《诗经·邶风》

名句：爱而不见，搔首踟蹰。

【导读】

邶国是西周时的一个小诸侯国，故址大约在今河南汤阴东南。《静女》

是邶国歌谣中一首别致的爱情诗,历来受到人们的青睐和赞赏。

【原诗】

静女其姝①,俟我于城隅②。
爱而不见③,搔首踟蹰④。

静女其娈⑤,贻我彤管⑥。
彤管有炜⑦,说怿女美⑧。

自牧归荑⑨,洵⑩美且异。
匪女⑪之为美,美人之贻⑫。

【注释】

①静女:文雅的姑娘。姝(shū):美丽。②俟:等待。城隅:城的角楼。③爱,通"薆(ài)",隐藏。见(xiàn),出现。④踟蹰(chíchú):犹豫徘徊。⑤娈(luán):美好。⑥贻:赠送。彤管:红色的管箫,或为红色箫笛一类乐器。⑦炜(wéi):光明,这里形容红润美丽。⑧说(yuè):通"悦"。怿(yì):喜爱。女(rǔ):代词,指彤管。⑨自牧归(kuì)荑(tí):从野外采来茅草芽送给我(作为信物)。牧:指郊外田野。归:通"馈",赠送。荑:茅草芽,古代有赠白茅表示爱恋、婚姻的民俗。⑩洵(xún):诚然,实在。⑪匪:通"非"。女(rǔ):即"汝"指"荑"。⑫美人:即上文的"静女"。贻:赠送。

【译诗】

温柔娴静的姑娘你多么可爱,
早已经在墙角旁边将我等待。
可你藏在哪儿啊怎么不出来,
急得我东张西望抓耳又挠腮。

温柔娴静的姑娘你多么美丽,
你送给了我一支红色的箫笛。
这支红色的箫笛多么好看啊,
我喜欢它是因为我更喜欢你。

你从郊外采草芽放我手心里，
这茅草芽啊实在鲜美又奇异。
其实不是这草芽有什么特别，
它代表心爱姑娘的一片心意。

【赏析】

这是一首青年男女幽会的情歌，写得非常生动有趣。诗的第一章采用特写镜头式的写法，描写了一个即时的场景：一个小伙子与一个少女约会在城角。他早早地赶到约会地点，可少女却故意躲着不出来。小伙子急得坐立不安，抓耳挠腮，一筹莫展。"爱而不见，搔首踟蹰"两句描写极为生动，抓住了小伙子急切想见到心上人的动作特征，很好地刻画了人物的内在心理，栩栩如生地塑造出一位恋慕至深得如醉如痴的有情人形象，极为传神地表现了一对恋人初会时的情趣。诗的后两章写的应当是那个痴情的小伙子在城隅等候他的心上人时的回忆：少女赠送给他彤管和荑，小伙子欣喜若狂。"贻我彤管""自牧归荑"几句表达爱意的描述，抓住生活中最能表现人物特征的细节，写得柔婉细腻、情意绵绵。

抓住典型的细节，着力描绘人物的心理、动作、情态是这首诗最鲜明的特点。全诗清新活泼，饶有趣味，充满浓浓的青春气息，给人以美的享受。

子　衿
《诗经·郑风》

名句：一日不见，如三月兮！

【导读】

这是春秋时期郑国的一首民歌，描写一位女子思念情人却久未得见从而产生抱怨的情绪。诗歌将这种心情描绘得很生动，诗中那种亲昵埋怨的口吻颇能传达这位女子对情人又爱又怨的心情。

【原诗】

青青子衿①，悠悠②我心。
纵我不往，子宁不嗣③音？

青青子佩④，悠悠我思。
纵我不往，子宁不来？

挑兮达兮⑤，在城阙⑥兮。
一日不见，如三月兮！

【注释】

①子：男子的美称。衿（jīn）：古式衣领。②悠悠：忧思的样子。③嗣（sì）：寄，传。④佩：指佩玉的绶带。⑤挑兮达（tà）兮：来来去去的样子。⑥城阙：城郭正面夹门两旁的楼。

【译诗】

你那衣领上的颜色青青，
长时间地记挂在我的心。
就算我一时没有去会你，
为啥你就不给我来封信？

你佩玉的绶带颜色青青，
长时间地记挂在我的心。
就算我一时没有去会你，
为什么你就不会将我寻？

来来往往走来走去不停，
在城楼等你等得好伤心。
我才一天没有见你的面，
就好像三个月没见到你！

【赏析】

《子衿》这首诗抒写了一个女子在城楼上等候她的恋人，久等未至而产生的刻骨相思及至怅然幽怨的烦乱情绪。

全诗三章，前两章以"我"的口气自述怀人。"青青子衿""青青子佩"，是以恋人的衣饰借代恋人。对方的衣饰给她留下这么深刻的印象，使她念念不忘,可想见其相思萦怀之情之深。如今因某种原因不能前去赴约,只好等恋人过来相会,可望穿秋水始终不见恋人的影子,浓浓的爱意不由转化为惆怅与幽怨:纵然我没有去找你,你为何就不能捎个音信来?纵然我没有去找你,你为何就不能主动来寻?第三章点明地点,写她在城楼上因久候恋人不至而心烦意乱,来来回回地走个不停,觉得虽然只有一天不见面,却好像分别了三个月那么漫长。

诗中除采用《诗经》惯用的重章叠句、一唱三叹的手法外,还使用了倒叙的写法,以女主人公回忆与恋人几次约会未成的经过,烘托了情感的气氛。尤其突出的是使用了大量的心理描写。通过对女主人公细腻的心理描写,将她望穿秋水、音信全无、从急切到埋怨再到无可奈何的整个心理过程展现了出来,表现典型的"又爱又怨"情绪。《子衿》篇出色的心理描写,对后世诗歌和言情小说中的心理描写产生了很大的影响。

蒹 葭①
《诗经·秦风》

名句:所谓伊人,在水一方。

【导读】

这首诗创造了"秋水伊人"和"在水一方"的独特审美意象,在我国古典文学中倍受赞赏。

【原诗】

蒹葭苍苍②,白露为霜。
所谓伊人,在水一方。
溯洄从之③,道阻且长。
溯游④从之,宛在水中央。

蒹葭凄凄⑤,白露未晞⑥。
所谓伊人,在水之湄⑦。

溯洄从之，道阻且跻⑧。
溯游从之，宛在水中坻⑨。

蒹葭采采⑩，白露未已⑪。
所谓伊人，在水之涘⑫。
溯洄从之，道阻且右⑬。
溯游从之，宛在水中沚⑭。

【注释】

①蒹葭（jiān jiā）：芦荻，芦苇。②苍苍：深青色，此指茂盛的样子。③溯洄：逆流向上。从：追寻。④溯游：顺流而下。⑤凄凄：同"萋萋"，茂盛的样子。⑥晞：干。⑦湄：水草交接处，即岸边。⑧跻（jī）：上升，登上高处。此言道路险峻，需攀登而上。⑨坻（chí）：水中小沙洲。⑩采采：同"苍苍""萋萋"，众多繁茂的样子。⑪已：停止，消失。⑫涘（sì）：水边。⑬右：迂回曲折。⑭沚（zhǐ）：水中小沙洲，比坻稍大些。

【译诗】

河边芦苇开得莽苍苍，
夜里露水已结成了霜。
我心中思念的那个人，
她就在河水的那一方。
我逆流而上去寻找她，
河道艰险啊路又漫长。
我顺流而下去寻找她，
她仿佛就在那水中央。

河边的芦苇啊长得旺，
清晨的露水啊还没干。
我心中思念的那个人，
她好像就在那水草滩。
我逆流而上去寻找她，
水路渐渐升高船行难。

我顺流而下去寻找她,
她仿佛就在那小岛旁。

河边芦苇颜色鲜又亮,
露水珠儿还没蒸发完。
我心中思念的那个人,
好像就在对面河岸上。
我逆流而上去寻找她,
道路曲折步步险又难。
我顺流而下去寻找她,
她仿佛在水中小洲上。

【赏析】

这是一首美丽的情歌。诗歌以清秋早晨露浓霜重、萧瑟冷落的画面为背景,表现了主人公执着的爱情追求以及飘忽难觅的怅惘与伤悲。

全诗分三节(章),都是围绕同一个中心,抒写主人公对心中恋人的执着思念和追求。每节首两句先交代时间和环境,借景起兴,描写清秋早晨河边芦苇苍苍、寒霜铺地的迷蒙景象。第三、四两句点明主旨:隔河企望,追寻伊人。后四句描述追寻的境况:一是道阻且长,二是幻象迷离,皆是"伊人"不可得。诗篇采用回环、反复的写法。第二、三节的内容与首节基本相同,只是更换了个别的词语,就表现了时间与空间的推移和变化,以及追寻对象的飘忽难觅,又避免了诗的呆板和累赘,加强了节奏和韵律,使得全诗的主旨更加明确,情感表达更为强烈。

"秋水伊人"是本诗创造的独特审美意象。她既美丽又朦胧,可望而不可即,是诗人心中理想化的影子,更是一个象征境界中的象征性形象。作为一种"企慕的象征",它表达了处在希望和失望间这一特定环境中的感受,不仅能唤起读者相应的爱情体验,甚至遭遇挫折、前途渺茫、理想愿望不能实现等心灵回响,都能从该诗中找到感应,具有广泛的社会意义,为后世文学创作产生了广泛的影响。全诗熔写景、叙事、抒情于一炉,采用比兴、烘托的手法,情景交融,意境幽远。

橘　颂
屈原

名句： 受命不迁，生南国兮。
　　　　 苏世独立，横而不流兮。

【导读】

屈原（约公元前340年—前278年），战国时期楚国诗人、政治家。名平，字原。屈原是中国文学史早期的伟大诗人，其作品想象丰富，文字华丽，充满了浪漫主义色彩，突破了《诗经》以四言为主的格式，在诗史上产生了很大的影响，后人称之为"楚辞"或"骚体"。代表作有《离骚》《九歌》《天问》《九章》等。

《橘颂》是屈原早期的作品。它构思精巧，托物言志，借橘喻己，通过对橘树形象的生动刻画，表现了作者高尚的志趣和坚强的性格。

【原诗】

后皇嘉树①，橘徕服兮②。
受命③不迁，生南国④兮。
深固难徙⑤，更壹⑥志兮。
绿叶素荣⑦，纷⑧其可喜兮。
曾枝剡棘⑨，圆果抟⑩兮。
青黄杂糅⑪，文章烂兮⑫。
精色内白⑬，类可任兮⑭。
纷缊宜修⑮，姱而不丑兮⑯。

嗟尔⑰幼志，有以异⑱兮。
独立不迁，岂不可喜兮。
深固难徙，廓⑲其无求兮。
苏世⑳独立，横而不流兮㉑。
闭心自慎，终不失过㉒兮。
秉㉓德无私，参㉔天地兮。
愿岁并谢㉕，与长友兮。

淑离不淫㉖，梗㉗其有理兮。
年岁虽少，可师长㉘兮。
行比伯夷㉙，置以为像兮㉚。

【注释】

①后皇：后土皇天，对天地的尊称。嘉：美好。②徕：同"来"。服：习惯，适应。③受命：受天地之命。④南国：楚国。⑤徙：迁移。⑥壹：专一。⑦素：白色。荣：花。⑧纷：众多的样子。⑨曾：通"层"，重叠。剡（yǎn）棘：锐利的刺。剡：尖，锐利。⑩抟（tuán）：通"团"，指橘子长得圆美。⑪青黄杂糅：橘的颜色有青有黄，相互错杂。糅：杂，错杂。⑫文章：指文采，色彩。烂：灿烂。⑬精色内白：指橘子外色精美，内瓤洁白。⑭类可任兮：意为橘子像可担重任的君子。类：相似。可任：可担当重任。⑮纷缊：同"氛氲"，香气很盛的样子。宜修：适宜修饰，美好。⑯姱（kuā）：美好。丑：同类。⑰嗟：叹词。尔：你。⑱异：不同。⑲廓：空廓，此指胸怀开阔。⑳苏世：清醒于世。㉑横：横立世上。不流：不随从流俗。㉒失过：有过失。㉓秉：执，坚持。㉔参：合。㉕岁：年岁。并谢：百花一起凋谢。㉖淑：美好，善良。离：通"丽"，附丽，附着。淫：过分，无节制。㉗梗：正直。㉘师长：效法。㉙伯夷：商末孤竹君长子。周灭商，伯夷与弟叔齐不食周粟，饿死于首阳山。㉚置：植，设。像：楷模。

【译诗】

天地间最美的橘树啊，生来就适应南方的土地。
它应命生长在南国啊，天生的个性就独立不移。
因为它长得根深蒂固，更因为它的意志很专一。
绿色的叶子白色的花，枝叶纷繁啊多么惹人喜。
层层的枝条刺儿尖尖，圆圆的果实啊满树累累。
青橘和黄橘混杂一起，色彩斑斓鲜艳多么美丽。
色泽精美且内瓤洁白，像可以把天下重任担起。
茂盛的枝叶散发芬芳，美好得简直是无与伦比。

赞叹你从小立下抱负，有着不同于世俗的志趣。
你傲然挺立志向专一，怎不叫人们从心里欢喜。
你执着努力意志坚定，即使困难再大也不放弃。
你虚怀若谷心胸开阔，从来不苛求过高的待遇。

你清醒地自立在世上，独立思考而不随波飘移。
你总是自觉谨慎处世，任何时候都不违情悖理。
你怀抱美德没有私心，人格高尚可与天地并立。
我愿与你长久地结友，一起来度过美好的岁月。
你内秀外美正直有理，年纪小却能同良师相比。
品行和伯夷一样坚贞，可作为榜样让众人学习。

【赏析】

这是一首著名的咏物诗。所谓咏物诗，是作者通过歌咏某种自然物来表达自己思想感情的诗，这首诗充分表现了这一特点。

全诗分为两部分。上半篇颂橘，重在描绘橘树俊逸动人的外形美，称赞它是天地间最美的树，突出其外形美丽、质地纯洁的特点，这里写的是自然的橘。下半篇通过颂橘来颂人，从对橘树外形美的描绘转入对它内在精神的热情讴歌，赞扬它"横而不流""淑离不淫"的高风亮节，这里写的是理想的橘。诗中"愿岁并谢，与长友兮"一句是沟通"物我"的神来之笔，把"物和我""橘和己"融为一体。

在这首诗中，屈原巧妙地抓住橘树的生态和习性，运用类比联想，将它与人的精神、品格联系起来，给予热烈的赞美。诗歌借物抒志，以物写人，采用比兴、拟人的手法，以橘起兴、以橘为比，把橘性格化，通过颂橘来颂人述志，达到了橘我相照、物情交融的效果，堪称中国"咏物诗之祖"。

上 邪

汉乐府

名句：天地合，乃敢与君绝！

【导读】

这首诗属于汉乐府民歌中的鼓吹曲辞，是《铙歌》中的一首情歌。

【原诗】

上邪①！

我欲与君相知②，

长命③无绝衰。

山无陵④，

江水为竭⑤，

冬雷震震⑥，

夏雨⑦雪，

天地合，

乃敢与君绝！

【注释】

①上：指天。邪：同"耶"，语气助词。②相知：相亲相爱。③命：令，使。④陵：山峰。⑤竭：干涸，断绝。⑥震震：雷声。⑦雨（yù）：动词，落的意思。

【译诗】

天啊！

我要与君相知相惜，

让爱情永远不衰竭。

除非高山变为平地，

江水完全干涸断绝，

冬天出现雷声阵阵，

夏天突然降下大雪，

天地完全合为一体，

我才会对你说永诀！

【赏析】

《上邪》是中国古代一首非常独特、抒情激越而夸张的情歌，在艺术上独具匠心。

全诗写的是一位痴情女子对爱人的热烈表白。诗的主人公一开篇就呼天为誓，直率地表达了"与君相知，长命无绝衰"的强烈愿望。之后并没有从正面铺叙"与君相知"的爱情，却转而从"与君绝"的角度去落墨，假设了爱情不成的几种可能，以证明爱情必成的结果。主人公设想了三组奇特的自然变异现象，作为"与君绝"的条件："山无陵，江水为竭"——山河消失了；"冬雷震震，夏雨雪"——四季颠倒了；"天地合"——天和地完全合为一体，世界不存在了。这些设想一件比一件荒谬，一件比一件离奇，根本不可能发生。这就把主人公生死不渝的爱情强调得无以复加，以至于把"与君绝"的可能性从根本上排除。这种独特的抒情方式准确地表达了热恋中人特有的绝对化心理。

这首诗笔势突兀，感情激越，抒情大胆而无所顾忌。犹如黄河决堤一泻千里，淋漓尽致地塑造了一个情真志坚、追求幸福生活、性格泼辣大胆的女性形象，加之使用了丰富的想象和极度的夸张，有着极浓的浪漫主义色彩，在汉乐府中独具特色，被称为"短章中的神品"。

长歌行
汉乐府

名句：少壮不努力，老大徒伤悲。

【导读】

本篇为汉乐府古辞，北宋郭茂倩编的《乐府诗集》将其载入《杂曲歌辞》类。"行"后来成为诗歌的一种体裁。

【原诗】

青青园中葵①，朝露待日晞②。
阳春布德泽③，万物生光辉。
常恐秋节④至，焜黄华叶衰⑤。
百川⑥东到海，何时复西归？
少壮不努力，老大徒⑦伤悲。

【注释】

①葵（kuí）：植物名，即"冬葵"，是我国古代常见的一种草本植物，有较明显的向日性。②晞（xī）：晒干。③阳春：温和的春天。布：施，给予。德泽：恩泽，恩惠。④秋节：秋天。⑤焜（kūn）黄：色衰枯黄的样子。华：花。⑥百川：泛指许多江河。

⑦徒：白白地，枉然。

【译诗】

园子里生长着绿油油的冬葵，
晶亮的露珠期待阳光的来临。
温暖的春天给大地带来恩惠，
世间万物都沐浴着它的光辉。
常常担心着秋天过早地到来，
使得花卉草木全都衰黄枯萎。
百条江河滚滚向东流入大海，
什么时候看见它会向西返回？
如果年轻力壮时不懂得努力，
到了老年只有白白伤心后悔。

【赏析】

  这是一首咏叹人生的歌。诗歌使用托物起兴的手法，从"园中葵"说起，用了一连串的比喻，来说明人们应该好好珍惜时光、及早努力的道理。

  诗的前八句，向我们描绘了一幅明媚的春景，园子里绿油油的葵菜上带着露水，世间万物都在春天受到大自然雨露的恩惠，焕发出无比的光彩。可是秋天一到，它们都要失去鲜艳的光泽，变得枯黄衰落了。万物都有盛衰的变化，人也有从少年到老年的过程。时间就像大江大河的水一样，一直向东流入大海，一去不复返。最后"少壮不努力，老大徒伤悲"两句是千古流传的名句，其中的"徒"字意味深长，催人自警。它以通俗的语言告诉了人们一个最浅显也是最重要的道理：一个人如果在年少力壮时不珍惜时光、好好努力，到老的时候就只能白白地悲伤，后悔莫及。

短歌行①
曹操

名句：对酒当歌，人生几何？

【导读】

曹操（155—220年），东汉末年杰出的政治家、军事家和诗人。字孟德，小名阿瞒、吉利，谯县（今安徽亳州）人。曹操的诗能摆脱古典的束缚而从民间文学中汲取营养，风格慷慨悲凉，是那个动乱时代的反映。后人辑有《曹操集》。

曹操的《短歌行》共两首，这是第一首。诗为四言体，内容深厚，感情充沛。

【原诗】

对酒当②歌，人生几何？
譬如朝露③，去日苦多④。
慨当以慷⑤，忧思难忘。
何以解忧⑥？唯有杜康⑦。
青青子衿⑧，悠悠我心⑨。
但为君⑩故，沉吟⑪至今。
呦呦⑫鹿鸣，食野之苹⑬。
我有嘉宾，鼓瑟吹笙⑭。
明明如月，何时可掇⑮？
忧从中⑯来，不可断绝。
越陌度阡⑰，枉用相存⑱。
契阔谈䜩⑲，心念旧恩⑳。
月明星稀，乌鹊南飞。
绕树三匝㉑，何枝可依㉒？
山不厌高，海不厌深。
周公吐哺㉓，天下归心㉔。

【注释】

①《短歌行》为乐府旧题。②当：应当。③朝露：早晨的露水，太阳一出来就被晒干，

这里用以比喻人生的短暂。④去日：过去了的日子。苦多：苦于太多。苦：感到痛苦、烦恼。⑤慨当以慷：慨而且慷，指宴会上的歌声激昂慷慨。慷慨：意同"慷慨"。⑥何以解忧：用什么东西来解除我的忧愁呢？⑦杜康：相传是古代最初造酒的人，这里作酒的代称。⑧衿：同"襟"，古称衣领。青衿是周代学子的服装。⑨悠悠：长久的样子，形容思虑连绵不断。以上两句出自《诗经·郑风·子衿》篇，用以表达对贤才的思念。⑩君：指所思念的贤才。⑪沉吟：沉思吟味，意谓整日在心头回旋。⑫呦呦：鹿鸣声。⑬苹：艾蒿，嫩叶有香气，可食，其干叶制成艾绒，可用于针灸。⑭瑟、笙：两种乐器。以上四句出自《诗经·小雅·鹿鸣》篇，《鹿鸣》篇原是宴宾客的诗，这里用以表示自己优礼贤才的态度。⑮掇（duō）：拾取。一作"辍"，停止之意。"何时可掇"意谓什么时候可以停止。此句谓求贤而不可得。⑯中：心中，内心。⑰越陌度阡：这句说客人远道来访。阡、陌：都是田间的道路，南北向的叫"阡"，东西向的叫"陌"。⑱枉用相存：枉劳存问。枉：屈驾。用：以。存：问候。⑲契阔：聚散，这里有久别重逢的意思。宴：一作"䜩"。⑳旧恩：旧日的情谊。以上四句是作者希望久别的朋友远道来归。㉑匝（zā）：周，圈。㉒以上四句以乌鹊喻贤才，比喻贤才寻找归宿，但无所依托。㉓周公：姬旦，周武王之弟，虚心招纳贤才，辅佐成王治理天下。哺：口中咀嚼着的食物。《韩诗外传》卷三说周公"一沐三握发，一饭三吐哺，犹恐失天下之士"，意为周公忙于接待天下贤士，连洗头、吃饭都怕耽误时间。㉔以上四句说贤才应多多益善，以周公的求贤若渴来表明自己同样有渴望贤才助建功业的心思。

【译诗】

举起酒杯畅饮就应当高歌，
想一想人生岁月能有几何？
就像早晨的露水容易干没，
那逝去的日子啊苦于太多。

歌声豪壮啊心情激昂慷慨，
忧虑天下的思绪难以忘怀。
要怎样来解除心中的忧痛？
只有把美酒高高地举起来。

那穿着青领服饰的学士啊，
我在心里对你们久久思念。

只是因为思念你们的缘故,
我才低吟着子衿直到今天。

小鹿儿在山中呦呦地鸣叫,
悠闲吃着原野上的艾蒿草。
我的家里来了尊贵的客人,
要弹瑟吹笙欢迎他们来到。

抬头仰望天上皎洁的月亮,
你永远运转不停一分一秒。
这就像我心中求贤的忧思,
无论任何时候也不会断掉。

看那嘉宾已光临我的家门,
有劳你们远道来把我慰问。
我们像知己重逢满饮一杯,
畅叙那友情比山高比海深。

夜空里月儿明亮稀星闪烁,
只见乌鹊一群一群向南飞。
它们绕树飞了一圈又一圈,
竟没有一棵树枝可以依存。

千仞的青山再高也不嫌高,
广阔的大海再深也不嫌深。
我要像周公那样礼遇贤士,
让天下人心归附大功告成。

【赏析】

这首诗是曹操的代表作之一。诗中抒写了诗人对时光易逝、功业未就的苦闷和渴望招纳贤才、建功立业的宏图大志。

全诗按诗意划分,每八句一节,共四节。前八句为第一节,诗人对人生的短暂发出感慨和忧愁,并要借酒来浇愁。表面看写个人的感慨和忧愁,仿佛要放浪形骸、及时行乐,其实写的是一个政治家珍惜光阴、希望建功立业的广阔胸怀。接下来"青青子衿"以下八句为第二节,情味更加深厚缠绵。"青青子衿"二句是《诗经·郑风·子衿》中的原句,诗人用这句古诗表达对贤才的渴求。接下来又引用《诗经·小雅·鹿鸣》中的四句,描写宾主欢宴的情景。"明明如月"以下八句为第三节,这八句是对前两节十六句的强调和照应。也就是说,从"明明如月"开始的四句说求贤若渴的忧愁,强调和照应第一节;从"越陌度阡"开始的四句说礼遇贤才的欢乐,强调和照应第二节。如此强调照应,使全诗产生低昂抑扬、反复咏叹的效果。最后"月明星稀"以下八句为第四节,求贤如渴的思想感情进一步加深。"月明星稀"四句既是形象的写景,也有比喻的深意。最后"山不厌高"四句画龙点睛,希望人才都来归顺,点明了全诗的主旨。

《短歌行》具有强烈的抒情色彩。在古代诗歌中首创"以酒消愁"的命意,以"忧思"贯穿全篇,诗人通过一系列新鲜、生动的比喻和富有创新的典故的运用,反复表情达意,虚写和实写结合,把蕴含在心底的思贤爱才、求贤若渴的抽象情感,化为具体可感的形象,使得诗歌具有很强的艺术感染力。

步出夏门行(观沧海)

曹操

名句: 日月之行,若出其中;星汉灿烂,若出其里。

【导读】

这首四言乐府诗选自《乐府诗集》,是《步出夏门行》组诗中的第二章,作于建安十二年(207年)曹操出征乌桓胜利回师途经碣石山时。

【原诗】

东临碣石①,以观沧海②。
水何澹澹③,山岛竦峙④。

树木丛生，百草丰茂。
秋风萧瑟⑤，洪波涌起。
日月之行⑥，若出其⑦中；
星汉⑧灿烂，若出其里。
幸甚至哉⑨，歌以⑩咏志。

【注释】

①临：登上。碣石：山名，在今河北省境内。②沧海：大海。③何：疑问副词，多么。澹澹（dàn dàn）：水波动荡的样子。④竦峙：耸立。竦（sǒng）：同"耸"，高。峙（zhì）：挺立。⑤萧瑟：象声词，树木被秋风吹拂所发出的声音。⑥行：运转，运行。⑦其：这里指大海。⑧星汉：天河，银河。⑨幸：庆幸。甚：程度副词，很，非常。至：极点。⑩歌以：即"以歌"，介宾短语倒置。

【译诗】

向东登上了碣石山巅，
放眼眺望那茫茫大海。
汹涌的波涛滚滚而来，
高高的山岛耸立其间。
山上的树木苍翠茂盛，
奇异的花草争妍斗艳。
瑟瑟的秋风吹过海面，
层层的波浪拍击岸边。
太阳月亮的升降起落，
仿佛出现在大海里面。
天上无比灿烂的银河，
分明闪烁在波涛之间。
我真是高兴到了极点，
用这首歌来表达心愿。

【赏析】

这是一首写景抒情的名篇。诗中描写了诗人登山望海时所看到的自然奇观，表现了诗人开阔的胸怀，寄托了自己要统一中国、建功立业的远大志向。

开篇"东临碣石,以观沧海"两句紧扣诗题,总领全篇,突出诗眼:观。下文就紧扣一个"观"字,描绘诗人从站在碣石山上观海视线所"观"到的大海的实景:水波动荡的大海的远景、山岛耸立及草木繁茂的近景,写出了大海的广阔无边、勃勃生机和恢宏气势。接着是虚写,运用浪漫主义的手法,极写沧海吞吐日月的壮丽景色,极写沧海的雄伟壮观和包罗万象。这里,诗人不仅创造了一个无比开阔宏伟的意境,同时寓情于景,以沧海自比,表现了自己的开阔胸襟和远大抱负。

"日月之行,若出其中;星汉灿烂,若出其里"四句将实写和虚写相结合,既描写眼前景致,又融入诗人的想象,包含有深刻的哲理:只要心胸宽广如大海,它就可以包容一切。这四句为全诗的高潮,也是千古流传的名句。

步出夏门行(龟虽寿)

曹操

名句:老骥伏枥,志在千里;烈士暮年,壮心不已。

【导读】

这首诗是曹操著名的咏志诗,是《步出夏门行》的末章。写这首诗时,曹操已经五十三岁。

【原诗】

神龟①虽寿,犹有竟②时;
腾蛇③乘雾,终为土灰。
老骥伏枥④,志在千里;
烈士暮年,壮心不已。
盈缩之期⑤,不但在天;
养怡⑥之福,可得永年。
幸甚至哉,歌以咏志。

【注释】

①神龟：古人认为龟能通神，故称神龟。②竟：终极，终止。③腾蛇：传说中一种会飞的蛇，能兴云起雾。④骥（jì）：千里马。枥（lì）：马槽。⑤盈缩之期：指寿命的长短。盈：满、长。缩：短。⑥养怡：修身养性。养：保养。怡：愉悦。

【译诗】

神龟虽然能活得很长，
但还是有死去的一天。
腾蛇虽然能乘云驾雾，
最终变成了泥土灰烟。
千里马纵然老卧马槽，
但它的志向依旧高远。
有志向的人即使年老，
壮志雄心仍没有改变。
一个人寿命的长和短，
不一定由上天来安排；
只要能坚持修身养性，
就可以做到益寿延年。
我真是高兴到了极点，
用这首歌来表达心愿。

【赏析】

　　这是一首富于哲理的诗，阐发了诗人的人生态度：要珍惜光阴，不断进取，建立功业。这首诗写于曹操北伐乌桓胜利的归途中。虽然刚刚取得了北伐的胜利，但诗人想到一统中原的宏愿尚未实现，想到自己已届暮年，人生短促，时不我待，不禁为生命的有限而感慨。《龟虽寿》所表达的正是这样一个积极的主题。

　　全诗以生动形象的比喻开头："神龟虽寿，犹有竟时；腾蛇乘雾，终为土灰。"这四句用神龟、腾蛇这两个形象的比喻说明世间万物都不是永恒存在的，新陈代谢是大自然的根本规律，表现了作者朴素的唯物辩证思想和无神论的观念。"老骥伏枥，志在千里；烈士暮年，壮心不已"四句，可以说是全诗的点题之笔，表达了诗人对人生和事业的看法，充满积极进取的精神。接着,诗人又进一步发挥了这一主题思想:"盈缩之期,不但在天;养怡之福,可得永年。"这就是说,人的寿命或长或短,不完全出于天定,只要调养有方,保持身心健康,是可以延年益寿的。

从正、反两面设喻,形象地说理,是这首诗突出的艺术特点。诗在开篇用神龟、腾蛇这两种长寿的神物从反面设喻,形象地说明生死是自然规律;接着用卧伏在马槽中的老马还想驰骋千里的现象从正面设喻,引出"烈士暮年,壮心不已"两句,抒发了诗人要建立功业、统一中原的壮志豪情。全篇比喻贴切、语言中肯,既以理服人,又以情感人,把诗情与哲理很好地结合在一起,发人深省,充满向上的力量和艺术美的魅力。

白马篇(节选)①
曹植

名句:捐躯赴国难,视死忽如归。

【导读】

曹植(192—232年),三国时魏国诗人,建安文学的代表人物。字子建,曹操第三子。其主要作品有《洛神赋》《白马篇》等。

《白马篇》是乐府旧题,是曹植的代表作。诗人赞扬了边塞游侠儿豪迈勇敢、视死如归的大无畏精神,表达了自己的报国激情和生活愿望。

【原诗】

> 弃身锋刃端,性命安可怀②?
> 父母且不顾,何言子与妻?
> 名编壮士籍③,不得中顾私④。
> 捐躯⑤赴国难,视死忽⑥如归。

【注释】

①此处选的是最后一节。全诗为:"白马饰金羁,连翩西北驰。借问谁家子,幽并游侠儿。少小去乡邑,扬声沙漠垂。宿昔秉良弓,楛矢何参差。控弦破左的,右发摧月支。仰手接飞猱,俯身散马蹄。狡捷过猴猿,勇剽若豹螭。边城多警急,虏骑数迁移。羽檄从

北来,厉马登高堤。长驱蹈匈奴,左顾凌鲜卑。弃身锋刃端,性命安可怀?父母且不顾,何言子与妻?名编壮士籍,不得中顾私。捐躯赴国难,视死忽如归。"②安可怀:哪里可以顾惜,有什么可以顾惜。③籍:簿籍,指登记壮士的名册。④中顾私:心中想念个人的私情、私事。⑤捐躯:献身,牺牲生命。⑥忽:轻忽,轻慢。

【译诗】

打仗时用身体面对刀枪剑戟,
自己的性命有什么可以顾惜?
父母的安危都没有时间考虑,
哪里还谈得上照顾我儿我妻?
姓名一旦编进了壮士的名册,
就不能再去顾念个人的私情。
准备好用鲜血生命拯救国难,
死亡对我就像回家会会亲戚。

【赏析】

这首诗浓墨重彩地描绘了一位武艺高超、渴望卫国立功甚至不惜牺牲生命的游侠少年形象,借以抒发自己的报国激情。

在节选的最后一节中,视死如归是全诗反映的主题词。它既是诗篇中主人翁的独白,又是诗人对英雄崇高精神世界的揭示和礼赞。在全诗中,这段议论占有重要地位。诵读全诗,我们不难感受到,在层层的铺陈描述中,诗人心中的激情步步上升,到这里已是汹涌澎湃。"情动于中而形于言",不得不一吐为快。这是诗人心声的自然流露。也正因如此,我们读来没有空泛之感,而是觉得句句真切、震撼心灵。

"捐躯赴国难,视死忽如归"二句赞扬游侠少年弃身报国、视死如归的高尚品德,也表达了作者对游侠少年由衷赞羡之情。它铿锵有力,给人以鼓舞的力量,已成为名句千古流传。

七步诗
曹植

名句：本是同根生，相煎何太急？

【导读】

据《世说新语·文学》记载：曹植的哥哥曹丕做了皇帝后，想要迫害弟弟曹植，于是命令曹植在走七步路的短时间内作一首诗，作不出来就杀头。结果曹植走不到七步，就吟出了这首《七步诗》。诗人以萁豆相煎为比喻，暗示曹丕对自己和其他兄弟的迫害，使曹丕"深有惭色"。

此诗最早记录在《世说新语》，原诗为六句："煮豆持作羹，漉菽以为汁。萁在釜下燃，豆在釜中泣。本是同根生，相煎何太急。"但流传最广的为四句。

【原诗】

煮豆燃豆萁①，豆在釜②中泣。
本是同根生，相煎③何太急？

【注释】

①萁（qí）：豆茎，豆秸。②釜（fǔ）：古代一种平底锅。③煎：煎熬，暗喻迫害。用萁豆的同根相煎暗讽曹丕骨肉相残。

【译诗】

煮豆子燃烧的是豆萁，
豆子正在锅里面哭泣：
"我俩本是同条根上生，
你煎熬我为何这样急？"

【赏析】

这首诗最突出的特点是诗人在短短走七步路的时间就快速写出了诗，而且用比非常贴切巧妙，用同根生长的萁和豆来比喻同父母生的亲兄弟。

开头"煮豆燃豆萁，豆在釜中泣"两句描述了萁豆相煎的现象，让人产生联想：本是同根相生的萁和豆，为什么会成为敌对两方，一方无情摧残，一方受尽煎熬？从而暗示自己受到哥哥残酷迫害的事实。一个"燃"字，一个"泣"字，形象地刻画出一方的凶残和另一方的惨痛。"本是同根生，相煎何太急"两句写作为弟弟的"豆"发出的悲愤控诉,语意双关,揭示主旨。表面上是"豆"指责"豆萁",实际上是控诉曹丕对自己的迫害。这两句言在此而意在彼,语意警切,感情激愤。

　　诗歌使用比兴手法,语言浅显,寓意明畅,充分体现了才高八斗的曹植的才气。"本是同根生,相煎何太急"两句,千百年来已成为人们劝诫避免兄弟反目、自相残杀的普遍用语。

归园田居五首（其一）①

陶渊明

名句：羁鸟恋旧林，池鱼思故渊。

【导读】

　　陶渊明（约365—427年），东晋著名诗人。一名潜，字元亮，世称靖节先生，浔阳（今江西九江）人。曾任过彭泽令等小官。但不愿与官场同流合污，在四十一岁那年弃官归隐，以后一直过着"躬耕自资"的隐居生活。陶渊明的作品多以田园生活为题材，描写田园风光，表现对归田隐居生活的喜爱，对后代作家有很大影响，被誉为"田园诗之祖"。有《陶渊明集》。

【原诗】

　　　　少无适俗韵②，性本爱丘山。
　　　　误落尘网③中，一去三十年④。
　　　　羁鸟⑤恋旧林，池鱼思故渊⑥。
　　　　开荒南野际，守拙⑦归园田。
　　　　方宅⑧十余亩，草屋八九间。
　　　　榆柳荫后檐，桃李罗⑨堂前。
　　　　暧暧⑩远人村，依依墟里烟⑪。
　　　　狗吠深巷中，鸡鸣桑树颠。
　　　　户庭无尘杂，虚室⑫有余闲。
　　　　久在樊笼⑬里，复得返自然。

【注释】

①《归园田居》共五首,这里选其一。②适俗韵:适合世俗的性格、情趣。③尘网:这里指官场。④三十年:一说当作"十三年",因从陶渊明做江州祭酒到辞去彭泽令前后做官十二年,到写诗时共十三年。⑤羁鸟:被束缚在笼子里的鸟。⑥故渊:指池鱼原来生活的深水潭。这两句以羁鸟、池鱼自喻,说明在仕途中思念田园生活的心情。⑦拙:指自己本性愚直,不善于官场逢迎。⑧方宅:住宅及四周。⑨罗:排列。⑩暧暧:依稀不明。⑪依依:轻飘而随风摇摆的样子。墟里:村落。烟:炊烟。⑫虚室:空寂的居室。这里化用《庄子·人间世》"虚室生白"的意思,比喻内心明净洞澈。⑬樊笼:关鸟兽的笼子,这里比喻仕宦生活。

【译诗】

从小就没有适应世俗的习性,
生来就热爱大自然中的山林。
错误地落入官场的世俗尘网,
转眼就过去了十三年的光阴。
笼中的鸟儿依恋过去的树林,
池中的鱼儿思念从前的水滨。
还是回到荒野中隐居躬耕吧,
在田园中才能保持我的本性。

十多亩土地环绕着小小宅院,
用茅草盖起的房屋有八九间。
后檐掩蔽着榆树柳树的浓荫,
堂前的桃花李花在争妍斗艳。
那昏暗不明的是僻静的村子,
袅袅上升的是村落里的炊烟。
深巷里不时会听到狗的叫声,
桑树中雄鸡的啼鸣传得很远。
家中没有了世俗杂事的烦扰,
住在空房子里有多余的时间。
像久困笼中的鸟儿重返自然,
我心中说不出有多轻松愉快。

【赏析】

《归园田居》是陶渊明的代表作，抒写了诗人追求自由、崇尚自然的心态以及对田园生活的喜爱和归隐后的愉快心情，同时也从侧面反映了官场的黑暗，表现出诗人不愿随同世俗的高尚情操。

《归园田居（其一）》叙述诗人平生志趣，铺写田园环境的淳朴可爱，表达对官场生活的厌恶和一旦摆脱世俗尘网时深自庆幸的轻松快慰心情。全诗以田园风光的美好、新生活的愉快、如释重负的心情流露来反衬对官场生活的强烈厌倦，表达"不为五斗米折腰"和"爱丘山"的本性，引起后世文人的共情和赞誉。诗中取景、造句都很质朴，描写的都是农村中最常见的事物，毫无夸张和修饰。语言接近口语，无雕琢的痕迹，但浅中寓深、淡中见味，充分体现出陶渊明清新淡远的审美情趣和平易自然的诗歌风格。

饮酒二十首（其五）

陶渊明

名句：采菊东篱下，悠然见南山。

【导读】

陶渊明所作《饮酒》诗一共二十首，不是同一时间连续写作的。内容上借饮酒抒写情怀，寄寓很深的感慨。这一首列第五，抒写诗人悠游自在的隐居生活。

【原诗】

结庐①在人境，而无车马喧。
问君何能尔②？心远地自偏。
采菊东篱下，悠然见南山③。
山气日夕④佳，飞鸟相与还⑤。
此中有真意，欲辨已忘言⑥。

【注释】

①结庐：建造住宅。②尔：如此。③南山：指庐山。④日夕：近黄昏的时候。⑤相与还：结伴而归。⑥"此中有真意"两句：辨：通"辩"，辨识、辨析之意。《庄子·齐物论》："辩也者，有不辩也。"《庄子·外物》："言者所以在意也，得意而忘言。"这两句化用庄子语，意思是说：从大自然领会到人生的真谛，但这无法也无须用言语表达。

【译诗】

建盖房子居住在世人之间，
却能够把车马的喧闹撇开。
请问你为什么能做到这样？
内心高洁就觉得住地偏远。
在东边的篱墙下采摘菊花，
悠然瞥见南山就像在眼前。
傍晚时分山中的景色真美，
飞鸟结伴返回它们的家园。
这里面包含了人生的真谛，
想表达却忘了用什么语言。

【赏析】

这首诗写诗人弃官归隐后悠然自得的心态，体现出陶渊明摒弃世俗功名、陶醉自然乃至步入得"真意"而忘言境界的人生态度和生命体验。

诗的内容以"心远"为纲，可分为两层，前四句为一层，写诗人摆脱尘俗烦扰后的感受，表现了诗人鄙弃官场、不与统治者同流合污的思想感情。后六句为一层，写南山的美好晚景和诗人从中获得的无穷乐趣，表现了诗人热爱田园生活的真情和高尚的人格。其中"采菊东篱下，悠然见南山"是千古流传的名句。因为有"心远地自偏"的精神境界，才会悠然地在篱下采菊，抬头见山，是那样地悠然自得、超凡脱俗。这两句以客观自然景物的描写衬托出诗人的闲适心情。结尾写诗人从无意中瞥见的傍晚山中的自然美景中悟出"真意"，给了读者以言已尽而意无穷的想象余地，令人回味无穷。这里诗人从大自然中悟到的"真意"是什么呢？就是四个字——皈依自然。

这首诗的意境从真景、真情到真意，从虚静忘世、物化忘我到得意忘言，层层推进。王国维在《人间词话》中说："无我之境，以物观物，故不知何者为我，何者为物。"可以说，此诗就是陶渊明"以物观物"所创造的"无我之境"的代表作。

入若耶溪①
王籍

名句：蝉噪林逾静，鸟鸣山更幽。

【导读】

王籍（生卒年不详），南朝梁诗人。字文海，琅琊临沂（今山东临沂）人。好学，有才气，诗歌学谢灵运。《入若耶溪》是他山水诗中最有名的作品。

这首诗大约写于525年，此时王籍任会稽太守萧绎（即后来的梁元帝）的咨议参军，有机会得游会稽（今浙江绍兴）名胜若耶溪，写下了这首诗。

【原诗】

艅艎何泛泛②，空水共悠悠。
阴霞生远岫③，阳景④逐回流。
蝉噪林逾静，鸟鸣山更幽。
此地动归念，长年悲倦游。

【注释】

①若耶溪：在今浙江绍兴南若耶山下。②艅艎（yú huáng）：古时一种木舟。泛泛：船行无阻的样子。③岫（xiù）：山。④阳景：日影。

【译诗】

木舟在平镜似的水面上漂游，
空阔的溪水上小船荡荡悠悠。
变幻着的云霞从远山上升起，
太阳光的影子在追赶着水流。
知了的叫声使树林显得更静，
鸟儿的啁啾让山里更加清幽。

面对这里的美景我动了归念,
可叹我为何在外疲累得太久。

【赏析】

若耶溪在会稽若耶山下,景色秀丽,曾吸引过无数诗人泛舟揽胜。这首诗是王籍最有名的诗篇,因泛舟若耶溪触动归思之情而作。

诗的开头"艅艎何泛泛,空水共悠悠"两句,写诗人乘小船入溪游玩,蔚蓝的天空倒映在平镜似的溪水中,勾勒出一幅幽静深远的自然画面。用一个"何"字写出满怀的喜悦之情,用"悠悠"一词写出"空水"寥远之态,极有情致。三四句"阴霞生远岫,阳景逐回流"写眺望远山时所见到的景色。诗人用一个"生"字写云霞,赋予其动态;用一个"逐"字写阳光,仿佛阳光有意地追逐着清澈曲折的溪流。把无生命的云霞阳光写得有知有情,诗意盎然。五六句"蝉噪林逾静,鸟鸣山更幽"用以动显静的手法来渲染山林的幽静。"蝉噪""鸟鸣"使笼罩着若耶山林的寂静显得更为深沉。这里的听觉之静在前面两句视觉之静的基础上动中取静、以动衬静,一环紧扣一环,一个画面连着一个画面,动态的绝佳描写把若耶溪的幽静推向了极致。最后两句写诗人面对林泉美景,不禁厌倦宦游,产生归隐之意,极幽静的自然风光与极不平静的内心世界在此间形成了巨大的反差。

这首诗创设了极幽极静极美的意境,写景和抒情达到了高度融合,诗人在后四句短短的二十字中完成了由无我之境向有我之境的转换,使静极生动、乐极生悲的哲理在这里得到充分体现,产生出强烈的艺术震撼力和感染力。"蝉噪林逾静,鸟鸣山更幽"二句是千古传诵的名句,被誉为"文外独绝"。

敕勒歌
北朝民歌

名句: 天苍苍,野茫茫,风吹草低见牛羊。

【导读】

这是中国古代敕勒族的一首民歌。此歌约产生于公元429年至公元443年间，即北魏太武帝拓跋焘北伐破柔然期间。这是一首歌唱家乡、歌唱草原的牧歌，全歌苍劲豪爽，抑扬畅达，以致千古传唱。

【原诗】

敕勒川①，阴山②下。
天似穹庐③，笼盖四野④。
天苍苍⑤，野茫茫⑥，
风吹草低见⑦牛羊。

【注释】

①敕勒：我国古代北方少数民族之一，北齐时居住在朔州（今山西北部）一带，以游牧为生，又名铁勒。敕勒川：因敕勒部落居住在这里而得名。川：这里指平原。②阴山：山名，在今内蒙古自治区中北部。③穹庐：游牧民族居住的帐篷，用毡布搭成，即蒙古包。④笼盖：笼罩。野：指原野。古音念"yǎ"，是为了押韵；现在念"yě"，例如诗中下一句的"野"。⑤苍苍：深青色。⑥茫茫：广阔无边的样子。⑦见（xiàn）：同"现"，呈现，露出。

【译诗】

敕勒川原野是多么辽阔宽广，
四周围护着高峻美丽的阴山。
天空就像顶巨大的圆形帐篷，
笼罩着辽阔草原的绮丽风光。
苍天浩渺无边原野一片茫茫，
风吹草低时露出一群群牛羊。

【赏析】

这是一首敕勒人唱的民歌，是由鲜卑语译成汉语的。它歌唱了大草原的景色和游牧民族的生活，表达了敕勒族人民愉快和自豪的心情，有着鲜明的地方特色和民族特色。

诗的开头两句"敕勒川，阴山下"，交代敕勒川位于高入云霄的阴山脚下，将草原的背景衬托得十分雄伟。接着两句"天似穹庐，笼盖四野"，诗人用自己生活中的"穹庐"作比喻，把天空说成如毡制的巨大圆顶帐篷，盖住了草原的四面八方，以此来形容极目远望、天野相接、无比壮阔的景象。这种景象只有在大草原或大海上才能见到。最后三句"天苍苍，野茫茫，风吹草低见牛羊"是一幅壮阔无比、生机勃勃的草原全景图。"风吹草低见牛羊"一句，多么形象生动地写出了这里水草丰盛、牛羊肥壮的景象。全诗寥寥二十余字，就展现出我国古代牧民生活的壮丽图景。

这首诗具有北朝民歌所特有的明朗豪爽的风格，境界开阔，音调和谐，语言通俗易懂，艺术概括力极强。尤其擅长抓住草原景色的典型特征，先写草原的"大"：从大处着眼，从"天""地"落笔，一望无际，气势磅礴；又写草原的"活"：静中有动，动中有静，生机勃勃，充满生命的活力；再写草原的"美"：清风吹过宁静的草原，草浪起伏，牛羊低首，多么美丽的风光！一千五百多年来，这首歌一直传唱不衰，成为描绘草原风光诗歌中的"绝唱"。

赠萧瑀①

李世民

名句：疾风知劲草，板荡识诚臣。

【导读】

李世民（599—649年），即唐太宗，626—649年在位。即位后，常以隋亡为诫，深知"水能载舟，亦能覆舟"。知人善任，注重纳谏，励精图治，使唐初社会经济得到了很大的恢复和发展，出现了史称的"贞观之治"。他在文学上也有一定造诣，写了一些诗歌。《全唐诗》录存其诗一卷。

【原诗】

疾风②知劲草，板荡③识诚臣。
勇夫安知义，智者必怀仁④。

【注释】

①萧瑀：字时文，隋朝将领，被李世民俘获后归降，为李世民所赏识。②疾风：大而急的风。③板荡：《诗·大雅》有《板》《荡》二篇，都是写周厉王的残暴无道和当时社

会的黑暗动荡，故后人用"板荡"来比喻政局混乱，社会动荡不安。④仁：仁爱之心。

【译诗】

狂风中才能现劲草，
动荡时方能识忠臣。
勇者不一定懂得义，
智者心中必怀着仁。

【赏析】

《赠萧瑀》这首诗极富哲理。前两句"疾风知劲草，板荡识诚臣"即是传诵很广的名句。在风和日丽的日子里，"劲草"混同于一般的草；在和平安定的环境中，"诚臣"也容易混同于一般的人，其特殊性没有显现出来，因而不易鉴别。只有经过猛烈大风和动乱时局的考验，才能看出什么样的草是强劲的，什么样的人是忠诚的。后两句"勇夫安知义，智者必怀仁"告诉人们，只有忠诚还是不够的，要智勇双全，才算是有用之才。有勇无谋，莫言义；有智无勇，难施仁。

这首诗诗意浅显，说理形象，寓意深刻，言简意赅地揭示了"智""勇""仁""义"之间的辩证关系，这不仅对于领导者知人善任具有现实意义，而且对每个人如何完善自我、使自己成为智勇双全的有用之才方面，也具有启迪作用。"疾风知劲草，板荡识诚臣"二句表达只有经过尖锐复杂斗争的考验，才能考察出一个人的真正品质能力，比喻精当，已成为人们常用的熟语和警语。

送杜少府之任蜀川

王勃

名句：海内存知己，天涯若比邻。

【导读】

王勃（650—676年），初唐著名文学家。字子安，龙门（今山西河津）人。隋朝著名学者王通之孙，六岁能文，七岁有"神童"之称，九岁读《汉书》时，作《指瑕》十卷批评颜师古注文的失误。十六岁时应举及第，授朝散郎。后渡海省亲，溺水，惊悸而死。死时仅二十七岁。明人辑有《王子安集》。王勃生命短促，但学识渊博，诗文均负盛名，与杨炯、卢照邻、骆宾王合称"初唐四杰"。

这首诗是古代诗歌中抒写"别情"的名篇。诗大约是王勃十七八岁在长安任朝散郎和任沛王府修撰时所作。杜少府是王勃的朋友，名不详。"蜀川"，一作"蜀州"。"蜀州"为地名，在现在四川崇州。

【原诗】

城阙辅三秦①，风烟望五津②。
与君离别意③，同是宦游人④。
海内存知己⑤，天涯若比邻⑥。
无为在歧路⑦，儿女共沾巾⑧。

【注释】

①城阙：指长安的城郭宫阙。宫门前的望楼称"阙"。辅：夹辅，护持。三秦：泛指长安附近的关中地带。项羽灭秦之后，将秦地分为雍、塞、翟三国，称为"三秦"。②风烟：风尘烟雾。五津：四川岷江自灌县至犍为有白华津、万里津、江首津、涉头津、江南津等五个渡口，合称"五津"。③君：指杜少府。意：离别的情意。④宦游人：离家出游以求官职的人。⑤海内：四海之内，天下，即全国。知己：知心人。⑥天涯：天边，指遥远的地方。比邻：近邻。⑦无为：无须，不要。歧路：岔路口，指离别之处。⑧沾巾：沾湿手巾，意思是流泪。

【译诗】

长安城的宫殿矗立在三秦大地，
岷江的渡口上笼罩着一片烟云。
我与你离别是这样的依依不舍，
因我们都为求官而远离了乡亲。
四海之内知心朋友都记在心里，
相隔天涯也如朝夕相伴的近邻。
用不着在分别的路口伤心落泪，
像儿女那样让泪水沾湿了衣巾。

【赏析】

　　王勃的这首送别诗，不同于一般送别诗多抒发依依不舍的忧愁伤悲，而洋溢着旷达超脱甚至是豪迈爽快的情调。

　　诗的开头就起笔不凡，虽是点明送别地点，但展开的是一个壮阔的境界，不拘泥于一景一物、一山一水的眼前实景，而是在实景的基础上用想象的眼睛看世界，正所谓写大景抒大情，为后文"海内存知己，天涯若比邻"作了铺垫。诗人在这里把好友离别的细腻情感转为宏大的情怀：再远的离别也分不开真正的知己，即使四海之内、天涯海角也如同近邻一样。这里诗人高尚的志趣远远超出了流俗的常情，广阔的胸襟可以囊括整个世界。这两句名诗发出的光亮使得一般的送别诗黯然失色。我们很难想象这是出自一个少年的胸襟气度和文采。因此，"海内存知己，天涯若比邻"的名诗句连同"神童"王勃的名字一起永垂不朽。

滕王阁①诗

王勃

名句：画栋朝飞南浦云，珠帘暮卷西山雨。

【导读】

　　这首诗是王勃著名的骈文《滕王阁序》的附诗。唐高宗上元三年（676年），诗人远道去交趾探望父亲，途经洪州（今江西南昌），参与阎都督宴会，即席作《滕王阁序》，序末附了这首凝练、含蓄的诗篇，概括了全序的内容。

【原诗】

　　　　滕王高阁临江渚②，佩玉鸣鸾③罢歌舞。
　　　　画栋朝飞南浦云，珠帘暮卷西山雨。
　　　　闲云潭影日悠悠④，物⑤换星移几度秋。
　　　　阁中帝子⑥今何在？槛外长江空自流。

【注释】

①滕王阁是唐高祖李渊之子滕王李元婴任洪州都督时所建的一座阁楼。故址在今江西省南昌市西北赣江岸边。②滕王：指唐高祖李渊之子李元婴，当时受封为滕王。江：指赣江。渚：江中的小块陆地，这里指水边。③佩玉鸣鸾：即佩玉响，鸾铃鸣。佩玉、鸣鸾均为宾客、舞女身上的饰物。④日悠悠：每日无拘无束地游荡，指时光流逝。⑤物：四季的景物。⑥帝子：指滕王。

【译诗】

高高的滕王阁耸立在赣江的江头，
佩玉鸾铃的鸣响中歌舞已经罢休。
早晨的画栋上有南浦的彩云飞过，
黄昏时珠帘内将西山的暮雨卷走。
闲云浮映着潭影日子在悠悠逝去，
景物变换斗转星移度过几个春秋。
滕王高阁中的帝子你如今在哪里？
只有栏杆外长长江水在独自空流。

【赏析】

这首诗描述了滕王阁当年的繁华和气派。诗人面对物换星移时光飞逝、世间事物盛衰无常的现象，发出了深深的感慨。全诗含蓄凝练、情景交融、意境深远。

第一句开门见山，点出了滕王阁的形势。滕王阁下临赣江，可以远望，可以俯视，下文的"南浦""西山""闲云""潭影"和"槛外长江"都从第一句"高阁临江渚"生发出来。想当年建阁的滕王坐着鸾铃马车，挂着琳琅玉佩，来到阁上举行宴会，那种豪华的场面已经一去不复返了。第一句写空间，第二句写时间，第一句兴致勃勃，第二句意兴阑珊，两两对照。诗人运用"随立随扫"的写法，使读者自然产生盛衰无常的感觉。寥寥两句已把全诗主题概括无余。第三、四两句紧承第二句，继续发挥。阁既无人游赏，阁内画栋珠帘当然冷清，只有南浦的云、西山的雨，朝朝暮暮，与它为伴。这两句不但写出滕王阁的寂寞，而且画栋飞上了南浦的云，写出了滕王阁的居高；珠帘卷入了西山的雨，写出了滕王阁的临远。情景交融，寄慨深远。第五、六句中"闲云"二字有意无意地与上文的"南浦云"衔接，"潭影"二字故意避开了"江"字,而把"江"深化为"潭"。云在天上,潭在地下,一俯一仰,还是在写空间。接下来用"日悠悠"三字,就立即把空间转入时间,点出了时日的漫长,很自然地生出了物换星移、时光飞逝的感慨,也很自然地联想建阁的人如今安在而过渡到后两句。这里一"几"一"何",连续发问,表达了深沉的情绪。最后又从时间转入空间,指出物要换、星要移、人要逝,只有槛外长长的江水,却是永恒地东流无尽,留给读者无尽的思考。

这首诗写出了时空的变换和诗人因时空变换而发出的对世事变化、人生无常的深深感慨。相传此诗是王勃在极短时间草就的,是中国文学史上最早的一首七言律诗,充分显现了作为"初唐四杰"之首的少年诗人的过人才华。

登幽州台①歌

陈子昂

名句: 前不见古人,后不见来者。

【导读】

陈子昂(661—702),初唐著名文学家。宁伯玉,射洪(今四川射洪)人。唐睿宗文明元年中进士,曾任麟台正字、右拾遗等职。后被斥降职辞官回乡,被人陷害死于狱中。陈子昂在政治上曾针砭时弊,提过一些改革的建议。在文学方面主张诗歌内容要反映社会现实,摒弃"采丽竞繁"的文风。他的诗歌风格质朴明朗,格调苍凉激越,标志着初唐诗风的转变,受到杜甫、韩愈等人的推崇。有《陈伯玉集》。

【原诗】

前不见古人②,后不见来者③。
念天地之悠悠④,独怆然而涕下⑤。

【注释】

①幽州:故址在今北京大兴附近。幽州台:即蓟北楼,又称燕台,因在幽州,所以

叫幽州台。②古人：指古代的明君贤才。③来者：指后代的英明有为之士。者：古韵读"jiǎ"。这两句意思是说，像燕昭王那样任用贤才的君主我不可能见到。这样的明主今后即使会有，但因人生有限我也不可能见到。因而感叹自己生不逢时、壮志难酬。④悠悠：长远，无穷尽。⑤怆（chuàng）然：悲伤的样子。涕：眼泪。

【译诗】

前不见古代的圣哲明君，
后不见未来的贤才英杰。
看天地是那样广阔无垠，
止不住掉下悲伤的热泪。

【赏析】

这首诗的特点在于文句虽短，抒发的感情却格外悲壮深长，是古代失意文人的代表诗作。

诗的前两句纵贯古今，以两个"不见"相互映照，表达了对古代圣哲明君的钦敬仰慕和自己生不逢时的感伤。第三句"念天地之悠悠"俯仰天地，以广袤无垠的广阔背景，有力地突出了第四句独立苍茫、怆然涕下的诗人自我形象，从而抒发了天地虽大、知音难觅、岁月无情、时不我待的深沉感喟，代表了古代失意文人的痛苦心声。

这首诗直抒胸臆，集中抒发个人的失意和感伤。视野开阔，取象宏大，托意深远，体现出究通古今之变、阅尽人世沧桑后的历史见识，给人以雄浑博大、沉郁悲壮的艺术美感。

咏　柳

贺知章

名句：不知细叶谁裁出，二月春风似剪刀。

【导读】

贺知章（659—744年），唐代诗人。字季真，永兴（今浙江萧山）人。少以诗文知名。武则天证圣元年中乙未科状元，后迁太常博士、礼部侍郎等职。为人旷达不羁,喜谈笑,好饮酒,自号"四明狂客"。与李白、张旭等均交谊甚深,在当时文人中有一定影响。《全唐诗》录存其诗一卷。

这首《咏柳》又名《柳枝词》。《柳枝词》是当时民歌中的一种曲调。

【原诗】

碧玉妆成一树高①,万条垂下绿丝绦②。
不知细叶谁裁出,二月春风似剪刀。

【注释】

①碧玉:青绿色的玉,这里用以比喻春天时嫩绿的柳叶;一说为用典"小家碧玉"。妆:妆饰,打扮。②丝绦(tāo):丝线编成的带子。这里比喻随风飘拂的柳枝条。

【译诗】

像碧玉装扮成的柳树在空中飘摇,
上面垂下来千万根绿丝般的枝条。
不知这细小的嫩叶是谁裁剪出来?
看二月的春风真像把神奇的剪刀。

【赏析】

这是一首有名的咏物诗。诗歌通过写春风柳条,描画了初春时节万物复苏、生机盎然的景象,表达了诗人对春天的喜爱之情。

诗的前三句都是描写柳树。首句"碧玉妆成一树高"是写整体,说高高的柳树像是碧玉妆饰而成。用"碧玉"形容柳树的翠绿晶莹,突出它的颜色美。第二句"万条垂下绿丝绦"是写柳枝,说下垂披拂的柳枝犹如丝带万千条,突出它的轻柔美。第三句"不知细叶谁裁出"是写柳叶,突出柳叶精巧细致的形态美。三句诗分写柳树的各个部位,句句有特点。而第三句又与第四句构成一个设问句。"不知细叶谁裁出"——自问;"二月春风似剪刀"——自答。这样一问一答,就由柳树巧妙地过渡到春风。春风能裁出这些细巧的柳叶,当然也能裁出嫩绿鲜红的花花草草,它是自然活力的象征,是春的创造力的象征。全诗宛如一幅淡雅的水墨画,着墨不多,却形象生动,意境鲜明,耐人寻味。

这首诗通过赞美柳树,赞美春风,进而赞美春天,讴歌春的无限创造力。比喻形象,想象新奇,尤其"不知细叶谁裁出,二月春风似剪刀"成为古代诗词中用比的名句,历来为人称颂。

回乡偶书二首（其一）

贺知章

名句：少小离家老大回，乡音无改鬓毛衰。

【导读】

贺知章的《回乡偶书》有两首，这是第一首。

【原诗】

少小离家老大回，乡音无改鬓毛衰①。
儿童相见不相识，笑问②客从何处来。

【注释】

①鬓毛：面颊两边的头发。衰：读作"cuī"（一说读"shuāi"，与后文"来"押韵），容颜衰颓的样子。②笑问：又作"借问""却问"。

【译诗】

从小就离开了家乡老了才归来，
满口的乡音没变两鬓已经花白。
村里的孩子们一个也不认识我，
惊讶地笑问客人从什么地方来。

【赏析】

这是一首久别家乡的人年老时返回故里的感怀诗。全诗抒发了山河依旧、人事变更、人生易老、世事沧桑的感慨。

诗歌的头两句叙事，叙写自己"少小离家"，"老大"才回，"乡音"虽然未变而"鬓毛"已衰的境况。一旦回到日夜思念却又变得陌生的故乡，心情难以平静。突出自己离家太久、回乡太晚、岁月无情、容颜已衰，抒发自己久而愈深、老而弥笃的乡土之情。第三、四两句换了一个角度，诗人从儿童感觉的角度来写自己返家时的场面。"儿童相见不相识，笑问客从何处来"这一场面写得自然真实，饶有趣味，极具生活化和形象性。儿童天真活泼的神态和诗人微有惊讶之后的自嘲表情，栩栩如生。

这首诗艺术上最突出的特点首先是典型的细节描写。一个长年离家的老人返回故乡，所见所闻所感的事情可以说是数不胜数、写不胜写，但诗人仅选择了"乡音无改"而"鬓毛已衰""儿童笑问"几个典型的细节和饶有情趣的生活画面，就把离乡太久、思乡太切和近暮神伤的内心世界表现出来，使得诗篇虽然短小，却鲜活灵动、寄意深刻。其次，诗歌表达的感情真实自然，人情味很足，具有普遍意义，最容易打动人。加之语言朴实，通俗易懂，毫无雕饰，采用有问无答的对话形式，既耐人寻味，又易诵易记，因此千百年来流传很广。

春江花月夜①

张若虚

名句：春江潮水连海平，海上明月共潮生。
谁家今夜扁舟子？何处相思明月楼？

【导读】

张若虚（约660—约720年），扬州人。唐代诗人。曾官兖州兵曹。唐中宗神龙年间，以"文辞俊秀"而名扬于上京，与贺知章、张旭、包融并称"吴中四士"。其作品多散佚，《全唐诗》仅录存两首，其中《春江花月夜》富有浓郁的生活气息，艺术上景、情、意交织成文，在初唐的七古中备受称颂。诗人因此名垂后世。

【原诗】

春江潮水连海平②，海上明月共潮生③。
滟滟随波千万里④，何处春江无月明。
江流宛转绕芳甸⑤，月照花林皆似霰⑥。
空里流霜⑦不觉飞，汀⑧上白沙看不见。
江天一色无纤尘⑨，皎皎⑩空中孤月轮。
江畔何人初见月？江月何年初照人？
人生代代无穷已⑪，江月年年只相似。
不知江月待何人，但见长江送流水。
白云一片去悠悠⑫，青枫浦⑬上不胜愁。

谁家今夜扁舟子⑭？何处相思明月楼⑮？
可怜楼上月徘徊⑯，应照离人妆镜台⑰。
玉户帘中卷不去，捣衣砧上拂还来⑱。
此时相望不相闻，愿逐⑲月华流照君。
鸿雁长飞光不度，鱼龙潜跃水成文⑳。
昨夜闲潭梦落花㉑，可怜春半不还家。
江水流春㉒去欲尽，江潭落月复西斜。
斜月沉沉藏海雾，碣石潇湘无限路㉓。
不知乘月㉔几人归，落月摇情满江树㉕。

【注释】

①"春江花月夜"：乐府旧题。②连海平：江潮浩瀚，仿佛与大海连成一片。③共潮生：明月从海潮中涌动而出。④滟滟：水波动荡闪光的样子。里，一作"顷"。⑤芳甸：遍生花草的原野。甸：郊外之地叫甸。⑥霰（xiàn）：小冰粒，俗称雪子，此形容洁白月光映照下的花朵。⑦空里流霜：形容月光的皎洁，古人以为霜是从空中飘落的。⑧汀（tīng）：水中或水边的平地，此指沙滩。⑨纤尘：细微的尘埃。⑩皎皎：洁白明亮。⑪穷已：无穷无尽。已：止。⑫悠悠：白云缓缓飘动的样子，此形容游子像天上的云飘忽不定。⑬青枫浦：一名双枫浦，今湖南浏阳有此地名。此泛指水边。浦：水边。⑭扁（piān）舟：小船。扁舟子：漂泊江湖的人，即游子。⑮明月楼：月光下的闺楼，泛指思妇住处。此借指月下楼中的思妇。⑯"可怜"句：化用曹植《七哀》诗："明月照高楼，流光正徘徊。上有愁思妇，悲叹有余哀。"徘徊：指月影移动。⑰离人：指思妇。妆镜台：梳妆台。此句以月照思妇妆镜台，暗示思妇望月思人、对镜伤怀。⑱"玉户"二句：字面指思妇居室中的月光帘卷不去，月光照在捣衣砧上，手拂还来；实际说月光勾起思妇对游子的相思之情难以排遣。捣衣砧：捣洗衣物用的垫石。⑲逐：追随。⑳"鸿雁"两句：鸿雁飞得很远，也不能随月光飞到游子身旁；鱼龙能潜游到远方，但也只能在水面泛起阵阵波光，无法到达游子身边。古人有鱼雁传书之说，此谓二人相去遥远，鱼雁也无法传递对游子的思念之情。度：通"渡"。文：通"纹"。㉑闲潭：幽静的潭水。落花：暗示春将逝去。㉒江水流春：春光随江水流逝。㉓碣石：山名，在今河北境内。一说古代碣石山已没入海中。潇湘：原二水名，潇水源出湖南九嶷山，湘水源出广西海阳山，二水在湖南零陵县合流，称为潇湘，北入洞庭湖。这里以"碣石"指北，以"潇湘"指南。无限路：极言离人相距遥远。㉔乘月：乘着月色。㉕"落月"句：落月的余晖仿佛带着人间

的离情，洒满江边摇曳不停的树上。实际上是说看到落月余晖洒满江树，不由牵动情思，心灵激荡。

【译诗】

春天的江潮奔涌浩荡，与大海连成了一片汪洋。
一轮明月伴随着潮水，冉冉升到浩渺的天空上。
明静的月光一泻千里，照射着闪闪晃动的波浪。
春江水宛转流向天际，何处不朗照明亮的月光！
静静的江水曲曲弯弯，穿过了开满野花的原野。
银色月光洒在花林上，好似一颗颗雪珠在飞散。
空中似有浮霜在流动，却感觉不到它在哪飘飞。
小洲旁白色的沙滩上，月光照射变得一片茫茫。
江天呈现同一种颜色，洁净得没有细微的尘埃。
只见一轮皎洁的孤月，高高悬在明净的天空上。

在这明月朗照的江畔，是什么人最早见到月亮？
这江上的永恒的明月，又是哪一年照到人世上？
感叹人生代代在更迭，子子孙孙一辈一辈相传。
江上的明月年复一年，周而复始总是状态依然。
不知道这江上的月亮，在久久等待谁人的惠顾，
只见奔流不息的长江，默默地把流水送向远方。

天上的白云悠悠飘逝，勾起青枫浦游子的忧伤。
在这花好月圆的夜晚，谁家的浪子还在外飘荡？
也不知哪一家的离妇，还独自相思在明月楼上？
楼上的月光多么可爱，欲长伴离妇难耐的孤单。
婆娑朦胧的溶溶月光，也许正照在她妆镜台上。

长夜漫漫她怕见月亮，可卷起门帘卷不走月光。
来到溪边砧石上捣衣，月光又照射在她的身旁。
此时两个人不通消息，只能在月亮下遥遥相望。

多么希望能随着月光，飞到亲人身边把他陪伴。
只可惜鸿雁虽飞得远，也追不上那飞逝的月光。
鱼龙能在水底下潜游，也只能白白地泛起纹浪。

昨夜梦里回到了故乡，梦见落花飘零在闲潭上。
可惜春天已过去一半，我却依然不能够把家还。
春光伴江流就要逝去，江潭落月慢慢坠向西山。
浓浓的夜色沉沉的雾，渐渐吞没了西坠的月亮。
你和我只能天各一方，彼此默默思念独自忧伤。
不知今夜里有几个人，能乘着月色踏上归家路？
看落月隐没在江树中，仿佛有无限情意在荡漾。

【赏析】

这是一首被誉为中国古代最美的诗。它以优美的语言，精致地描绘了春江花月夜绮丽的自然景色，抒发了游子思妇的离愁别绪，也表达了诗人对江月长存、宇宙永恒而人生短暂的感慨，传达出对青春年华的珍惜和对美好生活的向往之情，可以说是盛唐之音的先声。

诗题首先就令人心驰神往。春、江、花、月、夜这五种景物集中体现了人生最动人的良辰美景，构成了诱人探寻的奇妙艺术境界。接着分五个部分展开全诗的内容。第一部分是绘景，开篇就题生发，逐句吐题，展现春江花月夜绮丽的自然景观，尤其注重描写了江月初升和月上中天的景致，对月光的观察极其精微：月光荡涤了世间万物的五光十色，将大千世界浸染成梦幻般的银灰色，创造了一个神话般的美妙境界，使春江花月夜显得格外恬静幽美。第二部分是思索。面对这清明澄澈而美好的大自然，诗人即景生情，神思飞跃，引发对人生哲理、宇宙奥秘的思考和探索，感慨人生短暂而江月长存。"人生代代无穷已，江月年年只相似"，在发出人生无常的淡淡哀伤的同时，又从"代代无穷已"的永恒中找到一种欣慰。第三部分是过渡。"白云一片去悠悠"下四句由自然写到社会，由人生短暂的慨叹转入抒写人间的离愁别怨。"谁家今夜扁舟子，何处相思明月楼"两句提出抒情的对象——思妇和游子。第四部分集中写思妇的闺思、别怨、怀想和惆怅。第五部分集中写游子的别恨、相思、乡愁和慨叹。这两部分以思妇和游子为代表，写尽悲欢离合的人间真情。结尾"不知乘月几人归"一句将思念亲人、盼望团圆的美好感情扩大开来,由自身推及他人,由个人推及大众,赋予了普遍的社会意义,表达了自己不能回家、盼望别人能归家,自己不能团圆、盼望别人能团圆的博大情怀。

  诗歌构思新颖,别出心裁地以春、江、花、月、夜五种时空元素构图,以月为核心,以月光为全诗之魂。所绘之景皆月下之景,所抒之情皆随月的变化而变化。结构精巧、层次清晰,运用时空交叉的手法构成众多意象。绘景丰富细腻,画意、诗情、哲理水乳交融,做到了景物情感化、情感诗意化、景情哲理化。加上语言精美、琅琅上口,读来令人美不胜收。《春江花月夜》是张若虚"以孤篇压全唐"的杰作,千百年来一直传唱不衰,不愧是"诗中的诗,顶峰上的顶峰"(闻一多语)。

望月怀远

张九龄

名句:海上生明月,天涯共此时。

【导读】

  张九龄(678—740年),唐代政治家、诗人,也是唐朝宰相。字子寿,一名博物,韶州人(今广东韶关)。他的一些赠答、写景、抒情的诗篇,感情真挚,辞藻清丽。有《曲江集》。

【原诗】

  海上生①明月,天涯共此时②。
  情人怨遥夜③,竟夕④起相思。
  灭烛怜光满⑤,披衣觉露滋⑥。
  不堪盈手赠⑦,还寝梦佳期⑧。

【注释】

  ①生:这里是升起的意思。②天涯共此时:两个远隔天涯彼此怀念的人,此时都在望月思人,所以说"共此时"。③情人:即望月怀念远方亲人的有情人,诗人自称。遥夜:

长夜。④竟夕：整夜。⑤怜：爱。光满：皎洁的月色浩渺无边。⑥觉露滋：觉得露水沾满一身，衣襟上也被润湿了。⑦不堪：不能。盈手：手里握满。此句是陆机《拟明月何皎皎》："照之有余辉，揽之不盈手"诗句的化用。⑧佳期：指相见的日期。

【译诗】

一轮明月升起在茫茫的大海上，
此时此刻我俩同时在天涯守望。
有情人常怨恨这月夜过于漫长，
彻夜不眠地把亲友们细细怀想。
吹灭蜡烛我多怜爱满屋的月光，
披衣徘徊又觉露水浸湿了衣裳。
我不能将美好月色直接捧给你，
只希望与你相见在甜美的梦乡。

【赏析】

这首诗的首联"海上生明月，天涯共此时"是历来被吟诵最多的名句。前句写景，后句即景生情；前句写"望月"，后句写"怀远"。辽阔无边的大海上升起了一轮明月，自然引起诗人的联想，远在天涯海角的朋友此时也在和我一样同享一轮明月。开篇就紧扣诗题，感情抒发自然，意境雄浑开阔。颔联"情人怨遥夜，竟夕起相思"直抒对远方亲友的思念之情。"情人"指有怀远之情的人，这里指诗人自己。诗人思念着远方的亲友，以至于彻夜难眠，埋怨长夜漫漫。这一联流水对一气呵成、自然流畅。颈联"灭烛怜光满，披衣觉露滋"承接上一联具体描绘彻夜难眠的情景。上句写诗人徘徊于室内，吹灭蜡烛，更加怜爱洒满一地的银色月光；下句写流连于庭园中，夜色已深，感到露水沾湿了披在身上的衣服。尾联"不堪盈手赠，还寝梦佳期"进一步抒写对友人的一片深情：我不能捧一把月光赠送给你，只希望在梦中与你重相聚。这两句写尽了相思之情，写得情真意切，感人至深。

通观全诗，作者使用的"生""共""怨""起""灭""披""觉""赠""还""梦"等一系列动词，个个和月相关、和相思有缘，集中表达一种难以排遣的相思之苦。境界优美，语言流畅，读来使人感到清新淡雅、委婉曲折，有很强的艺术感染力。

登鹳雀楼①

王之涣

名句：欲穷千里目，更上一层楼。

【导读】

王之涣（688—742年），盛唐著名边塞诗人。字季凌，晋阳（今山西太原）人，后迁居绛州（今山西新绛）。其诗主要是"歌从军，吟出塞"，描写西北风光，意境壮阔，情致雅畅。作品多已散佚，《全唐诗》仅录存其诗六首。

【原诗】

白日依山尽②，黄河入海流。
欲穷③千里目，更上一层楼④。

【注释】

①鹳（guàn）雀楼：又名鹳鹊楼，旧址在今山西济县西南。②依山尽：顺着山峦逐渐消失。③穷：尽。④后两句为"目欲穷千里，楼更上一层"的倒装。

【译诗】

夕阳依着西山落到了山后，
黄河向着东海不停地奔流。
要赏尽千里外的辽阔美景，
那还要登上更高的一层楼。

【赏析】

这是一首脍炙人口的五言绝句。诗人登高望远，描写了浩瀚壮阔之景，抒发了豪迈奔放之情，寄寓了催人上进的哲理。

诗的前两句写登楼所见。"白日依山尽"写远景，写山；"黄河入海流"写近景，写水。诗人先在楼上远眺，云海苍茫，山色空蒙，夕阳正挨着山峰西沉。视线再转到近处，楼下的黄河水，正滔滔不息地奔流入海。这两句画面开阔壮丽，气势宏大，读后令人振奋。后两句写观景后所想。"欲穷千里目"写诗人一种无止境探求的愿望和感受：要想看得更远，就要站得更高，要"更上一层楼"。这里的"千里""一层"象征诗人想象中的纵横八荒的无限空间。"欲穷""更上"的使用连贯顺畅，包含有明确的逻辑关系，含有很深的哲理。它形象地启示人们：登高才能望远，望远必须登高。

这首诗的两联皆用对仗，而且对得极其自然，浑然天成，让人几乎感觉不到对仗。诗中"欲穷千里目，更上一层楼"两句历来为人称诵，成为追求理想境界的座右铭而流芳百世。

凉州词
王之涣

名句：羌笛何须怨杨柳，春风不度玉门关。

【导读】

王之涣这首《凉州词》写的是戍边士兵的思乡之情，苍凉而不失慷慨，悲伤而不失豪壮，充分表现了盛唐边塞诗人的广阔胸怀。

【原诗】

黄河远上①白云间，一片孤城万仞山②。
羌笛何须怨杨柳③，春风不度玉门关④。

【注释】

①黄河远上：远望黄河的源头。②孤城：指孤零零的戍边的城堡。仞：古代长度单位，一仞相当于八尺。"万仞"形容山很高。③羌笛：唐代羌族人所制的一种管乐器。杨柳：指一种叫《折杨柳》的哀怨曲调。唐朝有折柳赠别的风俗。北朝乐府中《折杨柳枝》曲云："上马不捉鞭，反拗杨柳枝。下马吹横笛，愁杀行客儿。"后人诗中往往将吹笛、折柳、怨别三者联系起来。④度：越过。玉门关：关名，在今甘肃敦煌西南，是古代通西域的要道。

【译诗】

万里黄河的源头高入白云之端，
一座孤城四周环抱着万仞高山。
不必埋怨羌笛奏出的曲调哀婉，
春风从来就越不过这玉门雄关。

【赏析】

这首诗写戍边士兵的怀乡之情,写得苍凉慷慨,悲而不失其壮,虽极力渲染戍卒不得还乡的怨情,但丝毫没有颓丧消沉的情调。

首句"黄河远上白云间"抓住远眺的特点,描绘出一幅动人的图画:辽阔的高原上,黄河奔腾而来,远远向西望去,好像是从白云中奔流出来。这里写汹涌澎湃的黄河发源于云端,突出其源远流长,展示边地广漠壮阔的风光。次句"一片孤城万仞山",写塞上的孤城。在高山大河环抱下,一座地处边塞的孤城巍然屹立。这两句描写了祖国山川的雄伟气势,勾勒出这个国防重镇的地理形势,突出了戍边士卒的特定境遇,为后两句刻画戍守者的心理提供了一个典型环境。"一片"这里即"一座"的意思,旨在写凉州险僻,守边艰苦。第三句"羌笛何须怨杨柳"递转,写所闻。羌笛奏着《折杨柳》的曲调,勾起征夫的离愁。第四句"春风不度玉门关"写关外春风不度,杨柳不青,无法折柳寄情,听曲更生怨恨:天寒地冻、征战无期、归家无望。然而,"怨""愁"都是枉然,只好用"何须怨"来宽解。诗意委婉、深沉含蓄、耐人寻味,不愧为边塞诗的绝唱。

此外,这首诗描写了祖国西北的山川、孤城、关隘,尤其"春风不度"一句还写出了我国季风气候的特点,因此又被视为古代"地理诗"的代表作。

过故人庄[①]

孟浩然

名句:绿树村边合,青山郭外斜。
　　　待到重阳日,还来就菊花。

【导读】

孟浩然(689—740年),唐代最早倾力写山水诗的诗人。襄阳(今属湖北)人,主要活动于开元年间。这是他隐居鹿门山时应邀到一位山村友人家做客后写的诗,是作者的代表作。

【原诗】

故人具鸡黍②,邀我至田家。
绿树村边合③,青山郭外④斜。
开轩面场圃⑤,把酒话桑麻⑥。
待到重阳日⑦,还来就菊花⑧。

【注释】

①过:有探望,拜访之意。故人:老友。②具:备办。鸡黍:杀鸡做饭,指丰盛的饭菜。黍为黄米。③合:环绕,环合。④郭外:指城郭外,即城墙外边。⑤轩:此指窗户。面:面对着。场圃:指打谷场和菜园。⑥话桑麻:闲谈农事。古代常以桑麻喻农事。⑦重阳日:指重阳节。九为阳数,九月九日称"重阳",也称"重九"。⑧就菊花:指来赏菊花。就,靠近。

【译诗】

老朋友已准备好了米饭鸡鸭,
邀请我来到了他郊外的农家。
四周的绿树把村子层层环绕,
远处的青山在村外蜿蜒如画。
推开窗子面对着谷场和菜园,
端起酒杯谈的都是农事桑麻。
待到九月九日重阳节那一天,
还要来这里相聚饮酒赏菊花。

【赏析】

这首诗是盛唐田园诗的代表性佳作,叙述的是作者应邀到山村农家做客的所见所闻所历所感,描写了山村自然美丽的风光和农村友人的友情,表现了悠然自得的田园生活情趣。

诗的首联叙事。主人以"鸡黍"相邀,既显出田家特有的风味,又显出待客的简朴。这个开头,不需着力,平静而自然,就像是日记本上的一则记事,点明了事由和地点。颔联"绿树村边合,青山郭外斜"是描写山村风光的名句。绿树环绕,青山横斜,宛如一幅水墨画。一个"合"字和一个"斜"字,生动传神地描绘了山村幽深的自然景色,使人如临其境，写出了到过山村、领略过此景的人的共同感受。颈联两句将农家特有的生活情景以及主人与客人的诚挚友情真切自然地表现出来，富有浓郁的山村生活气息。尾联两句写访问过老友之后，余兴未尽，相约重阳再来，又回应了第二句的"邀"字，表现了主客之间亲切融洽的深情厚谊。

这首诗一切都写得普通、平常。一个普通的农庄，一顿普通的农家饭，描写的是眼前的平常景，使用的是口头的平常语，却被表现得这样富有诗意，连描述的层次也完全是任其自然，笔笔都显得很轻松，连律诗的形式也似乎变得自由和灵便。"淡"中见情，"淡"中见美，这正是孟浩然田园诗的特点所在，也正是诗人的匠心所在。

春　晓①

孟浩然

名句：夜来风雨声，花落知多少？

【导读】

这首诗是诗人隐居在鹿门山时所作。诗人抓住春天早晨刚刚醒来的一瞬间展开描写和联想，生动地表达了诗人对春天的喜爱和怜惜之情。

【原诗】

春眠不觉晓②，处处闻啼鸟③。
夜来风雨声，花落知多少？

【注释】

①春晓：春天早晨。②不觉晓：不知不觉天已经亮了。③啼鸟：啼叫的鸟。

【译诗】

春夜睡眠好不觉天已破晓，
醒来听到处处有小鸟鸣叫。
一夜里不停的风声和雨声，
不知道把花儿吹落了多少？

【赏析】

这是一首惜春诗。诗人为浓郁的春光所陶醉，抓住春天早晨生活的一个片断，写出了生活的真趣，抒发了对烂漫春光的喜悦和对生机勃勃春意的酷爱。

诗的首句历来脍炙人口，一来就点明季节：春天。"春眠不觉晓"是从感觉来写春天，写春眠的香甜、春夜的温暖、春晨的温馨，极其自然地流露爱春的心情。次句"处处闻啼鸟"是从听觉的角度来写春景，写春天清晨的鸟语，写春之声。这是春天早晨最具代表性的景致，四处传来的鸟叫声传达出诗人欢畅的情绪。末两句追忆昨夜的潇潇春雨，然后联想到春花被风吹雨打、落红遍地的景象，把爱春和惜春的情感寄托在对落花的叹息上。"花落知多少"一句既是自问，也像是问人，引起读者共鸣，产生美感。

这首诗言浅意浓，景真情真，悠远深沉，韵味无穷，篇幅虽短却独具特色。明明是春景，却不写"所见"，写的是"所感""所闻"和"所想"，让读者自己去感觉、去体味、去再现诗人描绘的境界。角度新颖，构思巧妙，极富情趣，是历来传诵最广的唐诗之一。

从军行七首（其四）

王昌龄

名句：黄沙百战穿金甲，不破楼兰终不还。

【导读】

王昌龄（698—756年），盛唐著名边塞诗人。字少伯，京兆（今陕西西安）人，一说太原人。作品多写当时边塞军旅生活，气势雄浑，格调高昂，情意隽永，语言精练生动，音律铿锵悠扬。擅长七绝。

"从军行"是乐府旧题，多写军队征战之事。王昌龄共写了七首《从军行》，这里选的是第四首。

【原诗】

青海长云暗雪山①,孤城遥望玉门关②。
黄沙百战穿金甲③,不破楼兰④终不还。

【注释】

①青海:指青海湖,在现在的青海省西宁市西。长云:多云,漫天皆云。雪山:终年积雪的山,此处指祁连山,在今甘肃省。②孤城:指玉门关,故址在今天甘肃敦煌西北,因地广人稀,给人以孤城之感。这句词序倒装,意思是"遥望孤城玉门关"。③黄沙:西北塞外的沙漠,沙呈黄色。穿:磨破。金甲:战衣,是金属制成的盔甲。④破楼兰:借指彻底消灭敌人。楼兰,汉时对西域鄯善的称呼,诗中泛指当时侵扰西北边疆的敌人。

【译诗】

青海上空的浮云遮暗积雪高山,
远远地眺望一座孤城玉门边关。
将士们磨破了铁甲在沙场奋战,
不攻破楼兰消灭敌人誓不回还。

【赏析】

　　这是一首著名的边塞诗。作者以雪山孤城为背景,有力地表现了戍边将士们誓扫楼兰消灭敌人的决心,热烈赞颂了前线将士舍身为国的英雄气概。

　　诗的前两句展示了祖国西北边陲广袤的自然景色,境界阔大。通过"青海""长云""雪山""孤城""玉门关"等有代表性的景物,点出了西北边境的典型环境,也渲染了战争的气氛。第三句"黄沙百战穿金甲"是叙事,叙述了戍边将士在极艰苦的条件下长期坚持战斗的情景。这里"穿"字用得很好,生动地体现"百战"的特点。结尾"不破楼兰终不还"一句是直抒胸臆,是全诗的主旨,表达了将士们不击退敌人誓不回还的共同信念和保家卫国的共同心声。

　　这首诗叙事、写景、抒情相结合。画面丰富,色彩鲜明,感情激越,情调悲壮,气势磅礴,给读者一种画面美和精神美的享受。

出塞①二首（其一）

王昌龄

名句： 但使龙城飞将在，不教胡马度阴山。

【导读】

这首著名的边塞诗写得悲壮而不凄凉，慷慨而不浅露。"出塞"是唐代诗人写边塞生活诗歌常用的题目。王昌龄的《出塞》诗有两首，这是第一首。

【原诗】

秦时明月汉时关②，万里长征人未还。
但使龙城飞将在③，不教胡马度阴山④。

【注释】

①出塞：乐府《横吹曲》旧题。②"秦时"句：此为互文对举，即谓秦汉时的明月照着秦汉时的关塞，写边塞战争一直长期进行。③但使：只要。龙城飞将：合用汉卫青与李广事。龙城是卫青为车骑将军时北伐匈奴所到之地，在今蒙古国。飞将指西汉名将李广，李广善战，匈奴称他为"飞将军"。④胡：指匈奴等民族。阴山：在今内蒙古中部。

【译诗】

依旧是秦汉时明月秦汉时边关，
征战万里的将士至今仍未回还。
龙城飞将军李广如果至今还在，
绝不会让胡人的军马越过阴山。

【赏析】

这是唐代边塞诗代表作之一。王昌龄的这首诗与多数边塞诗尽力描写战争生活的艰苦险恶不同，着重表现的是对敌人的蔑视、对国家的忠诚，是一种勇往直前、无所畏惧的英雄主义气概。

诗人由写景入手，首句使用"互文见义"的修辞手法，勾勒出一幅冷月照边关的苍凉景象，以"秦时明月汉时关"七个字，囊括了广阔的时空概念。次句写多少征战的将士战死沙场，不能还家，使人联想到战争给百姓带来的灾难，表达了诗人的悲愤之情。"万里"为虚指，突出了空间的辽阔。

结尾"但使龙城飞将在,不教胡马度阴山"两句,写出了千古征人的共同心愿,既希望有才干的将领出现,平息战乱,安定边境,也暗暗谴责了那些懦弱无能的将领,同时也表达了蔑视敌人的英雄气概。

这首诗视野开阔,由秦而汉,由汉而唐,时间纵越千年,空间横跨万里,气象苍凉雄浑。在历史与现实的比照和反观中,饱含着诗人的深沉痛诉。全诗以平实而凝炼的语言,唱出雄浑豁达的主旨,气势流畅,一气呵成,有极强的艺术感染力,因此明朝李攀龙将这首诗推崇为唐人七绝的"压卷"之作。

闺 怨①

王昌龄

名句:忽见陌头杨柳色,悔教夫婿觅封侯。

【导读】

这是一首很特别的边塞诗。王昌龄一改气势雄浑的诗风为纤巧细微,切入一个极小的角度,通过细腻而含蓄地描写一位丈夫在外出征的深闺女子赏春时的心理状态及情绪变化来表现出征的主题。

【原诗】

闺中少妇不知愁,春日凝妆上翠楼②。
忽见陌头③杨柳色,悔教夫婿觅封侯④。

【注释】

①闺怨:闺房中少妇的怨情。②凝妆:盛妆打扮。翠楼:指少妇居住的地方。③陌头:田头路边。④夫婿:即丈夫。觅封侯:指从军立功以求取爵位。

【译诗】

闺房中的少妇不知道什么是忧愁,
春天的时候盛妆打扮登上了翠楼。
忽然看见路边的杨柳吐出了绿叶,
顿时后悔让丈夫外出去立功封侯。

【赏析】

王昌龄的这首诗别具一格,以"闺怨"的角度描写"边塞"的重大主题。诗中细致而生动地描写了一个闺中少妇的心理状态,构思极其巧妙,是王昌龄诗作中的名篇。

诗题为"闺怨",而诗的开头却说"闺中少妇不知愁",似乎故意违反题面。而这正是作者匠心所在,是为了表现闺中少妇从"不知愁"到"悔"到"怨"的心理变化过程。接着第二句具体描写其"不知愁"的一面,"春日凝妆上翠楼",想以观赏春色而自娱自乐,为下文的"悔"再做铺垫。第三句是全诗情感的转折和关键,可称为"诗眼"。陌头青青的杨柳,突然让她产生了很多联想和感悟:眼前的大好春光竟无人与她共赏,丈夫因"觅封侯"而远离家乡,美好的青春年华只能在孤寂中一年年消逝,于是产生后悔之心,长期积于心中已久的幽怨、离愁和遗憾顿时强烈起来,不可遏止。"悔教夫婿觅封侯"是她感情的自然流露,写得真切而生动。

这首诗的精彩之处,还在于诗人善于截取生活中一个横截面,以小见大反映社会生活。诗对当时战争频繁、社会动荡、广大青壮年戍边在外、人民盼望安定团聚的现实不作正面描写,而抓住闺中少妇心理发生微妙变化的一刹那来表现,让读者从一刹那窥见全过程,确实是匠心独运,具有非凡的艺术功力。

芙蓉楼送辛渐[①]

王昌龄

名句: 洛阳亲友如相问,一片冰心在玉壶。

【导读】

这是诗人在芙蓉楼送别他的朋友辛渐取道扬州、北上洛阳时写下的诗。原诗共两首,这是第一首。当时王昌龄在朝廷一再受到排挤,被贬外地做官。这首诗抒发了他蔑视功名利禄、不愿同流合污的胸怀。

【原诗】

寒雨连江夜入吴②,平明送客楚山孤③。
洛阳④亲友如相问,一片冰心在玉壶⑤。

【注释】

①芙蓉楼:故址在今江苏镇江。辛渐:王昌龄的诗友。②"寒雨"句:此句意思是说迷迷蒙蒙的寒雨一夜下个不停,锁住了吴地一带的长江,为"平明送客"勾勒了一个凄冷的背景。③平明:天刚亮时。楚山:古时吴、楚两地相接,镇江一带的山也称楚山。④洛阳:辛渐将去之地,作者也有亲友在那里。⑤"冰心"句:比喻自己品德纯洁如玉壶中的冰,虽被贬谪,但仍保持节操。这是化用鲍照《白头吟》"直如朱丝绳,清如玉壶冰"句意。

【译诗】

寒冷的秋雨彻夜锁住吴地的长江,
清晨送客人时连楚山也显得孤单。
洛阳的亲友们如果问起我的近况,
我的心仍像玉壶中的冰莹洁透亮。

【赏析】

这是一首送别诗,但它不像一般的送别诗那样主要抒发依依惜别之情,而是侧重于述怀,表达自己的纯洁感情和高尚志向。

诗的前两句写送客的地点和情景。寒冷的夜雨,滔滔的江流,连朦胧的远山也显得孤单。"寒雨"和"孤山"既是送客环境的描写,也是作者心境的写照,这种景象衬托出诗人对朋友的依依惜别之情。但全诗的重点在后两句。"洛阳亲友如相问,一片冰心在玉壶",请转告洛阳的亲友,我的内心仍像以前那样纯洁无瑕,像冰那样晶莹,像玉那样透亮。诗中用一个巧妙的互相映衬的比喻,来形容一种纯洁完美的品格,显示出高超的语言技巧,给人留下难忘的印象。

全诗因情设景,即景生情,比喻精妙,含蕴无穷。尤以"一片冰心在玉壶"的精彩一笔而名扬天下。

终南望余雪

祖咏

名句：林表明霁色，城中增暮寒。

【导读】

祖咏（669—约746年），洛阳人，唐代诗人。他的诗以描写山水为主，辞意清新、文字洗练。据《唐诗纪事》卷二十记载，这首诗是祖咏在长安应试时所作。按照唐代考试制度规定，应试诗要限制韵数，这首诗应该作成一首六韵十二句的五言排律，但他只写了这四句就交卷了。有人问他为什么，他回答说："意尽。"所谓"意尽"，就是说要表达的意境已经很完美，不必再多费笔墨。

【原诗】

终南阴岭秀①，积雪浮云端。
林表明霁色②，城③中增暮寒。

【注释】

①终南：指终南山。阴岭：指山的北坡。阴，山南水北为阳，山北水南则为阴。②霁色：指雨雪初晴时的阳光。③城：指长安城。

【译诗】

终南山北坡的景色远望秀丽异常，
山上的积雪好像飘浮在彩云之端。
林中的阳光因余雪显得格外明亮，
傍晚的城里因雪融感到更加凄寒。

【赏析】

这首诗不仅写了所见之景，更写了感觉中之景。诗的前两句紧扣诗题，写秀丽的终南阴岭上浮着白雪。这是描绘眼见之景：高耸的山岭配以白雪、白云的映衬，显得格外秀丽，而"浮"字极为传神，给人一种山高、雪厚、轻盈的感觉。后两句写雪晴日出，阳光照射山林外表，让人感到雪后的长安夜里会更冷，写的是感觉之景。这里诗人从侧面落墨，虚处生神。林表的霁色因余雪而增"明"，城中的暮寒因雪消而更烈，不见"余雪"二字而处处有"余雪"。

全诗构思别致，凝炼而有余韵，被后人称为咏雪的最佳之作。

九月九日忆山东兄弟①

王维

名句：独在异乡为异客，每逢佳节倍思亲。

【导读】

王维（701—761年），字摩诘，唐代山水田园诗派的代表诗人。原籍祁（今山西祁县），后迁至蒲州（今山西永济），崇信佛教，晚年居于蓝田辋川别墅。善画人物、丛竹、山水。其诗、画成就都很高，尤以山水诗成就为最，与孟浩然合称"王孟"。苏东坡称赞他"诗中有画，画中有诗"。晚年无心仕途，专诚奉佛，故后世称其为"诗佛"。

这是王维十七岁在长安谋取功名时因重阳节思念家乡亲人而作的诗。王维家居蒲州，在华山之东，所以题称"忆山东兄弟"。

【原诗】

独在异乡为异客②，每逢佳节倍思亲。
遥知兄弟登高处，遍插茱萸少一人③。

【注释】

①原注："时年十七。"九月九日：重阳节，也称"重九"。山东：指华山以东。王维的家乡在华山东面。②异乡：他乡、外乡，此处指长安。为异客：作他乡的客人。③茱萸（yú）：植物名，又叫越椒，有香味。古有重阳节折茱萸插在头上或盛于囊中以避灾邪的风俗。少一人：指少了作者自己。

【译诗】

客居在外乡常常是孑然一身，
每逢佳节就更思念家乡亲人。
遥想今天兄弟们去登高赏秋，
插茱萸时会想起少了我一人。

【赏析】

这是一首很有名的怀乡思亲之作。诗题明白如话，就是九月九日重阳节时思念在华山以东的故乡兄弟。

诗的首句就紧扣诗题，写诗人久在异乡异土孤独寂寞的生活和心情。"独"和"异"两个字用得非常好，把这种情感表达得很强烈。然后很自然写出下一句"每逢佳节倍思亲"来回应。这种感情是由重阳佳节引起的，而它的落脚点是"思亲"。"思亲"加上一个"倍"字，既照应了上句的"独""异"引起的伤感，更强调了思亲之切。第三、四句突然转到写远在家乡的兄弟们的重阳登高活动，从对方的角度写"少一人"引起的遗憾和乡思。这种跳跃的写法避免了平铺直叙，又贴切自然，还能引起联想。

诗意反复跳跃、含蓄深沉，既朴素自然，又曲折有致。尤其是"每逢佳节倍思亲"一句，以简练的语言概括出人人都有的心理感受，引起人们的共鸣，具有浓浓的人情味，因此被称为"千古绝唱"而得到广泛传诵。

相 思

王维

名句：红豆生南国，春来发几枝？

【导读】

红豆果实鲜红浑圆，产于南方，南方人常用以镶嵌饰物。传说古代有一位女子因丈夫死在边地，哭于树下而死，化为红豆，于是人们又称呼它为"相思子"。唐诗中常用它来表达相思之情。而"相思"不只限于男女情爱范围，此诗题一作《江上赠李龟年》，可见诗中抒写的是眷念朋友的情绪。

【原诗】

红豆①生南国，春来发几枝？
愿君多采撷②，此物最相思。

【注释】

①红豆：又名"相思子"，一种生在岭南地区的植物，结出的籽像豌豆而稍扁，呈鲜

红色。②采撷（xié）：采摘。

【译诗】

岭南的红豆有着鲜亮的果实，
春天它该会又长出多少新枝？
希望你多多采摘反复地观赏，
这小小的红豆最能引人相思。

【赏析】

这是一首借咏物而寄相思的名诗。

诗的首句以"红豆生南国"起兴，暗示后文的相思之情。"南国"（南方）即红豆产地，又是朋友所在之地。这里用语朴素无华，又富于形象。次句"春来发几枝"轻声一问，承接得自然，设问的口吻显得亲切而意味深长，这是选择富于情味的事物来寄托情思。第三句紧接着寄意对方"多采撷"红豆，仍是言在此而意在彼。以采撷植物来寄托怀思的情绪，是古典诗歌中的常见手法。"愿君多采撷"似乎是说："看见红豆，会引起我们交往的回忆吧！"用这种方式暗示远方的友人要珍重友谊，语言婉曲动人。末句"此物最相思"点题。"相思"与首句"红豆"呼应，切"相思子"之名，直抒相思之情，又补充解释了何以"愿君多采撷"的理由。读者从此句中可以产生更多的联想。

全诗洋溢着少年的热情和青春的气息，句句话不离红豆，把相思之情表达得入木三分。诗歌情调健康高雅，怀思饱满奔放，语言朴素上口，韵律和谐柔美，表现了人们常有的情感体验，因此成为名诗流传后世。

使至塞上

王维

名句：大漠孤烟直，长河落日圆。

【导读】

唐玄宗开元二十五年（737年），王维以监察御史的身份从军至凉州，居河西节度使幕中。这首诗是出塞途中所作。

【原诗】

单车①欲问边，属国过居延②。
征蓬③出汉塞，归雁入胡天。
大漠孤烟直，长河落日圆。
萧关逢候骑④，都护在燕然⑤。

【注释】

①单车：行装简便的车骑。②居延：汉时属国，其地在今内蒙古西部额济纳旗，即居延海附近。③征蓬：指随风远飘的蓬草，这里借喻人的行踪不定。④萧关：古代关隘，即古陇山关，故址在今甘肃平凉。候骑：指担任侦察任务的骑兵。⑤都护：都护府最高军事长官。燕然：山名，在今蒙古国境内，唐曾置燕然都护府统辖，这里泛指边远地区。

【译诗】

我乘坐着轻车去察看边塞，
经过了古时候的属国居延。
像远飞的蓬草飘到了塞外，
又像归来的鸿雁飞进胡天。
广漠中一根烟柱笔直矗立，
长河上一轮落日又大又圆。
到萧关遇上了侦察的骑兵，
都护仍在燕然还十分遥远。

【赏析】

诗的首联以简练的笔墨写了此次出使的行踪。"单车欲问边"两句，写自己轻车简从，要经过远在西北边塞的居延，前往边境慰问将士。后两句"征蓬出汉塞，归雁入胡天"是个比喻句，作者把自己比喻成"征蓬"和"归雁"，说明了自己内心的孤独抑郁之情。诗人觉得自己好像"征蓬"一样随风而去，又恰似"归雁"一般进入胡天。既言事，又写景，更在叙事写景中传达出幽微难言的内心情感。接着诗人以传神的笔墨刻画了奇特壮美的塞外风光。"大漠孤烟直，长河落日圆"，前一句带有一丝悲凉的意味，一个"孤"字，暗示了大漠的荒寂，所以这缕孤烟在大漠中特别显眼；一个"直"字，暗示了大漠里连一丝风都没有。后面的一句"长河落日圆"出现的"圆日"掩盖了这句的悲凉,而"圆日"也是这两句的亮点。原本是凄冷的大漠,却因为落日的缘故,被添上了一丝温暖的色调。最后一联叙事,经过长途跋涉,诗人终于"萧关逢候骑",却没有遇见将官。一问才知道"都护在燕然"。

"大漠孤烟直,长河落日圆"两句笔力苍劲、意境雄浑、视野开阔,充分体现了诗中有画的特色,描摹沙漠中的景物非常逼真,具有强烈的画面感。它以工整的对仗、恰切的描绘,生动形象地组成了一幅塞外特有的奇丽壮美的画卷,被近代国学大师王国维誉为"千古壮观"。

汉江临泛①

王维

名句:江流天地外,山色有无中。

【导读】

唐开元二十八年(740年)秋,王维以殿中侍御史的身份前往黔中、岭南,经过襄阳时写下了这首五言律诗。

【原诗】

楚塞三湘接②,荆门九派通③。

江流天地外④,山色有无中⑤。

郡邑浮前浦,波澜动远空⑥。

襄阳好风日,留醉与山翁⑦。

【注释】

①此诗也题为"汉江临眺"。汉江:即汉水,源出陕西,经湖北而流入长江,长1532公里。临眺:登高远望。②楚塞:古代楚国的边界。三湘:漓湘、蒸湘、潇湘的总称。湘水合漓水称漓湘,湘水合蒸水称蒸湘,湘水合潇水称潇湘,故称"三湘"。③荆门:山名,在今湖北宜都西北。九派:指长江九条支流。④"江流"句:言地阔江远,极目望去,如流天外。⑤"山色"句:谓远望荆门山色似有若无。⑥"郡邑"二句:意谓两岸的城邑如在水中浮立,波涛如在远空翻涌。⑦山翁:山简,晋代竹林七贤之一山涛的幼子,

西晋将领，曾任征南将军，镇守襄阳，有政绩，好酒，每饮必醉。

【译诗】

辽阔的汉江流过楚地与三湘相通，
连接荆门汇合九流气势格外恢宏。
奔腾的江水流到遥远的天地尽头，
朦胧的山色隐约显现在迷茫之中。
两岸的城邑似乎飘浮在江面之上，
起伏的波涛好像晃动着远方天空。
面对着汉江畔这绝好的襄阳美景，
真想和山翁一道畅饮醉卧图画中。

【赏析】

这是王维的一首融画入诗的力作。全诗气势磅礴、意境开阔，描绘了汉江的浩瀚汹涌、远山的苍茫迷蒙，展现了诗人泛舟汉江时所见到的壮丽浩淼的景色。

诗的首联就由大处落笔，从水域辽阔、连通八方的地理位置和浩瀚气势方面勾勒出一幅雄浑壮阔的汉江奔流图，为全诗渲染气氛。颔联写远景的水光山色，极富诗情画意。"江流天地外，山色有无中"是千古名句。诗人登高远眺，从宏观上写汉江浩淼迷蒙的景色以及水势之盛的心理感受。前句写江水的流长邈远，后句又以苍茫山色烘托出江势的浩瀚空阔。诗人着墨极淡，却给人以伟丽新奇之感。颈联化静为动，写诗人舟行江上的观感。这里，诗人笔法飘逸流动。明明是所乘之舟上下波动，却说是前面的城郭在水面上浮动；明明是波涛汹涌，浪拍云天，却说成天空在为之摇荡。诗人故意用这种动与静的错觉，进一步渲染了汉江磅礴的水势。尾联情因景生，用晋人山简的故事，表达诗人对襄阳风物的喜爱之情。

诗歌写景极有层次、极有气势，由宏观而微观，由远观而近看。浓淡相宜，角度变换，视野开阔，动静结合，虚实相衬。前六句写辽阔壮丽之景，后两句抒爽快愉悦之情。写景抒情完满结合，创造幽远壮美的意境。以画入诗，以诗写画，于浅易中寓深邃，在平淡中显雄浑，给人以美的享受。

终南别业①

王维

名句：行到水穷处，坐看云起时。

【导读】

此诗大约写于王维晚年刚在终南山隐居时。诗歌表现的是隐居生活的闲适情趣。作者晚年已倦于仕途，想超脱尘世，因而吃斋奉佛，过着亦官亦隐的生活。

【原诗】

中岁②颇好道，晚家南山陲③。
兴④来每独往，胜事⑤空自知。
行到水穷处，坐看云起时。
偶然值林叟⑥，谈笑无还期⑦。

【注释】

①终南：终南山。别业：别墅。②中岁：中年。③南山陲：即终南山边。④兴：兴致。⑤胜事：好事，快意的事。⑥值：遇见。林叟：林中的老人。⑦无还期：没有返家的固定时间。

【译诗】

人到中年我喜欢佛道遁入佛门，
晚年在终南山度过自己的余生。
兴致来了就常一个人出外游走，
其中的乐趣只有自己慢慢品味。
漫步要走到江水尽头才会停止，
静静地坐着看白云在天上飘飞。
偶然也会遇见一个林中的老翁，
尽情谈笑完全忘了回家的时分。

【赏析】

王维"晚年唯好静，万事不关心"，这首诗可以说就是他这种生活和心态的最好写照。

诗的开头两联是叙事抒情，写他从中年起就喜好佛道，晚年就来到山中隐居。"兴来每独往，胜事空自知"是说自己喜欢不同于一般人的纯自然的生活方式，独自享受出游的乐趣。一个"空"字，表面上看是叹惋，实则是怡然自得。颈联"行到水穷处，坐看云起时"是历来传诵的名句，脉络紧接前联。这两句高度概括了诗人隐居的闲适生活：常常无目的地顺溪水缓缓而行，不知不觉来到了流水的尽头，就坐下来看看一朵朵白云慢慢从眼前升起。随意走，随意停，随意坐，随意看，这一连串的活动衔接很紧，像白云卷舒，从容自在。正因为"无心"，所以人和自然便融为一体，显示出淡泊闲适和安详自足。尾联写他偶然遇到一个山中的老翁，就与他尽情谈笑，乐而忘归。这是诗人隐居生活中一个有趣的插曲，也是隐居生活的有机部分。

全诗融情、景、事、理为一体，活脱脱地写出了一个悠闲自在、逍遥自得的隐者形象，历来为古代文人所激赏，认为此诗在叙事、写景、抒情的同时，还包含了很深的禅意。这首诗最明显的特点，在于它用平淡和含蓄的语言，处处抒写着"随意"和"自然"两个词，就连禅意也是随意自然地流露，而非刻意的安排，这正是此诗的高妙之处。

山居秋暝①
王维

名句：明月松间照，清泉石上流。

【导读】

《山居秋暝》是王维隐居时期的作品，是王维山水田园诗的代表作。这首诗字里行间充满诗情画意，寄托着诗人高洁的情怀，表达了诗人的人格美和理想中的社会美。

【原诗】

空山新雨后，天气晚来秋。
明月松间照，清泉石上流。
竹喧归浣女②，莲动下渔舟。
随意春芳歇，王孙自可留③。

【注释】

①秋暝:秋天的夜晚。②喧:喧哗、喧笑;浣(huàn)女:洗衣的女子。③"随意"二句:反用《楚辞·招隐士》"王孙兮归来,山中兮不可以久留"句意。意谓任它春芳逝去,王孙也可以久留,因为秋色同样迷人,使人留恋。随意:任凭。

【译诗】

阵雨过后山谷显得清新空旷,
深秋傍晚天气让人感到清凉。
皎洁的月光洒在片片松林上,
清澈的泉水在石上淙淙流淌。
竹林喧哗走过一群洗衣姑娘,
荷叶晃动驶过了顺流的渔船。
任凭春天的美景已渐渐逝去,
山中的秋色也让我流连忘返。

【赏析】

苏轼在评析王维的诗时曾赞誉:"味摩诘之诗,诗中有画;观摩诘之画,画中有诗。"这首山水名篇,充分体现了王维诗歌"诗中有画"的特点,在诗情画意中寄托着诗人高洁的情怀和对理想境界的追求。

诗的首联"空山新雨后,天气晚来秋"巧妙点题。一句写山居,一句点秋晚,领取全篇。空山、雨后、秋高气爽,又到傍晚、澄澈、静谧、凉爽,给人以格外清新的感觉。这两句以素描的手法,铺写出整个画面的基调——清新。颔联和颈联承接首联,具体展开山中秋晚景象的描绘。四句诗,用了八个名词,写了八种事物,交错组合,织成了生动美丽的画面。"明月松间照,清泉石上流"二句写山林中的自然景色。"明月"句写月写松,"清泉"句写水写石。这两句专写山水,头句绘影,二句绘声,展现一幅自然优美的图景:雨后秋月,皎洁明媚;松林幽暗,尤觉月明。雨后山泉,水多流急;溪流石上,淙淙鸣唱。光线、色彩、声音、动态都写出来了。"竹喧归浣女,莲动下渔舟"二句写山中人物的活动。"竹喧"句写竹丛写少女,"莲动"句写莲花写渔船。这两句专写在山水背景下展开的人物活动,同样一句写声,一句摹影,展现的是鲜活图景和盎然生机:月下修竹,婀娜秀美;浣女归家,欢声笑语。荷塘月色,素雅恬静;渔舟晚归,莲花摇动。这里描写的竹间浣女、舟中渔人似有若无,妙趣无穷。尾联即景抒情,点明"山居"的切身体会,反用《楚辞·招隐士》诗意,说明山中比朝中好,秋色比春景佳。一个"自"字,点明休管他人如何,只求洁身自好的情趣,在对比中深化了诗意、开拓了境界。

这首诗的中间两联,历来为人称道。从内容上看,四句诗各就一见一闻交错写来,见中有闻,闻中有见,互相引发;声光色态,烘托映衬;诸多美景,层见叠出。从而把读者的视觉、听觉、触觉、嗅觉一齐调动起来,去充分感受这山居秋暝的美景。从形式上看,对仗极工。颔联上句写无声静态,静中有动,先写空中,镜头由远而近;下句写有声动态,动中有静,再写地上,镜头由近而远。颈联上句写有声动态,动中有静,写岸上,由远而近,由隐而显;下句写无声静态,静中有动,写水中,由近而远,由显而隐。总之,这首诗以着力描绘的自然美来表现诗人的人格美和理想中的社会美。心境与物境高度统一,内容和形式完满结合,达到了出神入化的地步,是古代田园山水诗中的精品。

送元二使安西①
王维

名句:劝君更尽一杯酒,西出阳关无故人。

【导读】

这是一首古代送别的名曲,为王维在渭城饯别出使安西的朋友元二所作。

【原诗】

渭城朝雨浥轻尘②,客舍③青青柳色新。
劝君更尽一杯酒,西出阳关④无故人。

【注释】

①诗题一作《渭城曲》。元二:姓元,排行第二,作者的朋友,生平不详。安西:唐代安西都护府治所,在今新疆库车。②渭城:秦代咸阳,汉改称渭城。浥(yì):湿润。

③客舍：专为饯别设置的馆舍。④阳关：在今甘肃敦煌西，与玉门关同为汉代通西域的要道。因在玉门关南，故称阳关。

【译诗】

渭城早上的春雨沾湿了灰尘，
客舍旁青青的柳色显得很深。
请朋友干尽这一杯饯别酒吧，
向西出了阳关再难遇见故人。

【赏析】

这是古代送别诗的代表作。

诗的前两句写景，后两句抒情。前两句描写渭城雨后初晴、空气清新的晨景，点明送别的时令、地点、景物，为送别创造一个忧郁的环境气氛。后两句"劝君更尽一杯酒，西出阳关无故人"写惜别。诗人选择了"敬酒饯别"的典型场景，极带感情色彩。"劝""酒"二字暗点出挚友离绪重重，酒菜难咽。"更"和"尽"二字凝聚了全部深情，好像万千离怀都寄托在这一杯酒上，因此加重了"更"字的分量。由于这两句诗感情色彩很浓，又极具典型性，从此成了天下人送行时言有尽而意无穷的最流行的告别辞。

这首诗景情交融、形象生动、语言朴实，道出了人人共有的依依惜别之情，最能打动读者，因此在唐代就被谱成《阳光三叠》古曲，代代传唱。

静夜思①

李白

名句：举头望明月，低头思故乡。

【导读】

李白（701—762年），唐代大诗人。字太白，号青莲居士，祖籍陇西成纪（今甘肃秦安），出生于中亚的碎叶城（在今吉尔吉斯斯坦境内）。约五岁时,其家迁居绵州昌隆(今四川江油)青莲乡。李白自幼读书就广为涉猎,"五岁诵六甲,十岁观百家","十五观奇书,作赋凌相如",二十三岁时"仗剑去国,辞亲远游",四十二岁时因友人推荐应召入京,供奉翰林,尽管因才气为唐玄宗所赏识,但不能见容于权贵,在京仅三年就弃官而去,仍继续他漂泊四方的流浪生活。安史之乱后参加了永王李璘的幕府,不幸永王与肃宗发生了争夺帝位的斗争,李璘兵败被杀,李白受到牵连被流放夜郎(今贵州境内),途中遇赦。晚年漂泊东南一带,六十二岁时病死于当涂族叔李阳冰家中。

李白是中国诗歌史上最伟大的诗人之一,是唐代浪漫主义诗人的代表。其诗歌散佚不少,今尚存九百五十多首,内容深刻、想象丰富、夸张奇特、瑰丽多姿,形成了雄奇、飘逸、壮丽、率真的独特风格,对后世诗歌创作产生深远影响。世称"诗仙"。有《李太白集》。

【原诗】

床②前明月光,疑是地上霜。
举头望明月,低头思故乡。

【注释】

①静夜思:在静静的夜晚引起的思念。②床:睡床、卧榻;一说为井栏。

【译诗】

床前洒落了一片明亮的月光,
好像是地上结成了一层白霜。
抬起头来仰望着天上的明月,
低下头来思念明月下的故乡。

【赏析】

《静夜思》是流传最广、最普及、最为家喻户晓、知名度最高的一首唐诗。

诗歌抒写诗人在寂静的月夜里思念家乡的感受。"床前明月光,疑是地上霜"写的是诗人在作客他乡的特定环境中刹那间所产生的错觉。明月朗照之夜,远离家乡的主人公睡梦初醒,恍惚中将照射在床前的清冷月光误作铺在地面上的浓霜。一个"疑"字,生动表达了游子的心理活动。一个"霜"字既形容了月光的皎洁,又表达了季节的寒冷,还烘托了游子飘泊他乡的孤寂。"举头望明月，低头思故乡"则通过动作神态的刻画，深化思乡之情。"举头望""低头思"两个动作写得非常自然而合乎情理。举头望见明月，明月引起联想，于是低头去"思"，一个"思"字饱含了浓浓的乡情。诗中细腻地描写了诗人从"疑"到"望"再到"思"的内心活动，鲜明地勾勒了一幅月夜思乡图。

这首诗语言明白如话，朴素清新，诗意隽永，易诵易记，不仅抒发了作者思念家乡和亲人的情感，还会引起广大读者的想象和共鸣，有极强的艺术感染力和艺术生命力，是古代最有名的一首思乡诗。

望庐山瀑布

李白

名句：飞流直下三千尺，疑是银河落九天。

【导读】

这首诗一般认为是唐开元十三年（725年）前后李白出游金陵途中初游庐山时所作。

【原诗】

日照香炉生紫烟①，遥看瀑布挂前川②。
飞流直下三千尺，疑是银河落九天③。

【注释】

①香炉：指香炉峰，庐山西北部的一座高峰。紫烟：日光照耀下的山岚雾气呈现出紫色。②前川：前面山间流水的地方。③九天：九重天，形容极高的天空。

【译诗】

朝阳下香炉峰升腾着紫色云烟，
远看一条瀑布高挂在山川之间。
喷涌的瀑布飞泻有三千尺高远，
难道那是天上的银河落了下来？

【赏析】

瀑布泉是庐山奇景之一。在这首诗里，诗人运用浪漫主义的写法，描绘了一幅雄奇瑰丽、丰富多彩的庐山瀑布之景，给读者留下了极深的印象。

诗的前两句"日照香炉生紫烟，遥看瀑布挂前川"从大处着笔，概写望庐山瀑布时见到的全景：山顶紫烟萦绕，山间白练悬挂，山下激流奔腾，展现了一幅奇丽壮美的图景。首句的"生"字化静为动，次句的"挂"字化动为静，惟妙惟肖地写出了"遥看"时的生动画面，为下文近距离具体描绘瀑布的形态添置了美丽雄奇的背景。第三句"飞流直下三千尺"是从近处细致地描写瀑布。"飞流"二字生动表现了瀑布凌空而出、飞泻而下、水流湍急的特点。"三千尺"极度夸张，让人身临其境地感受到岩壁的陡峭和山势的高峻。末句"疑是银河落九天"尤为精彩，诗人借用奇特的想象，说这"飞流直下"的瀑布，使人怀疑是银河从九天倾泻下来。一个"疑"字用得空灵虚幻，引人遐想，增添了瀑布的神奇色彩。

这首诗极其成功地运用了比喻、夸张和想象，构思奇特，写景瑰丽，语言生动形象，是一首千百年人们传诵不绝的浪漫主义杰作。

黄鹤楼送孟浩然之①广陵

李白

名句：孤帆远影碧空尽，唯见长江天际流。

【导读】

这是李白写给孟浩然的一首送别诗。李白与孟浩然的这次离别正值开元盛世，又正逢烟花三月春意最浓之时。

【原诗】

故人西辞黄鹤楼②，烟花③三月下扬州。

孤帆远影碧空尽，唯见长江天际流④。

【注释】

①之：往，去。②西辞：黄鹤楼在广陵的西面，在黄鹤楼辞别去广陵，所以说"西

辞"。黄鹤楼：旧址在今武昌黄鹤矶（jī），背靠蛇山，俯临长江。③烟花：指柳如烟、花似锦的明媚春光。④唯：只。天际：天边。

【译诗】

黄鹤楼外送别了知心朋友，
阳春三月他顺江东下扬州。
看孤帆在碧空里完全消失，
只有江水向天边无尽奔流。

【赏析】

这是一首有名的送别诗，诗中表达了诗人惜别朋友时既愉快又记挂的心情。

诗的前两句叙事抒情，后两句写景抒情。诗的首句"故人西辞黄鹤楼"紧扣题旨，点明送行的地点和自己与被送者的关系。次句"烟花三月下扬州"紧承上句，写送行的时令和友人的去向。这里诗人用"烟花"修饰"三月"不仅传神地写出烟雾迷蒙、繁花似锦的阳春景色，也表达了诗人内心的愉快和向往。第三、四句写诗人送别朋友时的依依之情。只见孤舟扬帆，破浪前行，友人渐行渐远，送行的人一直伫立江边，注视着孤帆消失在碧空的尽头。这里，诗人使用了寓情于景和以景代言的方法，诗中并未出现"友情"两个字，而巧妙地将依依惜别的深情寄寓在对自然景物的动态描写中，将情与景完全交融在一起，真正做到了含而不露，余味无穷。"孤帆远景碧空尽，唯见长江天际流"也成了古代诗歌中借景抒情的名句而流传后世。

蜀道难①

李白

名句： 蜀道之难，难于上青天！
一夫当关，万夫莫开。

【导读】

《蜀道难》是古乐府旧题，写蜀道之险。关于这首诗的写作，唐孟棨

《本事诗·高逸第三》专门有过记载:"李太白自蜀至京师,舍于逆旅。贺监知章闻其名,首访之。既奇其姿,复请所为文。出《蜀道难》以示之。读未竟,称叹者数四,号为'谪仙',解金龟换酒,与倾尽醉……"

李白此诗系为友人王炎入蜀而作,既为友人送行,又意在规劝王炎勿久留蜀地,早归长安,体现了作者对友人的关心和对国势的担忧。

【原诗】

噫吁嚱,危乎高哉②!

蜀道之难,难于上青天!

蚕丛及鱼凫,开国何茫然③!

尔来四万八千岁,不与秦塞通人烟④。

西当太白有鸟道,可以横绝峨眉巅⑤。

地崩山摧壮士死,然后天梯石栈相钩连⑥。

上有六龙回日之高标⑦,下有冲波逆折之回川⑧。

黄鹤之飞尚不得过,猿猱欲度愁攀援⑨。

青泥何盘盘,百步九折萦岩峦⑩。

扪参历井仰胁息,以手抚膺坐长叹⑪。

问君西游何时还?畏途巉岩不可攀⑫。

但见悲鸟号古木⑬,雄飞雌从绕林间。

又闻子规啼夜月,愁空山⑭。

蜀道之难,难于上青天,使人听此凋朱颜⑮!

连峰去天不盈尺⑯,枯松倒挂倚绝壁。

飞湍瀑流争喧豗,砯崖转石万壑雷⑰。

其险也若此,嗟尔远道之人胡为乎来哉⑱!

剑阁峥嵘而崔嵬,一夫当关⑲,万夫莫开。

所守或匪亲,化为狼与豺⑳。

朝避猛虎,夕避长蛇㉑;磨牙吮㉒血,杀人如麻。

锦城㉓虽云乐,不如早还家。

蜀道之难,难于上青天,侧身西望长咨嗟㉔!

【注释】

①《蜀道难》:属乐府旧题,内容均写蜀道的艰险。李白这篇虽沿用同样的题材,但作

了创造。②噫吁嚱（yī xū xī）：惊叹声。乎、哉：虚词，加重语气。③蚕丛、鱼凫（fú）：传说中古代蜀地两个开国的君主。何：多么。茫然：渺茫不清。④尔来：从蜀地开国以来。四万八千岁：夸张的说法，形容时间久远。秦塞：古代秦国（今陕西一带）多山塞，地势险要，故称秦塞。⑤太白：山名，又名太乙。在今陕西眉县东南。鸟道：言太白山高峻，没有道路，只有飞鸟往来之路。横绝：横越。峨眉：山名，在今四川。巅：山顶。⑥"地崩"句：据《华阳国志·蜀志》记载，秦国开发蜀地时，秦惠王许嫁五美女给蜀王，蜀王派五个大力士去迎接，回到梓潼时，见一大蛇钻入山洞中，五力士共同抓住蛇尾往外拉，结果把山拉垮了，五美女和壮士全被压死，山也分成五岭。天梯：高峻、陡峭的山路，像上天的梯子。石栈：即栈道，在山腰凿石架木而修成的道路。钩连：连接起来。⑦六龙回日：古代神话记载，羲和驾着六条龙拉的车子每天载着太阳在空中运行，到了这里也要从高峰旁边绕过去。高标：指蜀中的最高峰。⑧冲波：冲激高溅的波浪，指激流。回川：漩涡。⑨黄鹤：即黄鹄（hú），能高飞。猱（náo）：蜀地猿类的一种，善攀援。⑩青泥：山岭名，为当时入蜀要道。盘盘：迂回曲折的样子。百步九折：百与九都是虚数，指多，言在很短的路程内就要转许多弯。萦（yíng）：盘绕。岩峦：山峰。⑪扪（mén）：摸。历：经过。参（shēn）、井：二星宿名。扪参历井，意谓伸手可以摸到星辰。写由秦入蜀的险况。胁息：屏住呼吸。抚膺：摸着胸口。⑫君：泛指入蜀的人。西游：入蜀。畏途：可怕的路途。巉（chán）岩：陡峭的山岩。⑬悲鸟：叫声凄厉的鸟。号：悲鸣。⑭子规：即杜鹃鸟，又名杜宇，相传为古代蜀王杜宇（号望帝）的魂魄所化。愁空山：愁满空山。⑮凋朱颜：此指面容失色。⑯去：离。不盈尺：不满一尺。⑰飞湍（tuān）：如飞的急流。瀑流：瀑布。喧豗（huī）：喧闹声。砯（pēng）：水击岩石的声音。转石：水流冲击使石头翻滚。万壑雷：水在山沟中奔腾冲击发出雷鸣般的声响。⑱尔：你。远道之人：远路而游蜀地的人。胡为乎来哉：为什么到这里来？⑲剑阁：大小剑山之间的一座雄关，一名剑门关，故址在今四川剑阁。峥嵘：高峻的样子。崔嵬（wéi）：崎岖而突兀不平的样子。一夫：一人。当关：守关。莫开：不能打开。⑳匪：同"非"。化：变。狼、豺：比喻残害百姓的叛乱者。㉑猛虎、长蛇：同前句狼、豺的比喻。㉒吮（shǔn）：吸。㉓锦城：锦官城的简称，即成都。㉔侧身：转过身去。长咨嗟：长长地叹息。

【译诗】

哎呀呀，多么高险！

蜀道这么难走，简直难过上青天。

想想蚕丛、鱼凫两个古代蜀王，

他们开国已是多么遥远。
从那时以来已过去了四万八千年，
蜀地都不与秦地互通人烟。
仅有西面高峻的太白山上的一条鸟道，
可以横越到峨眉山的山巅。
直到传说中的大山崩塌、壮士死去，
才在悬崖上凿洞架道同外界相连。

山上有可以阻挡太阳运行的峰峦，
山脚有波浪撞击而回旋曲折的大江。
山高高到连善于高飞的黄鹤都飞不过去，
水急急到连善于攀援的猿猱也为之哀叹。
青泥岭是多么的盘旋曲折，
走百步就要绕着山岩拐九道弯。
山路快要擦到星宿使人紧张得不敢呼吸，
只好坐下来用手抚摸胸口长长地感叹。
请问朋友你西游蜀地何时才会回还？
那可怕的路途中险峻的山岩可不好登攀。
只见鸟儿在古木林中发出悲哀的叫声，
雌雄结对在林中环绕飞翔。
又会听见杜鹃在月夜里啼叫，
那悲切的叫声长久地回荡在空山。
唉，走蜀道简直比上青天还难，
使人听了就红颜顿失、心惊胆战。
连绵的山峰距天还不满一尺，
枯松好像倒挂着靠在绝壁上一样。
飞泻而下的瀑布急流产生巨大的轰鸣，
撞击着岩石千山万谷发出雷鸣般声响。
蜀道的艰险就是这样的不同寻常，
感叹你这远方之人来到这里是为哪般？

那剑门关周围的山势险峻异常,
一个人把守,一万个人也难以破关。
守关的人如果不是亲信,
那很可能就会变成豺狼。
在这里早上要躲避猛虎,晚上要躲避毒蛇;
它们磨着牙,吮着血,想要把人吃光。
在锦官城虽说快乐,还是不如早早把家还。
唉,走蜀道简直比上青天还难,
只要侧身西望都会使人发出长长的感叹!

【赏析】

　　这是一首奠定李白"诗仙"地位的浪漫主义杰作。诗人以雄健奔放的笔调,展开奇特的想象,描绘了由秦入蜀这艰险路上的壮丽山河,通篇紧扣一个"难"字,写得瑰丽而又神奇,表现出高超的艺术构思和惊人的语言技巧,充满浓郁的浪漫主义色彩。

　　诗歌开篇就紧扣诗题着力渲染蜀道之难。首句"噫吁嚱,危乎高哉"一声惊叹,突兀而起,直抒对蜀道高峻艰险的惊愕和感喟。接着用"难于上青天"作比,以夸张的言辞把人的想象带入那耸入云霄的崇山峻岭之中。然后分三部分来写蜀道之难。第一部分从开头到"然后天梯石栈相钩连",用神话传说和历史故事写蜀道开辟之难。第二部分从"上有六龙回日之高标"到"嗟尔远道之人胡为来哉",着重从山高、路远、水急几个方面写蜀道跋涉攀登之难,将蜀地山川的险恶描绘得惊心动魄,兼对友人西游入蜀表惋惜之意。第三部分从"剑阁峥嵘而崔嵬"到"侧身西望长咨嗟",又从地形险要和社会环境险恶方面写蜀地居留之难。

　　强烈的抒情色彩贯穿全篇,"蜀道之难,难于上青天"的强烈咏叹在诗中出现了三次,就像一首交响乐的主旋律,使得首尾呼应,连绵一体,给人以一唱三叹、回环往复之感,令人荡气回肠。诗人将奇特的想象、恣意的夸张与相关的神话传说融为一体,为峥嵘崔嵬而不可登攀的蜀道抹上了一层古朴悲凉而又离奇迷幻的色彩,使整首诗散发出浓郁的浪漫气息,给读者留下深刻印象。全诗线索清晰,一条是由古及今的时间线索,一条是由秦入蜀的空间线索。两条线索交织在一起。句式灵活多变，以七言为主，又掺杂以四言、五言、六言、八言等其他句式。短者仅三字，长者达十一字，随心所欲，穷极变化，语言奔放恣肆，充分体现了李白歌行体的独特个性和浪漫主义的创作风格。

清平调①词三首

李白

【导读】

这三首诗是李白在长安供奉翰林时所作。一日，唐玄宗和杨贵妃在宫中观牡丹花，因命李白写新乐章，李白奉诏而作。

其 一

名句： 云想衣裳花想容，春风拂槛露华浓。

【原诗】

云想衣裳花想容②，春风拂槛露华③浓。
若非群玉山④头见，会向瑶台⑤月下逢。

【注释】

①清平调：乐府中有清调、平调、瑟调，皆古调之遗声。②"云想"句：可解为把衣裳想象为云，把花想象为容貌。这里是以云比喻杨贵妃衣服的华贵，以花比喻她容貌的娇美。③露华：露水。④群玉山：西王母所居之地，此指仙山。⑤瑶台：用玉石做的台，指仙宫，仙女所居之地。

【译诗】

彩云像她的衣裳鲜花像她的面容，
春风吹拂着栏杆露水缀满了花丛。
如果不是在仙山的山头上见到她，
也定会在瑶台的月光下与她相逢。

【赏析】

诗的开头"云想衣裳花想容"一句，运用比喻和联想，把杨贵妃的衣服写成如霓裳羽衣一般，簇拥着她那美丽丰盈的玉容。"想"字有正反两面的理解，可以说是见云而想到衣裳，见花而想到容貌；也可以说把衣裳想象为云，把容貌想象为花，这样交互参差，七个字就给人以花团锦簇之感。接下来"春风拂槛露华浓"，进一步以"露华浓"来点染花容。美丽的牡丹花在晶莹的露水浸润下显得更加艳冶，这就使上句更为丰满，使花容人面倍见精神。下面两句"若非群玉山头见，会向瑶台月下逢"，诗人的想象忽又升腾到天上西王母所居的群玉山、瑶台。"若非""会向"，诗人故作渲染：这样超绝的花容，恐怕只有在上天仙境才能见到！玉山、瑶台、月色，一系列素淡的字眼，映衬花容人面，使人自然联想到"雪肤花貌"。这里诗人不露痕迹，把杨贵妃比作天女下凡，可谓精妙至极。

其 二

名句：一枝红艳露凝香，云雨巫山枉断肠。

【原诗】

一枝红艳露凝香①，云雨巫山枉断肠②。
借问汉宫谁得似？可怜飞燕③倚新妆。

【注释】

①"一枝"句：以红艳牡丹比杨贵妃。②云雨巫山：指巫山神女。此句谓杨贵妃赛过巫山神女，因而见到了杨贵妃，就不必再为思慕神女而徒然感伤。③飞燕：指汉成帝宠妃赵飞燕。

【译诗】

像一枝红牡丹沐浴着雨露散发芳香，
巫山的神女面对她也只能空自嗟伤。
请问汉宫的美女中有谁能与她相比，
连最可爱的赵飞燕也必须精心梳妆。

【赏析】

第二首诗从视觉和嗅觉两方面来写花写人。起句"一枝红艳露凝香"不但写色，而且写香；不但写天然的美，而且写含露的美，比上一首的"露华浓"更进一层。"云雨巫山枉断肠"用楚襄王的故事，把上句的花加以人化，指出楚王为神女而断肠神伤，可巫山神女在杨贵妃面前也相形见绌、自叹不如。接下来再使用典故：汉成帝的皇后赵飞燕，可算得上是绝代美人了，可是赵飞燕还得倚仗新妆，哪里及得眼前花容月貌的杨贵妃，不需脂粉，便是天然绝色。这里压低神女和飞燕来抬高杨贵妃，借古喻今。相传赵飞燕体态轻盈，能站在宫人手托的水晶盘中歌舞，而杨贵妃则比较丰满，固有"环肥燕瘦"之语（杨贵妃名玉环）。后人据此就编造事实，说杨贵妃极喜此诗，时常吟哦。而高力士因李白曾让他当众脱靴心中怀恨，就向杨贵妃进谗言，说李白以飞燕之瘦讥贵妃之肥，以飞燕之私通赤凤讥贵妃之宫闱不检。这些都是因此诗引出来的故事，未必为真。

其 三

名句：名花倾国两相欢，长得君王带笑看。

【原诗】

名花倾国①两相欢，长得君王带笑看。
解释春风无限恨②，沉香亭北倚阑干③。

【注释】

①倾国：形容绝色美女。《汉书·外戚传》所引《李延年歌》："北方有佳人，绝世而独立。一顾倾人城，再顾倾人国。"②解释：解除、消释。春风：代指名花和倾国（美人）。这句的意思是说只有名花和美丽的杨贵妃才能消解唐明皇的惆怅。③沉香亭：在唐代兴庆宫中龙池东，以沉香木造成。阑干：也作"栏杆"。

【译诗】

牡丹花和美佳人两样都令人心欢，
惹得君王成天带着笑脸不停地看。
只有春风能消解君王无限的惆怅，
看沉香亭北他们一起依偎在栏杆。

【赏析】

第三首诗从前两首的仙境回到现实。开头二句"名花倾国两相欢，长得君王带笑看"，这里的"倾国"美人指杨贵妃，诗到此处才正面点出，并用"两相欢"把牡丹和"倾国"合为一提，再用"带笑看"三字，使牡丹、杨贵妃、唐玄宗三位一体，融合在一起。这样，使得这三首诗的诗意由含蓄朦胧逐渐变为明快爽朗。由于第二句的"笑"，引出了第三句的"解释春风无限恨"。"春风"两字包含了"名花"和"倾国"，说只有"名花"和"倾国"才足以消解君王的惆怅。这一句把牡丹、美人的动人之处写得情趣盎然。君王常常带笑，怅恨都为之消失了。末句点明唐玄宗、杨贵妃赏花的地点——"沉香亭北"。花在栏外，人倚栏杆，极力渲染二人的优雅和恩爱。

这三首诗是李白的现场应命之作，充分体现了诗仙超出常人的非凡文才。第一首从空间来写，第二首从时间来写，第三首写现实。诗句浓艳，字字流葩，最突出的是将花与人融在一起写，如"云想衣裳花想容"，似在写花容，又似在写人面。"一枝红艳露凝香"，也都是人、物交融，言在此而意在彼。读这三首诗，如觉春风满纸，花光满眼，人面迷离，华丽异常。无怪乎李白写完这三首诗后就深得唐玄宗的赞赏。

月下独酌四首（其一）

李白

名句：举杯邀明月，对影成三人。

【导读】

天宝三载（744年）春，李白在长安受到小人排挤，感到现实污浊黑暗，而自己无力改变，产生了及时行乐、借酒浇愁的思想。《月下独酌》就写于这个时期，是李白酒后抒情之作，共四首，这是第一首。

【原诗】

花间一壶酒，独酌无相亲①。
举杯邀明月，对影成三人。
月既不解饮，影徒②随我身。
暂伴月将影③，行乐须及春④。
我歌月徘徊⑤，我舞影零乱⑥。

醒时同交欢，醉后各分散。
永结无情游⁷，相期邈云汉⁸。

【注释】

①独酌：一个人自斟自饮。无相亲：没有亲朋相陪伴。②徒：徒然，白白地。③暂：暂时，姑且。将：与，和。④行乐须及春：及时行乐的意思。⑤月徘徊：月光留恋不愿离开。⑥影零乱：影子随着零乱的舞步也变得散乱。⑦无情游：指忘却世情的游乐。⑧相期：相互期待。邈（miǎo）：遥远。云汉：天河，此处指天上仙境。

【译诗】

带一壶美酒来到鲜花盛开的地方，
环顾身边没有亲人只好独自把盏。
举起酒杯邀请来天上的皓皓明月，
对月带影成了三人也不感到孤单。
沉默的月儿它当然不会与我畅饮，
寂寞的影儿白白地跟随在我身旁。
我姑且伴着这难得的明月和清影，
抓紧时间享受美妙的良宵和春光。
放声歌唱惹得月光徘徊不想离去，
在月下起舞使得影子也变得凌乱。
清醒的时候我们共同地尽情欢乐，
酒醉以后我们暂时分别各走一方。
让我们永远结成好友忘情地游乐，
期待着重逢在那邈远的云汉之乡。

【赏析】

这首诗写诗人月夜花下独酌、孤单寂寞的冷落情景，抒发无人亲近、世无知音的感慨。诗人运用丰富的想象，表现出由孤独到不孤独，由不孤独到孤独，再由孤独到不孤独的一种复杂情感。

月下独酌，本来就很寂寞，但诗人运用丰富的想象，把月亮和自己的身影凑成了所谓的"三人"。又从"花"字想到"春"字，从"酌"到"歌""舞"，把寂寞的环境渲染得十分热闹，不仅笔墨传神，更重要的是表达了诗人善于排遣寂寞的旷达不羁的个性和情感。诗的开头四句为第一段,写花、酒、人、月影。诗的主旨是表现孤独,却举杯邀月,幻出月、影、人三者;然而月不解饮,影徒随身,仍归孤独。第五句至第八句为第二段,从月影上发议论,点出"行乐须及春"的题意。最后六句为第三段,写诗人执意与月光和身影永结无情之游,并相约在邈远的天上仙境重见。

全诗表现了诗人怀才不遇的寂寞和孤傲,也表现了他放浪形骸、狂荡不羁的性格。从表面上看,诗人好像真能自得其乐,背面却充满着无限的凄凉。诗人孤独到了邀月和影做伴,甚至设想连今后的岁月也不可能找到同饮的人了,所以只能与月光、身影永远结游,并且约好在天上仙境再见。这是一个精心创设的场面,写得非常自然。诗歌意境新奇,想象力非凡,具有浓郁的浪漫主义色彩,有很强的艺术感染力。

行路难三首(其一)

李白

名句:长风破浪会有时,直挂云帆济沧海!

【导读】

这首诗为唐玄宗天宝三载(744年)李白遭权贵和小人排挤被免去翰林之职、愤然离京时所作。《行路难》原作三首,这是第一首。

【原诗】

金樽清酒斗十千①,玉盘珍羞直万钱②。
停杯投箸③不能食,拔剑四顾心茫然。
欲渡黄河冰塞川,将登太行雪满山。
闲来垂钓碧溪上④,忽复乘舟梦日边⑤。
行路难!行路难!多歧路,今安在?
长风破浪会有时⑥,直挂云帆⑦济沧海!

【注释】

①樽(zūn):古时盛酒的器具。斗:也为古时盛酒的器具,这里是"一斗"的意思。一斗酒值十千钱,说明酒美价贵。②羞:同"馐",美味。直,通"值"。③箸:

筷子。④"闲来"句：传说姜太公年老穷困，在渭水边钓鱼，周文王外出打猎遇见，将他接回去，拜他为老师，任用他治理国家。⑤"忽复"句：传说商朝的伊尹梦见自己乘船经过日月的旁边，不久就受当时的君主汤的聘用。这两句是说自己具有伊尹、姜太公一样的才干、抱负，却没有他们那样幸运。⑥"长风"句：南朝人宗悫（què）少年时，叔公宗炳问其志向，他回答道："愿乘长风破万里浪。"这里用来比喻一往无前、干大事业的志向。会：应当，当然。⑦济：渡。

【译诗】

金杯里的美酒一斗就值钱十千，
玉盘中的佳肴一盘就值一万钱。
可放下杯子筷子实在难以下咽，
拔出剑环顾四周心中茫然无边。
想渡过黄河可坚冰堵塞了河道，
想登上太行山却大雪落满山间。
姜尚在溪边垂钓却巧遇了文王，
伊尹梦乘舟被提拔到商汤身边。
行路难啊行路难！
岔路太多找不到方向举步维艰。
坚信长风破浪的志向定会实现，
那时将扬帆渡过大海直上青天。

【赏析】

这首诗抒写了李白在政治道路上遭遇艰难时产生的不可抑制的愤激，以及仍盼望有一天能施展自己抱负的心理，表现了他对人生前途充满乐观的豪迈气概。

诗的开篇就以美酒佳肴不能下咽、心中一片茫然写出心中的理想与残酷现实之间的冲突给诗人带来的极度痛苦。接着以"渡黄河""登太行"比喻自己的远大抱负，以"冰塞川""雪满山"比喻所遇到的艰难险阻。再用姜太公、伊尹的典故，感慨自己虽有这两人一样的才干和抱负却未得施展，表达自己虽屡遭挫折而绝不放弃的决心。然而"行路难！行路难"的呼告，又形象地表现出诗人既不断追求又苦闷彷徨的矛盾心态。最后用"直挂云帆济沧海"的豪迈诗句表达自己一吐胸中郁塞之气后的畅快、自信与自豪。诗中既表达了诗人幽愤深广的失意情怀，又展示出诗人蔑视权贵、追求自由的个性，以及由失意激发起来的更为宏伟远大的抱负和自信。内容丰富，想象奇特，格调豪健，意蕴深远，充满着积极浪漫主义的情调。

"长风破浪会有时，直挂云帆济沧海"已成了古往今来人们坚守理想、不畏艰险、勇往直前、乐观向上的座右铭而流传至今。

梦游天姥吟留别

李白

名句：安能摧眉折腰事权贵，使我不得开心颜！

【导读】

这首诗写于李白第二次受排挤离开长安后。这年冬天他回到山东，只是与友人寻幽饮酒，忌谈功名富贵。天宝五载（746年）秋离家南下，准备再游吴越。这首诗便是去吴越之前写的，一名《梦游天姥别东鲁诸公》。

【原诗】

海客谈瀛洲①，烟涛微茫信难求②；
越人语天姥③，云霞明灭④或可睹。
天姥连天向天横⑤，势拔五岳掩赤城⑥。
天台一万八千丈⑦，对此欲倒东南倾⑧。
我欲因之⑨梦吴越，一夜飞度镜湖⑩月。
湖月照我影，送我至剡溪⑪。
谢公⑫宿处今尚在，渌水荡漾清猿啼⑬。
脚著谢公屐⑭，身登青云梯⑮。
半壁见海日⑯，空中闻天鸡⑰。
千岩万转路不定⑱，迷花倚石忽已暝⑲。
熊咆龙吟殷岩泉⑳，慄深林兮惊层巅㉑。
云青青㉒兮欲雨，水澹澹兮生烟。
列缺㉓霹雳，丘峦崩摧。

洞天石扉，訇然中开㉔。
青冥㉕浩荡不见底，日月照耀金银台㉖。
霓为衣兮风为马，云之君㉗兮纷纷而来下。
虎鼓瑟兮鸾回车㉘，仙之人兮列如麻。
忽魂悸以魄动，恍㉙惊起而长嗟。
惟觉时㉚之枕席，失向来之烟霞㉛。
世间行乐亦如此，古来万事东流水㉜。
别君去兮何时还？且放白鹿青崖间，
须行即骑访名山㉝。
安能摧眉折腰事权贵㉞，使我不得开心颜！

【注释】

①瀛洲：古代传说中东海有三座仙山，叫蓬莱、方丈、瀛洲。②烟涛：波涛渺茫，远看像烟雾笼罩的样子。微茫：景象迷茫不清。③越人：指浙江一带的人。天姥（mǔ）：山名，在今浙江省。④云霞明灭：云霞忽明忽暗。⑤向天横：遮断天空。横：遮断。⑥势拔五岳掩赤城：山势高过五岳，遮蔽了赤城。拔：超出。五岳：东岳泰山，西岳华山，中岳嵩山，北岳恒山，南岳衡山。赤城：和下文的"天台"都是山名，在今浙江省。⑦一万八千丈：一作"四万八千丈"。⑧倾：倾倒、拜倒。⑨因之：依据越人的话。因：依据。之：指代前段越人的话。⑩镜湖：又名鉴湖，在浙江绍兴。⑪剡（shàn）溪：水名，在浙江嵊（shèng）县。⑫谢公：指南朝宋诗人谢灵运。谢灵运喜欢游山，他游天姥山时，曾在剡溪附近住宿。⑬渌（lù）：清。清：这里是凄清的意思。⑭谢公屐：谢灵运穿的那种木屐。《南史·谢灵运传》记载：谢灵运游山，必到幽深高峻的地方。他备有一种特制的木屐，屐底装有特制的齿；上山时去掉前齿，下山时去掉后齿。屐：木屐，以木板作底，上面有带子，形状像拖鞋。⑮青云梯：指高入云霄的山路。⑯半壁见海日：（上到）半山腰就看到从海上升起的太阳。⑰天鸡：古代传说，大地的东南有桃都山，山上有棵大桃树，叫桃都，树枝蔓延三千里。树上栖有天鸡。每当太阳初升，照到桃都树上，天鸡就叫起来，天下的鸡也都跟着叫。⑱路不定：没有固定方向地行走。⑲迷花倚石忽已暝：迷恋着花，赏玩着石，不觉天色已经晚了。暝：天黑、夜晚。⑳熊咆龙吟殷（yǐn）岩泉：熊在怒吼，龙在长鸣，像雷鸣般的声音，震响在岩石和泉水中间。殷：形容雷声震动很大。㉑栗深林兮惊层巅：使深林战栗，使层巅震惊。㉒青青：黑沉沉的。㉓列缺：指闪电。列：通"裂"，分裂。缺：指云的缝隙。电光从云中决裂而出，故称"列缺"。㉔洞

天石扉（fēi），訇（hōng）然中开：仙府的石门，訇的一声从中间打开。洞天：仙人居住的洞府。扉：门窗。訇然：形容声音很大。㉕青冥：天空。㉖金银台：金银筑成的宫阙，指神仙居住的地方。㉗云之君：云神，这里泛指神仙。㉘鸾回车：鸾鸟驾车。鸾：鸾鸟，传说中的神鸟。回：运转、运行。㉙恍：突然惊醒而心神不定的样子。㉚觉时：醒时。㉛失向来之烟霞：梦中的烟雾云霞消失了。㉜东流水：像东流的水一样不能再回来。㉝"且放"二句：暂且把白鹿放养在青山中，需行时就骑上它去寻访名山。白鹿：据说神仙或隐者多骑白鹿。须行：要走的时候。㉞摧眉折腰：低头弯腰。摧眉：即低眉，低头。事：侍奉。

【译诗】

　　航海的人常常说起瀛洲仙岛，
　　海上烟波浩渺实在难以寻找。
　　江浙的人说起他们的天姥山，
　　云雾忽明忽暗或许还可看到。

　　天姥山连接天边遮断了天空，
　　山势超五岳把赤城揽在怀中。
　　那一万八千丈高的天台山啊，
　　就好像面朝着东南向它鞠躬。

　　我想照他们说的去梦游吴越，
　　一夜就飞渡到镜湖去赏明月。
　　那湖上的月光照着我的身影，
　　随风把我轻轻地送到了剡溪。
　　当年谢灵运的住所至今仍在，
　　溪水清澈回荡着凄清的猿啼。
　　我脚上穿着谢公制的登山屐，
　　身子攀登在极陡峭的青云梯。
　　半山腰就能看到东海的日出，
　　听到空中传来了天鸡的鸣啼。
　　我在弯弯山路上无定向地走，

迷恋着花石忽然夜幕已降临。

这时如熊咆龙吟般水声震天，
使深林害怕山峦也受到惊骇。
云黑沉沉的天上好像要下雨，
水波摇动水面上笼罩着青烟。
突然之间闪电挟着惊雷掠过，
四周的峰峦一下子崩塌下来。
那神仙们居住的洞府和石门，
"轰"的一声竟从中间打开。
里面的天空辽阔得看不见底，
太阳月亮同时照耀着金银台。

看，用彩云做衣啊用风做马，
云中的神仙纷纷从天上飘下。
老虎为他们弹琴鸾鸟来驾车，
列队而来的仙人们密密麻麻。
忽然我的魂魄似乎动了一下，
恍惚中惊醒感到莫名的惊诧。
身边只剩醒时的枕头和席子，
再也不见梦中的烟雾和云霞。

唉，世间行乐也只如此无奈，
古来万事如水东流再不回来。
与你一别什么时候还能返回？
暂且把白鹿放青山将我等待，
想走时就骑上它把名山游遍。
我怎能低头弯腰去侍奉权贵，
使我不能敞开心胸舒展笑颜！

【赏析】

　　这首诗是李白积极浪漫主义的代表作品，是一首记梦诗，也是一首游仙诗。诗人以浪漫的笔调抒写了梦中漫游天姥山的迷人境界，景象瑰丽，亦真亦幻，光怪陆离，变化莫测，充满了热烈奔放的激情，表现了诗人丰富的想象力，表达了诗人愤世嫉俗、不满黑暗现实、蔑视权贵的反抗精神，抒发了诗人渴望自由、追求个性解放的强烈愿望。

　　全诗可以分为三个部分来解读。第一部分引入古代传说，先写虚无缥缈的海外仙境瀛洲，再写现实中的天姥山在浮云彩霓中时隐时现胜似仙境。以虚补实，突出了天姥胜景，暗蕴着诗人对天姥山的向往，写得富有传奇色彩。第二部分写梦游天姥山的全过程，展现出的是一幅幅瑰丽变幻的奇景：天姥山隐于云霓之中，引起了诗人探求的渴望。接着依次写了梦游路线、山中的奇异见闻以及仙人居住的金银台，甚至出现仙人列队相迎的盛大热烈场面。这是全诗情节的主体，为结尾抒发激愤之情埋下了伏笔。第三部分写梦醒后的感慨。"安能摧眉折腰事权贵，使我不得开心颜"两句，一吐在长安三年受小人排挤的郁闷之气，如天外飞来之笔，点亮了全诗的主题，表现了李白对封建权贵不妥协的反抗精神，它唱出了封建社会中多少怀才不遇人士的苦闷心声。

　　全诗构思奇特，想象丰富，意境雄伟，主旨深刻，文辞夸张，兴到笔随，酣畅淋漓地倾泻感情，具有浓郁的浪漫主义色彩，历来为人称诵。

将进酒[①]

李白

名句：君不见黄河之水天上来，奔流到海不复回。
　　　天生我材必有用，千金散尽还复来。

【导读】

　　李白的这首诗，约作于天宝十一载（752年）。他当时与友人岑勋在嵩山另一好友元丹丘的颍阳山居做客，三人登高宴饮，以为人生快事莫若置酒会友。作者又正值"抱用世之才而不遇合"之际，于是满腔的怨愤牢骚借酒兴诗情来了一次淋漓尽致的抒发，写下了这首千古传诵的名篇。

【原诗】

君不见黄河之水天上来，奔流到海不复回。
君不见高堂明镜悲白发，朝如青丝暮成雪。
人生得意须尽欢，莫使金樽空对月。
天生我材必有用，千金散尽还复来。
烹羊宰牛②且为乐，会须③一饮三百杯。
岑夫子④，丹丘生⑤，将进酒，杯莫停。
与君歌一曲，请君为我倾耳听。
钟鼓馔玉⑥不足贵，但愿长醉不复醒。
古来圣贤皆寂寞⑦，惟有饮者留其名。
陈王昔时宴平乐⑧，斗酒十千恣欢谑⑨。
主人何为⑩言少钱，径须沽取对君酌⑪。
五花马，千金裘⑫，呼儿将⑬出换美酒，
与尔同销万古愁。

【注释】

①《将进酒》：汉乐府旧题。题意为"请喝酒"。将（qiāng）：请。②烹羊宰牛：意思是丰盛的酒宴。语出自曹植《箜篌引》："中厨办丰膳，烹羊宰肥牛。"③会须：应当。会、须，皆有应当的意思。④岑夫子：即岑勋。⑤丹丘生：即元丹丘，当时的隐士。⑥钟鼓馔（zhuàn）玉：形容富贵豪华的生活。钟鼓：鸣钟击鼓作乐。馔玉：美好的饮食。馔：吃喝。玉：玉一般美好。⑦寂寞：这里是被世人冷落的意思。⑧陈王昔时宴平乐：陈王从前在平乐观举行宴会。陈王：即曹植，因封于陈（今河南淮阳一带），死后谥"思"，世称陈王或陈思王。宴：举行宴会。平乐：观名，汉明帝所建，在洛阳西门外。这句和下句都出自曹植《名都篇》："归来宴平乐，美酒斗十千。"⑨斗酒十千恣（zì）欢谑（xuè）：喝着名贵的酒，纵情地欢乐。斗酒十千：一斗酒价值十千钱，意即名贵。恣：放纵、无拘束。谑：开玩笑。⑩何为：为什么。⑪径须沽取：那就应当买了来。径：即、就。沽：通"酤"，买或卖，这里指买。取：语助词，表示动作的进行。⑫五花马：毛色斑驳的马，极言马的名贵。裘：皮衣。⑬将：拿。

【译诗】

朋友，你是否看见黄河之水从天上飞泻而来，
滔滔不绝一去不复返奔向浩瀚的大海。
你是否看见有人对着大厅明镜里的白发悲哀：
早晨头上的青丝怎么晚上就变成了白雪皑皑？
人生得意的时候啊应当尽情欢乐，
莫空着酒杯辜负了明月的偏爱。
上天赋予我的才能必定有用它的一天，
放心吧千金即使散尽到时候还会再来。
宰牛啊烹羊啊大家喝个痛快，
一口气干它三百杯才是应该。
岑夫子，丹丘生，
请喝酒吧一刻也不要停下来。
我来唱支歌，
请你们仔细听我敞开胸怀。
金钱和富贵不值得羡慕，
只希望长久地醉去不愿再醒来。
古来的圣贤心中是多么寂寞，
只有饮者的名字能长留人间。
想当年陈王在平乐观大宴宾客，
豪饮着名贵的美酒欢闹得多么开怀。
主人啊你为什么要说钱太少，
赶快再去打酒来让我们喝个痛快。
五花马，千金裘，
统统拿去换好酒来，
让我们一醉方休，
永远忘掉那怀才不遇的万古愁怨！

【赏析】

  这是一首劝酒歌，诗人借题发挥，尽吐郁积在胸中的不平之气，也流露了想施展抱负的强烈愿望。

诗的开头"君不见黄河之水天上来"六句，以神奇莫测之笔，凭空起势，挽奔腾不息的黄河入诗，寄寓激情，想象非凡，气魄宏伟。写人生寿命如黄河之水奔流入海，一去不复返。然后又用一个极度夸张的句子，抒写人生易老的感慨，有力地表达了诗人老之将至、时不我待的急切心情，为后面抒情打下基础。然后是再三再四地劝酒，劝导别人应及时行乐、莫负光阴。以下"天生我材必有用"后十六句，写人生富贵不能长保，因而"千金散尽""且为乐"。同时指出"古来圣贤皆寂寞"，只有"饮者"留名千古，并以陈王曹植为例，抒发了诗人内心的不平。"主人何为言少钱"以下六句，写诗人酒兴大作，"五花马""千金裘"都不足惜，只图一醉方休，表达了诗人旷达的胸怀。"天生我材必有用"一句，在表达自信为人的同时，也流露怀才不遇和渴望用世的积极思想感情。

这首诗无论从思想意义还是艺术表现方面都有极高的欣赏价值。从思想意义方面说，这是一首"劝酒诗"，诗中实际表现的是诗人因受权贵排挤、心情十分愤懑、压抑和痛苦时醉生梦死、借酒浇愁、及时行乐、但愿长醉不愿醒的消极颓废情绪。但读完全诗后并不觉得消极，反而有荡气回肠、豪情顿生之感。这是为什么呢？原来，诗人把对丑恶现实的不满、怀才不遇的牢骚，都化作了对权贵的蔑视和对金钱的淡泊，同时又巧妙地扩大了"人生得意"的范畴：好友、知己相逢一起畅谈，一起饮酒，一起赋诗，是何等洒脱，何等"得意"！再加上"黄河之水天上来"的奇特想象、"天生我材必有用"的自尊自信、曹植"斗酒十千"的千古美谈，于是，消极的情绪化作了积极，高调压住了低调，使一首消极颓丧的诗歌反倒充满乐观的情绪和激励的精神。从艺术表现方面说，感情充沛、想象奇特、极尽夸张、气势磅礴是这首诗最鲜明的特点。诗歌深沉浑厚，气象不凡。情极悲愤狂放，语极豪纵沉着，大起大落，奔放跌宕。诗句长短不一，参差错综；节奏快慢多变，一泻千里。在结构上，前后联系紧凑，一气呵成。比较自由的歌行体裁以及比喻、排比、呼告、夸张等手法和形象流畅、激越响亮的语言，使这首诗读来朗朗上口。

全诗塑造了一个忧国伤时、渴望建功立业却不被世所用，性格傲岸不羁、豪放洒脱的诗人形象，让人难以忘怀。尤其"天生我材必有用"一句，是诗人极其自信的人生价值宣言，闪耀着昂扬向上的思想光辉，已成为成语流芳百世。古往今来，多少遭遇坎坷的怀才不遇之士，把它作为箴言警句，从中滋长了希望、增强了信心，激励他们百折不挠、奋然前行。

宣州谢朓楼饯别校书叔云①

李白

名句：俱怀逸兴壮思飞，欲上青天揽明月。
抽刀断水水更流，举杯销愁愁更愁。

【导读】

唐天宝十二载（753年），李白在宣城（今安徽宣城）与时任校书郎的族叔李云相遇，同登谢朓楼，并在为其饯别时写下了这首诗。此诗并不直言离别，而重在抒发失意之愤和豪迈之情。

【原诗】

弃②我去者，昨日之日不可留；
乱我心者，今日之日多烦忧。
长风万里送秋雁，对此可以酣高楼③。
蓬莱文章建安骨，中间小谢又清发④。
俱怀逸兴壮思飞，欲上青天揽⑤明月。
抽刀断水水更流，举杯销愁愁更愁。
人生在世不称意，明朝散发弄扁舟⑥。

【注释】

①宣州：今安徽宣城。谢朓楼：南北朝时齐朝诗人谢朓任宣城太守时，在宣城外陵阳山上所建的一座楼，人称谢朓楼，也称北楼。校书：官名，校书郎的简称。云：李云。②弃：抛弃。③酣高楼：在谢朓楼上畅饮。④"蓬莱文章"二句：蓬莱指神话传说中的海上仙山，传说仙府图书都集中藏在这里。蓬莱文章：即汉代文章，汉时的东观是国家的藏书之地，于是将它比作蓬莱山。这里指李云所写的文章。建安：东汉献帝年号（196—214年）。建安骨：建安时期，曹操父子、孔融、陈琳等人的诗作，反映了当时动乱时代的社会现实，诗作风格刚健清新，后人称之为"建安风骨"。小谢：指谢朓。世称刘宋时代的诗人谢灵运为大谢，称谢朓为小谢。清发：指清新秀发的诗风。这两句虽是赞美建安诸子和谢朓，但也有暗喻李云和自己的意味。⑤揽：摘取。⑥扁（piān）舟：小船。

【译诗】

多少个昨日离我而去无法挽留，
多少个今日乱我心绪徒增烦忧。
万里长风中我目送着秋雁南去，
面对此情此景让我们畅饮高楼。
你的文章如建安才子风骨犹存，
我的诗风和小谢一样新颖清秀。
兴致勃发我的神思已飞越天际，
多想跃上青天将明月揽在心头。
抽刀斩断江水，江水更加湍急，
借酒浇灭愁绪，旧愁更添新愁。
人生在世上如果活得不称心意，
不如明早披发归隐去飘荡扁舟。

【赏析】

这首饯别诗的重点不是写离情别绪，而主要是感怀。李白从自己被放还山的遭遇中，看到了唐王朝政治日趋腐败，感到自己的抱负无法施展，因而心情极度苦闷。这首诗就抒发了这种怀才不遇的抑郁和抱负不能实现的牢骚。

诗的开始"弃我去者"四句起笔突兀，不扣诗题写叙别，也不写楼，却直抒郁结，道出心中烦忧。第三、四句"长风万里送秋雁"后突作转折，从苦闷转到爽朗壮阔的境界，展开了一幅秋空送雁图。一"送"，一"酣"，点出了"饯别"的主题。"蓬莱文章建安骨"四句，赞美对方文章刚健遒劲，有建安风骨，又以小谢自比，隐含自己具有才能，表达了对高洁理想的追求，同时也表现了诗人的文艺观。末四句抒写感慨，理想与现实不可调和，不免烦忧苦闷，只好在"弄扁舟"中寻求寄托。思想感情瞬息万变，艺术结构腾挪跌宕，起落无端，断续无迹，深刻地表现了诗人矛盾的心情。

全诗感情沉郁、奔放，几乎句句都是精华。尤其"抽刀断水水更流，举杯销愁愁更愁"两句如神来之笔，内容酷似醉语，构思新颖奇绝，语言豪放自然，音律和谐统一，是诗中最精彩的诗句，深刻地表现了诗人理想与现实之间不可调和的矛盾心理，概括了独特而深刻的生活体验，成为千百年来描绘愁绪的名句流传至今。

登金陵凤凰台①

李白

名句：三山半落青天外，二水中分白鹭洲。

【导读】

此诗是李白在天宝年间被排挤离开长安后南游金陵时所作，立意显然受到崔颢《黄鹤楼》诗的启发。这是一首脍炙人口的登高怀古诗作，在凤凰台的题咏中被称为"绝唱"。

【原诗】

凤凰台上凤凰游，凤去台空江自流。
吴宫②花草埋幽径，晋代衣冠成古丘③。
三山半落青天外④，二水中分白鹭洲⑤。
总为浮云能蔽日⑥，长安⑦不见使人愁。

【注释】

①金陵：今江苏南京。凤凰台：故址在今凤凰山上，相传在刘宋元嘉年间有凤凰集于此山，因筑此台。②吴宫：三国时孙吴所建宫殿。③晋代：指东晋南渡后建都于金陵。衣冠：指当时的豪门世族。古丘：古墓。④三山：山名，在南京西南，有三峰，故名。半落青天外：描写遥望三山，出没于云雾中，如天外飞来。⑤二水：一作"一水"，指长江。因秦淮河由金陵城流入长江，白鹭洲横其间，分为二支。白鹭洲：古代长江中的沙洲，在今南京水西门外，因多聚白鹭而得名。⑥"总为"句：以"浮云"比奸邪小人，以"日"喻君王。⑦长安：唐代都城，故址在今陕西西安。

【译诗】

凤凰台曾有凤凰在这里栖息停留，
凤凰飞走楼台空空只有江水奔流。
东吴宫殿的花草已埋入幽僻小路，
晋代的豪门世族也只剩座座坟丘。
三山仿佛有一半隐没在青天之外，
将江水从中分开的是那白鹭沙洲。
都是因为满天的浮云遮蔽了太阳，
使我看不见长安心中充满了忧愁。

【赏析】

这首诗通过写诗人登古台时的所见所感，描绘了祖国河山的壮丽景色，在抒发怀古的幽思中，表现忧国伤时的激愤情感。

诗的首联引用传说写登凤凰台时的感受。诗人面对因时代变迁而变化的凤凰台和万古长流的江水，慨叹六朝的繁华一去不复返，而大自然才是永恒的存在。颔联两句是对"凤去台空"的发挥，联想到"吴宫花草"和"晋代衣冠"如今只余下"幽径"和"古丘"，曾经繁华一时的吴、晋终因统治者的奢侈享乐而转瞬即逝了，这正如凤凰台再也见不到凤凰一样，令人有物是人非之感。颈联两句则是"江自流"的形象化写照。三山的峰峦在天边的云海中若隐若现，白鹭沙洲把长江分成了两股水流。诗人把对历史的凭吊转向亘古不变的山水，是为了同上联形成对照，在"变与不变"的对比中暗含讽喻之意。尾联触景伤怀，抒发对现实的感慨，寓有对朝政的讥讽和诗人自己的忧愤。"浮云能蔽日"暗示皇帝被奸佞小人所包围，使得自己壮志难酬、报国无门，把政治上的不得志与对小人的痛恨之情强烈地抒发了出来。

总的说来，诗的前两联是基础，给全诗定下抒怨愤之情的基调，为下联借古讽今写对时势的忧虑做了铺垫。后两联是自然的发展、扩大和引申。诗人边看边想，视线由近转远，思绪由古至今，表现了强烈的时空感。全诗既写景，又写情；既写人，又写物；既写抱负，又写感慨，把历史典故、眼前景物和诗人自己的感想紧紧交织在一起，有极强的艺术感染力。

早发白帝城

李白

名句：两岸猿声啼不住，轻舟已过万重山。

【导读】

唐乾元二年（759年），李白因永王李璘事件而被流放夜郎（今贵州遵义西北），行至白帝城（今重庆奉节），遇赦东归，从白帝城返回江陵时写下了这首有名的诗。此诗有的版本题为《下江陵》。

【原诗】

朝辞白帝彩云间①，千里江陵②一日还。
两岸猿声啼不住③，轻舟④已过万重山。

【注释】

①朝辞：早上辞别。白帝：白帝城，东汉公孙述所筑，故城在今重庆奉节东、长江北岸的白帝山上。彩云间：言早上阳光映射着山间迷雾，白帝山像是耸立在色彩缤纷的云端里。②千里江陵：旧传从白帝城至江陵相距一千二百里。江陵：今湖北江陵。这句写江水湍急船行快速。③猿：猿猴。这段长江两岸的山里猿猴很多。啼不住：啼叫声在两岸的峡谷中回荡不止。④轻舟：轻快的顺水船。

【译诗】

清晨辞别白帝城彩云飘在天上，
千里之外的江陵一天就能返还。
两岸猿啼声仿佛还在耳边回荡，
轻快的小船已飞越了万重青山。

【赏析】

  这是诗人遇赦时在欢快喜悦的情绪中写下的诗。它的意义已远远超过了诗人个人的遭遇感受。诗篇极其传神地描写了长江三峡的特点，给人一种迸发的激情、勇气和欢愉，成了写三峡的千古名篇。

  诗的首句"朝辞白帝彩云间"为全诗定下了愉快优美的基调，既提示了时间、地点、环境，又构成了瑰丽的色彩和祥和的氛围。白帝城被五光十色的彩云所萦绕，给人以浪漫迷离之感，饱含了诗人的喜悦之情，同时又隐含着白帝城地势高峻，为下句船行之快做好铺垫。第二句"千里江陵一日还"构成了时空上的强烈对比，带有明显的夸张，使三峡之险、江流之急的景象如在眼前，而诗人急于归家的喜悦心情也溢于言表。第三、四两句是倒叙行船过程。诗人舍沿途万千景物不写，只抓住其中最有代表性的"猿声"做文章。"两岸猿声啼不住"是点睛之笔，之所以"啼不住"，是船行飞快的典型感觉。也正是这不绝于耳的猿声增添了音响效果，使人如临其境，如闻其声，增加了诗的神韵。末句"轻舟已过万重山"写船行之速，一个"轻"字既写出水急船快，更写出诗人轻松愉快的心情。

  这是李白一首有名的"快"诗：江流飞快，小船轻快，心情愉快。描摹景物形象逼真，抒发情感畅快淋漓，有人说读来有"晕船"的感觉。诗篇浑然天成，毫无雕镂文饰，历代评论家给予高度评价，称之为"历代七绝第一"。

次北固山下①

王湾

名句：潮平两岸阔，风正一帆悬。

海日生残夜，江春入旧年。

【导读】

王湾，唐代诗人，生卒年代不详，洛阳（今属河南）人。先天年间（712—713年）进士。开元初担任荥阳主簿，官终洛阳尉。《全唐诗》录存其诗十首，其中《次北固山下》在当时就很受推崇，为其代表作。

【原诗】

客路②青山外，行舟绿水前。
潮平③两岸阔，风正④一帆悬。
海日生残夜⑤，江春入旧年⑥。
乡书何处达？归雁⑦洛阳边。

【注释】

①次：远行时暂驻。北固山：在今江苏镇江市北，三面临长江。②客路：指旅途。③潮平：江潮高涨显得江面空阔平静。④风正：风顺。⑤残夜：天快亮的时候。⑥旧年：指前一年的末尾，即将要过新年的时候。⑦归雁：北归的大雁。

【译诗】

一条小路蜿蜒萦绕于青山之间，
一叶轻舟在碧水之中飞快向前。
潮水上涨时两岸一时变得空阔，
和风吹拂中只见一面孤帆高悬。
红日从海上升起冲破漫漫长夜，

江水在春风中送走了旧的一年。
思乡的书信如何才能寄回家去？
有劳北归的大雁捎回洛阳城边。

【赏析】

这是一首很有名的写景诗，诗人也因此诗而名闻天下。这首诗是作者经镇江到江南，小船停驻在北固山下，因看到潮平岸阔、残夜雁归的景致，触发了心中的情思而吟出的千古名诗。

诗歌以"客路青山外，行舟绿水前"这一工整的对偶句发端，交代写诗的背景。其中"客路"和"行舟"已包含了人虽在江南而神驰故里的乡思，并有意与末联的"乡书""归雁"遥相呼应。次两联"潮平两岸阔，风正一帆悬"和"海日生残夜，江春入旧年"均为名句。这两句写出了江流恢弘阔大、行舟视野开阔的景致和感受，写得极其生动逼真。其中"平""阔""正""悬"几个动词的使用非常妥帖，体现出作者观察和炼字的不凡功力。后一联"日生残夜""春入旧年"既形象地描绘了舟行江上天将破晓的情景，表示了时序的交替，还蕴含着一种自然的理趣——新事物的出现必然寓于旧事物的消退之中，给人以乐观、积极向上的力量。末联以"乡书""归雁"照应"客路""行舟"，使诗篇笼罩着一层淡淡的思乡愁绪。

全诗写景逼真，抒情自然，情与景互相生发、相得益彰。由旅途所见的美景而感到冬尽春来，由太阳升起而思念故乡，把彼时彼地诗人的情趣表现得真切、自然而动人，读来令人赏心悦目。

黄鹤楼

崔颢

名句：日暮乡关何处是？烟波江上使人愁。

【导读】

崔颢（约704—754年），唐代诗人，汴州（今河南开封）人。开元十一年（723年）进士，曾为太仆寺丞。《全唐诗》中收入其诗四十二首。

【原诗】

昔人①已乘黄鹤去，此地空余黄鹤楼②。
黄鹤一去不复返，白云千载空悠悠③。
晴川历历汉阳树④，芳草萋萋鹦鹉洲⑤。
日暮乡关⑥何处是？烟波江上⑦使人愁。

【注释】

①昔人：传说中的仙人。一说是三国时蜀国人费文祎在此楼乘鹤登仙；一说是仙人王子安经过这里。②黄鹤楼：始建于东吴黄武二年（223年），旧址在武昌蛇山的黄鹄矶上，下临长江。"鹄"，古与"鹤"字相通。③悠悠：飘荡的样子。④历历：分明的样子。汉阳：地名，在武汉市汉阳区，与黄鹤楼隔江相望。⑤萋萋：草木茂盛的样子。"芳草萋萋"化用《楚辞·招隐士》"王孙游兮不归，春草生兮萋萋"句意。鹦鹉洲：唐代时在汉阳西南的长江中，后渐被江水冲没。东汉末年，曾作过《鹦鹉赋》的名士祢衡被黄祖杀于此洲，因此得名。⑥乡关：故乡。⑦烟波江上：江上的烟雾波涛。

【译诗】

传说中的仙人已骑着黄鹤飞走，
此地只剩下空空的一座黄鹤楼。
黄鹤飞去以后就再也没有回头，
千百年来只有白云在荡荡悠悠。
晴空下汉江两岸树木一片葱茏，
被茵茵碧草覆盖的是鹦鹉沙洲。
天色已晚我思念的故乡在哪里？
看着烟云弥漫的江水使人发愁。

【赏析】

《黄鹤楼》是一首流传千古的名作，是写黄鹤楼的绝唱。它以写景如画、形象鲜明、气象高昂、不同凡响而使崔颢名闻天下。传说大诗人李白游黄鹤楼观风景时，本已诗兴大发，可看到崔颢题在墙上的这首诗时顿时才思枯竭，发出"眼前有景道不得，崔颢题诗在上头"的感叹。

诗的前半部分由古代传说入手写到眼前的实景，写诗人在黄鹤楼上仰观寥廓天宇时的所见所感。"黄鹤一去不复返"和"白云千载空悠悠"既写出宇宙中时间的永恒和人生的短促,又暗示了诗人此时的孤寂、失落和惆怅。诗的后半部分转换了角度,写诗人登上黄鹤楼俯视长江的所见所感,从眼前的实景而写出超然物外的感慨,抒发因一日将暮、江上烟波而引起的浓浓乡愁。

全诗气魄雄浑、视野开阔、怀古伤今、感慨深切,以丰富的想象力将读者引入历史传说的远古,又和诗人一同回到现实,种种情思和自然景色交融在一起,有很强的艺术感染力,有人将其列为唐人七律之首。

凉州词①

王翰

名句:醉卧沙场君莫笑,古来征战几人回?

【导读】

王翰(生卒年不详),唐代诗人。字子羽,晋阳(今山西太原)人。唐睿宗景云元年(710年)进士,曾累官驾部员外郎。王翰任侠纵酒、恃才不羁,为诗多壮丽之词,在当时声望颇高。《全唐诗》录存其诗一卷。

【原诗】

葡萄美酒夜光杯②,欲饮琵琶马上催③。
醉卧沙场君莫笑,古来征战几人回?

【注释】

①凉州词:乐府曲名。②葡萄美酒:自古新疆一带多以葡萄制酒,名葡萄酒。夜光杯:古代一种可夜间发光的白玉酒杯。传说周穆王时西域曾献夜光常满杯。③"欲饮"句:谓正要饮酒时,琵琶却在催征人上马。催:催促。

【译诗】

葡萄美酒盛满了白玉制的夜光杯,
正想畅饮马上传来催人的琵琶声。
即使醉倒在沙场也请你不要见笑,
自古男儿征战有几人能返回家门?

【赏析】

这是唐代边塞诗的名篇。

诗的首句从"酒"与"杯"写起，点明地点是在西域边塞，展现了一个将士们聚在一起豪饮的场面。醇香浓郁的葡萄美酒、精美白玉制成的夜光杯，都极有西域的地方特点，又给人以色彩鲜明的美感。第二句由"欲饮"引出喝酒的人——戍边将士。一个"欲"和一个"催"，生动地描绘出征人上战场前错综矛盾的情景和心态。这一句采用前二后五的七言句法，在句式的安排上很有特色。"欲饮"二字一顿，"琵琶马上催"五字语意连贯，而且使用倒装句式，不用"马上琵琶催"的顺叙，起到了突出马背上传来琵琶铮铮响声催人速行的效果。第三、四两句直抒胸臆，借出征将士之口发出一种豪迈而悲凉的感叹："醉卧沙场君莫笑，古来征战几人回？"这是征人的醉后之语，表现了一个勇士的英雄气概和旷达胸怀，同时又暗含着战争的残酷以及战争带给出征将士和家人的极度痛苦。

全诗景、事、情融合，语言优美，感情豪迈悲壮，感染力强，又易于诵读，因此流传很广。

别董大二首（其一）

高适

名句：莫愁前路无知己，天下谁人不识君？

【导读】

高适（约706—765年），盛唐边塞诗派的代表诗人。字达夫，渤海蓨（tiáo）（今河北景县）人，曾做过散骑常侍。有《高常侍集》。董大，指唐玄宗时著名的琴师董庭兰。因在兄弟中排行第一，故称"董大"。

【原诗】

千里黄云白日曛①，北风吹雁雪纷纷。
莫愁前路无知己②，天下谁人不识君③？

【注释】

①黄云：形容尘土弥漫如云。曛（xūn）：日色昏暗。②知己：彼此了解而情谊深厚的人。③君：你，指董大。

【译诗】

黄沙弥漫如云将日色变得昏暗，
北风催走了大雁雪花纷纷扬扬。
不必担心前去的路上没有知己，
这天底下有谁不知道你的名望？

【赏析】

《别董大》是一首著名的送别诗，它反映了诗人和董大的深厚情谊，以及诗人开朗乐观的情怀。

诗中第一、二两句写景。千里黄云蔽空，日落时天色昏黄，这暗示了董大的失意境遇。北风吹着大雁，大雪纷飞而下，这里写雪中的景致，同时也是铺叙董大即将分手远行。日暮黄昏，且大雪纷飞，于呼呼劲吹的北风中，唯见天空断雁远去。在此情此景中送别友人，作者为感情的抒发创造了凄凉悲苦的环境。第三、四句"莫愁前路无知己，天下谁人不识君"是作者的劝勉。作者劝故人不要忧愁前路没有知己，天下都赏识你，表达了对友人的赞誉和信任。这里笔锋一转，诗人没有承接前两句抒发悲苦的情调，而是反过来表现昂扬的精神。这同王勃的"海内存知己，天涯若比邻"有异曲同工之妙，比起来更具一种豪放气概，既给了朋友深深的慰藉，又在慰藉中充满了信心和力量，激励朋友不断前行。

"莫愁前路无知己，天下谁人不识君"是本诗最精彩的一笔，诗句里包含了能引起作者和读者共情的人生体验，产生了普遍的社会意义，因而经常被人们引用而成为名句。

题破山寺后禅院

常建

名句：曲径通幽处，禅房花木深。

【导读】

常建（708—约765年），唐代诗人。长安人。开元十五年（727年）进士，与王昌龄同榜。著有《常建集》。《题破山寺后禅院》是他的山水诗代表作。

【原诗】

清晨入古寺，初日照高林①。
曲径通幽处，禅房②花木深。
山光悦鸟性，潭影空人心③。
万籁④此俱寂，但余钟磬⑤音。

【注释】

①初日：早晨刚升起的太阳。高林：语意双关，既指破山上的树林，又有颂佛院的意思。②禅房：僧侣们的住处。③潭影空人心：潭水空明澄澈，潭中的倒影使人杂念俱消。空人心：寺中旧有空心亭，此处暗扣之，具有使人杂念顿无之意。④万籁（lài）：自然界的一切声响。⑤钟磬（qìng）：古代的两种打击乐器。前者用金属，后者用玉石，悬在架上。磬的形状像弯曲的尺子。这里指寺庙里诵经、供斋时的信号，起始用钟，止歇用磬。

【译诗】

清早走进古老的佛寺净地，
旭日已高照着葱茏的树林。
弯弯的小路通向幽僻之处，
花木的深处有人念诵佛经。
山景优美使鸟儿高兴陶醉，
水中倒影让人们忘却凡心。
自然界中的一切都已沉寂，
只听到不时传来钟磬之音。

【赏析】

这是一首作者游览古寺院后的题诗，历来为人称道，被后代评论家誉为"全诗皆工"。它以独特的构思、精细的笔墨、传神的描写，描绘了一幅超凡脱俗、心旷神怡的画卷，给读者以美的享受、理的启示。

整首诗写的内容其实可以用一个字来概括，这就是"静"字。特色就在于它创造了一个异常静谧的意境。一般写静，选择的都是写夜晚，而这首诗写的是古寺的清晨，而且越转越静，甚至静到让人受到禅心净化的地步。这就是这首诗的独特之处。诗歌题咏的是佛寺禅院，抒发的是寄情山水的隐逸胸怀。首联就题写景，交代出游的时间。颔联写紧接着随路径来到花木深处的禅房，用精练的词语表现出独特的环境氛围，也传达出诗人的欣赏、赞叹之情。颈联写所见，写的是诗人的感受。前句写物与自然：山光使得禽鸟怡然自得。后句写人与自然：潭影使得人们心中的杂念消失净尽，精神得到升华。尾联写所闻，寺院悠长的钟声和磬声回荡在山中，使得四周更加寂静，融入了一种浓厚的宗教氛围之中。

全诗处处体现出精巧的特点，用语精细，工于造意。由这首诗演化出来的成语"曲径通幽""万籁俱静"一直成为优美的词汇沿用至今。

望 岳
杜甫

名句：会当凌绝顶，一览众山小。

【导读】

杜甫（712—770年），唐代伟大的现实主义诗人，人称"诗圣"。字子美，自号少陵野老、杜少陵、杜工部等。一生存诗一千四百多首。原籍湖北襄阳，生于河南巩县（今巩义市）。杜甫生活在唐朝由盛转衰的历史时期，其诗多涉笔社会动荡、政治黑暗、人民疾苦，他的诗被誉为"诗史"。诗人忧国忧民，人格高尚，诗艺精湛，有《杜工部集》传世。

《望岳》是现存杜诗中年代最早的作品，字里行间洋溢着青年杜甫那种蓬勃的朝气。杜甫的《望岳》诗共有三首，这一首写的是东岳泰山。

【原诗】

岱宗夫如何[①]？齐鲁青未了[②]。
造化钟神秀[③]，阴阳割昏晓[④]。

荡胸生层云⑤，决眦⑥入归鸟。

会当凌绝顶⑦，一览众山小⑧。

【注释】

①岱宗：中国名山"五岳"之一泰山的尊称。《风俗通·山泽》："泰山，山之尊者，一曰岱宗。岱，始也；宗，长也。万物之始，阴阳迭代，故为五岳之长。"夫如何：怎么样。夫：语助词。②齐鲁：周代所封的两个诸侯国，都在今山东省境内。齐在泰山的东北，鲁在泰山的西南。了：尽。③造化：指天地，大自然。钟：聚集，钟爱。神秀：神奇而秀丽的景色。④阴阳：山北背日为阴，山南向日为阳。割：分。昏晓：黄昏和拂晓，这里指明暗。⑤荡胸：心胸激荡。层：一作"曾"，层层叠叠。⑥决眦：睁大眼睛注视。眦（zì）：指眼角。⑦会当：应当，必将。凌：登。绝顶：山的最高处。⑧一览：看一下。众山小：《孟子·尽心上》"孔子……登泰山而小天下"。

【译诗】

岱宗泰山什么模样你知不知道？
看齐鲁大地青山连绵没完没了。
大自然钟爱这神奇秀美的土地，
山峰将白昼分割成黄昏和拂晓。
滚涌的云气像波涛激荡在胸中，
放眼眺望傍晚成群归巢的飞鸟。
真应当一口气登上泰山最高处，
一览群山顿时都变得非常渺小。

【赏析】

《望岳》以"望"字统摄全诗。四联诗分别写了远望、近望、细望和神望。形象鲜明，意境开阔，格调高昂，字里行间洋溢着青年诗人朝气蓬勃的灵气。

首联是远望："岱宗夫如何？齐鲁青未了。"诗人乍见泰山，高兴得不知怎样形容心中那种兴奋和惊叹的仰慕之情，就设问自答：你知道泰山怎么样啊？那苍莽雄浑的重重青山，横亘高耸在齐鲁大地上，一眼望不到尽头。这里既点明了泰山的地理位置，又写出泰山的雄奇和伟大，出语惊人。颔联是近望："造化钟神秀，阴阳割昏晓。"写泰山的神奇秀美和高大巍峨。一个"钟"字，将大自然拟人化，写得格外有情：大自然将灵秀之气全集中于这座山。一个"割"字,平中见奇,显出山势峻峭如斧削,将山南山北劈成晨昏,由此可以想见山色的变幻无穷。颈联是细望:"荡胸生层云,决眦入归鸟。"眼前的雄伟景象,不得不令作者张目凝望:山中云气层生,弥漫飘浮,鸟儿返回山林,不禁心胸激荡。诗人这种见景而生的胸怀浩荡的主观感受,更反衬出泰山的雄奇壮观。尾联是神望:"会当凌绝顶,一览众山小。"诗人由望岳而产生了登山的意愿,诗句极富想象色彩。诗人在有意无意之间抒发出他的壮志情怀:昂扬向上、积极进取、勇于攀登、俯视一切,给人以有益的启示和激励。

这首诗句句写"望岳",却全诗没有出现一个"望"字。距离由远而近,时间从早到晚,内容从望岳想到登岳,写法由景而情、由情而理。语言古朴而气象恢宏,形象地描绘了这座名山的雄奇气势,抒发了有志青年的豪情和抱负。末句"会当凌绝顶,一览众山小"是抒情的高潮,富有启发性、哲理性和象征意义,激励人们树立不怕困难、勇于攀登绝顶、俯视一切的雄心和气概,历来为世人传诵。

奉赠韦左丞丈二十二韵(节选)[①]

杜甫

名句: 读书破万卷,下笔如有神。
　　　致君尧舜上,再使风俗淳。

【导读】

这是杜甫困守长安十年时期写下的求人援引的诗篇,大约作于唐玄宗天宝七载(748年)。当时韦济任尚书左丞,很赏识杜甫的诗才。这时杜甫到长安寻求功名处处碰壁,很想出游,又对长安依依不舍,在这种矛盾的心情下,写了这首诗给韦济,希望韦济能引荐自己。

【原诗】

　　　纨袴[②]不饿死,儒冠[③]多误身。
　　　丈人[④]试静听,贱子请具陈[⑤]。

甫昔少年日，早充观国宾⑥。
读书破万卷，下笔如有神。
赋料扬雄⑦敌，诗看子建⑧亲。
李邕⑨求识面，王翰愿卜邻⑩。
自谓颇挺出⑪，立登要路津⑫。
致君尧舜上⑬，再使风俗淳⑭。

【注释】

①此处节选为全诗的第一部分。②纨袴（wán kù）：指专好吃喝玩乐的富家子弟。③儒冠：儒生们戴的帽子，这里指读书人。④丈人：指长者。⑤贱子：杜甫自称。具陈：详细地陈述。⑥这两句是指开元二十三年（735年），杜甫以乡贡的资格在洛阳参加进士考试的事。杜甫当时才二十四岁，就已是"观国之光"（参观王都的国宾）了，故曰"早充"。充：充当。⑦扬雄：西汉著名辞赋家。⑧子建：三国魏时著名诗人曹植的字。⑨李邕：唐代著名文学家。⑩王翰：唐代著名诗人。李邕和王翰都是作者写作上的前辈。卜邻：选择（做）邻居。⑪挺出：意为突出、杰出。⑫立登：马上、很快。要路津：指重要的职位。⑬致：促使。上：超过、超越。此句引伊尹之典。应璩《与弟书》："伊尹辍耕，郅恽牧羊，思致君于唐虞，济斯民于涂炭。"⑭淳：淳朴。以上两句诗表明了杜甫的政治理想和抱负，意思是如果自己得到重用的话，一定能辅佐皇帝成为超越尧舜的贤明之君，让已败坏了的社会风尚再回到如尧舜时代那样的淳朴。

【译诗】

不读书的纨袴子弟吃得脑满肠肥，
学儒术的读书人却常常耽误自身。
可敬的长者有劳您静静听我细说，
让我把自己的经历抱负向您秉陈。
我从年轻的时候读书就格外勤奋，
早就过了乡试成为国宾来到京城。
读过的万卷诗书烂熟于我的心中，
写起文章来得心应手运笔如有神。
我的辞赋可以让大赋家扬雄折服，
诗篇能够与才高八斗的子建媲美。
大文豪李邕常常想与我会上一面，

大诗人王翰愿做我的邻居与同仁。
我自认为在同辈中应是非常杰出，
准备好了很快要承担国家的重任。
我要帮助皇上去超越尧舜的盛世，
要让社会安定国家太平民风更淳。

【赏析】

这是杜甫年轻时为求职给尚书左丞韦济写的一封很独特的自荐信。

诗的开头先以他人和自己对比。"纨袴不饿死，儒冠多误身"两句，把诗人强烈的不平之鸣，像江河决口那样突然喷发出来。那些纨袴子弟，不学无术，却一个个过着脑满肠肥、趾高气扬的生活；而像杜甫那样正直的读书人，大多空怀壮志，一直挣扎在饥饿的边缘，误尽了事业和前程。这两句诗开门见山，鲜明揭示了全篇的主旨，有力地概括了封建社会贤愚倒置的黑暗现实。接下去诗人用铺叙追忆的手法，介绍了自己早年出众的才学和远大的抱负。其中"读书破万卷，下笔如有神""致君尧舜上，再使风俗淳"四句为传世名句。前两句写出自己卓越的才华，后两句写出杜甫梦寐以求的政治理想。

这首诗运用了对比和顿挫曲折的表现手法，将自己的胸怀抱负、满腹才华及胸中郁结的情绪，抒写得真切动人，应是体现青年杜甫过人才华和杜诗"沉郁顿挫"风格的最早一篇，是研究杜甫的重要诗作。

兵车行

杜甫

名句：车辚辚，马萧萧，行人弓箭各在腰。
生女犹得嫁比邻，生男埋没随百草。

【导读】

这是一首反对唐玄宗穷兵黩武的政治讽刺诗，可能作于天宝十载（751年）。天宝以后，唐王朝对边疆少数民族的征战越来越频繁，战争的性质，已由天宝以前的制止侵扰、安定边疆，转化为残酷征伐。连年征战，给边疆民族和中原人民都带来深重的灾难。杜甫有感于老百姓深受的痛苦，写下这首著名的诗篇。

【原诗】

车辚辚，马萧萧，行人弓箭各在腰，
耶娘妻子①走相送，尘埃不见咸阳桥。
牵衣顿足拦道哭，哭声直上干②云霄。
道旁过者问行人，行人但云点行频③。
或从十五北防河，便至四十西营田。
去时里正与裹头④，归来头白还戍⑤边。
边庭流血成海水，武皇⑥开边意未已。
君不闻汉家山东二百州⑦，千村万落生荆杞⑧。
纵有健妇把锄犁，禾生陇亩无东西。
况复秦兵耐苦战，被驱不异犬与鸡。
长者虽有问，役夫敢申恨？
且如今年冬，未休关西卒。
县官⑨急索租，租税从何出？
信知生男恶，反是生女好。
生女犹得嫁比邻，生男埋没随百草。
君不见，青海头，古来白骨无人收。
新鬼烦冤旧鬼哭，天阴雨湿声啾啾⑩。

【注释】

①妻子：妻和子女。②干：犯，冲。③点行频：一再按丁口册上的行次点名征发。④里正：即里长。唐制以百户为一里，里有里正，管户口、赋役等事。与裹头：古以皂罗三尺裹头做头巾。因应征者年龄还小，故由里正替他裹头。⑤戍：防守，驻防。⑥武皇：汉武帝，他在历史上以开疆拓土著称。这里暗喻唐玄宗。⑦山东：指华山以东。二百州：唐代潼关以东设七道，共二百一十一州。这里举其成数。⑧荆杞：指荒草。⑨县官：指官府。⑩啾啾：呜咽抽泣的声音。

【译诗】

车声隆隆，马声萧萧，
出征士兵的弓箭各自佩在腰。

爷娘妻子赶着来相送，
尘土飞扬遮蔽了咸阳桥。
一家人拦在路上扯衣顿脚痛哭，
凄厉的哭声直冲到九天云霄。
路边的行人向征夫打听情况，
征夫诉说频繁征兵的日子实在难熬。
有人十五岁就被征到河北戍边，
直到四十岁还在西边垦田放哨。
离开时还需里正帮他裹头巾，
归来时已经白头却又被征调。
戍边将士的鲜血已流成海水，
可武皇开拓疆土的念头仍未打消。
你没听说汉家华山以东的二百州，
千千万万的村落都长满了荒草。
即使有健壮的妇女在耕田种地，
可庄稼长得不分东西实在难瞧。
何况秦地的士兵善于苦战，
被赶得像鸡狗一样四处奔逃。
长辈你虽然向我询问，
我实在不敢将实情一一禀报。
就比如在今年的冬天，
一直不停地将关西士兵征调。
州县的官吏追逼着收取租税，
可这租税叫我们到哪里去找？
这才知道生男孩不是好事，
反倒是生女孩子才好。
生了女孩还可以嫁到近邻，
生了男孩就要从军打仗埋入百草。
你没有见到连年征战的青海边，
古来士兵的尸骨都无人去收去找。

新鬼旧鬼的哭声混成一片，

天阴雨湿的时候盖满了荒村野郊。

【赏析】

这首诗是讽世伤时之作，也是杜诗中的名篇，为历代所推崇。诗旨在讽刺唐玄宗穷兵黩武给人民带来的莫大灾难，充满非战色彩。

诗人以目击者的角度和客观叙述的手法叙事抒情。诗的开头七句为第一段，写军人家属送别儿子、丈夫出征的悲惨情景，描绘了一幅震人心弦的送别图。"道旁过者问行人"十四句为第二段，通过问答，役人直诉从军后妇女代耕、农村萧条的境况。"长者虽有问"十四句为第三段，写征夫久不得息、朝廷连年征兵、百姓唯恐生男和青海战场尸骨遍野、令人不寒而栗的情况。全诗把唐王朝穷兵黩武的罪恶揭露得淋漓尽致。

这是一首七言歌行，诗人寓情于叙事之中，在叙述中变化有序，前后呼应，严谨缜密。诗的字数杂言互见，韵脚平仄互换，声调抑扬顿挫，情感低昂起伏，既井井有条，又曲折多变。诗中多处使用了民歌的"顶真"手法，诵读起来，连贯流畅，音调和谐动听。另外，诗歌还运用了对话方式和口语，使读者有身临现场的真切感，可称得上是"新乐府"诗的典范之作。

春 望

杜甫

名句：国破山河在，城春草木深。

【导读】

这首诗约写于唐至德二年（757年）3月。公元755年11月，安禄山在范阳发动兵变，次年6月就攻陷长安，唐玄宗仓皇出逃。当时杜甫正护送家眷到乡下避难，中途被叛军俘获押送长安，直到757年4月才逃脱。《春望》写于他逃离长安的前夕。

【原诗】

国破①山河在，城春草木深。
感时花溅泪②，恨别鸟惊心。
烽火连三月③，家书抵④万金。
白头搔更短⑤，浑欲不胜簪⑥。

【注释】

①国破：指唐安史之乱时都城长安沦陷。国：国都，京城。②时：时事。花溅泪：人见花而流泪。也可解为花似有知，亦感时而流泪。下句的"鸟惊心"同此。③烽火连三月：战争持续了整个春季。烽火，这里借指战争。④抵：值，相当。⑤白头：白发。搔：用手指轻抓。⑥浑欲不胜簪：浑：全然，简直。不胜簪：插不住簪子。簪：古人束发的一种长针。这里用作动词。

【译诗】

故都失守，山河像在飘零，
草木茂盛，京城一片凄清。
赏花时因感伤国事而落泪，
闻鸟声因想起别恨而伤心。
连绵的战火已烧了三个月，
家书难以寄出贵得如万金。
头上的白发已经越来越少，
稀疏得连簪子也无法插紧。

【赏析】

这首诗集中抒发了诗人感伤国家残破、亲人离散的满腔愁情。

全诗以"望"字贯穿始终，开头用"国破"与"城春"形成鲜明对照。一方是国都失陷的残景，一方是春天来临四处生机蓬勃的气象。在这一对比中，突出勾画了长安城沦陷后的破败景象，寄寓了诗人感时忧国的情感。接着以移情于景的手法，写自己因感伤国事见花开而掉泪，因离愁别恨闻鸟声而惊心。颈联用"烽火连三月，家书抵万金"的国忧家愁使前面"感时""恨别"的内容具体化。尾联用寥寥几笔勾画了一位愁绪满怀的白发老者的形象。

诗歌写景抒情浑然一体，叙事写景形象生动，感情抒发沉郁婉转，对仗工整，语言生动传神，具有很强的艺术感染力。

羌村三首（其一）
杜甫

名句：妻孥怪我在，惊定还拭泪。

【导读】

唐至德二载（757年）杜甫为左拾遗时，因故触怒了肃宗，被放还鄜州羌村（在今陕西富县）探家。《羌村三首》就是这次还家时所作。三首诗蝉联而下，构成一组"还家三部曲"，形象地再现了诗人在安史之乱时的生活片断，从一个侧面反映了当时的社会现实。此处选的是第一首。

【原诗】

峥嵘赤云西①，日脚②下平地。
柴门鸟雀噪，归客③千里至。
妻孥怪我在④，惊定还拭泪。
世乱遭飘荡，生还偶然遂⑤。
邻人满墙头，感叹亦歔欷⑥。
夜阑更秉烛⑦，相对如梦寐。

【注释】

①峥嵘：本形容山高，这里借以形容云层重叠奇丽。赤云西：指西天红色的晚霞。②日脚：太阳的光线。③归客：杜甫自称。④妻孥：本指妻与子，这里指妻。怪我在：惊讶我还活着。⑤偶然遂：不过是偶然如愿而已。⑥歔欷（xū xī）：哽咽、抽泣。⑦夜阑：夜深。更：再、又。秉烛：点燃蜡烛。

【译诗】

奇丽的晚霞在西天燃烧，
太阳光已掉到山后去了。
柴门前一群鸟雀在聒噪，
千里归客终于找到家小。

妻子非常惊讶我还活着，
止不住眼泪一直往下掉。
遭逢乱世只好在外飘荡，
能活着回家的已经很少。
邻居们闻讯围满了墙头，
一片抽泣声将屋子环绕。
夜已深了再将蜡烛点亮，
夫妻相对真像梦中遇到。

【赏析】

"还家三部曲"的第一首写诗人刚到家时合家悲喜交集的情景。

诗的前四句叙写在夕阳西下时分诗人抵达羌村的情况。迎接落日的是满天峥嵘万状、重岩叠嶂似的奇丽晚霞，这灿烂的景色自会唤起"归客"亲切的记忆而为之激动。"日脚"是指透过云缝照射下来的光柱，像是太阳的脚。"日脚下平地"一句，既融入口语，又颇有拟人化色彩，似乎太阳经过一天奔劳，也急于跨入地底休息。而此时诗人恰巧也结束漫长行程到家，在写景中融进了到家的兴奋。"柴门鸟雀噪"是具有特征性的乡村黄昏景色。这鸟儿喧宾夺主的声浪，又反衬出那年月村落的萧索荒芜。写景中流露出一种悲凉之感。"归客千里至"一句，措语平实，却极不寻常。其中寓有几分如释重负之感，又暗暗掺杂着"近乡情更怯"的忐忑不安。后八句写初见家人、邻里时悲喜交集之状。这里没有任何繁缛沉闷的叙述，而简洁地用了三个画面来再现。首先是与妻孥见面。"妻孥怪我在，惊定还拭泪"是写得最典型、最精彩的画面。本来亲人乍见时应当喜悦而不当惊怪。然而，在那兵荒马乱的年月，人命危浅，朝不保夕，亲人忽然出现，真叫妻孥不敢信、不敢认，乃至发愣（"怪我在"），直到"惊定"，还在"拭泪"。这反常的情态，曲折反映出那个非常时代的影子，以致诗人发出"世乱遭飘荡，生还偶然遂"的深沉感慨。再接下去"感叹亦歔欷"一句，是围满墙头的邻人的羡慕？是心酸？还是勾起自家的伤痛？短短数语含蓄蕴藉，很富于人情味。最后是一家人夜阑秉烛对坐的情景。深夜了，最初的激动过去了，可杜甫一家还沉浸在兴奋的心酸之中。这是一个不可缺少的极生动传神的特写镜头。

《羌村三首》通过北国农村的一角，反映出安史之乱时的社会现实与诗人心系国事的情怀，具有很高的典型意义。诗歌擅长白描，取材真实，景真情真。同时又能抓住典型的生活情景与人物心理活动进行描写，语言平实，诗意凝练，音韵谐调，抒情气氛浓郁，艺术表现力强，成为古诗集常选篇目之一。

曲江①二首
杜甫

其 一

名句：一片花飞减却春，风飘万点正愁人。

【导读】

安史之乱被平定后，杜甫于757年11月重返长安，眼看朝政腐败、遍地疮痍，自己的政治抱负又不能付诸实施，心情十分郁闷，写下了《曲江二首》。

【原诗】

　　　　一片花飞减却春②，风飘万点③正愁人。
　　　　且看欲尽花经眼④，莫厌伤多酒入唇⑤。
　　　　江上小堂巢翡翠⑥，苑边高冢卧麒麟⑦。
　　　　细推物理须行乐⑧，何用浮荣绊此身⑨。

【注释】

①曲江又名曲江池，故址在今西安城南，原为汉武帝所造。因水流曲折而得名。②减却春：减掉春色，春色渐渐消退。③万点：形容落花之多。④且看：但看。欲尽花：将要落尽的花。经眼：从眼前经过。⑤伤多酒：过量的酒。这句说，不要腻烦过多的酒入口。⑥小堂：曲江旁的楼堂建筑。巢：鸟做的窝。翡翠：鸟名。⑦苑边高冢：指芙蓉苑旁的杜陵汉宣帝墓。卧麒麟：指陵墓旁麒麟样的石兽已经倒卧。⑧细推：仔细推究。物理：事物兴衰变化之理。⑨浮荣：一作"浮名"，虚名。此身：指自己。

【译诗】

每飘落一片花瓣就减去一分春，
东风吹得万花飘零真是愁死人。
眼看着落英缤纷春花就要飘尽，
千万不必腻烦因伤感端起酒杯。
江边小堂上翡翠鸟巢变得荒凉，
高高陵墓前麒麟倒卧显得凄冷。
细想一下世间事理行乐须及时，
何必用虚名羁绊住自己的一生。

【赏析】

诗的开头两句说一片花瓣飞落，即意味着春色减少一分，万点花飞更使人忧愁，表达了伤春的情怀。通过花的减少，诗人似乎将不可计数的春光实物化了。开篇语奇而意远：历尽漫长的严冬，好不容易盼到春暖花开，自是十分珍惜。然而"一片花飞"已透露了春天将逝的消息；而"风飘万点"正是残春景象，诗人如何不满腹怨愁！第三、四句的意思是：姑且看着花瓣从眼前几乎飘落尽，但不因为伤感而不饮酒。言下之意是也不因春天的逝去而心神颓丧。第五、六句描绘了两幅相关的图景：翡翠鸟在江边的空堂里筑巢，高大的陵墓前石麒麟卧倒在地上。句中充满了寂寞凄凉的情味，为下两句诗做铺垫。最后两句直抒情怀：须及时行乐，不要因虚名牵累致使自己不自由。

全诗情绪曲折起伏，句法新奇。前二联之中，选用两个"花"字，而意不重复。第一句写初飞，第二句写乱飞，第三句写飞将尽。"一片花飞"预示着春残之始，"风飘万点"预示着春残欲尽。逐层渲染，层层深入，将感情的抒发推向高潮。因情写景，依景生情，做到景和情的高度融合。

其 二

名句：酒债寻常行处有，人生七十古来稀。
　　　穿花蛱蝶深深见，点水蜻蜓款款飞。

【原诗】

朝回日日典春衣①,每日江头尽醉归。
酒债寻常行处有,人生七十古来稀。
穿花蛱蝶深深见②,点水蜻蜓款款飞。
传语风光共流转③,暂时相赏莫相违④。

【注释】

①朝回:退朝回家。典:典当,一种以实物作抵押利息很重的贷款形式。②蛱蝶:即蝴蝶。见:同"现"。③传语:转告,传话。流转:盘桓,徘徊。④莫相违:不要违背,不要将人抛弃。

【译诗】

每天退朝回家常去典当春衣,
换了钱到江边酒店饮醉才归。
赊欠酒债已经是很平常的事,
能活到七十岁已属世上所稀。
看蝴蝶在花中飞舞时隐时现,
蜻蜓点水缓缓飞翔多么惬意。
请传话给春光多在这里逗留,
与我一起欣赏不要将我抛弃。

【赏析】

这首诗以"人生七十古来稀"的名句而流传于世。

诗的前四句说自己每天都饮酒,但因为无钱买酒而常常需去典当衣服,还欠了许多酒债;因为"人生七十古来稀",生命太短暂,所以得及时行乐。第五、六两句"穿花蛱蝶深深见,点水蜻蜓款款飞"情绪急转,通过刻画蝴蝶、蜻蜓飞舞的情态来表现蓬勃的春天。这两句诗描写物态细致而传神,而且饱含着感情,所以成为传诵千古的名句。最后两句诗人嘱咐春光,希望能与它一起流连,哪怕只是短时间也互相欣赏,彼此不要背离。这近乎"痴语",但真切地表达了他对春光的喜爱和留恋。

这首诗叙事、写景、抒情相结合。言外有意、弦外有音、景外有景、情外有情,在惜春伤春的背景下抒发了诗人深沉的感慨。除"穿花蛱蝶深深见,点水蜻蜓款款飞"成为写景名句外,"人生七十古来稀"一句流传更广。

月夜忆舍弟①

杜甫

名句：露从今夜白，月是故乡明。

【导读】

这首诗写于乾元二年（759年）秋，是杜甫在秦州时所作。这年九月，史思明叛乱，中原一带都处于战乱之中。由于战事阻隔，杜甫与几个弟弟音信不通，引起他强烈的忧虑和思念。这首诗就是他当时思想感情的真实记录。

【原诗】

戍鼓②断人行，边秋一雁声③。
露从今夜白④，月是故乡明。
有弟皆分散，无家问死生。
寄书长不达⑤，况乃未休兵。

【注释】

①舍弟：家弟。②戍鼓：戍楼上用以报时或告警的鼓声。③"边秋"句：边秋，秋天边远的地区，此指秦州。传说雁可传书，雁行又喻兄弟，因此听到孤雁的叫声引起了思乡、忆弟的感情。④露从今夜白：这天可能是白露节气。⑤"寄书"句：意为几个弟弟分散已久，所寄的家书常常没有下落。

【译诗】

戍楼上的更鼓声断绝了人行，
秋夜的边塞传来了孤雁哀鸣。
露水从今夜起显得更凉更白，
月亮永远是家乡的最亮最明。
虽有兄弟但都在战乱中离散，
个个离家漂泊无法打听音讯。
捎出去的家书常常不能收到，
何况战争打了多年至今未停。

【赏析】

这首诗的诗题是"月夜"，开篇却没有从月夜写起，而是首先描绘一幅边塞的图景。首联两句，一句写所见：路断行人。一句写所闻：戍鼓雁声。耳目所及皆是一片凄凉景象，形象地点明战事频仍、道路阻隔的社会环境，渲染了浓重悲凉的气氛，这就是"月夜"的背景。颔联点题，前句"露从今夜白"既写景，也点明时令，今夜露白使人顿生寒意。后一句"月是故乡明"在写实景的基础上，融进了诗人强烈的主观感受，深刻表现了诗人微妙的心理，突出了对故乡的感怀和思念。诗的后四句由望月转入抒情，过渡十分自然。颈联两句叙写弟兄离散，天各一方，而家已不存，生死难卜。尾联写家人四处流散，不通音信，平时寄书尚且无法收到，何况战事频仍，不知何时会停，让人天天处于忧虑和煎熬之中。这几句诗形象概括了安史之乱中人民饱受忧患丧乱的普遍遭遇。

全诗层次清晰，首尾照应，承转圆熟，结构严谨。"露从今夜白，月是故乡明"两句不仅能让读者获得共同的情感体验，引起思乡的共鸣，而且在炼句上也很见功力，因而成为名句流传后世，形成人们共同的生活体验而被广泛引用。

江畔独步①寻花七绝句（其六）

杜甫

名句：留连戏蝶时时舞，自在娇莺恰恰啼。

【导读】

这是杜甫写于成都草堂的一首绝句。上元元年（760年）杜甫卜居成都西面的草堂，在饱经离乱之后，开始有了安身的处所，诗人为此感到欣慰。春暖花开的时节，他独自沿江畔散步，情随景生，一连成诗七首，这是组诗的第六首。

【原诗】

　　黄四娘家花满蹊②，千朵万朵压枝低。
　　留连③戏蝶时时舞，自在娇莺恰恰啼④。

【注释】

①独步：独自散步。②黄四娘："娘"或"娘子"是唐代惯用的对妇女的美称。蹊：小路。③留连：因喜欢而不愿离去。④自在：自由自在。恰恰：唐代口语，正好，刚好。

【译诗】

黄四娘家的鲜花开满了院中小道，
千朵万朵的花蕊把枝条压弯了腰。
嬉戏的蝴蝶在花丛中不停地飞舞，
自由自在的黄莺发出婉转的啼叫。

【赏析】

这首诗语言清新、形象鲜明、动静相应、有声有色、意境优美，表达了诗人在春天的愉悦之情。

首句"黄四娘家花满蹊"，点明寻花的地点。"蹊"是小路。"花满蹊"是说繁花将小路都盖住了，连成片了。次句"千朵万朵压枝低"，"千朵万朵"形容数量之多，"压枝低"中的"压"和"低"两个字用得十分贴切、生动，形象地描绘了春花密密层层，又大又多，沉甸甸地把枝条都压弯了的情景。这句是上句"满"字的具体化。第三句"留连戏蝶时时舞"，"留连"是形容蝴蝶飞来飞去舍不得离开的样子。这句从侧面写出春花的鲜艳芬芳。其实"留连"的不仅仅是蝴蝶，诗人也被万紫千红的春花所吸引而留连忘返。第四句"自在娇莺恰恰啼"，"娇"是形容莺歌柔美圆润，"恰恰啼"是说正当诗人前来赏花时，黄莺也在鸣叫。只因为诗人内心欢愉，所以想当然地认为黄莺是特意为自己歌唱。这与上句说彩蝶留连春花一样，都是移情于物的手法。由于诗人成功地运用了这一手法，使物我交融、情景相生，这首小诗读起来就更亲切有味。

蜀　相

杜甫

名句：出师未捷身先死，长使英雄泪满襟。

【导读】

　　《蜀相》是杜甫脍炙人口的篇章之一，写于公元760年安史之乱后的一个春天。诗人事业上不得志，生活上又处于艰难之中，心情十分苦闷。所以当他来到诸葛亮庙时，缅怀诸葛丞相，吟诵《出师表》，艳羡刘备与他如鱼得水的君臣关系，感慨万千，泪流满襟。于是怀念诸葛丞相的心，化作作者笔底的波澜，诗中表达了自己不能替国家出力的悲痛和爱国伤时的情怀。

【原诗】

　　丞相祠堂①何处寻？锦官城②外柏森森。
　　映阶碧草自春色，隔叶黄鹂空好音。
　　三顾频烦天下计③，两朝开济老臣心④。
　　出师未捷身先死⑤，长使英雄泪满襟。

【注释】

　　①丞相祠堂：在成都府南二里。②锦官城：即今四川成都，蜀汉故都。城外有锦江，故名。又诸葛武侯祠在成都先主庙侧，祠前有大柏，相传系武侯手植。③三顾：诸葛亮《出师表》："三顾臣于草庐之中。"频烦：屡次。④两朝：谓武侯佐先主开基于先，辅后主立业于后。开济：开创大业，匡济危困。⑤"出师"句：《诸葛亮传》载，亮率大众，由斜谷出，据武功五丈原，与司马懿对峙于渭南，相持百余日，疾卒于军。

【译诗】

　　诸葛丞相的祠堂到哪里去找寻？
　　锦官城外的古柏一片郁郁青青。
　　阶旁的碧草白白地展现着春色，
　　叶上的黄莺空自发出动听声音。
　　三顾茅庐时已定好三分的大计，
　　辅佐两朝尽到了老臣一片忠心。
　　可叹北伐还未成功就中途病逝，
　　使天下英雄常常眼泪落满衣襟。

【赏析】

　　这首诗是杜甫在漂泊西南时,为追怀诸葛亮所作。首联二句自问自答,记祠堂所在,目的不只是为了交代地理位置,而且是为了寄寓感情,所以用"何处寻"以显访庙吊古的急切。颔联二句写祠堂荒凉之景,"自""空"两个虚字是此联之眼。"自春色""空好音"的叹息,流露出对诸葛亮的深沉追念。颈联令人想起三顾茅庐和隆中对等诸葛亮的一些感人事迹和英雄业绩,这是既寄托作者感情、又能启发读者激情的诗化议论。尾联二句是叙事兼抒情,表现诗人对诸葛亮献身精神的崇高景仰和对他事业未竟的痛惜心情,道出了千古失意英雄的共同心声,极有感染力。

　　这首诗在艺术上颇具特色,一是抓住祠堂典型环境特征来渲染寂静、肃穆的气氛,把诗人对诸葛亮的怀念表现得十分真切。二是用简洁的语言对诸葛亮一生的政治活动做概括描述,勾画出一个有为政治家的形象。三是写景抒情交相融汇,前半首写景,后半首叙事抒情。尤其最后"出师未捷身先死,长使英雄泪满襟"两句写得苍凉悲壮,是千古传诵的名句。

茅屋为秋风所破歌

杜甫

名句:安得广厦千万间,大庇天下寒士俱欢颜,风雨不动安如山!

【导读】

　　上元二年(761年)秋八月,怒号的秋风卷走了杜甫浣花溪畔草堂上的茅草,晚上又下了一场大雨,搞得屋漏床湿。面对这苦难的处境,杜甫写下了这首自伤贫困的诗,在哀叹自己的遭遇的同时,更担忧像自己一样的"天下寒士"何时才能解脱苦难。这种忧国忧民、先人后己的高尚情怀历来为人们称道。

【原诗】

　　八月秋高风怒号,卷我屋上三重茅①。
　　茅飞渡江洒江郊,高者挂罥长林梢②,

下者飘转沉塘坳③。
南村群童欺我老无力，忍能对面为盗贼④。
公然抱茅入竹去⑤，唇焦口燥呼不得，
归来倚杖自叹息。

俄顷⑥风定云墨色，秋天漠漠向昏黑⑦。
布衾多年冷似铁⑧，娇儿恶卧踏里裂⑨。
床头屋漏⑩无干处，雨脚如麻未断绝⑪。
自经丧乱⑫少睡眠，长夜沾湿何由彻⑬！
安得广厦千万间⑭，大庇⑮天下寒士俱欢颜，
风雨不动安如山！
呜呼！何时眼前突兀见此屋⑯，吾庐独破受冻死亦足！

【注释】

①重（chóng）：层。茅：茅草。②罥（juàn）：缠绕。长林梢：高大的树梢。③塘坳（ào）：低洼积水的地方。④"忍能"句：意思是，竟忍心这样当面做贼。⑤入竹去：到竹林里去。⑥俄顷：转眼间。⑦漠漠：阴沉迷蒙的样子。向：将近。⑧"布衾"句：意思是，盖了多年的布被子已不保暖了。衾（qīn），被子。⑨恶卧：睡相不好。踏里裂：蹬破了被里。⑩床头屋漏：屋漏指屋子的西北角，此处以床头和屋漏两个局部代指整个屋子。⑪雨脚：成串的雨点。如麻：用来形容雨点很密集的样子。⑫丧乱：指安史之乱。⑬何由彻：如何挨到天亮。彻：通达，这里是"通宵达旦"的意思。⑭安得：怎样才能得到。广厦：高大而宽敞的房屋。⑮庇（bì）：遮盖、庇护。⑯突兀：高耸的样子。见：通"现"。

【译诗】

八月秋高，狂风怒号，
卷走了我屋上的层层茅草。
茅草飞过江去落在了荒郊，
飘得低的掉在水塘里，
飘得高的挂在大树梢。
南村的顽童欺我年老无力，
竟然当着我的面进行偷盗。
公然把茅草抢到竹林里去，

我喊得唇焦口燥无法制止,
拄着拐杖叹息不已气难消。

一会儿风停了云色渐渐变暗,
秋天灰蒙蒙地已经到了晚上。
布被子用了多年已冷得像铁,
小儿子睡相不好又把被里蹬烂。
屋里处处在漏雨没有干的地方,
密集的雨点却一夜都不间断。
自从安史之乱起我就睡不安稳,
像这样湿漉漉的如何熬到天亮!
怎样才能得到千万间宽大的房屋,
庇护住天下寒士让人人喜欢,
不惧怕风不惧怕雨安稳如山!
唉,什么时候眼前出现这样的房屋,
即使我的屋子破了受冻死去也心甘!

【赏析】

　　《茅屋为秋风所破歌》是一首典型的现实主义诗作。它记录了杜甫漂泊西南时居住在成都西郊浣花溪畔一间茅屋内的生活经历和感触。

　　诗的前三节描写了秋风卷屋、群童抱茅、夜雨湿屋等几幅画面,写出秋风吹破茅屋后给诗人带来的困境。从"自经丧乱少睡眠,长夜沾湿何由彻"两句起,诗人把风雨之夜的困境同动荡多年的安史之乱联系起来,把对个人生活的忧虑转为对国家、对人民的忧虑。"安得广厦千万间,大庇天下寒士俱欢颜",表现了诗人在经受生活上、精神上痛苦折磨的时候,想得更多的是普天之下千千万万像他这样处于困苦境地的"寒士",充分体现了诗人忧国忧民的高尚情操。

　　这首诗境界阔大深广,虽写的是个人的生活遭遇,但并未被凄凉的情感所淹没,而是表现出一种推己及人甚至宁苦自身以利他人的崇高思想境界。加之叙事生动有层次,情感抒发深挚感人,用语准确而富有表现力,长短句的错落搭配体现了"歌行体"的动感，是一首思想内容和艺术形式完满结合的好诗。

春夜喜雨
杜甫

名句： 好雨知时节，当春乃发生。

【导读】

这首诗大约是唐上元二年（761年）杜甫寓居成都草堂时所作。诗歌刻画了成都春夜降雨后绚丽多姿的景色，表现了诗人欢悦的心情。

【原诗】

好雨知时节，当春乃发生①。
随风潜②入夜，润物③细无声。
野径④云俱黑，江船火独明。
晓看红湿⑤处，花重锦官城⑥。

【注释】

①当春：正当春天需要雨的时候。乃：就。发生：这里指万物生长。②潜：悄悄地。③润物：滋润万物。④野径：野外的小路。⑤红湿：被雨打湿的红花。⑥花重：因花饱含雨水而沉重。锦官城：指现在的成都。

【译诗】

好雨最懂得时节的变化发生，
一到春天就适时把大地滋润。
它伴随春风在夜里悄悄飘洒，
滋润着万物轻柔又寂静无声。
野外的小路和乌云一片漆黑，
只有江中小船亮着一盏孤灯。
清晨看看被细雨湿润的红花，
沉甸甸的花朵开满了锦官城。

【赏析】

这首诗是描绘春夜雨景的名作。古往今来写春雨的诗不少，而这首诗很有自己的特点，一是角度新颖，细致入微；二是采用拟人化的手法。

诗的首联就将春雨拟人化，赞扬它"知时节"，在万物萌芽生长的春天，它就适时地落下来，因此是"好雨"。接着第二联进一步写它的"好"，"随风潜入夜"扣住诗题"春夜"，同时又写出春雨的特点，伴随着春风一夜飘洒，细细地滋润着万物。"润物细无声"是诗人赞扬春雨的重点，它滋润万物而毫不张扬，这才是令人欣喜的"好雨"。第三联写春夜的大环境，在这"江船火独明"的漆黑夜里，只有春雨在细细地飘洒，在辛勤地工作。尾联是写想象中的情景，一夜春雨过后，锦官城一定是一片百花盛开、红艳欲滴的景象。

全诗虽然没有出现一个"喜"字，但处处透着"喜"意，诗人对春雨的喜爱之情溢于言表。这"润物细无声"的春雨给读者留下了深刻的印象，还给读者以新的联想和启迪。

戏为六绝句（其二）

杜甫

名句：尔曹身与名俱灭，不废江河万古流。

【导读】

此诗作于唐肃宗上元二年（761年），系《戏为六绝句》中的第二首。这是杜甫的一组文艺批评诗，主要针对当时讥诮前贤的年轻人而写。

【原诗】

王杨卢骆①当时体，轻薄为文哂未休②。
尔曹③身与名俱灭，不废④江河万古流。

【注释】

①王杨卢骆：指唐初时四位杰出的文学家王勃、杨炯、卢照邻、骆宾王，被誉为"初唐四杰"。②轻薄：指当时一些轻薄的文人。哂（shěn）：笑，讥笑。③尔曹：你辈，你们。④不废：不伤，不影响。

【译诗】

　　王杨卢骆的文章体现了当时的风貌，
　　可浅薄的文人却不停地将他们讥笑。
　　等你们到离开人世身名俱灭的时候，
　　"四杰"仍如奔流的江河滚滚滔滔。

【赏析】

　　开头第一句"王杨卢骆当时体"，王杨卢骆，是指"初唐四杰"的王勃、杨炯、卢照邻、骆宾王四人，他们是初唐文学的代表人物。杜甫认为这四位诗人的作品代表了当时的诗体，表现了初唐的诗歌风格。第二句"轻薄为文哂未休"的意思是说，当时的一些人以轻薄之言对四杰之诗妄加讥笑不休。后两句"尔曹身与名俱灭，不废江河万古流"是传诵很广的名句。这里"江河"喻四杰。这两句说，那些嘲笑轻薄四杰的人，只是一时的聒噪不休，终究是身死与非议一起烟消云散，完全无损于四杰的声名，四杰的名字将像江河水一样万古长流。

　　这首诗虽只是就文艺现象发表议论，但哲理性很强，能从中领悟很多道理。对有价之物贬议的"风云"人物，往往随着身死而昙花一现；而真正有价之物，是不受外界的非议而贬值的，它将万古长存。

绝句四首（其三）
杜甫

名句：两个黄鹂鸣翠柳，一行白鹭上青天。

【导读】

　　这首诗是杜甫在成都浣花溪草堂闲居时写的，共写绝句四首，本诗是其中的第三首，描写了草堂门前浣花溪边的春景。

【原诗】

　　两个黄鹂①鸣翠柳，一行白鹭②上青天。
　　窗含西岭千秋雪③，门泊东吴万里船④。

【注释】

①黄鹂：鸟名，叫声很好听。②白鹭：一种水鸟，羽毛为白色，腿很长，捕食鱼虾。③西岭：指岷山，在成都西面，岭背积雪常年不化。千秋雪：终年不化的积雪。④泊：停靠。东吴：今江苏、浙江两省东部地区，古代属于吴国。

【译诗】

两只黄鹂在翠绿的柳枝间鸣唱，
一行白鹭飞到了湛蓝的青天上。
窗口能眺望见西岭千年的积雪，
门前停泊着赴东吴万里的航船。

【赏析】

　　这首如画的诗作很有特点。全诗一句一景，由四幅独立的景色描写构成，每一句都是一幅画。远远近近、大大小小、形形色色的景物，发声的、飞行的、静止的、静而欲动的，纷然呈现在草堂周围，与诗人共同组成一个多姿多彩、生动和谐的广阔天地，在这个天地里，寄托着诗人浓郁而美好的生活情趣和对自然万物的喜爱之情。

　　本诗由两联工整的对偶句组成。前两句"两个黄鹂鸣翠柳，一行白鹭上青天"写的是动景。首句堂前黄鹂鸣于翠柳间，是近景；次句白鹭飞上青天，是远景。这些景物的画面，色彩艳丽：嫩黄的小鸟，翠绿的柳林，雪白的鹭鸶，蔚蓝的青天。"黄""翠""白""青"四种鲜明的色彩，和着鸟儿的声音、身影一起，不仅有色还有声，形成了一种活泼、轻快的节奏和韵律，充满了动感。它透露出诗人内心的喜悦和欢快，留给人以深刻的印象。后两句"窗含西岭千秋雪，门泊东吴万里船"写的是静景。前两句两个动词是"鸣""上"，后两句是"含""泊"，一动一静。第三句写西岭积雪，是远景。"含"字运用拟人手法，十分贴切生动；"千秋"点出时间的久远，更显出静。第四句写门前的船只，是近景。"泊"，停泊着，但这停泊的是将要驶往东吴的船，静中包含着动；"万里"点出空间的辽阔。"千秋""万里"赋予这些景色以宏大的气势，它显示了身居斗室的诗人壮阔的胸怀，也显示了诗人对自己前途的信心，因为那顺江而下、穿三峡、过襄阳的万里东吴之途，也正是诗人日夜向往的回乡之路。

　　这首诗，每句一景，其中动景、静景、近景、远景交错映现，构成了一幅绚丽多彩、幽美平和的画卷,令人心旷神怡,百读不厌。

闻官军收河南河北

杜甫

名句:白日放歌须纵酒,青春作伴好还乡。

【导读】

这首诗是杜甫广德元年(763年)春流落梓州时所作。这一年诗人五十二岁,由于安史之乱而漂泊到剑门之外已五年,杜甫无时不期盼着能够平息叛乱,叶落归根。忽然他听说官军收复了蓟北,喜极而泣,不能自已,写下了这首诗。

【原诗】

剑外忽传收蓟北①,初闻涕泪满衣裳。
却看妻子愁何在②,漫卷诗书喜欲狂③。
白日放歌④须纵酒,青春作伴好还乡⑤。
即从巴峡穿巫峡,便下襄阳向洛阳⑥。

【注释】

①剑外:剑门以南称剑外,蜀地在剑门南,故剑外用以代称蜀地。蓟(jì)北,指今河北北部,当时是安史叛军据点。②却看:回看。妻子:妻子和孩子。愁何在:不再有愁。③"漫卷"句:随手胡乱地收起书。④白日:白天。放歌:放声歌唱。⑤"青春"句:意思是趁着春光明媚的大好时光还乡。⑥"即从"二句:想象回乡的路线。从巴峡穿过巫峡,由水路直下襄阳,再由陆路到达洛阳。

【译诗】

剑外忽传已收回蓟北地方,
刚听到泪水就落满了衣裳。
回看妻子的愁容顿时消散,
收拾诗书高兴得像要发狂。
白天放声高歌需美酒助兴,

乘有春色作伴我正好还乡。

马上乘船从巴峡穿过巫峡，

再顺流经过襄阳回到洛阳。

【赏析】

这是诗人突然听说官军收复了河南河北时在狂喜的状态下写出来的诗。全诗感情奔放，痛快淋漓地抒发了作者无限喜悦兴奋的心情。

诗的前两联写初闻喜讯时的惊喜。作者使用了"忽传""初闻""却看""漫卷"四个动词，把喜极欲狂的心情表达得淋漓尽致，十分真切。这一连串动作写得极其自然，非常有连续性。第三、四联接着写诗人手舞足蹈准备返乡的情态，在"即从""穿""便下""向"这四个富有动感节奏的描述中，作者想象着自己仿佛已经穿过巴峡、巫峡，路过襄阳、洛阳，回到了梦寐以求的家乡。

这首诗的艺术特色可以用一个"快"字来概括。首先，基调欢快。诗人一改过去惯常沉郁忧愤的调子，让积蓄已久的感情迸发了出来。这种渴望胜利已久而终得满足的喜悦之情决定了全诗欢快的基调。其次，行文畅快。诗歌几乎是一气呵成。诗人文思如泉涌，信手拈来一系列动词、介词和副词，使全诗语句流畅、气势贯通，形象地体现了"快"的特点。第三，色彩明快。这首诗为读者展现了一幅幅鲜明的画面，如飞报喜讯、喜泪盈巾、返家欢乐、高歌狂饮、春日启程，这些色彩明快的画面给人以美好的艺术享受。后人评论说："此诗句句有喜跃意，一气流注，而曲折尽情，绝无妆点，愈朴愈真"，是老杜"生平第一首快诗"。

秋兴①八首（其一）

杜甫

名句：江间波浪兼天涌，塞上风云接地阴。

【导读】

《秋兴八首》是杜甫五十五岁羁留夔州的作品，八首是一个艺术整体。

"其一"是组诗的序曲,通过对巫山巫峡秋声秋色的形象描绘,烘托出阴沉萧森、动荡不安的环境气氛,既吐露了诗人晚年深切的乡愁,又寄寓了伤国伤时的郁愤。

【原诗】

玉露②凋伤枫树林,巫山巫峡气萧森③。
江间波浪兼天涌,塞④上风云接地阴。
丛菊两开他日泪,孤舟一系⑤故园心。
寒衣处处催刀尺⑥,白帝城高急暮砧⑦。

【注释】

①秋兴:因秋而起兴。②玉露:秋天的霜露,因其白,故以玉喻之。③"巫山"句:《水经注·江水》:"自三峡七百里中,两岸连山,略无阙处,重岩叠峰,隐天蔽日,自非亭午夜分,不见曦月。"巫山:在今重庆境内。巫峡:长江流经巫山一段称巫峡。④塞:关隘险要之处。⑤孤舟一系:犹言孤舟长系。⑥催刀尺:赶制新衣。刀尺:剪刀与尺子,缝制冬衣的工具。⑦白帝城:在夔州城东之白帝山上。砧:捣衣石,此指捣衣声。

【译诗】

寒霜染枫林使人感到秋意凄凉,
巫峡内呈现出萧条阴森的气象。
江水中奔涌的波涛卷上了空中,
隘口处低垂的风云压到了地上。
菊花已经两度开放似挂着眼泪,
孤舟维系着对故乡长久的思量。
人们用刀尺赶制着过冬的衣裳,
高高的白帝城传来捣衣的声响。

【赏析】

这首诗是《秋兴八首》中的第一首。诗的首联开门见山,直写秋景。"玉露""枫树林""气萧森"点明秋兴之依托,因秋景而起兴,而感怀。颔联"江间"指代巫峡,"塞上"借边塞指代京城一带。"江间波浪兼天涌,塞上风云接地阴"点明作者身在巫峡,心想京城,由近及远排比类推,气势十分雄壮。"波浪"在下而说"兼天","风云"在天而说接地,用相反相成的语句，极力描绘了秋季阴暗萧森的景致，衬托出作者低沉的心境。颈联"丛菊两开他日泪"点出滞留夔州已有两年，眼看菊花两度开放，忧思不已，潸然泪下。"孤舟一系故园心"说明作者漂泊在外，有家难归，寄身孤舟，对故园的思念，都寄托在一叶孤舟上。这里，"孤舟"成为作者漂泊流浪的意象物。尾联"催刀尺""急暮砧"这两个声动相连的词组作为铺张，把作者想回家的焦急心情进一步烘托出来。

全诗以融情之笔写景，以融景之笔写情，把诗人自己的人生体验融入到对景物的描写中，做到了情景交融，意境动人。同时抓住生活细节来表达思乡之情，如"催刀尺""急暮砧"，一是所见，一是所闻，均能触动游子的乡思。此外，语言凝练概括，表现力强。诗中用字处处对仗而双关，"波浪""风云""两开""一系""催""急"等，有情有景，有声有色，忽近忽远，忽高忽低，犹如巫峡之水，时而盘旋回落，时而奔腾向前，与杜甫自己的澎湃思潮汇合在一起，诗意十分缠绵感人。

登 高
杜甫

名句：无边落木萧萧下，不尽长江滚滚来。

【导读】

这是杜甫在重九登高时写的一首诗，约作于唐代宗大历二年（767年）作者寓居在夔州时。当时杜甫年老体弱多病，生活也很困顿。农历九月九日为重阳，民间历来有登高的习惯，诗中抒写了登高时的所见所闻和所感。

【原诗】

风急天高猿啸①哀，渚②清沙白鸟飞回。
无边落木萧萧下③，不尽长江滚滚来。
万里悲秋常作客④，百年⑤多病独登台。
艰难苦恨繁霜鬓⑥，潦倒新停浊酒杯⑦。

【注释】

①猿啸：猿猴啼叫。②渚：水中的小洲。③落木：落叶。萧萧：象声词，指落叶的声音。④作客：客居异乡。⑤百年：指到了晚年。⑥艰难：指国运和自己的命运悲惨。繁霜鬓：使两鬓白发不断增多。繁：动词，增多。⑦潦倒：失意、颓丧。新停：刚刚停下。重阳登高照例应喝酒，这时杜甫因患病而戒酒。

【译诗】

西风紧天高远两岸猿啼声多么悲哀，
小洲凄清沙滩白茫茫鸟儿上下飞旋。
无边的落叶伴着萧萧风声纷纷飘落，
奔腾的长江水一浪推一浪滚滚涌来。
伤感的秋日叹息我常客居万里之外，
垂暮之年还拖着病体登高思绪万千。
想到家国的艰难两鬓又添许多白发，
年老衰颓新近把浑浊的酒杯停下来。

【赏析】

这首诗通过对凄清秋景的描写，抒发了诗人年迈多病、感时伤世和寄寓异乡的悲苦。

诗篇前四句描写登高闻见之景。首联连借"风""天""猿""渚""沙""鸟"六种景物，并以"急""高""哀""清""白""飞"等词修饰，指明了节序和环境，渲染了浓郁的秋意，风物具有鲜明的夔州地区特征。颔联"无边落木萧萧下，不尽长江滚滚来"，前句写山，上承首句；后句写水，上承次句。写山为远望，写水为俯瞰。两句诗，无论是描摹形态，还是形容气势，都极为生动传神。从萧瑟的景物和深远的意境中，可以体察出诗人壮志难酬的感慨之情和悲凉心境。诗篇后四句抒发登高所生发的感慨。颈联上句写羁旅之愁，下句写孤病之态。这两句词意精炼，含意极为丰富，叙述自己远离故乡，长期漂泊，而暮年多病，举目无亲，秋季独自登高，不禁满怀愁绪。尾联进一步写国势艰危，仕途坎坷，年迈和忧愁引得须发皆白，加之疾病缠身，新近戒酒，所以万般愁绪无法排遣。

诗前半写景，后半抒情。前两联紧扣秋天的季节特色，描绘江边空旷寂寥的景致。俯仰兼顾，动静相衬，写得很有气势。后两联围绕自己的身世遭遇，抒发了穷愁潦倒、年老多病、流寓他乡的悲哀。情景交融，意蕴丰富。全诗围绕"悲秋"二字承上启下，景情融合一体，一个突出的艺术特点是采用通体对仗的句式，甚至一句之中还有自对、互对，给人以均齐对称之美，做到了内容和形式的完满统一，被后人誉为"古今七律第一"的"旷代之作"（明胡应麟《诗薮》）。

登岳阳楼
杜甫

名句：吴楚东南坼，乾坤日夜浮。

【导读】

这首诗作于唐代宗大历三年（768年）冬。这年，杜甫由夔州出三峡，从公安来到岳阳。他栖身舟上，泊于岳阳城下，怀着对天下名楼的向往之情登楼远眺，挥毫抒怀，写下了这首千古传诵的诗篇。

【原诗】

昔闻洞庭水，今上岳阳楼①。
吴楚东南坼②，乾坤日夜浮③。
亲朋无一字，老病有孤舟④。
戎马关山北⑤，凭轩涕泗流⑥。

【注释】

①岳阳楼：岳阳（今湖南岳阳）城西门城楼，唐开元初年张说任岳州刺史时所建。楼高三层，前临洞庭湖，与君山遥遥相对。②吴楚：春秋时的两个国名，吴在湖东，楚在湖南，这里泛指长江中下游一带地方。坼（chè）：裂，分开。这句意思是吴楚之地好像被洞庭湖水一分为二。③乾坤：天地或日月星辰。这句诗的意思是整个天地像日夜悬浮在湖中。④老病有孤舟：这年杜甫57岁，身患多种疾病。他出蜀后，未曾定居，全家一直过着船居生活。⑤戎马关山北：言北方战争没有平息。⑥凭轩：依靠着楼窗。涕泗：眼泪和鼻涕。这句诗形容心情沉痛而流泪。泗（sì）：鼻涕。

【译诗】

常常听说洞庭湖水清悠悠,
今天登上了湖畔的岳阳楼。
吴楚一东一南被湖水分开,
天和地日夜都在湖上悬浮。
亲朋好友已长久不通消息,
与老病做伴的仅一叶孤舟。
北疆烽火不息生灵遭涂炭,
凭窗眺望时不禁涕泪齐流。

【赏析】

这是一首奠定岳阳楼天下文化名楼地位的著名诗篇。

首联虚实交错,今昔对照,从而扩大了时空领域,写久闻洞庭盛名,可到暮年才初登岳阳楼的喜悦。领联写洞庭湖的浩瀚无边。洞庭湖坼吴楚、浮日月,波浪掀天,浩渺无际,这是写洞庭湖的佳句。颈联写自己生活坎坷、漂泊天涯、怀才不遇的心情。尾联写眼望国家动荡不安、自己报国无门的哀伤。

全诗通篇在写岳阳楼和洞庭水,却又不局限于只写岳阳楼与洞庭水。诗人摒弃对眼前景物的精微刻画,从大处着笔,吐纳天地,心系国家安危,悲壮苍凉,催人泪下。时间上抚今追昔,空间上包吴楚、越关山。把身世之悲、国家之忧与浩浩汤汤的洞庭水融合在一起,形成沉雄悲壮、博大深远的意境。写法上对仗工整,用韵谨严,前后映衬,浑然一体,是杜甫五言律诗的名篇。

白雪歌送武判官归京

岑参

名句: 忽如一夜春风来,千树万树梨花开。

【导读】

岑参(715—770年),唐代边塞诗派的代表诗人。南阳(今河南南阳)

人。天宝三载进士。曾两度从军出塞,前后在边塞六年,官嘉州刺史。他的诗作多以边塞生活为题材,自然明快,通俗流畅,尤其古风诗无论在题材的开拓上,还是在艺术表现的创造上,都有自己的独特之处,表现出鲜明的个性特征。

【原诗】

北风卷地白草①折,胡天②八月即飞雪。
忽如一夜春风来,千树万树梨花开。
散入珠帘湿罗幕③,狐裘不暖锦衾薄④。
将军角弓不得控,都护铁衣冷难着。
瀚海阑干百丈冰⑤,愁云惨淡万里凝。
中军⑥置酒饮归客,胡琴琵琶与羌笛。
纷纷暮雪下辕门⑦,风掣⑧红旗冻不翻。
轮台东门送君去,去时雪满天山路。
山回路转不见君,雪上空留马行处。

【注释】

①白草:秋天干枯,草呈白色。②胡天:指西北地区,塞北。③罗幕:用丝织品织成的帷幕。④狐裘:狐皮做的衣服。锦衾:锦缎的被子。⑤瀚海:沙漠。阑干:纵横的样子。⑥中军:这里指主帅的营帐。⑦辕门:军营门。⑧掣(chè):牵,扯动。

【译诗】

北风呼啸席卷大地连白草也能吹断,
北疆八月就飘飞大雪天气骤然变凉。
就像一夜之间天上忽然刮起了春风,
千万树白色的梨花全都一下子绽放。
雪花纷飞飘进了珠帘又打湿了帷帐,
穿着狐皮衣盖着锦缎被还难以耐寒。
将军用兽角装饰的硬弓冻得拉不开,
都护铁制的盔甲冷得穿不住在身上。
茫茫沙漠到处都是冰封雪冻的景象,
万里天空乌云低垂四处都变得暗淡。
主人在营帐里摆上酒宴给客人送行,

胡琴琵琶和羌笛的乐声在席间奏响。
傍晚时大片的雪花纷纷落满了辕门,
连红旗也被冻住任凭风吹也不飘扬。
在轮台的东门外送别朋友踏上远途,
离别时大雪已将去天山的路途盖满。
眼望着朋友在曲折山路上渐渐消失,
只有马踏过的蹄印还空留在雪地上。

【赏析】

这是一首著名的送别诗,主要内容是歌咏雪景和抒写别情。

诗的前十句先写雪景。起笔即点出边塞风狂雪早的景象:"风卷草折"似声声入耳,"八月飞雪"如历历在目。接着写雪后景色变幻:一夜之间,雪花覆盖了整个大地,特别是千万棵树木上落满雪花,好似一夜春风吹开无数枝梨花的景象。然后自然转到写军营内的苦寒生活:"散""湿"承前续写雪飞雪落,冷寒潜袭;后用"狐裘不暖""锦衾薄""角弓不得控""铁衣冷难着"等语,不仅写出边关将士奇寒难耐的艰苦生活,更从侧面反衬出大雪的酷寒。最后从纵横交错的空间景象着笔,既写出边塞冰天雪地、阴云重重的自然之景,又用"愁""惨"两字渲染饯别的气氛,感情色彩十分浓烈。诗的后八句述别情。先写在中军帐摆设酒宴、演奏器乐欢送即将起程返京的武判官。席间的频频举杯、依依话别都只是在器乐的名称中略微带过,留待读者自己去想象饯别的情形。送行到轮台的东门,前方的天山道路都已被大雪铺满,只剩下白茫茫的一片。遥望朋友远去的身影,在山回路转中渐渐消失,只看见雪地上留下的一行人马走过的印痕。词尽而意不尽,余味绵绵,使人回味不已。

全诗以"雪"为线索,描绘了一幅塞外风雪送客图。所写的雪景,既从大处落笔,又从细处着墨,为"送别"做了很好的衬托和铺垫。诗歌层次清晰,前半部分描绘西北边陲奇异瑰丽的雪景和刺人肌骨的严寒,后半部分抒写与友人分离时依依不舍、惆怅满怀的别情。中间"瀚海阑干百丈冰,愁云惨淡万里凝"的过渡,承上启下,将前后的写景抒情很好地结合起来。"愁云"二字亦景亦情,是全诗的诗眼。诗歌对边地风物的描绘最为杰出,用词准确形象。尤其"忽如一夜春风来,千树万树梨花开"两句,以春花喻冬雪，以南国暖色比北方寒景，联想奇特美妙，比喻新颖贴切，且加以重叠夸张，非常传神地描摹出雪花的皎洁、鲜润、明丽，把奇寒的雪地描写得满带温馨感而令人神往，成为千古传诵不衰的名句。

枫桥夜泊①

张继

名句：月落乌啼霜满天，江枫渔火对愁眠。

【导读】

张继（约715—约779年），唐代诗人。字懿孙，襄州（今湖北襄阳）人。天宝十二载（753年）中进士，曾官检校祠部员外郎。张继写景状物的诗歌大都清丽自然，意境深远。《全唐诗》录存其诗一卷。

这是诗人在一个秋夜泊船于苏州城外枫桥旁写下的诗。

【原诗】

月落乌啼②霜满天，江枫渔火对愁眠③。
姑苏城外寒山寺④，夜半钟声到客船⑤。

【注释】

①枫桥：在今苏州市西。夜泊：夜间把船停泊在岸边。诗题一作《夜泊枫江》。②乌啼：乌鸦啼叫。③江枫：江边枫树，叶被霜打，变成红色。渔火：渔船上的灯火。对愁眠：指自己怀着羁旅的愁思睡在船上不能安眠。④姑苏：苏州的别称。因苏州西南有姑苏山而得名。寒山寺：在苏州市西，枫桥附近。寺建于南朝梁代。相传唐初诗僧寒山曾住在此寺，因而得名。⑤夜半钟声：当时寺院的习惯，在半夜时候敲钟。这句说：半夜里寒山寺的钟声传到船上，更增添了江上的幽静。

【译诗】

月儿西沉乌鸦啼叫秋霜满天，
江边枫树点点渔火引愁难眠。
姑苏城寂寞清静的寒山寺外，
半夜有钟声传到客船里面来。

【赏析】

　　这是一首脍炙人口的山水诗名作。它描写了一个秋天的夜晚诗人泊船苏州城外枫桥时的所见之景。江南水乡秋夜幽美的景色，吸引着这位怀着旅愁的游子，使他领略到了一种情味隽永的诗意美，写下了这首意境深远的小诗。诗歌表达了诗人旅途中孤寂忧愁的思想感情。

　　诗的首句写了"月落""乌啼""霜满天"这三种有密切关联的景象。上弦月升起得早，到"月落"时大约天将晓，树上的栖鸟也在黎明时分发出啼鸣，秋天夜晚的"霜"透着浸肌砭骨的寒意，从四面八方围向诗人夜泊的小船，使他感到身外茫茫夜空中正弥漫着满天霜华。第二句写诗人一夜伴着"江枫"和"渔火"未眠的情景。"江枫"与"渔火"，一静一动，一暗一明，一江边，一水上，景与物的搭配颇具匠心。前两句写了六种景象，"月落""乌啼""霜满天""江枫""渔火"及泊船上一夜未眠的客人。后两句只写了姑苏城外寒山寺的钟声传到船上的情景。前两句是诗人所见，后两句是诗人所闻。游子面对着霜夜的江枫渔火，静夜中忽然听到远处传来的悠远钟声，缕缕孤寂和忧愁的情绪萦绕心头。这"夜半钟声"不但衬托出了夜的静谧，而且揭示了夜的深沉，而诗人卧听钟声时的种种难以言传的感受，也就尽在不言中了。

　　这首诗采用倒叙的写法，先写拂晓时的景物，然后追忆昨夜的景色及夜半钟声，全诗有声有色，有情有景，情景交融。

寒　食①

韩翃

名句：春城无处不飞花，寒食东风御柳斜。

【导读】

　　韩翃（hóng），生卒年不详，唐代诗人。字君平，南阳（今河南邓州）人。唐玄宗天宝十三载（754年）进士，官至中书舍人，为"大历十才子"之一。有《韩君平诗集》。

寒食节是我国古代一个传统节日，一般在清明节前两天。按风俗这一天须家家禁火，只能吃现成食物，故名寒食。

【原诗】

春城无处不飞花，寒食东风御柳②斜。
日暮汉宫传蜡烛③，轻烟散入五侯④家。

【注释】

①寒食：寒食节，相传是为纪念春秋时被焚的晋人介子推而形成的风俗。这一天禁火，只能吃冷食。②御柳：宫廷中的柳树。③"日暮"句：因为寒食禁火，但受皇帝宠幸的人家，却特许赐以蜡烛。汉宫：这里借指唐王朝。④五侯：泛指天子近幸之臣。《汉书·元后传》以王谭、王商兄弟五人同日封侯为"五侯"。《后汉书·宦者传》以桓帝时宦官单超、徐璜等五人同日封侯为"五侯"。

【译诗】

暮春的长安城处处飞着落花，
寒食节春风吹拂着柳树枝杈。
傍晚皇宫中传出御赐的蜡烛，
轻烟飘入受宠幸的贵族人家。

【赏析】

这首诗以"寒食"为题材，描绘了唐朝长安城寒食节时的情景，从侧面揭露和讽刺了唐朝日趋腐败的社会现实，是作者的代表作。

诗的首句"春城无处不飞花"即为绝妙之笔，生动展现寒食节长安的迷人风光。把春日的长安称为"春城"，造语新颖，富于美感，不但写出了万紫千红、五彩缤纷的春景，而且点出了暮春季节的特点。这里不说"处处"飞花，而说"无处不飞花"，以双重否定句式表示肯定和强调的语气，表达效果更强烈。第一句描写长安的景致后，第二句转入专写皇城的景色。春风轻拂，柳枝摇摆，风光无限。后两句叙事，用长镜头式的写法描写皇帝传赐薪火，享有特权的王公、宠臣破例用火、点烛的景象。

从字面上看，这首诗似乎是在写寒食节那天长安城的景象，但仔细一读，便会发现这景象白天和日暮是有所不同的。从白天看，确实是满城春色，而晚上"轻烟散入五侯家"并不是"春城处处"如此，只有"五侯"之家才可见轻烟袅袅。它以明杨暗柳的写法讽刺了封建皇帝对上层贵族和近臣的偏宠，揭露了上层贵族享有特权、社会不公的现象，具有较高的思想价值。

登科后①

孟郊

名句：春风得意马蹄疾，一日看尽长安花。

【导读】

孟郊（751—814年），中唐著名诗人。字东野，武康（今浙江德清）人。少年时就刻苦读书，十六岁就参加科举考试，可屡试不第，直到四十六岁（796年）时才考中进士，任过溧阳县尉等职。著有《孟东野诗集》。

这首诗就是他在"登科后"欣喜若狂的情况下吐露的心声。

【原诗】

昔日龌龊②不足夸，今朝放荡③思无涯。
春风得意马蹄疾④，一日看尽长安花。

【注释】

①这首诗是孟郊金榜题名时所写。②龌龊：原意为不干净，这里是窝囊的意思。③放荡：放肆、放纵、自由自在、无拘无束。④疾：快。

【译诗】

想从前太窝囊简直不能启齿来夸，
看今天多威风放纵思绪无边无涯。
春风中我得意非凡策马跑得飞快，
一天内就赏遍了长安全城的春花。

【赏析】

在封建时代，科举考试是关乎考生命运和家族荣辱的大事，成则金榜题名、光宗耀祖，败则落魄潦倒、无地自容。孟郊家庭贫寒、生活困难，从小就刻苦读书，一心想靠登科来改变命运。可他几次落榜，直到四十六岁那年才考中，他按捺不住自己得意喜悦的心情，"喊"出了这首激情奔放的小诗。

"昔日龌龊不足夸，今朝放荡思无涯"，诗人一开头就直接倾泻心中的狂喜，抒发扬眉吐气、自由自在的畅快之情。说以往的那种窝囊再也不值一提了，仿佛这次金榜题名，就一下子跳出了苦海，登上了欢乐的顶峰。"春风得意马蹄疾，一日看尽长安花"二句是精彩之笔。诗人得意洋洋、心花怒放，迎着春风策马奔驰在鲜花烂漫的长安道上。人逢喜事精神爽，此时的诗人神采飞扬，不但感到春风骀荡，天宇高远，大道平阔，就连自己的骏马也四蹄生风了。偌大一座长安城的无数春花，竟被他一日看尽，真是"放荡"无比！

在这首诗里，诗人情与景会，意到笔随，不仅活灵活现地描绘了自己高中之后的得意之态，还酣畅淋漓地抒发了得意之情，明朗畅达而又别有情韵。因此，这两句诗成为人们喜爱的千古名句，并派生出"春风得意""走马观花"两个成语流传后世。

游子吟

孟郊

名句：谁言寸草心，报得三春晖。

【导读】

这是孟郊诗歌中最有名的作品，它用朴实的语言歌颂了普天下平凡而又伟大的母爱，是唐诗中流传最广的一首诗。

【原诗】

慈母手中线，游子①身上衣。
临行密密缝，意恐迟迟归。
谁言寸草心②，报得三春晖③。

【注释】

①游子：指离开父母出门在外的人。②寸草心：小草的嫩心，比喻游子对母爱的报答

很微小。寸草：小草，比喻子女。③三春：春天共三个月，即孟春、仲春、季春，故言三春。晖：阳光，比喻母亲对儿女的恩情。

【译诗】

当年离家时母亲飞针走线忙到深夜，
为远行的儿子赶做出门穿戴的新衣。
临行时她手中的针线缝得又细又密，
就担心儿子受了凉不能快快把家归。
谁说子女们像茵茵小草一样的心意，
能报答得了慈母春天太阳般的光辉！

【赏析】

《游子吟》通过母亲为游子缝制衣服这个生活细节，用凝结着母亲深深爱意的针线，真挚地歌颂了伟大的母爱，表达了游子对慈母的感恩和思念之情。

诗的开头，诗人选取了一个特写镜头，描述游子回忆临离家时母亲为自己赶制衣服和殷切叮嘱的情景。这一典型的生活细节将游子与慈母之间的骨肉关系表现得非常逼真和准确，既写出了慈母对儿子细致入微的关怀和牵挂，又暗示了游子思念母亲的缘起，读来令人倍感亲切。中间回顾母亲"密密缝"的细节和"意恐迟迟归"的心理活动，两句诗虚实结合，进一步写出母亲对游子的深爱，也为后两句的抒情议论做好过渡和铺垫。最后两句是发人深省的名句，它从子女的角度表达对母亲的感激之情，运用比喻和象征的手法来歌颂母爱。这里，"寸草心"比喻子女的心意；"三春晖"比喻母爱，既典型又妥帖。而"谁言"的发问，又令人深思，能引起读者的共鸣。它形象地启示人们，对于母亲这种无私、伟大的爱，子女应该终生来回报。

诗歌以生动逼真的细节、自然流畅的语言，塑造了一个"慈母"的形象，表达了子女感激和眷念母亲的真情，具有普遍的社会意义。因此，它成为历代最受喜爱、传诵最广的一首唐诗。

早春呈水部张十八员外二首（其一）

韩愈

名句：天街小雨润如酥，草色遥看近却无。

【导读】

韩愈（768—842年），唐代文学家、思想家、教育家。字退之，河阳人，一作南阳人。因世居昌黎（河北），宋朝追封其为昌黎伯，故后人又称其韩昌黎。在文学上，韩愈有"文章巨公"的称誉，列"唐宋八大家"之首，和柳宗元同为古文运动的倡导者。

这首小诗是韩愈写给水部员外郎张籍的。原诗有两首，这是第一首。张籍在兄弟辈中排行十八，故称"张十八"。

【原诗】

天街小雨润如酥①，草色遥看近却无。
最是一年春好处②，绝胜③烟柳满皇都。

【注释】

①天街：京城的街道。酥：用牛羊奶做成的油类制品。这里指小雨如酥油般细滑润泽。②最是：正是。处：时候，一般只在诗词里才这样用。③绝胜：远远胜过。

【译诗】

京城道上绵绵雨丝湿润又舒服，
满眼新绿朦胧走近却看不清楚。
正是一年中最美好的早春时节，
这茵茵青草胜过烟柳铺满皇都。

【赏析】

这是一首描写和赞美早春美景的七言绝句。首句点出初春小雨，以"润如酥"来形容它的细滑润泽，准确地捕捉到了春雨淅淅沥沥的特点。造句清新优美，与杜甫的"好雨知时节，当春乃发生。随风潜入夜，润物细无声"有异曲同工之妙。第二句紧承首句，写草沾雨后的景色。以远看似青，近看却无，描画出了初春小草沾雨后的朦胧景象。第三、四两句对初春景色大加赞美：早春的小雨和草色是一年春光中最美的东西，远远超过了烟柳满城、春意正在逝去的晚春景色。

这首诗最大的特点是抓住绵绵雨丝和似有却无的草色咏早春,写出盎然的春意和生机,能摄早春之魂,给读者以无穷的美感和趣味。写春景的诗,在唐诗中,多写明媚的暮春,写春花;这首诗却取早春咏叹,写小草,在"早"字上做文章,认为早春比暮春景色更胜,别有新意。

送桂州严大夫同用南字①

韩愈

名句:江作青罗带,山如碧玉簪。

【导读】

韩愈并未到过桂林,却在长庆二年(822年)为送严谟出任桂管观察使时写下了这首咏桂林的诗。可见在唐代,桂林山水也已闻名遐迩,令人向往。

【原诗】

苍苍森八桂②,兹地在湘南③。
江作青罗带④,山如碧玉簪⑤。
户多输翠羽⑥,家自种黄甘⑦。
远胜⑧登仙去,飞鸾不假骖⑨。

【注释】

①桂州:即今广西桂林。严大夫:名严谟,韩愈友人,生平不详。《旧唐书·穆宗纪》载:"长庆二年以秘书监为桂管观察使。"②苍苍:深青色。八桂:广西的代称。这里代指桂州。③兹:此。湘南:指湘水之南。④青罗带:青色的丝带。⑤碧玉簪:青玉制成的发簪。簪:一作"篸"。⑥输:输送,缴纳。翠羽:翠鸟的羽毛,桂州人将其作为珍贵的特产缴给王侯做装饰品。⑦黄甘:即黄柑,当地的一种水果。⑧远胜:远远胜过。⑨鸾:传说中凤凰一类的鸟。假:凭借。骖:古时驾车的马。

【译诗】

桂州一望无际的桂树郁郁苍苍,
美丽的山城坐落在湘江的南方。

绕城的江河如同一条青色丝带，
隆起的峰峦似美女头上的玉簪。
农户以输出翠色的羽毛为特产，
家家都种植着当地独有的黄柑。
到那里去游览远胜过登临仙境，
不需车马便可驾鸾鸟自由飞翔。

【赏析】

这是作者送严大夫赴桂林就任时所写的一首送别诗。诗中运用贴切的比喻把"山水甲天下"的桂州秀丽风光描绘得极其形象，同时还写出了当地人民的习俗和特产。这首诗是对被贬桂州的严大夫一种很好的精神安慰。

诗的首联点明严氏赴任之地是位于"湘南"的桂林。开头便紧扣桂林之得名，以其地多桂树而想象出"苍苍森八桂"，把那个具有异国情调的南方胜地的魅力点染出来，令人神往。以下分写山川物产之美异。颔联以高度的概括力，极写桂林山水之美：那里的江河蜿蜒曲折，清澈见底，犹如青罗之带；那里的山峰拔地而起，峻峭玲珑，犹如碧玉之簪。颈联写桂林风俗人情和物产之异：许多人养有美丽的翠鸟，并以它的羽毛作为税赋进贡朝廷；家家都种有当地的特色水果黄柑。以上两联着意写出桂林的秀美奇异，铺写了神往之情。最后归结到送行之意，严大夫此去桂林虽不乘飞鸾，亦"远胜登仙"。意思是说到桂州赴任远胜过求仙学道或升官发财，同时流露出作者的艳羡之意。

这首诗从大处落笔，不事雕饰，使用比喻新颖贴切，形象传神。"江作青罗带，山如碧玉簪"两句，用"青罗带""碧玉簪"这些女性的服饰或首饰作比喻，写得很美。它极为概括地写出了桂林山水的特点，又表达了作者喜爱和羡慕的心意，是脍炙人口的千古佳句。

左迁至蓝关示侄孙湘

韩愈

名句：云横秦岭家何在？雪拥蓝关马不前。

【导读】

韩愈一生以儒学的卫道士自居，不遗余力地捍卫儒学的正统，反对佛家和道家。晚年因上《论佛骨表》，反对唐宪宗"迎佛骨于大内"而触怒皇帝，由刑部侍郎贬为潮州刺史。潮州距京有八千里之遥，当他行到蓝田时，他的侄孙韩湘赶来送行。韩愈忍不住满腔的委屈和悲愤，写下了这首名诗。

【原诗】

一封朝奏九重天①，夕贬潮州路八千②。
欲为圣明除弊事③，肯将衰朽惜残年④！
云横秦岭⑤家何在？雪拥蓝关马不前⑥。
知汝⑦远来应有意，好收吾骨瘴江边⑧。

【注释】

①一封：一份奏章。"封"指"封事"，上给皇帝的意见书。朝奏：早上向朝廷呈上奏章。九重天：本指帝王所居之处，这里指唐宪宗。②夕贬：晚上就被贬，言获罪之快。路八千：指长安到潮州的路程。"八千"极言其远。③圣明：指皇帝。弊事：有危害的事情。④肯：岂肯。惜残年：爱惜个人衰老的生命。时韩愈五十二岁。⑤秦岭：即终南山。在今陕西省蓝田县东南，为赴高、洛、汉中的必经之地。⑥拥：阻塞。蓝关：即蓝田关，在今陕西省蓝田县境内。⑦汝：指韩湘。⑧骨：尸骨。瘴江边：指潮州。"瘴气"指热带山林中的湿热空气。旧时说岭南多瘴气，人碰上就要生病，潮州在岭南，所以作者这样说。

【译诗】

早上刚把奏章呈到了皇帝面前，
晚上就被贬到潮州八千里之外。
本就想为皇上做些除弊的政事，
哪会去顾惜自己已经年老体衰。
彩云萦绕秦岭敢问何处是家园？
大雪阻塞蓝关连马也不肯向前。

知道你远来送我有深深的情意，
将来收我尸骨只会在那瘴江边。

【赏析】

诗的首联直写自己获罪遭贬的缘由。"贬"的原因是"奏"，"奏"的本意为国"除弊"，可见"贬"非其罪，作者是无罪遭贬，一开篇就饱含了激愤之意。颔联直抒"除弊事"，更明确申述自己因忠心而遭远谪的愤慨，表达了宁谪不悔、刚直不阿的性格和胆气。颈联"云横秦岭家何在？雪拥蓝天马不前"两句借景抒情，感情悲壮。"家何在""马不前"把英雄失落的悲叹和无奈表现得淋漓尽致，感人至深。尾联化用秦蹇叔哭师"必死是间，余收尔骨焉"之意，向侄孙交代后事，进一步吐露了凄楚难言的激愤之情。

从思想内容上看，这首诗熔家事、国事于一炉。不惜残年参政为国的积极情调与仕途失意甚至老死他乡的消极情绪都呈现在同一首诗里。从艺术特色上看，情感诚挚热烈、起伏跌宕，前后富有变化。忽天、忽地、忽生、忽死，大气磅礴，具有撼动人心的力量。笔势纵横，开合动荡。"朝奏""夕贬""九重天"等对比鲜明，高度概括。"云横""雪拥"情景交融，意境雄阔，用词新奇形象。加之句式整齐，对仗工整，是韩诗七律中的佳作。

竹枝词二首①（其一）

刘禹锡

名句：东边日出西边雨，道是无晴却有晴。

【导读】

刘禹锡（772—842年），唐代诗人。字梦得，洛阳人。唐德宗贞元九年（793年）进士。刘禹锡工诗文，与柳宗元交往密切，世称"刘柳"。后与白居易常相唱和，又并称"刘白"。白居易曾称他为"诗豪"。其作品有《刘宾客集》。

【原诗】

杨柳青青江水平,闻郎江上踏歌声②。
东边日出西边雨,道是无晴却有晴③。

【注释】

①竹枝词:刘禹锡仿作的《竹枝词》有十一首,共分两组,一组为两首,一组为九首。本诗选的是两首组的第一首。②郎:古时女子称丈夫或情人。踏歌:踏着节拍歌唱。一作"唱歌。"③道:说。晴:双关语,表面指天晴,暗指感情的"情"。

【译诗】

杨柳刚刚吐新绿春水刚刚泛平,
江上传来情郎的歌声多么动听。
东边正出着太阳西边却在下雨,
你说他没有情意吧好像又有情。

【赏析】

《竹枝词》是一首带民歌风味的情歌,形象地描绘了一位初恋少女细致复杂的感情世界。

诗的开头两句,描绘的是江南水乡的景色,写的是少女的所见所闻。"杨柳青青江水平"一句写所见之景,写出一种轻快的气氛和心情。接着第二句"闻郎江上踏歌声"引出了主人公——情郎。少女听到远处江上传来心上人熟悉的歌声。一个"闻"字,生动地表现了少女又惊又喜的心情。最精彩的是后两句"东边日出西边雨,道是无晴却有晴"。诗人在这里巧妙地使用了谐音双关的手法表情达意。"东边日出西边雨"表面写天气,实际写姑娘的心理活动:困惑、怀疑、猜测;"晴"与"情"同音,"道是无晴却有晴"实际就是"道是无情却有情",落笔在"有情"上,写出姑娘由疑虑变为喜悦的过程。加之诗歌语言通俗,容易上口诵读,因此流传很广。这是刘禹锡作品中很有特色的一首诗作。

竹枝词九首①（其九）

刘禹锡

名句：山上层层桃李花，云间烟火是人家。

【导读】

这首诗是一幅巴东山区人民生活的风俗画。

【原诗】

山上层层桃李花，云间烟火是人家。
银钏②金钗来负水，长刀短笠去烧畲③。

【注释】

①竹枝词：本诗选的是九首组的第九首。②钏（chuàn）：手镯。③烧畲（shē）：以前西南少数民族种田的一种方法，春天把地里的野草烧掉做肥料，为春耕播种做准备。

【译诗】

山上一层一层开满了桃花李花，
云雾缭绕炊烟升腾处住有人家。
戴着银钏金钗的姑娘下山担水，
佩着长刀短笠的汉子烧荒犁耙。

【赏析】

这首诗实际上是诗人画出的一幅幅画。诗人通过一个个形象的生活画面描写，表现了欣喜愉快的心情和对劳动生活的赞叹。

开头"山上层层桃李花，云间烟火是人家"两句，用一个"山"字领起，一下子把诗人面对春山、观赏山景的形象勾画出来。桃花、李花同时盛开，这是山地气候不齐所特有的景象。"层层"状的桃花李花开得漫山遍野，色彩绚烂，四处飘香，给人以很强的直观感。次句由景及人，诗人探寻的目光越过满山的桃李，透过山顶的云雾，找到了创造出这满山春色的主人公。山美、花木美，都来自山村居民的劳动之美。接着"银钏金钗来负水，长刀短笠去烧畲"两句转为富有地方色彩的山村居民劳动场景描画。戴着饰物的青年妇女们下山担水，准备做饭；挎着长刀、戴着短笠的男人们根据传统的办法在放火烧荒，准备播种。在这里，作者运用了借代和对仗两种修辞手法，用凝练的语言写出了山民男女的形象特征，具有浓厚的地方色彩和民族色彩。

全诗短短四句,每句一景,犹如四幅画图。孤立起来看,有其相对的独立性;合起来看,恰好构成一个艺术整体。由满山的桃李花引出山村人家,又由山村人家引出山民热气腾腾春耕的情景。全诗至此戛然而止,而把妇女们负水对歌、男子们烧畬时火光映天以及秋后满山金黄等情景统统留给读者去想象,读来很有美感。

酬乐天扬州初逢席上见赠
刘禹锡

名句:沉舟侧畔千帆过,病树前头万木春。

【导读】

这首诗写于唐敬宗宝历二年(826年)。刘禹锡罢和州刺史返洛阳,这时白居易也从苏州回洛阳,两位老朋友在扬州相逢。筵席上白居易写了一首诗赠给刘禹锡。诗中说:"为我引杯添酒饮,与君把箸击盘歌。诗称国手徒为尔,命压人头不奈何。举眼风光长寂寞,满朝官职独蹉跎。亦知合被才名折,二十三年折太多。"刘禹锡听了以后,感慨很多,便写了《酬乐天扬州初逢席上见赠》来酬答他。

【原诗】

巴山楚水①凄凉地,二十三年②弃置身。
怀旧空吟闻笛赋③,到乡翻似烂柯人④。
沉舟侧畔千帆过⑤,病树前头万木春⑥。
今日听君歌一曲⑦,暂凭杯酒长⑧精神。

【注释】

①巴山楚水:泛指古代巴国、楚国的地方(在今四川、湖南一带)。刘禹锡在永贞革新失败后,先后被贬到巴楚之地。②二十三年:刘禹锡从永贞元年(805年)被贬为朗州司马至宝历二年(826年)奉召回京,并于次年到东都,前后共二十三年。③闻笛赋:指晋人向秀在其友人嵇康被害后,一次途经其旧居,听到笛声悲凉,便写了一首《思旧

赋》。④到乡：指返回京城。翻：同"反"。烂柯人：相传晋人王质入山砍柴，见二童子下棋，便在旁观看，待一盘下完，他发觉手中的斧柄（柯：斧柄）已经烂了。回到家后，才知道已经过去了一百年，同辈人都已死尽。这里作者以王质自比，写被贬二十多年，颇有隔世之感，当年的友人多已去世。⑤沉舟：沉没的船。这里的"沉舟"和下句的"病树"都是诗人自比，是针对白居易赠诗中说的"举眼风光长寂寞，满朝官职独蹉跎"而言。千帆过：指众多船只竞渡。⑥万木春：万树争春，充满生机。⑦歌一曲：指白居易在筵席上作诗劝慰自己。⑧长：增长，振作。

【译诗】

巴山楚水那遥远之地荒僻又凄冷，
二十三年来安置了我这待罪之身。
怀念朋友时只能空诵一下思旧赋，
返回京城才发现自己已是隔世人。
看沉舟的旁边千条帆船正在竞渡，
病树的面前有万株绿树奋力争春。
今天听了你一首令人动情的诗篇，
就凭这诗这酒我也当振作起精神。

【赏析】

这是刘禹锡写的一首酬赠诗。

诗的开头借白诗里提到的话题，叙述自己被谪居在巴山楚水荒凉地区二十三年的遭遇，用"闻笛赋"来表达对老友的怀念，借"烂柯"的典故暗示自己因被贬谪时间太长已恍如隔世，又表现了世态的变迁以及无限怅惘的心情。后半部分表达虽经千种磨难但决不消沉、要振作精神重新投入新生活的坚强意志。其中第三联"沉舟侧畔千帆过，病树前头万木春"两句诗是历代流传的佳句。诗人以"沉舟""病树"比喻自己，既有惆怅和自谦之意，又表现得非常达观。沉舟侧畔，已有千帆竞发；病树前头，万木已在争春。这样的景象，同样令人欣慰。作者借白诗生发出的这两句，反而劝慰白居易不必为自己的寂寞、蹉跎而忧伤，对世事变迁和仕宦升沉表现出豁达的襟怀。这两句诗比喻新奇、对比强烈、形象鲜明、语言生动，不仅描写了自然现象，而且包含有人生哲理。至今常被人引用，并赋予它新的意义，说明新事物必将取代旧事物的规律。全篇诗情跌宕，沉郁中见豪放，是古代酬赠诗中的上佳之作。

乌衣巷①

刘禹锡

名句：旧时王谢堂前燕，飞入寻常百姓家。

【导读】

唐长庆四年至宝历二年（824—826年）刘禹锡任和州（今安徽和县）刺史期间，曾经写下一组怀古诗《金陵五题》，《乌衣巷》是其中一首。

【原诗】

朱雀桥②边野草花，乌衣巷口夕阳斜。
旧时王谢③堂前燕，飞入寻常百姓家。

【注释】

①乌衣巷：古地名，在今江苏南京秦淮河南岸。三国时，其地为吴国兵营，军士都穿乌衣，故名。②朱雀桥：秦淮河上的桥名，东晋咸康时建。③王谢：东晋王导、谢安豪族，皆住乌衣巷。

【译诗】

朱雀桥边长满了野草野花，
乌衣巷口的夕阳已经西下。
从前栖居王谢豪宅的燕子，
如今飞进普通的百姓人家。

【赏析】

这是一首有名的怀古诗。诗人借助现实生活中的一个角落，即曾经繁华一时而今已没落破败的乌衣巷的景象，十分含蓄地反映封建社会豪门贵族不可避免的没落命运。

诗的前两句是"抚今"，即感伤现实的衰败。首句用"朱雀桥边野草花"来勾画环境，其妙处有三：一是点明地理位置相邻，写的是实景；二是形成对仗的美感，"朱雀桥"与"乌衣巷"，"野草花"与"夕阳斜"偶对天成；三是唤取有关的历史联想：昔日车水马龙的朱雀桥边，如今已是野草丛生，满目荒凉，让人感慨今昔变化之大。诗的后两句是"吊古"结合"伤今"。这里诗人举重若轻，不是用浓墨重彩正面描写乌衣巷的变化，而是抓住一般人容易忽略的燕子，含而不露地抒发思古之幽情，并揭示了人事变化的规律,从而成了千古流传的名句。这首诗给人印象最深的是"旧时王谢堂前燕,飞入寻常百姓家"中的飞燕形象的设计,好像信手拈来,实际凝聚着作者的艺术匠心和非凡的想象力。作者抓住燕子作为候鸟有栖息旧巢的特点,暗示出乌衣巷昔日的繁荣,起到了今昔对比的作用。诗人的感慨藏而不露,寄寓在景物描写之中。因此它虽然景物寻常、语言浅显,却有一种蕴藉含蓄之美,让人读来余味无穷。

赋得古原草送别

白居易

名句:野火烧不尽,春风吹又生。

【导读】

白居易(772—846年),唐代大诗人,字乐天,号香山居士。祖籍太原,到其曾祖父时迁居下邽(guī)(今陕西渭南),生于河南新郑。曾任翰林学士、左赞善大夫、太子少傅,因得罪权贵,被贬为江州司马,晚年好佛。白居易是我国唐代中期诗歌创作数量最多、成就最大、影响最深远的诗人,有"诗王"之称。留诗近三千首,在唐代诗人中首屈一指。有《白氏长庆集》。

这是白居易少年成名的作品。据张因《幽闲鼓吹》记载,白居易十六岁到长安应试,"以诗谒著作顾况。顾睹姓名,熟视白公,曰'米价方贵,居亦弗易'。乃披卷,首篇曰:'……野火烧不尽,春风吹又生。'即嗟赏曰:'道得个语,居即易矣。'因为之延誉,声名大振"。由此这首诗名重一时,白居易也开始出名。

【原诗】

离离①原上草,一岁一枯荣②。
野火烧不尽,春风吹又生。
远芳侵古道③,晴翠④接荒城。
又送王孙⑤去,萋萋⑥满别情。

【注释】

①离离:草木茂盛的样子。②"一岁"句:一岁之中由冬枯到春荣。③远芳:远处的芳草。侵:滋蔓。④晴翠:阳光照射下的芳草。⑤王孙:本指贵族子弟,这里指游子。⑥萋萋:小草长得茂盛的样子。

【译诗】

荒原上小草长得碧如丝毯,
每年都一度枯萎一度兴旺。
野火燎原也不能将它烧尽,
春风一吹它又蓬勃地生长。
看远处的芳草已蔓上古道,
阳光下翠绿铺满城郊四方。
在这里又送朋友离家远游,
连碧草也充满别离的情感。

【赏析】

这首诗是千古传诵的名篇,它着眼小草来写送别,形象地写出了野草的生长特点和旺盛的生命力,表达了乐观向上、积极进取的精神。

诗的开头两句描写草原上小草生长的情态和规律。无边无际的原野上,长满了茂密的野草。它们冬天枯萎,春天繁茂,"一岁一枯荣"。接下来两句"野火烧不尽,春风吹又生"着力写小草极强的生命力。冬天,小草枯萎了,甚至被野火烧掉了,可是它们的生命并没有停止,它们的根还深深扎在泥土中,只要到了春天,经春风一吹,春雨滋润,它们立即发芽生长,盖满草原。第五、六两句生动描绘"吹又生"的景象。哪怕在绝少行人的古道上,还是在连接荒城的古原上,到处是这生命力顽强的绿意浓浓的野草,进一步显示了"原上草"欣欣向荣的无限生机。最后两句才点明"送别"的主旨:人生总有离别,那送别的情和意,也如同这绿草一样深、一样浓,也如同这古原的野草一样坚韧和顽强。

全诗融情于景,格调高朗。虽然是写小草,但意义已远远超过小草本身;虽然是写送别,意义也远远超过送别的范围。"一岁一枯荣"既是写小草的生长规律,又指人世间的相聚与离别。"春风吹又生"不仅指小草的生命力顽强,还包含着万物生生不息的哲理,让读者感受诗意美的同时又获得人生的启示。尤其这首诗是出自一个少年之手，更让人不能不佩服"诗王"的才华。

长恨歌①
白居易

名句：回眸一笑百媚生，六宫粉黛无颜色。
　　　玉容寂寞泪阑干，梨花一枝春带雨。
　　　在天愿作比翼鸟，在地愿为连理枝。

【导读】

元和元年（806年），白居易任盩厔（今陕西周至）县尉，与陈鸿、王质夫同游于仙游寺，话及唐玄宗与杨贵妃的故事，引起无限感慨。王质夫劝白居易把它写成诗歌，于是白居易写成《长恨歌》，陈鸿也把它写成传奇小说《长恨歌传》。

【原诗】

汉皇重色思倾国②，御宇③多年求不得。
杨家有女初长成，养在深闺人未识④。
天生丽质⑤难自弃，一朝选在君王侧。
回眸⑥一笑百媚生，六宫粉黛无颜色⑦。
春寒赐浴华清池⑧，温泉水滑洗凝脂⑨。
侍儿扶起娇无力，始是新承恩泽⑩时。
云鬓花颜金步摇⑪，芙蓉帐⑫暖度春宵。
春宵苦⑬短日高起，从此君王不早朝。
承欢⑭侍宴无闲暇，春从春游夜专夜。
后宫佳丽三千人，三千宠爱在一身。
金屋⑮妆成娇侍夜，玉楼宴罢醉和春。
姊妹弟兄皆列土⑯，可怜⑰光彩生门户。
遂令天下父母心，不重生男重生女。

骊宫[18]高处入青云，仙乐风飘处处闻。
缓歌慢舞凝丝竹[19]，尽日君王看不足。
渔阳鼙鼓[20]动地来，惊破霓裳羽衣曲[21]。
九重城阙烟尘生[22]，千乘万骑西南行[23]。
翠华[24]摇摇行复止，西出都门百余里[25]。
六军不发无奈何[26]，宛转蛾眉马前死[27]。
花钿委地无人收[28]，翠翘金雀玉搔头[29]。
君王掩面救不得，回看血泪相和流。

黄埃散漫风萧索[30]，云栈萦纡登剑阁[31]。
峨嵋山[32]下少人行，旌旗无光日色薄[33]。
蜀江水碧蜀山青，圣主[34]朝朝暮暮情。
行宫[35]见月伤心色，夜雨闻铃[36]肠断声。
天旋地转回龙驭[37]，到此踌躇不能去[38]。
马嵬坡下泥土中，不见玉颜空死处[39]。
君臣相顾尽沾衣，东望都门信马[40]归。
归来池苑皆依旧，太液芙蓉未央柳[41]。
芙蓉如面柳如眉，对此如何不泪垂。
春风桃李花开日，秋雨梧桐叶落时。
西宫南内多秋草[42]，落叶满阶红不扫。
梨园[43]弟子白发新，椒房阿监青娥老[44]。
夕殿萤飞思悄然[45]，孤灯挑尽[46]未成眠。
迟迟钟鼓[47]初长夜，耿耿星河欲曙天。
鸳鸯瓦冷霜华重[48]，翡翠衾[49]寒谁与共。
悠悠生死别经年[50]，魂魄[51]不曾来入梦。

临邛道士鸿都客[52]，能以精诚致魂魄。
为感君王辗转思[53]，遂教方士[54]殷勤觅。
排空驭气[55]奔如电，升天入地求之遍。
上穷碧落下黄泉[56]，两处茫茫皆不见。

忽闻海上有仙山，山在虚无缥缈㊼间。
楼阁玲珑五云起㊽，其中绰约㊾多仙子。
中有一人字太真⑥⓪，雪肤花貌参差⑥①是。
金阙西厢叩玉扃⑥②，转教小玉报双成⑥③。
闻道汉家天子使⑥④，九华帐⑥⑤里梦魂惊。
揽衣推枕起徘徊，珠箔银屏迤逦开⑥⑥。
云鬓半偏新睡觉⑥⑦，花冠不整下堂来。
风吹仙袂⑥⑧飘飘举，犹似霓裳羽衣舞。
玉容寂寞泪阑干⑥⑨，梨花一枝春带雨。
含情凝睇谢君王⑦⓪，一别音容两渺茫。
昭阳殿⑦①里恩爱绝，蓬莱宫⑦②中日月长。
回头下望人寰⑦③处，不见长安见尘雾。
唯将旧物⑦④表深情，钿合⑦⑤金钗寄将去。
钗留一股合一扇⑦⑥，钗擘⑦⑦黄金合分钿。
但教心似金钿坚，天上人间会相见。
临别殷勤重寄词⑦⑧，词中有誓两心知⑦⑨。
七月七日长生殿⑧⓪，夜半无人私语时。
在天愿作比翼鸟⑧①，在地愿为连理枝⑧②。
天长地久有时尽，此恨绵绵无绝期⑧③。

【注释】

①《长恨歌》：白居易最著名的讽喻诗。②汉皇：本指汉武帝，这里借指唐玄宗李隆基。倾国：令国人为之倾倒的美女。③御宇：统治天下。④"杨家有女"二句：杨贵妃，乳名玉环，开元二十三年被册封为寿王（唐玄宗之子李瑁）妃。唐玄宗爱其美，于开元二十八年先度她为女道士。天宝四载，召还俗，立为贵妃。⑤丽质：美丽的资质。⑥回眸（móu）：回首顾盼。眸：瞳仁，泛指眼睛。⑦六宫：皇后及妃嫔的住处。粉黛：此处代指美女。这两句意谓与杨贵妃相比，宫中所有的美女都黯然失色。⑧华清池：即骊山上华清宫的温泉浴池。唐玄宗常去避寒。⑨凝脂：指皮肤白嫩，像凝固的脂肪。⑩新承恩泽：刚得皇帝的宠幸。⑪云鬓：乌黑如云的美发。花颜：如花般美丽的容颜。金步摇：一种挂着珠串的金头饰，插在头上，走路则摇动，故叫步摇。⑫芙蓉帐：绣有莲花图案的帐子。⑬苦：恨。⑭承欢：承受欢爱。⑮金屋：和下句的"玉楼"都是指宫中华美的房屋。

⑯列土：分封土地，此指封官晋爵。列：通“裂”。此句说杨玉环被册封为贵妃后，她的三个姐姐分别被封为韩国、虢（guó）国、秦国夫人，族兄杨铦为鸿胪卿，杨锜为侍御史，杨钊赐名为国忠，任右丞相。⑰可怜：可羡，可爱。⑱骊宫：骊山上的宫殿，即华清池。⑲凝丝竹：以丝竹乐器伴奏之意。凝：凝结不散。⑳渔阳鼙鼓：指天宝十四载（755年）十一月安禄山在范阳郡起兵叛乱之事。渔阳属范阳节度使管辖。鼙鼓：骑兵中的小鼓，这里泛指军中战鼓。㉑霓裳羽衣曲：唐代著名舞曲。㉒九重城阙：指京城长安。烟尘生：战火起。㉓“千乘（shèng）”句：指唐玄宗在万千侍卫队伍的保卫下向西川逃跑。㉔翠华：用翠羽装饰的旗子。指皇帝的仪仗。㉕“西出”句：指马嵬坡。马嵬坡在今陕西兴平西，距长安百余里。㉖六军：古代天子有六军，此指皇帝的扈从部队。不发：不肯向蜀中进发，暗指哗变。㉗“宛转”句：指右龙武将军陈玄礼部下杀死杨国忠后，又迫使玄宗赐死贵妃。宛转：缠绵凄楚的样子。蛾眉：美女的代称，此指杨贵妃。㉘花钿（diàn）：镶着珠宝的花朵形状的首饰。委地：丢弃在地上。㉙翠翘：像翠鸟尾上羽毛一样的首饰。金雀：凤形的金钗。玉搔头：玉簪。㉚黄埃：黄尘。散漫：迷漫的样子。㉛云栈：高入云天的栈道。栈道即悬崖峭壁上凿石架木而成的通道。萦纡：曲折盘绕。剑阁：又名剑门关，在今四川剑阁县北，地形十分险要。㉜峨嵋山：四川名山，唐玄宗逃难未经此处，这里泛指蜀地的山。㉝日色薄：日光昏暗。㉞圣主：指唐玄宗。㉟行宫：皇帝出行时的住地。㊱夜雨闻铃：《太真外传》说，唐玄宗入蜀，到了斜谷口，遇上接连十余天的大雨，在栈道中听到铃声，与山相应。他悼念杨贵妃，采其声为《雨霖铃曲》以寄恨。此处暗用其事。㊲天旋地转：喻时局转变。肃宗至德二载十月郭子仪收复长安。回龙驭：皇帝的车驾返京。㊳此：指马嵬坡杨贵妃死处。踌躇：徘徊不前的样子。㊴玉颜：美丽的容颜，指杨贵妃。空死处：空见死处。㊵信马：由着马随意前行。㊶太液：池名，这里指唐宫中的池苑。未央：汉宫殿名，此代指唐宫。㊷西宫：太极宫。南内：指兴庆宫，为玄宗所居。唐玄宗回京先住在兴庆宫，后唐肃宗疑忌其父，迫使唐玄宗从兴庆宫迁到太极宫。㊸梨园：唐玄宗亲自教习乐工的地方。㊹椒房：古代后妃居住的宫殿用花椒和泥抹墙，故称椒房。阿监：宫中女官。青娥：指宫女。㊺悄然：忧愁的样子。㊻孤灯挑尽：灯芯挑尽，说明夜已深。㊼钟鼓：古代京城有钟楼、鼓楼，夜间敲钟击鼓来报时。㊽鸳鸯瓦：屋顶盖瓦是俯仰相扣，故称鸳鸯瓦。霜华：即霜花。㊾翡翠衾：绣着翡翠鸟的被子。㊿悠悠：长久。经年：过去一年。(51)魂魄：指杨贵妃的亡魂。(52)临邛（qióng）：今四川邛崃。鸿都：东汉都城洛阳宫门名，这里借指长安。《杨太真外传》说，有道士杨通幽从蜀中来，知上皇念杨贵妃，自云有招魂术。上皇大喜，命招贵妃亡魂。(53)辗转思：因思念而翻来覆去无法安眠。(54)方士：道士，指临邛道士。(55)排空驭气：

在空中驾着云雾。㊶穷：尽，找遍的意思。碧落：天空，天上。道教称东方第一重天，有碧霞遍布，叫碧落。黄泉：指地下。㊷虚无缥缈：隐隐约约的样子。㊸玲珑：精巧透亮的样子。五云：五彩云霞。㊹绰约：风姿轻盈美好的样子。㊺太真：杨贵妃曾度为道士，道号太真。此处用做她的仙号。㊻参差：仿佛，差不多之意。㊼金阙：黄金楼阁。阙：宫门前两边的楼。玉扃（jiōng）：白玉的大门。㊽小玉、双成：借指杨贵妃在仙山上的侍女。㊾汉家天子：借指唐玄宗。使：差来的人。㊿九华帐：绣饰华美的帐子。㊳珠箔：珠帘。银屏：白银精制的屏风。迤逦（yǐ lǐ）：接连不断。㊴睡觉：睡醒。㊵袂（mèi）：袖子。㊶泪阑干：眼泪纵横的样子。㊷凝睇：凝视。谢：此表致意。㊸昭阳殿：汉成帝宠妃赵飞燕住的宫殿，此代指杨贵妃居住过的宫殿。㊹蓬莱：传说中海上仙山之一。蓬莱宫：蓬莱山上的宫殿，指杨贵妃的仙宫。㊺人寰：人间。㊻旧物：指杨贵妃生前与唐玄宗的定情物，即钿合金钗。㊼钿合：珠宝镶嵌的盒子。合：通"盒"。㊽"钗留"句：这句说钗分为两股，各留一股；钿盒分为两扇，各留一扇，作为信物。㊾擘：同"掰"，分开。㊿寄词：指捎话给唐玄宗。㊴两心知：只有唐玄宗和杨贵妃两人心中自知。㊵长生殿：这里指华清宫中杨贵妃住过的地方。㊶比翼鸟：雌雄双飞的鸟。㊷连理枝：两棵枝干相连接的树。㊸此恨：唐玄宗与杨贵妃生离死别的遗恨。绵绵：绵延不尽。

【译诗】

汉皇好女色最看重美女的容貌，
在位多年费尽心力把美女寻找。
杨家有个女儿刚长到青春年纪，
养在深院闺房里还没有人知晓。
她天生的丽质终究没有被埋没，
终于选进宫中让君王眉开眼笑。
回眸一瞥眼波里生出各种媚态，
使得六宫的美女全都黯然难瞧。
春寒时皇上赐她在华清池洗浴，
柔嫩的皮肤洗得更加滑腻美妙。
宫女们扶起她时她已娇软无力，
那是因为刚受了宠幸欲火中烧。
她发如云貌如花再插上金步摇，
与君王在芙蓉帐里度过了春宵。

可春宵苦于太短啊日出得太早，
从此以后君王再也不想上早朝。
她承受着欢爱天天陪君王宴饮，
春游时每夜都是她陪君王睡着。
那皇帝后宫的美女多达三千人，
可三千人的宠爱被她一人夺掉。
金屋陪夜寝，盛妆的贵妃真美，
玉楼伴酒宴，醉中的贵妃更娇。
弟兄姊妹都因她得到赏赐土地，
多少人羡慕杨家的祖宗多光耀。
于是使得普天之下父母的心里，
不重生男孩只觉得生女儿才好。

骊山重重叠叠的宫殿高入云霄，
宴乐声随风飘飞四处都可听到。
轻轻地歌慢慢地舞配丝竹伴奏，
彻夜地看啊君王还嫌看得太少。
突然安史叛乱的战鼓惊天而来，
才把君王从宴乐的沉醉中惊倒。
战乱的烟尘弥漫到了京城长安，
君王仓促中带着千乘万骑出逃。
华丽的仪仗队走一走又停一停，
向西出了都门才走了百里之遥。
六军哗变定要将杨家兄妹除掉，
只好看着贵妃在马前玉殒香消。
她的金银首饰丢弃得满地都是，
仓皇中竟然无人收拾无人捡到。
君王坐在马上掩着面不能相救，
这血泪和流的场面怎忍回头瞧。

一路上尘土弥漫啊且风声萧萧,
艰难地登上剑门关的云间栈道。
峨嵋山下四处荒凉得很少人行,
旌旗失去了光泽太阳也不照耀。
蜀江的江水碧啊蜀山的山色青,
遮不住君王对贵妃的魂思梦绕。
在行宫里见到月色就为之伤心,
夜里一听到马铃声就彻夜难熬。
终于政局转变君王的车驾返京,
又经过这伤心地实在迈不开脚。
马嵬坡这里只留下了一堆黄土,
再也见不到贵妃那如花的容貌。
君臣面面相觑眼泪落满了衣襟,
向东望着都门任马儿自己走道。
归来一看宫殿里池苑依然如故,
太液池旁开芙蓉未央宫垂柳条。
芙蓉像她的脸啊柳叶像她的眉,
面对此情此景怎能不痛哭长号。
无论春风吹拂桃李盛开的日子,
还是秋雨霏霏梧桐叶枯黄落掉。
西宫南内长满了秋草无人整理,
台阶上落满了红叶也无人打扫。
梨园弟子的头上又增添了白发,
椒房的宫女们容颜也变得苍老。
夜幕降临宫殿里四处飞着流萤,
孤灯已燃尽君王还是无法睡着。
报时的钟鼓敲得太慢秋夜太长,
看窗外星星闪烁天已快要破晓。
鸳鸯瓦上盖满霜花显得格外寒,
冰冷的翡翠被里与谁共度良宵。

生和死长久地离别又过了一年，
贵妃的魂魄竟一次也没有梦到。

有一个客居于长安的临邛道士，
能凭着精诚术帮人将亡灵招到。
因被君王长久的苦恋深深感动，
殷勤地去把贵妃亡灵四处寻找。
他腾在空中驾云雾奔走快如电，
上天入地四处找遍了天涯海角。
天上找到九天地上找到了黄泉，
两处一片茫茫竟然都没有找到。
忽然他听说大海中有一座仙山，
在东海深处隐隐约约虚无缥缈。
仙山的四周围护着五彩的祥云，
那里有许多仙女体态柔美窈窕。
其中发现有一个仙女名叫太真，
雪肤花貌酷似贵妃终将她找到。

道士来到金殿西厢外叩动门环，
拜托小玉请她速去向双成通报。
听说是汉家的天子派来了使者，
华帐里贵妃魂惊梦醒睡意顿消。
她披上衣推开枕匆匆往外急走，
珠帘银屏一个个打开为她让道。
头上发髻半偏来不及重新梳理，
匆匆走下堂来连花冠也未戴好。
微风吹动她的衣袖在空中飘摇，
好像还在跳着霓裳羽衣的舞蹈。
那妩媚而寂寞的脸上缀着泪花，
像枝带着春雨的梨花多么美妙。

她含情脉脉望着远方感谢君王，
马嵬坡一别再也不见音容笑貌。
朝阳殿里的百般恩爱就此断绝，
蓬莱宫中的岁月漫长而又无聊。
常常想回头向下看看人间世界，
迷雾茫茫总无法将长安城找到。
只有用当年的定情物表表深情，
钿盒金钗请捎回他一看就知道。
黄金钗和钿盒都把它分成两半，
每人各一半将爱情的信物留好。
只要两颗心都像金钿一样坚固，
将来总会在天上人间再次见到。
临别时她反复交代了几句话语，
这话语天下只有他们两人知道。
那一年的七月七日在长生殿里，
夜半无人时山盟海誓共同约好：
"在天上愿做比翼鸟展翅齐飞，
在地上愿做常青树枝叶紧缠绕。"
唉，天再长地再久还会有尽头，
这生离死别的遗恨何时才会了！

【赏析】

　　这是一首抒情色彩浓郁的叙事长诗，它以安史之乱为背景，叙述了唐玄宗李隆基和贵妃杨玉环的爱情悲剧故事，被誉为"古今长歌第一"。

　　《长恨歌》以"长恨"为中心，以"汉皇重色思倾国"为事端统摄全诗，贯穿始终。由"重色"导致"长恨"的整个悲剧，是随着叙述的层层深入、故事情节的步步展开、人物性格的逐渐完善而逐步完成的。诗歌的内容可以分为四个部分。从开头至"不重生男重生女"为第一部分，中心事件是"杨妃得宠"。从"骊宫高处入青云"到"回看血泪相和流"是第二部分，中心事件是"杨妃之死"。从"黄埃散漫风萧索"到"魂魄不曾来入梦"是第三部分，中心事件是"玄宗苦恋"，这部分是全诗的高潮。从"临邛道士鸿都客"至结束是第四部分，中心事件是"方士招魂"，是诗人给这个爱情故事加上的浪漫主义结局。结尾"天长地久有时尽，此恨绵绵无绝期"两句是全诗的主旨句，表明唐玄宗、杨贵妃二人生死相思、永无会期。这是永世的遗恨，既回应了诗题"长恨"，又给读者一个广阔的想象空间。作者在这里表达出的"长恨"，明显有着作者本人与其初恋湘灵多年深爱不得而怅恨不已的影子，意蕴十分丰富复杂。它既有对唐玄宗、杨贵妃二人一见倾心却不能白头偕老的恨，又有对唐玄宗重色深情而致使国家几近灭亡的恨，也有对后人不能以此为鉴而依然麻木的恨……

《长恨歌》在叙述故事和人物塑造上，采用了我国传统诗歌擅长的抒写手法，将叙事、写景和抒情和谐地结合在一起，形成诗歌抒情上回环往复的特点。诗人时而把人物的思想感情注入景物，用景物来烘托人物的心境；时而抓住人物周围富有特征性的景物、事物，通过人物对它们的感受来表现内心的感情，层层渲染，恰如其分地表达人物蕴蓄在内心深处的难言之情。从黄埃散漫到蜀山青青，从行宫夜雨到凯旋回归，从白日到黑夜，从春天到秋天，处处触物伤情，时时睹物思人，从各个方面反复渲染诗中主人公的苦苦追求和寻觅。现实生活中找不到，到梦中去找；梦中找不到，又到仙境中去找。如此跌宕回环，层层渲染，使人物感情回旋上升，达到了高潮。诗人正是通过这样的层层渲染，反复抒情，回环往复，让人物的思想感情蕴蓄得更深邃丰富，使诗歌更富有艺术的感染力。加之诗歌大量使用新颖的比喻、工整的对仗、适度的夸张、巧妙的对比和照应等多种修辞手段，语言优美，婉转流畅，音节和谐，有大量的名句流传后世，因此确实是一首有着特殊艺术魅力的"千古绝作"。

琵琶行　并序

白居易

名句：嘈嘈切切错杂弹，大珠小珠落玉盘。
　　　同是天涯沦落人，相逢何必曾相识！

【导读】

《琵琶行》作于元和十年（815年）白居易被贬为九江郡司马时，这是诗人仕途生涯最失意的时期。九江是荒僻之地，司马是个无职权的闲官。一个秋夜他在江上巧遇琵琶女，琵琶女高超的技艺和飘零的身世引起了诗人强烈的共鸣。于是，他以满腔的怨愤写下了这篇不朽的叙事长诗。

【原诗】

　　元和十年①，予左迁九江郡司马②。明年秋，送客湓浦口③，闻舟中夜弹琵琶者，听其音，铮铮然有京都声④。问其人，本长安倡女⑤，尝学琵琶于穆、曹二善才⑥，年长色衰，委身为贾人妇⑦。遂命酒⑧，使快弹数曲⑨。曲罢悯然⑩，自叙少小时欢乐事，今漂沦⑪憔悴，转徙⑫于江湖间。予出官⑬二年，恬然⑭自安，感斯人言，是夕始觉有迁谪意⑮。因为长句⑯，歌以赠之⑰，凡六百一十二言⑱，命曰《琵琶行》⑲。

　　　　浔阳江⑳头夜送客，枫叶荻花秋瑟瑟㉑。
　　　　主人下马客在船㉒，举酒欲饮无管弦㉓。
　　　　醉不成欢㉔惨将别，别时茫茫江浸月。
　　　　忽闻水上琵琶声，主人忘归客不发㉕。

　　　　寻声暗问弹者谁㉖，琵琶声停欲语迟㉗。
　　　　移船相近㉘邀相见，添酒回灯㉙重开宴。
　　　　千呼万唤始出来，犹抱琵琶半遮面㉚。
　　　　转轴㉛拨弦三两声，未成曲调㉜先有情。
　　　　弦弦掩抑声声思㉝，似诉㉞平生不得志。
　　　　低眉信手续续㉟弹，说尽心中无限事㊱。
　　　　轻拢慢捻抹复挑㊲，初为《霓裳》后《六幺》㊳。
　　　　大弦嘈嘈㊴如急雨，小弦切切㊵如私语。
　　　　嘈嘈切切错杂㊶弹，大珠小珠落玉盘㊷。
　　　　间关莺语花底滑，幽咽泉流冰下难㊸。
　　　　冰泉冷涩弦凝绝㊹，凝绝不通声暂歇。
　　　　别有幽愁暗恨㊺生，此时无声胜㊻有声。
　　　　银瓶乍破水浆迸㊼，铁骑㊽突出刀枪鸣。
　　　　曲终收拨当心画㊾，四弦一声如裂帛㊿。

东船西舫㉛悄无言,唯见㉜江心秋月白。

沉吟㉝放拨插弦中,整顿衣裳起敛容㉞。
自言㉟本是京城女,家在虾蟆陵㊱下住。
十三学得琵琶成,名属教坊㊲第一部。
曲罢曾教善才服㊳,妆成每被秋娘㊴妒。
五陵年少争缠头,一曲红绡不知数㊵。
钿头银篦击节碎㊶,血色罗裙翻酒污㊷。
今年欢笑复明年,秋月春风㊸等闲度。
弟走从军阿姨㊹死,暮去朝来颜色故㊺。
门前冷落车马稀㊻,老大㊼嫁作商人妇。
商人重利轻别离,前月浮梁㊽买茶去。
去来㊾江口守空船,绕船月明江水寒。
夜深忽梦少年事,梦啼妆泪红阑干㊿。

我闻琵琶已叹息,又闻此语重唧唧㉛。
同是天涯㉜沦落人,相逢何必曾相识!
我从去年辞帝京㉝,谪居㉞卧病浔阳城。
浔阳地僻㉟无音乐,终岁不闻丝竹声㊱。
住近湓江㊲地低湿,黄芦苦竹㊳绕宅生。
其间㊴旦暮闻何物?杜鹃啼血猿哀鸣㊵。
春江花朝㊶秋月夜,往往取酒还独倾㊷。
岂无山歌与村笛?呕哑嘲哳㊸难为听。
今夜闻君琵琶语㊹,如听仙乐耳暂明㊺。
莫辞更坐㊻弹一曲,为君翻作㊼《琵琶行》。

感我此言良久立㊽,却坐促弦弦转急㊾。
凄凄㊿不似向前声,满座重闻皆掩泣㉛。
座中㉜泣下谁最多?江州司马青衫湿㉝。

【注释】

①元和十年：元和是唐宪宗李纯的年号（806—820年）。②予：同"余"，我。左迁：降职，贬官。九江郡：本来叫江州，在江西九江。司马：官名，刺史的副职。③湓（pén）浦口：湓水进入长江处的渡口。④铮铮（zhēng）：象声词，形容金属相碰的声音。这里用以形容弹琵琶的清脆声。京都声：在京城长安流行的乐声。⑤倡女：这里指歌女。⑥尝：曾经。善才：唐代对技艺高明的乐师的称呼。⑦年长色衰：年纪大了，容颜衰老了。委身：将自身托付于人。为贾（gǔ）人妇：做商人的妻子。⑧遂：于是。命酒：吩咐人设酒席。⑨快弹数曲：畅快地弹几支曲子。⑩悯然：忧愁的神色。⑪漂沦：漂泊流落。⑫转徙（xǐ）：辗转迁徙。⑬出官：由京官贬为地方官。⑭恬（tián）然：坦然，恬静。⑮斯人：此人，指琵琶女。迁谪（zhé）意：被降职外迁不愉快的意味。⑯因为长句：于是作七言古诗。唐人惯称七言古诗为长句。⑰歌：吟咏，朗诵。之：指代琵琶女。⑱凡：总共的意思。六百一十二言：六百一十二字。全诗实为六百一十六字。言：字。⑲命：给事物题名。行：乐府歌辞的一种体裁，与"歌"类似，泛称为"歌行"。⑳浔阳江：长江流经九江市北面一段的别称。㉑瑟瑟：风吹草木发出的声音。㉒主人：作者自称。客：指作者送的友人。这句说作者下马到友人所在的船中饯别客人。㉓管弦：管、弦乐器，泛指音乐。㉔醉不成欢：酒虽喝得多，但没有什么欢乐。㉕客不发：客人不开船出发。㉖寻声：随着声音寻找。暗问：悄悄地询问。㉗欲语迟：想说话却又迟疑。㉘移船相近：把客船移近琵琶女的船。㉙回灯：把灯拨得更亮。㉚犹：还。半遮面：遮住半边脸部。㉛轴：琵琶上端有四根轴，用以系弦，转轴可定弦的松紧。㉜未成曲调：指上句的"拨弦三两声"还未成曲调。㉝掩抑：指弹出的低沉、忧郁的声调。思（sì）：思绪、情意。㉞似诉：好像诉说。㉟低眉：低头。信手：随手。㊱"说尽"句：通过弹琵琶说尽了久积心头的无限伤心事。㊲拢、捻、抹、挑：都是弹琵琶的指法。㊳初为《霓裳》：开始弹的是《霓裳羽衣曲》。后《六幺（yāo）》：后来弹的是《六幺》，"为"字承上省略。《六幺》：唐代流行的舞曲。㊴嘈嘈：形容声音沉重舒长。㊵切切：形容乐声细促急切。㊶错杂：这里指两种声音夹杂在一起。㊷"大珠"句：形容大弦小弦交错而弹出的声音像大小珍珠一齐落在玉盘里的响声。㊸幽咽：低声哭泣，这里形容声音微弱，若有若无。难：形容滞涩不畅。"冰下难"一作"水下滩"，也可解通。㊹冰泉冷涩：形容乐声像冰下泉水那样滞涩。弦凝绝：弦好像冻断了似的。凝：冻结。㊺幽愁暗恨：隐藏在心底的哀愁和怨恨。㊻胜（shèng）：超过。㊼银瓶：汲水的器具。乍：忽然。迸（bèng）：喷射。㊽铁骑（jì）：穿铁甲的精锐骑兵。㊾拨：拨子，弹琵琶用以拨弦的工具。当心画：用拨子在琵琶的中心划过四弦，就是"收拨"一曲结束时常用的

手法。画：弹琵琶的一种手法，又称“扫”。(50)如裂帛：声音尖锐，像撕裂丝织品一样。(51)舫（fǎng）：船。(52)唯见：只见。(53)沉吟：满怀心事，欲言又止的样子。(54)敛容：显出严肃而恭敬的神色。(55)自言：自我介绍。(56)虾蟆陵：原名“下马陵”，在唐代长安城东南曲江附近，当时歌姬舞女聚居地。(57)教坊：唐代官办教习歌舞技艺的机构。(58)服：佩服，赞扬。(59)秋娘：唐代著名歌妓多以秋娘为名，如谢秋娘、杜秋娘等。泛指当时长安的美貌歌妓。(60)“五陵年少”二句：指长安的富贵子弟。五陵：指汉代五个皇帝的陵墓。缠头：唐时每当歌妓舞女演奏完毕，宾客赠给的绫帛或财物叫缠头。红绡（xiāo）：一种精细轻薄的红色丝织品。不知数：数不清。(61)钿（diàn）头银篦（bì）：两头镶着金花和珠宝的发篦。银：一作“云”。击节：打拍子。(62)血色：鲜红如血的颜色。污：染。(63)秋月春风：指青春的岁月。(64)阿姨：教坊中管歌女的头目。(65)颜色故：容颜衰老了。(66)车马稀：指来的贵客少了。(67)老大：上了年纪。(68)浮梁：唐代县名，是唐代重要的茶叶集散地。(69)去来：“去”的意思，指商人走了。“来”是语助词，无实义。(70)梦啼：梦中悲啼。妆泪：化过妆的粉脸上流着眼泪。红：脸上脂粉。阑干：形容眼泪纵横的样子。(71)重唧唧：更加叹息。(72)天涯：天边，泛指人世间。(73)帝京：皇帝住的京城，指长安。(74)居：住。(75)地僻：地方偏僻。(76)终岁：一年到头。丝竹：指弦乐器和竹制管乐器，这里泛指音乐。(77)湓江：即湓水。(78)黄芦：芦苇。苦竹：竹的一种。(79)其间：指作者的住宅一带。(80)杜鹃：鸟名，相传是古代蜀帝杜宇的魂魄所化，故名“杜鹃”或“杜宇”；传说它啼叫时嘴上会流出血来，所以古代诗人常用“啼血”形容它凄厉的鸣声。(81)春江花朝：春暖花开的早晨。(82)独倾：独自一人饮酒。(83)呕哑嘲（zhāo）哳（zhā）：形容声音不悦耳，杂乱细碎。(84)君：指琵琶女。琵琶语：指她所弹奏的琵琶曲。(85)耳暂明：耳朵一时清爽起来。(86)更坐：重新坐下。(87)翻作：依照曲调写成歌词。(88)良久立：站立了很久。(89)却坐：再回到原座。促弦：把弦拧得更紧，音调定得高些。(90)凄凄：凄切之意。(91)重闻：重新听。掩泣：掩面哭泣。(92)座中：在座的人当中。(93)江州司马：作者自称。青衫：青色的官服。唐代官位低微的穿青色官服。当时白居易从五品降至九品，所以穿青色官服。

【译诗】

元和十年，我被贬到九江当司马。第二年秋天的一个夜晚，我到湓浦口送别朋友，忽然听见船中有人在弹奏琵琶。那琵琶声铮铮纵纵，很有京城里的韵味。问那个人，才知道她原来是长安的一个歌伎，曾经跟从曹、穆两位名师学弹琵琶，后来年纪渐大，姿色衰退，嫁给一个商人为妻。我便吩咐摆酒，让她再畅快地弹几支曲子。她弹奏完毕，十分忧伤，叙述了年轻时欢乐的往事，如今漂泊沦落，憔悴不堪，只好在江湖中间辗转流离。我从京城被贬官出来至今已有两年，本来心情平静，安于现状。这天晚上听了她的话，才感觉到被贬谪的滋味，因而作了这首长诗送给她，共计六百一十二字，叫做《琵琶行》。

秋夜送别好友来到了浔阳江岸，
西风将枫叶荻花吹得瑟瑟作响。
主人下马后走进了客人的船舱，
举起杯饮酒却没有音乐的陪伴。
醉不成欢两人将要伤感地离别，
只见一轮明月映在茫茫江面上。
忽然听见江上传来一阵琵琶声，
主人忘记了归家客人也不开船。

顺着声音悄悄询问这弹者是谁，
琵琶声停了下来她想讲又未讲。
把船移过去邀请弹者出来相见，
点亮了船灯重新又把酒宴摆上。
千呼万唤这琵琶女才走了出来，
还怀抱着琵琶遮住了半个脸庞。
她转动琴轴拨弄琴弦才两三声，
曲调还未弹成已先充满了情感。
每根弦都在叹息声声都在哀思，
好像在诉说一生中失意的凄凉。
她低着头信手不停地弹奏琵琶，
好像想要说尽心中无限的感伤。
轻轻地拢慢慢地捻抹了还要挑，
时而《霓裳》时而《六幺》不停地转换。
大弦声嘈嘈如同刮过急风骤雨，
小弦声切切好像有人私语呢喃。

嘈嘈切切的琵琶声响成了一片，
就像大大小小的珍珠落满玉盘。
有时乐声清脆宛转如黄莺飞过，
有时又如冰底的泉水流动艰难。
冰泉又冷又涩好像是琴弦已断，
琴弦断了以后琴声也渐渐不响。
一种幽愁暗恨的情绪显现出来，
此时无声恰恰胜过百倍的声响。
突然乐声如银瓶爆裂水在喷涌，
又像一队铁骑冲出刀枪在鸣战。
收束时她用拨子从琴中心划过，
四弦迸发的声音如同撕裂绸缎。
东边西边船内静悄悄没有人声，
只见江心映着一轮皎洁的月亮。

琵琶女迟疑地将拨子插入弦中，
整整衣裳神态变得严肃而安详。
谈起自己从小是在京城里生长，
家就住在长安东南的虾蟆陵旁。
十三岁就从师学会了演奏琵琶，
名字被列在乐团教坊的第一班。
弹完乐曲常常得到乐师们称赞，
梳妆以后每每遭到秋娘们嫉谤。
五陵的富家子弟争着赠送财物，
弹奏一曲得到的红绡难以数完。
头上的金银首饰因击节而破碎，
红色的罗裙无数次被酒水弄脏。
今年的欢笑玩乐又延续到明年，
秋月春风中虚度了一年年时光。
后来弟弟外出从军阿姨已病亡，

无情的光阴让衰老爬到了脸上。
门前逐渐冷落车马也越来越少,
最后嫁给了商人常常独守空房。
商人只看重营利看轻的是情感,
前个月到浮梁买茶就没有回返。
让我一人在江口守着一只空船,
绕着船的是清冷的江水和月亮。
夜深常会梦见年轻时的欢乐事,
梦中的泪水弄乱了脸上的红妆。

我听了那琵琶声已久久地感叹,
又听了这番话更加是感慨悲伤。
我们俩同样是在天涯流落的人,
相逢何必一定要曾认识过对方!
我从去年被贬离开了京城长安,
来后就一直卧病在这小城浔阳。
浔阳城地处偏僻很难听到音乐,
一年到头也听不到丝竹的声响。
住所靠近湓江地势低洼又潮湿,
黄芦和苦竹围绕着住宅在生长。
在这样的地方早晚能听到什么?
只有猿猴的悲鸣和杜鹃的哀唱。
无论春天的早晨或秋天的夜晚,
都是自酌自酌去排遣孤独惆怅。
并不是这里全没有山歌与村笛,
但实在是嘶哑嘈杂无法去欣赏。
今夜偶然听了你弹奏的琵琶声,
就像听到了仙乐耳目为之一亮。
请你不要告辞坐下再弹奏一曲,
我要为你写一首《琵琶行》的诗章。

听了我这番话后她站立了很久,
退后坐下把琴弦弹得又急又响。
琴声凄凄切切不像刚才的曲调,
满座客人的脸上都流下了泪行。
若要问座中人谁流的眼泪最多?
江州司马的泪水已湿透了青衫。

【赏析】

《琵琶行》是一首脍炙人口的现实主义杰作,其中不少诗句都是镌刻人心的千古绝唱,在民间广为流传。它所叙述的故事曲折感人,抒发的情感能引起读者的共鸣,语言美而不浮华、精而不晦涩,内容贴近生活而又有广阔的社会性,雅俗共赏,是古代叙事诗中的精品。

作为一首叙事长诗,这首诗结构严谨缜密,错落有致,情节曲折,波澜起伏。第一部分写江上送客,忽闻琵琶声,为引出琵琶女作交代。第二部分写琵琶女及其演奏的琵琶曲,具体而生动地揭示了琵琶女的内心世界。第三部分写琵琶女自叙身世。第四部分写诗人深沉的感慨,点明诗的主旨:"同是天涯沦落人,相逢何必曾相识!"第五部分写琵琶女重弹琵琶曲感动全场。全文以人物为线索,既写琵琶女的身世,又写诗人的感受,然后在"同是天涯沦落人,相逢何必曾相识"二句上汇合。歌女的悲惨遭遇写得很具体,可算是明线;诗人的感情渗透在字里行间,随琵琶女弹的曲子和她身世的不断变化而荡起层层波浪,可算是暗线。这一明一暗,一实一虚,使情节波澜起伏。

这首诗最令人称道的还有诗对琵琶乐声的描写。由"大弦嘈嘈如急雨"到"曲终收拨当心画"几句,将抽象的难以感知的乐曲用形象生动的比喻摹拟出来,既有听觉形象,又有视觉形象,读过让人感到余音袅袅、余味无穷。其中"大珠小珠落玉盘""别有幽愁暗恨生,此时无声胜有声"等成了写乐声的经典诗句。"急雨""私语""莺语""泉流""珠落玉盘""瓶破水迸""骑出刀鸣""裂帛"等一连串精妙的比喻匠心独运,无与伦比。这一段音乐描写与韩愈的《听颖师弹琴》、李贺的《李凭箜篌引》和李颀的《听董大弹胡笳声兼寄语弄房给事》并列为写古典音乐的四篇妙文。但由于《琵琶行》比喻平实、生动、贴切,语言流畅,情感丰富,因此比其他三篇流传更广,也更为知名。

暮江吟

白居易

名句：一道残阳铺水中，半江瑟瑟半江红。

【导读】

唐长庆二年（822年）七月，白居易由中书舍人出任杭州刺史。这首诗从侧面反映出诗人离开党争激烈的朝廷后轻松愉快的心情。途中所见，随口吟成，格调清新，自然可喜，读后给人以美的享受。

【原诗】

一道残阳①铺水中，半江瑟瑟②半江红。
可怜③九月初三夜，露似真珠月似弓④。

【注释】

①残阳：将要落山的太阳光。②瑟瑟：碧绿色。③怜：爱。④真珠：即珍珠。月似弓：农历九月初三，上弦月，其弯如弓。

【译诗】

夕阳的余晖映照在江中，
一半呈碧绿一半被抹红。
最可爱的是九月初三夜，
露水似珍珠新月似弯弓。

【赏析】

这是白居易的一首写景诗。诗人通过对一时一物的吟咏，在一笑一吟中表现了对自然景物的喜爱以及发自内心深处的轻松和愉快。

全诗构思妙绝之处，在于摄取了从红日西沉到新月东升这一段时间里两幅幽美的自然画面并加以组接。前两句写夕阳中的江水。"一道残阳铺水中"，残阳照射在江面上，不说"照"，却说"铺"，这是因为"残阳"已经接近地平线，几乎是贴着地面照射过来，确如"铺"在江上，很形象。这个"铺"字也显得平缓，写出了秋天夕阳的柔和，给人以亲切、安闲的感觉。"半江瑟瑟半江红"，天气晴朗无风，江水缓缓流动，江面皱起细小的波纹。受光多的部分，呈现一片红色；受光少的地方，呈现出深深的碧色。诗人抓住江面上呈现出的两种颜色，表现出残阳照射下暮江细波粼粼、光色瞬息变化的景象。后两句写新月初升的夜景，先写地上之景，用"真珠"比喻江边草地上挂满的晶莹露珠，不仅写出了露珠的圆润，而且写出了在新月的清辉下露珠闪烁的光泽；再写天上之景，一弯新月初升，如同在碧蓝的天幕上悬挂了一张精巧的弓。诗人把天上地下的两种景象，压缩在一句诗里——"露似真珠月似弓"。作者从弯弓似的一弯新月，赞美"九月初三夜"的可爱，直抒胸臆，把感情推向高潮。

《暮江吟》是一首写景佳作。语言清丽流畅，格调清新，绘影绘色。诗歌使用了新颖巧妙的比喻，创造出和谐、宁静的意境。全篇用"可怜"二字表现出内心深处的情思和对大自然的喜爱，笔触细腻，读之有味。

钱塘湖春行

白居易

名句：几处早莺争暖树，谁家新燕啄春泥。

【导读】

这首七言律诗写于长庆二年白居易任杭州刺史时，是一首写景名篇。

【原诗】

孤山寺北贾亭西①，水面初平云脚低②。
几处早莺争暖树③，谁家新燕啄④春泥。
乱花⑤渐欲迷人眼，浅草才能没⑥马蹄。
最爱湖东行不足⑦，绿杨阴里白沙堤⑧。

【注释】

①孤山寺：杭州孤山上的一座寺庙。贾亭：唐代贞元年间杭州刺史贾全在西湖建的亭，称"贾公亭"。②水面初平：湖水刚同堤坝一样平，即春水初生。云脚：指像在行走的云气。"云脚低"指浮云重叠，低压湖面。③莺：黄莺鸟。暖树：向阳的树木。④啄：鸟类用嘴叩击东西。⑤乱花：繁花盛开、色彩缤纷的样子。⑥没（mò）：盖住。⑦不足：不够。⑧白沙堤：即景色美丽的白堤。

【译诗】

孤山寺北贾公亭外风光旖旎,
平湖上重叠的浮云显得太低。
随处见早莺争栖在向阳树上,
不知哪家的新燕在吐啄春泥。
姹紫嫣红的花迷乱人的双眼,
绿茵茵的浅草刚能盖住马蹄。
最爱的是在东湖岸散步赏景,
看那青柳掩映着白色的沙堤。

【赏析】

　　这是白居易很有名的一首写景诗。诗歌生动地描绘了诗人早春漫步西湖所见到的明媚风光,以及万物在春光沐浴下显现出来的勃勃生机,表达了诗人陶醉在这良辰美景中的愉悦和赞美之情。

　　诗的开篇从大处落笔,紧扣题目总写湖水。第一句写地点,第二句写远景。"水面初平"、白云低垂,写的是边走边欣赏到的江南春天湖边的水天之景,构成了一幅宁静的水墨西湖图。中间两联细致地描绘了春行所见的景物:早莺争树、新燕啄泥、乱花迷眼、草没马蹄,这些都是早春最典型的景象。以"早""新""争""啄"表现莺燕新来的动态;以"乱""浅""渐欲""才能",状写花草向荣的趋势。尾联略写诗人最爱可以总揽全湖之胜的湖东沙堤,以"行不足"来收束全诗,点明西湖景物美不胜收,诗人余兴未尽,读者也意犹未尽。

　　这首诗就像一篇短小精悍的山水游记。从孤山、贾亭开始到湖东、白堤上,一路上在湖青山绿的美丽景色中,饱览了莺歌燕舞之景,陶醉于鸟语花香之中。最后才意犹未尽地沿着白沙堤的杨柳绿荫恋恋不舍地离去。全诗结构严密,格律严谨,对仗工整,造语新颖,语言流畅,生动自然,构图独具匠心,描写形象传神,是历代传诵的吟咏西湖风景的名篇。

忆江南

白居易

名句：日出江花红胜火，春来江水绿如蓝。

【导读】

白居易曾在苏杭一带做过地方官，晚年住洛阳时常常回忆起当年领略过的江南美景，于是写了三首《忆江南》，这是第一首。"忆江南"为唐时词牌名。

【原词】

江南好，风景旧曾谙①。
日出江花②红胜火，春来江水绿如蓝③。
能不忆江南？

【注释】

①旧曾：从前，曾经。谙（ān）：熟悉。②江花：江边的红花。③蓝：蓝草，叶可制染料，俗名"靛青"。

【译诗】

江南真是让人留恋的好地方，
我一直忘不掉它美丽的风光。
太阳一出江边的鲜花红似火，
春天来到了一江春水绿如蓝，
叫我怎能不时时忆起好江南？

【赏析】

这首词语言通俗简洁，形象鲜明，概括了江南水乡春景的特点，表现了诗人对江南的眷恋和喜爱之情。

首句"江南好"，以一个既浅切又圆活的"好"字，摄尽江南春色的种种佳处，而作者的赞颂之意与向往之情也尽寓其中。同时，唯因其"好"，方能常"忆"。因此，此句又已暗自呼应结句"能不忆江南"。次句"风景旧曾谙"，点明江南风景"好"，并非得之传闻，而是作者的亲身体验与亲身感受。这就照应了"好"和"忆"。第三、四两句对江南之"好"进行形象化的演绎，突出渲染江花、江水红绿相映的明艳色彩，给人以光彩夺目的强烈印象,充分显示了作者善于着色的技巧。篇末以"能不忆江南"收束全词,既托出此时身在洛阳的作者对江南春色的赞叹与怀念,又造成一种悠远而深长的韵味,把读者带入共情的境界中。

"日出江花红胜火,春来江水绿如蓝"两句写得句式工整,色彩艳丽,将明媚的阳光、如火的红花、碧绿的江水等美好的春光融为一体,给人以美的享受和鲜明的印象,成为古今传诵的名句。

长相思

白居易

名句:思悠悠,恨悠悠,恨到归时方始休。

【导读】

这首《长相思》,是以一个月下凭楼远眺女子的角度来描写相思之情。"长相思"为词牌名。

【原词】

汴水流,泗水流①,流到瓜州②古渡头。吴山点点愁③。

思悠悠,恨悠悠,恨到归时方始休。月明人倚楼。

【注释】

①汴(biàn)水发源于河南,泗水发源于山东,两水合流入淮河,并与大运河相通。②瓜州:在江苏扬州南,是运河入长江处的市镇。③吴山:江浙地区古属吴地,所以称该处的山为吴山。点点:形容从远处望去山很小。

【译诗】

汴水不停地流,泗水不停地流,

一齐流到了瓜州这古老的渡口,

看吴地的山峦处处笼罩着忧愁。

思念没有尽头，怅恨没有尽头，
只有心上人回来烦恼才会罢休。
看此刻明月下她独自倚在高楼。

【赏析】

这首《长相思》以山水喻愁思，抒写女主人公对远方情人的思念和怨恨。

诗歌以一位倚楼怀人的女子的口吻叙事抒情。在朦胧的月色下，映入她眼帘的山容水态，都充满了哀愁。前三句用三个"流"字，写出水的蜿蜒曲折，也酿造成低回缠绵的情韵。下面用两个"悠悠"，更增添了愁思的绵长。全词以"恨"写"爱"，用浅易流畅的语言、和谐的音律，表现人物的复杂感情。特别是那一派流泻的月光，更烘托出哀怨忧伤的气氛，增强了艺术感染力，显示出这首小词言简意丰、词浅味深的特点。

"思悠悠，恨悠悠，恨到归时方始休"一句，使用反复和叠词的修辞方法，又有民歌的风格，韵味十足，极易诵读和记忆，因此流传很广。

金缕衣

无名氏

名句：劝君莫惜金缕衣，劝君须惜少年时。

【导读】

这是中唐时的一首流行歌词。据说元和时镇海节度使李锜酷爱此词，常命侍妾杜秋娘在酒宴上演唱。歌词的作者已不可确考，有的选本题为杜秋娘作。

【原诗】

劝君莫惜金缕衣①，劝君须惜②少年时。
有花堪折直须折③，莫待无花空折枝。

【注释】

①金缕衣：以金线制成的华丽衣裳。②须惜：一作"惜取"。③有花：一作"花

开"。堪：可。直须：径直，不要犹豫。

【译诗】

劝你不要只顾惜华贵的衣裳，
劝你一定要珍惜少年的时光。
花开得盛时就径直攀折欣赏，
不要等花谢时面对空枝兴叹。

【赏析】

这首诗的含义单纯明确：爱惜时光，莫要错过青春好年华。

诗的第一、二句句式相同，都以"劝君"开始，"惜"字出现了两次。第一句说的是"劝君莫惜"，第二句说的是"劝君须惜"，"莫"与"须"意正相反，又形成重复中的变化。这两句诗意又是贯通的，"金缕衣"是华丽贵重之物，却"劝君莫惜"，可见还有远比它更为珍贵的东西，这就是"劝君须惜"的"少年时"了。一再"劝君"，用对白语气，致意殷勤，有很浓的歌味。两句一否定，一肯定，否定前者乃是为肯定后者，似分实合，构成诗中第一次反复和咏叹。第三、四句则构成第二次反复和咏叹，单就诗意看，与第一、二句差不多，还是"莫负好时光"的意思。但前后表现手法不一样，前面是直抒胸臆，后面却用比喻。上句说"有花"应怎样，下句说"无花"会怎样；上句说"须"怎样，下句说"莫"怎样，也有肯定和否定的对立。二句意义又紧紧关联："有花堪折直须折"是从正面说"行乐须及春"的意思，"莫待无花空折枝"是从反面说"行乐须及春"的意思，仍是似分实合，反复倾诉同一情愫，是"劝君"的继续。

这首诗歌很有特点，语言通俗，句式灵活，形象性强。尤其后两句用花（青春、欢爱的象征）来比喻少年好时光，用折花来比喻莫负大好青春，既形象又优美，并且创造出"无花空折枝"这样的奇语。没有使用"悔"字"恨"字，而悔恨之意已深藏其中。全诗似与人娓娓交流，却有着警醒的力量。

悯农二首

李绅

【导读】

李绅（772—846年），唐代诗人。字公垂，润州无锡人。元和年间中进士，官至宰相。写过不少诗，与元稹、白居易是好朋友，流传下来的诗不多。

其 一

名句：四海无闲田，农夫犹饿死。

【原诗】

春种一粒粟①，秋收万颗子②。
四海③无闲田，农夫犹④饿死。

【注释】

①粟（sù）：即小米。这里泛指一般谷物。②子：指粮食。③四海：指普天下，到处。④犹：还是。

【译诗】

春天农民种下一粒种子，
秋天才能收获许多粮食。
天下已没有荒废的田地，
很多农民还是活活饿死。

【赏析】

诗的一开头，就以"一粒粟"化为"万颗子"具体而形象地描绘了丰收，用"种"和"收"赞美了农民的劳动。第三句再推而广之，展现出四海之内，荒地变良田，这和前两句连起来，便构成了到处硕果累累的生动景象。这三句用层层递进的笔法，着力表现劳动人民的巨大贡献和无穷创造力，这就使下文的反诘变得更为凝重、更为沉痛。是啊，丰收了又怎样呢？结果是"农夫犹饿死"，勤劳的农民用他们的双手创造了丰收，而他们自己还是两手空空，惨遭饿死。这迫使人们不得不去思索：为什么会这样？是谁制造了这人间悲剧?

诗人运用强烈的对比,透过自然现象,深刻地揭露了社会问题,从而使得通俗的诗句,生发出深刻的内涵。这正是这首诗体现的思想意义和社会价值。

其 二

名句:谁知盘中餐,粒粒皆辛苦。

【原诗】

锄禾日当午①,汗滴禾②下土。
谁知盘中餐③,粒粒皆辛苦。

【注释】

①锄禾:用锄头除去田地里的杂草。日当午:太阳中午当空,正是最炎热的时候。②禾:禾苗。③餐:饮食、米饭。

【译诗】

农民锄地在烈日炎炎的中午,
滴滴汗珠滚落到禾下的泥土。
有谁知道饭碗中盛满的米饭,
每一粒都饱含着农民的辛苦。

【赏析】

第二首诗一开头就描绘农民辛苦劳动的场景:在烈日当空的正午,农民依然在田里劳作,一滴滴汗珠洒在灼热的土地上。这就补叙出由"一粒粟"到"万颗子",到"四海无闲田",是千千万万农民用血汗浇灌起来的,这也为下面"粒粒皆辛苦"撷取了最富有典型意义的形象。它概括地表现了农民不避严寒酷暑、雨雪风霜,终年辛勤劳动,粒粒粮食滴滴汗的真实生活。接下来"谁知盘中餐,粒粒皆辛苦"两句不是空洞的说教,它近似意蕴深刻的格言,凝聚了诗人无限的愤懑和真挚的同情。

这首诗以特写镜头式的写法,描写了农民在烈日炙烤下挥汗锄地的典型劳动场景,语言简朴明快,形象刻画鲜明。"谁知盘中餐,粒粒皆辛苦"的议论深刻,具有警醒的作用。作为一个做过宰相的高官,能写出这样关心百姓疾苦的诗句是难能可贵的。

江 雪

柳宗元

名句：千山鸟飞绝，万径人踪灭。

【导读】

柳宗元（773—819年），字子厚。唐代文学家、哲学家，唐宋八大家之一。祖籍河东（今山西永济），后迁长安（今陕西西安）。与韩愈共同倡导唐代古文运动，并称"韩柳"。有《柳河东集》。

这首诗是作者谪居永州期间的作品。作者因革新失败，又被贬官，心情十分郁闷痛苦，但清高孤傲的性格又让他不甘沉沦，不愿停止抗争，于是把自己的感情色彩附着在独钓的渔翁身上，使之成为孤高自得的精神化身，写下了这首被称为"千古绝唱"的名诗。

【原诗】

千山鸟飞绝①，万径人踪灭②。
孤舟蓑笠翁③，独钓寒江雪④。

【注释】

①绝：断绝，绝迹。②径：小路。踪：脚印。③蓑（suō）：蓑衣。笠（lì）：斗笠。蓑笠翁：披蓑衣戴笠帽的渔翁。④独钓寒江雪：大雪天独自在江上垂钓。

【译诗】

千山中鸟儿的踪影已经飞绝，
万径上全不见了行人的足迹。
孤舟里有个披蓑戴笠的老翁，
独自在寒冷的江上垂钓风雪。

【赏析】

这首诗展现给读者的，首先是一幅画。诗的前两句"千山鸟飞绝，万径人踪灭"营造了一个广阔无垠的雪的世界，同时又是一个静的世界，既干净又安静，给人以阔大、空寂、寒冷的感受。在这"鸟飞绝""人踪灭"的背景里，突然推出后两句："孤舟蓑笠翁，独钓寒江雪"，让人的视线一下集中到一个正在寒江孤舟上独钓的老翁身上，完成了一幅色调独特、背景清晰、主题鲜明的"寒江独钓图"，可算得上是一首诗中有画、画中有诗的杰作。

但这首诗更杰出的地方在于它蕴含的象征意义。该诗营造了一个极冷的世界，而"蓑笠翁"对此却凛然不惧，傲视一切。作为诗人的心理折射，它实际上是作者个人形象的化身和象征，而"雪的世界"也映射了作者的心理世界：清寒和静洁。诗中的"江水"似乎寓含着诗人的生活环境和社会环境，作为个体的"孤舟"明显象征着诗人孤独的特质。诗人只能在清冷的江水中飘荡、期待，所以诗中又用了"钓雪"来形容自己毫无意义的期待和无言的抗争。

这首诗题材非常独特，体现了诗人特定思想感情状态下的审美特征。读者从这首如画的诗中，不仅欣赏了一幅色调独特的画作，更多地读到诗人的孤独、凄凉、不平和抗争。构思独特、意蕴深远，这正是这首小诗千古流传的原因。

菊　花

元稹

名句：不是花中偏爱菊，此花开尽更无花。

【导读】

元稹（779—831年），唐代诗人。字微之，河内（今河南洛阳）人。他的诗歌创作与白居易齐名，并称"元白"，同为新乐府运动倡导者。

这首诗是作者青年时期的作品。诗人用明白晓畅的语言对在百花凋零时傲霜盛开的菊花作了热情的赞赏。

【原诗】

秋丛绕舍似陶家①，遍绕篱边日渐斜。

不是花中偏爱菊，此花开尽更无花。

【注释】

①秋丛：丛丛秋菊。陶家：陶渊明的家，东晋大诗人陶渊明喜爱种菊花。诗人因此将种满菊花的家称为"陶家"。

【译诗】

秋菊绕茅舍好似陶渊明的家,
绕着篱观赏不觉夕阳已西下。
并不是我在百花中只偏爱菊,
因为菊花开后再难见别的花。

【赏析】

这是元稹一首很别致的咏菊诗。他没有像别的菊花诗那样,去歌咏菊花的富丽、名贵、品格或气质,而是别出新意地道出了他爱菊的原因。

诗的开头,诗人没有描绘菊花争芳斗艳的景象,而是用了一个比喻——"秋丛绕舍似陶家"。一丛丛菊花围绕着房屋开放,好似到了陶渊明的家。东晋陶渊明最爱菊,家中遍植菊花。这里将植菊的地方比作"陶家",秋菊满院盛开的景象便不难想象。如此美好的菊景怎能不令人陶醉?故诗人"遍绕篱边日渐斜",完全被眼前的菊花所吸引,专心致志地绕篱观赏,以至于太阳西斜都不知道。第三、四句说明喜爱菊花的原因:"不是花中偏爱菊,此花开尽更无花。"菊花在百花之中是最后凋谢的,一旦菊花谢尽,一般便无花景可赏,人们爱花之情自然都集中到菊花上来。因此,作为后凋者,它得天独厚地受人珍爱。这里,诗人表达了对菊花历尽风霜而后凋的坚贞品格的赞美,回答了爱菊的原因,表达了诗人特殊的爱菊之情。

这首诗从咏菊这一平常的题材,发掘出不平常的诗意,给人以新的启示,显得新颖自然,不落俗套。在写作上,笔法也很巧妙。前两句写赏菊的实景,渲染爱菊的气氛;第三句是过渡,笔锋一顿,跌宕有致,最后吟出生花妙句,进一步开拓美的境界,增强了这首小诗的艺术感染力。

离思五首（其四）[1]

元稹

名句：曾经沧海难为水，除却巫山不是云。

【导读】

元稹的这首怀念亡妻韦丛的悼亡诗极负盛名。诗中"曾经沧海难为水，除却巫山不是云"二句比兴独特，意境朦胧，脍炙人口。

【原诗】

曾经沧海难为水[2]，除却巫山不是云[3]。
取次花丛懒回顾[4]，半缘修道半缘君[5]。

【注释】

[1]此题共五首，本篇为第四首。[2]沧海：指大海。海水颜色青苍。此句用《孟子·尽心上》"故观于海者难为水"语意。[3]此句用巫山神女的典故。[4]次：次第，顺序。取次花丛：即对着一个一个的花丛。花丛：借喻众多的美女。回顾：回头看。[5]缘：因为。修道：指修炼清心寡欲等道家之术。

【译诗】

见过大海的人很难再为水动情，
除巫山彩云外见不到迷人的云。
从花丛中走过根本懒得回头看，
一半是因修道一半是因爱着你。

【赏析】

此诗是一首悼亡诗，诗人表达了对亡妻的深切怀念之情。

这首诗情感炽烈深沉，真切动人。其最突出的特色就是采用新奇的比喻。诗人采用巧比曲喻的手法来表达对亡妻的深深恋情。它接连用水、用云、用花比人，写得曲折委婉，意境深远，耐人寻味。全诗仅四句，就有三句用比。第一、二两句破空而来，全用比喻，且暗喻手法用得绝妙，几乎令人捉摸不到诗人笔意所在。先后以沧海水、巫山云比喻亡妻。一比不足，再出一比。最后以"花丛"比众多美女且"懒回顾"，表达对亡妻的挚爱，抒情强烈而极有韵味，以至于成为传诵古今的名句。

题李凝①幽居

贾岛

名句：鸟宿池边树，僧敲月下门。

【导读】

贾岛（779—843年），唐代诗人。字浪仙，一作阆仙，范阳（今北京）人。其家境贫寒，多次应举不中，一度出家为僧，法名无本。后受韩愈影响还俗。

这是贾岛为友人李凝幽居所作的一首诗。关于这首诗，有个流传很广的故事。传说贾岛骑在驴背上吟这首诗，吟到"僧敲月下门"时，拿不定用"推"字好，还是用"敲"字好，不断用手做推、敲的动作。由于精力过于集中，以致撞上了当时任京兆尹的韩愈的马头，被韩愈的侍从拦住。贾岛向韩愈说明了原委，作为文学家的韩愈不仅没有责怪他，还和他讨论起来，最后决定用"敲"字。从此："推敲"就成了斟字酌句的代名词。

【原诗】

闲居少邻并②，草径③入荒园。
鸟宿池边树，僧敲④月下门。
过桥分野色，移石动云根⑤。
暂去还来此，幽期不负言。

【注释】

①李凝：贾岛友人。②邻并：一起居住的邻居。③草径：长满野草的小路。④敲：轻叩。⑤云根：云的根，古人认为云触石而出，故称石为云根。

【译诗】

闲居山中很少有邻居来叩问，
长满野草的小路在荒园延伸。
小鸟已飞到池边的树上过夜，
有僧人轻轻敲击月下的寺门。
走过桥头分开了原野的夜色，
移碰石头牵动了云彩在飘飞。
我暂时离开这里还要再返回，
不会将一同归隐的诺言违背。

【赏析】

　　贾岛的这首诗主要通过写友人李凝居所的清幽环境,表达了作者归隐的愿望。首联"闲居少邻并,草径入荒园",诗人用很简洁的手法,描写了这一幽居周围的环境:一条杂草遮掩的小路通向荒芜不治的小园,近旁亦无人家居住。淡淡两笔,十分概括地写了一个"幽"字,暗示出李凝的隐士身份。颔联"鸟宿池边树,僧敲月下门"写幽居的寂静。友人幽居的池塘边有树,诗人来到门外,轻叩门扉。月夜之下一片宁静,敲门声惊动了树上的鸟儿,它们发出了声响,或飞出盘旋一阵又回到巢中。颈联"过桥分野色,移石动云根"写归途所见。诗人走过一座小桥,视野开阔起来,依稀分辨得出原野上斑斓的色彩;夜风轻拂,云脚飘移,让人觉得仿佛山石在移动。诗人反说此景,别具特色,因为"石"并未动,是"云"在动。这样更显出了环境的幽深迷人。尾联"暂去还来此,幽期不负言"点明诗的主旨:我暂且离去但不久会再来,不负共同归隐的诺言。

　　此诗紧扣"幽"字入笔,首联写李凝所居之地的幽僻,颔联写所居之地的幽寂,颈联写所居环境的幽美,尾联抒发诗人对隐居生活的向往之情,层层铺垫,将诗人的归隐志向表达得水到渠成。"鸟宿池边树,僧敲月下门"二句写景独特、炼字精准,成为古人锤炼字句的典范而流传后世。

题诗后

贾岛

名句:两句三年得,一吟双泪流。

【导读】

　　贾岛是唐代"苦吟诗派"的代表人物,这首诗就是写他苦吟诗的切身体会,是写在他的另一首诗《送无可上人》后的诗。

【原诗】

　　　　两句三年得,一吟双泪流。
　　　　知音如不赏[①],归卧故山[②]秋。

【注释】

①知音：很了解自己思想感情的好友、诗友。赏：欣赏，称赞。②故山：从前生活过的山里。

【译诗】

　　两句诗三年才苦苦求得，
　　吟出诗句后泪水润如泽。
　　知音故友如果还不欣赏，
　　归卧到山中去自享秋色。

【赏析】

　　贾岛是唐代"苦吟诗派"的代表人物。这首五绝，是他吟成另一首诗《送无可上人》中"独行潭底影，数息树边身"二句后加的注诗。前两句诗说自己写诗，下了很大的功夫，精雕细琢，用了三年（此为虚数）才写成两句，吟成不禁双泪长流，表达自己写诗后成功的喜悦和对所经历苦楚的感慨。后两句表达一种自信和自负的态度，如果这样两句诗好友还不欣赏的话，那就"归卧故山秋"，从此不再写诗了。

　　"两句三年得，一吟双泪流"两句，是贾岛苦吟诗歌的切身体会。它说明诗人艺术劳动的刻苦和艰辛，也说明好诗佳句得来不易。贾岛这种苦吟精神，对后世颇有影响，如同为唐代诗人的方干"吟成五字句，用破一生心"、卢延让"吟安一个字，捻断数茎须"，均从贾岛诗化出。

雁门太守行

李贺

名句：黑云压城城欲摧，甲光向日金鳞开。

【导读】

　　李贺（790—816年），唐代诗人。字长吉，祖籍陇西，生于福昌（今河南宜阳）昌谷，后世称李昌谷。唐宗室郑王李亮后裔，但家道已没落。青少年时才华出众，名动京师。父名晋肃，因避父讳（晋、进同音），不得举进士。一生愁苦抑郁,体弱多病,只做过三年奉礼郎,卒时仅二十七岁,后人称其为"诗鬼"。

李贺一生虽仕途不顺,但始终怀有建功立业的强烈愿望。《雁门太守行》属乐府旧题,是李贺表现壮怀的代表作之一。

【原诗】

黑云①压城城欲摧,甲光②向日金鳞开。
角③声满天秋色里,塞上燕脂凝夜紫④。
半卷红旗临易水⑤,霜重鼓寒声不起。
报君黄金台⑥上意,提携玉龙⑦为君死。

【注释】

①黑云:语意双关,既指乌黑的浓云,也用以比喻敌军。②甲光:战士铠甲闪耀的光芒。③角:军中的号角。④塞上:要塞。燕脂:同"胭脂"。夜紫:指暗红色。以上"燕脂""夜紫"也暗指战场血迹。⑤易水:地名,在今河北易县境内。⑥黄金台:相传燕昭王在易水旁筑台以延招天下之士,台上置有千金,因此叫"黄金台"。⑦玉龙:指宝剑。

【译诗】

乌云低压着似乎就要将城墙毁坏,
铠甲在阳光下闪着鱼鳞般的光彩。
冲锋的号角声响彻秋色中的天空,
塞上的战场凝成一片紫色的暮霭。
大军扛着半卷的红旗已抵达易水,
战鼓因寒霜侵袭声音也发不出来。
为报答君王黄金台上的知遇之恩,
手提宝剑战死在沙场也决不抱怨。

【赏析】

《雁门太守行》以朝廷与藩镇的战事为背景,用色彩浓烈的诗句,描写守城将士临危不惧的悲壮场面,歌颂不惜为国捐躯的精神,寄寓自己为国立功的壮志。

诗的前四句写日落前的情景。首句"黑云压城城欲摧"既是写景,也是写事,成功地渲染了敌军兵临城下的紧张气氛和危急形势。次句"甲光向日金鳞开"写城内的守军正披坚执锐,严阵以待。一缕日光从云缝里透射下来，映照在守城将士的甲衣上，只见金光闪闪，耀人眼目。这里借日光来显示守军的阵营和士气，情景相生，别具匠心。诗中的黑云和日光，是诗人用来造意之景。第三、四句分别从听觉和视觉两方面铺写阴寒惨烈的战地气氛。诗人没有直接描写车毂交错、短兵相接的激烈场面，只对双方收兵后战场上的景象进行粗略而极富表现力的点染，用黯然凝重的氛围，衬托出战地的悲壮场面，暗示攻守双方都有大量伤亡，守城将士依然处于不利的地位，为下面写友军的援救做了必要的铺垫。后四句写驰援部队的活动。"半卷红旗临易水"中"半卷"二字含义极为丰富。黑夜行军，偃旗息鼓，为的是出其不意，攻其不备；"临易水"既表明交战的地点，又暗示将士们具有"风萧萧兮易水寒，壮士一去兮不复还"那样壮怀激烈的豪情。接着描写苦战的场面：驰援部队一迫近敌军的营垒，便击鼓助威，投入战斗。无奈夜寒霜重，连战鼓也擂不响。面对重重困难，将士们毫不气馁。"报君黄金台上意，提携玉龙为君死"一句引用典故，写出将士们报效朝廷的决心。

这首诗意象新奇，特色鲜明，造语新颖，景情交融，场面开阔悲壮，想象丰富奇特。其中"黑云压城城欲摧"一句给人强烈印象，一个"压"字，把敌军人马众多、来势凶猛，以及交战双方力量悬殊、守军将士处境艰难的情状，淋漓尽致地表现了出来，成为名句流传后世。

南园十三首（其五）

李贺

名句：男儿何不带吴钩，收取关山五十州？

【导读】

《南园十三首》是李贺辞官回乡居住昌谷家中所作。

【原诗】

男儿何不带吴钩①，收取关山五十州②？
请君暂上凌烟阁③，若个书生万户侯④？

【注释】

①吴钩：吴地出产的一种宝刀，这里泛指武器。②五十州：泛指当时藩镇割据势力占领的地方。③凌烟阁：唐太宗时为表彰开国功臣而建立的高阁，其中画有魏徵等二十四人的像。④若个：哪个。万户侯：食邑万户的列侯。

【译诗】

好男儿为何不投笔从戎拿起吴钩，
去收回被敌人强占去的五十个州？
请你到凌烟阁的英雄榜上看一看，
历史上有哪个书生能够建功封侯？

【赏析】

这是李贺《南园十三首》的第五首，诗中表现了作者渴望投笔从戎平定藩镇割据、统一祖国的思想感情。

诗由两个设问句组成。第一个设问是泛问，也是自问，含有"国家兴亡，匹夫有责"的豪情。"男儿何不带吴钩"，起句峻急，紧连次句"收取关山五十州"，十四字一气呵成，节奏明快，表现了诗人向往建功立业、报效国家的迫切心情。首句"何不"二字极富表现力，它不仅构成了特定句式（疑问），而且强调了反诘的语气，增强了诗句传情达意的力量。"何不"为反躬自问，有势在必行之意，又暗示出危急的军情和诗人焦虑不安的心境。次句一个"取"字，举重若轻，有破竹之势，生动地表达了诗人急切的救国心愿。后两句"请君暂上凌烟阁，若个书生万户侯"，诗人又在发问：封侯拜相，绘像凌烟阁的，哪有一个是书生出身？这里诗人又不用陈述句而用反问句，由昂扬激越转入沉郁哀怨，表达以己励人的自责意味，从反面衬托了投笔从戎的必要性，进一步抒发了怀才不遇的愤激情怀。

这首诗采用直抒胸臆和反面衬托相结合的方法，表达感情顿挫激越、奔放豪壮，于豪情中见愤然之意，读来很有感染力。

咸阳城西楼晚眺

许浑

名句：溪云初起日沉阁，山雨欲来风满楼。

【导读】

许浑（约791—约858年），唐代诗人。字用晦，一作仲晦，丹阳（今属江苏）人，大和六年（832年）进士。任过睦、郢二州刺史等职，世称许郢州。晚年退居，辑缀诗作。诗作以登临怀古见长，存诗约五百首。有《丁卯集》。此诗题一作"咸阳城东楼"。

【原诗】

一上高城万里愁，蒹葭杨柳似汀洲①。

溪云初起日沉阁，山雨欲来风满楼。

鸟下绿芜秦苑夕②，蝉鸣黄叶汉宫③秋。

行人莫问当年事④，故国东来渭水流⑤。

【注释】

①蒹葭（jiān jiā）：芦苇。汀（tīng）洲：江中或江边的小岛或沙洲。②芜：乱草。秦苑：秦时的宫苑。③汉宫：汉时的宫殿。④当年事：指秦汉以来的兴亡变化之事。⑤行人莫问当年事，故国东来渭水流：一作"行人莫问前朝事，渭水寒光昼夜流"。

【译诗】

登上高楼眺望万里风景使人忧愁，

芦苇杨柳好像盖满了江边的沙洲。

小溪边云雾升起太阳斜照着佛阁，

山雨快要到来时山风已灌满台楼。

夕阳下小鸟在秦苑绿草地上跳跃，

暮色中知了在汉宫的黄叶里鸣秋。

行人千万不要问起当年兴亡之事，

只见故国的渭水不停地向东奔流。

【赏析】

《咸阳城东楼》写的是作者登临咸阳城头远眺所引起的感慨。

诗的首联"一上高城万里愁，蒹葭杨柳似汀洲"写登上咸阳城楼，城外

古韵今品——经典古诗词译赏

的一切引起作者登高怀远的哀愁。"一"上高城，就有"万"里之愁怀，这里巧用了两个不同意义的数字而取得了一种独特的艺术效果，有效地渲染了"愁"的浓重。"万里愁"说的是作者怀念江南老家的乡愁，也是对国事的忧愁。颔联描写咸阳城楼所见之景。乌云从溪上升起，太阳从西城外的慈福寺阁后沉落。周围的群山，雨意越来越浓，大雨即将到来，城楼上已是满楼的狂风。"山雨欲来风满楼"是全诗的警句。全句只有寥寥七个字，却十分形象地写出了山城暴雨即将来临时的情景，使读者如身临其境。作者在写自然界变化的同时，又包含了另外一层意思：此时唐王朝的统治已经面临着危机，社会已到了大变动的前夕。颈联"鸟下绿芜秦苑夕，蝉鸣黄叶汉宫秋"在写景中含有对历史的感慨：在傍晚飞鸟停息和秋天寒蝉长鸣的荒草杂树丛生的地方，原来是秦汉时代的旧宫苑。在上联写大变动在即预感的基础上，讽喻历史上皇朝没落的不可避免。尾联是作者抒发议论，过往的行人们不必去问历史上的事，社会在不断地变迁，秦汉已成为过眼云烟，只有渭水仍滔滔不息地东流。

这首诗在写景中抒发感慨、寄托情思，寓意深长。尤其"山雨欲来风满楼"一句，准确地抓住了暴雨到来前狂风满楼的这种自然界变化的特点，形象地表现出社会大变动的征兆，因此成为千古传诵的名句被广泛引用。

江南春

杜牧

名句：南朝四百八十寺，多少楼台烟雨中。

【导读】

杜牧（803—852年），晚唐著名诗人。字牧之，京兆（今陕西西安）人，是唐德宗、宪宗时宰相杜佑的孙子。二十六岁中进士，授弘文馆校书郎。为人刚直，不喜逢迎，后迁监察御史等职。杜牧与李商隐齐名，世称"小李杜"，以别于李白和杜甫。有《樊川文集》。

历史上的南朝有宋、齐、梁、陈四个朝代，几代皇帝都信奉佛教，因此先后在京城等地区建造了许多寺庙，成为一大景观。生活在晚唐时期的作者看到当朝的皇帝也沉迷佛教，开始大造庙宇，劳民伤财，就写下了这首诗以讽诫。

【原诗】

千里①莺啼绿映红，水村山郭酒旗风②。
南朝四百八十寺③，多少楼台烟雨中。

【注释】

①千里：指整个江南地区。②水村：溪水环绕的村子。山郭（guō）：依山而建的城镇。酒旗：酒店门前用来招徕客人的"酒"字旗。③四百八十寺：形容寺庙众多。

【译诗】

千里江南到处莺歌燕舞姹紫嫣红，
依山傍水的村镇里酒旗迎着春风。
南朝四处多得数不清的佛教寺院，
有多少楼台掩映在如烟的细雨中。

【赏析】

这是描写江南风光的一首七绝。诗中描绘了如画的江南春景，抒发了诗人对历史的感慨。

开头"千里莺啼绿映红，水村山郭酒旗风"，诗人就把我们带入了江南那花红柳绿的世界。你看，到处莺歌燕舞，到处绿树红花，那傍水的村庄，那依山的城郭，尤其是那迎风招展的酒旗，多么令人心驰神往！接着"南朝四百八十寺，多少楼台烟雨中"，这里出现江南风光的重要组成部分——寺庙，糅进了沧桑之感。南朝遗留下来的许许多多佛教建筑在春风春雨中若隐若现，增添了扑朔迷离之美。同时审美中不乏讽刺，丰富了诗歌的内涵。

这首诗四句均为景语，一句一景，各具特点，可谓有声有色。有空间上的拓展，有时间上的追溯。在短短的二十八个字中，诗人以极具概括性的语言描绘了一幅生动形象而又有气魄的江南春画卷。末句"多少楼台烟雨中"给人以虚幻的感觉，透露出一种神秘朦胧的美，也寄托着作者的讽喻之意。

赤 壁

杜牧

名句：东风不与周郎便，铜雀春深锁二乔。

【导读】

《赤壁》是一首怀古咏史之作，是诗人经过赤壁这个古战场，有感于三国时代的英雄成败而写下的诗。

【原诗】

折戟沉沙铁未销①，自将磨洗认前朝②。
东风不与周郎便③，铜雀春深锁二乔④。

【注释】

①戟（jǐ）：古代一种兵器。销：腐蚀完。②将：拿起，拿着。前朝：指过去的朝代，这里指三国时的吴国。③"东风"句：指赤壁之战火烧曹操水军事。不与：等于说"若不与"。周郎：即周瑜，赤壁之战时周瑜仅三十四岁，国人称他为"周郎"。便：方便。④铜雀：即铜雀台。曹操建于邺城，台上有楼，楼顶上有高一丈五尺的大铜雀，因而得名。为曹操与其姬妾、歌女享乐的地方。二乔：三国时，吴国乔公有二女，都非常美丽。孙策娶大乔，周瑜娶小乔。

【译诗】

埋在泥沙中的断戟至今还未腐掉，
取出来磨洗后才发现它出自汉朝，
如果当年东风不给周瑜方便的话，
曹操的铜雀台里早就锁进了二乔。

【赏析】

这首诗以地名为题，实则是怀古咏史之作。它以赤壁之战的遗物入手，发表对这场战争的看法，认为周瑜的胜利出于侥幸。其主旨在感叹兴亡，其中也寄寓了自己郁郁不得志的情怀。

诗篇开头借一件古代遗物"折戟"来引起对前朝人物和事迹的感慨，写其兴感之由。后两句是议论，着重抓住战争胜利者周郎赖以制胜的因素——东风来写，写的时候不从正面来描摹东风如何帮助周郎取胜，却从反面落笔，假想如东风不给周郎以方便，那么胜败双方就要易位，从而提出周郎在赤壁之战中取得的巨大胜利完全出于偶然的东风。在评述周瑜自负知兵的同时，也借史事吐其胸中抑郁不平之气。

这首咏史诗写法巧妙，立意奇特，用生动形象的语言传达了深厚的历史意蕴。诗人不去正面描写战争的过程，也不直接谈战争的胜负，而是巧妙地利用一个"铜雀春深锁二乔"的故事，用调侃的语调评述历史，增加了可读性。

泊秦淮

杜牧

名句：烟笼寒水月笼沙，夜泊秦淮近酒家。

【导读】

建康是六朝时的都城，秦淮河穿城而过，两岸酒家林立，是当时豪门贵族、官僚士大夫享乐游宴的场所。唐王朝当时已岌岌可危，然而秦淮河两岸却依然"繁华"。当杜牧来到歌舞升平的秦淮河上，听到酒家歌女演唱亡国之声《后庭花》曲，感慨万千，写下了这首诗。

【原诗】

烟笼寒水月笼沙①，夜泊秦淮②近酒家。
商女③不知亡国恨，隔江犹唱后庭花④。

【注释】

①烟：云雾水汽。笼：笼罩。沙：泛指江畔水岸。②秦淮：即秦淮河。相传为秦始皇南巡会稽时所凿，以疏淮水，故名。六朝以来，秦淮河流经金陵一段是当时的所谓"金粉"之地，即权贵富家、墨客骚人纵情声色、寻欢作乐的场所。③商女：指以歌唱为生的乐妓。④江：指秦淮河。后庭花：即南朝陈后主所作《玉树后庭花》的简称。其词绮艳轻荡。唱《玉树后庭花》的扬州歌女不懂得亡国之恨，到了江南陈朝故都金陵之地，仍然唱靡靡的亡国之音。

【译诗】

烟雾笼罩着寒水月光笼罩着白沙，
夜里船停在秦淮河靠近一个酒家。

卖唱的歌女全不懂得亡国的悲愤，
隔江还唱着亡国之音《后庭花》。

【赏析】

　　这首诗攫取现实生活的一个镜头，通过写夜泊秦淮时对所见所闻的感受，揭露了晚唐统治阶级中的上层人物沉溺声色、醉生梦死的腐朽生活，抨击了他们只知贪图享乐、不顾国事的行为。

　　诗的开头两句描写环境，交代时间地点。一句写景，一句叙事。后两句抒发感慨，表达咏叹的主旨，矛头直指"不知亡国恨"的商女后面的贵族、官僚和豪绅。其中"烟笼寒水月笼沙"一句写得绝妙。"烟""水""月""沙"四种景物被两个"笼"字和谐地融合在一起，绘成了一幅极其淡雅的水边夜色图，使人对秦淮河上的月色烟光有一种朦胧的感受，写得很传神。"商女不知亡国恨"一句使用了曲笔，委婉而深刻地揭露以亡国之音寻欢作乐的当权者。

　　全诗用语精妙传神，感情深沉含蓄，意味深长，堪称杜牧七绝中的精品。

山 行

杜牧

名句：停车坐爱枫林晚，霜叶红于二月花。

【导读】

　　这是一首描写和赞美深秋山林景色的小诗。诗歌以枫林为主景，绘出了一幅色彩热烈、艳丽的山林秋色图，充满美感与活力。

【原诗】

　　　　远上寒山石径斜①，白云生处②有人家。
　　　　停车坐爱枫林晚③，霜叶红于二月花④。

【注释】

　　①远上：向远处伸延上去。寒山：深秋时节的山，这时天气已较寒冷。石径斜：山石间弯曲的小路。②白云生处：白云飘浮的地方，形容很高。③坐：因为。晚：傍晚时夕阳

照着枫林的景色。④霜叶：指被秋霜打过的枫叶，颜色变得更红艳。红于：比……红。二月花：泛指春天的花。

【译诗】

蜿蜒的石径通向远处的山崖，
白云萦绕的深山里住有人家。
停车欣赏是因爱傍晚的枫林，
看经霜的枫叶胜过二月红花。

【赏析】

这首诗描写了诗人行走在山中所观察到的深秋傍晚的迷人景色。文句虽短，却抓住秋天有代表性的景物：寒山、石径、人家、霜叶、夕阳，勾画了一幅优美的秋山晚景图。其中尤其突出了"红于二月花"的霜叶，写出了秋天的生机与活力，赞美了秋天，也表现了诗人热爱生活、乐观向上的感情。

全诗的重点在最后一句，前三句全是为突出第四句起烘托、铺垫作用。第一句用"寒"字，是为了呼应第四句的"霜叶"；第二句写"白云"，是为了用色彩强烈对比和反衬第四句的"霜叶"格外"红"艳，给人以"红于二月花"的感受。更有力的铺垫还是由急于赶路而突然"停车"以及由此突出的那个"爱"字。夕阳西下，晚霞满天，满山的枫叶红得像要燃烧，叫人怎能不"爱"！

这首诗构思新颖，布局精巧而独具匠心，于萧瑟秋风中摄取绚丽的秋色，与春光争辉。加之语言明畅，音韵和谐，比喻贴切，读来令人赏心悦目。

清 明

杜牧

名句： 清明时节雨纷纷，路上行人欲断魂。

【导读】

这是一首写清明节最有名的诗。它以通俗明快的语言，描写了清明的春色，抒发了诗人节日的感受。

【原诗】

清明时节雨纷纷，路上行人欲断魂①。
借问②酒家何处有？牧童遥指杏花村③。

【注释】

①行人：指远离家乡、客居在外的人。欲：将要。断魂：形容极度哀伤。②借问：请问。③杏花村：杏花深处的村庄。

【译诗】

清明时节天空中细雨纷纷，
路上的行人个个伤心断魂。
请问你酒家什么地方才有？
牧童手指开满杏花的山村。

【赏析】

这是一首节令诗，是古代写清明节最有名的诗。

诗的头两句，诗人写出了清明时节细雨纷飞的自然景象，写行旅之人在蒙蒙春雨中孤身上路的情景。下句"欲断魂"，写行人的愁苦，既有季节的清冷，又有远离家乡、追念先人的离愁别绪。因此，头两句既写了景，又写了"雨纷纷"中纷乱思绪的情。在交代情景之后，顺势写行人在雨中的思绪，想打听何处有酒店，以酒解寒解愁。但第三句并未写出地址，而是通过设问提出问题。第四句把诗情推向全篇高潮，通过"遥指"点出了行动趋向的目的地。"遥指"并非近在眼前，却给行人一种希望。虽然清明的雨还清冷地纷纷落下，但行人的心因有企盼而变得振作起来。

诗中的"雨"是一个独特的审美意象，那蒙蒙细雨使人联想到伤心的眼泪，而细雨笼罩的"杏花村"又给人一种朦胧的美感，让人回味无穷。全诗形象鲜明，感情真挚，易读易记，千百年来一直为人们所喜爱。

阿房宫赋

杜牧

名句： 廊腰缦回，檐牙高啄；各抱地势，钩心斗角。

戍卒叫，函谷举，楚人一炬，可怜焦土。

【导读】

阿房宫是秦始皇所修建的最豪华的宫殿。杜牧这篇以阿房宫为题材的赋写于唐敬宗宝历年间，称得上是借古讽今的杰作。当时，唐王朝的统治已江河日下，唐敬宗却荒淫腐朽，从即位以来就沉湎声色，广选美女，大兴土木，修建宫殿，使得唐王朝岌岌可危。作者在这篇赋中通过秦阿房宫的建造到毁灭，提出了一个历史教训：统治者穷奢极欲，不爱惜人民，只能最终导致自己的灭亡。

《阿房宫赋》是杜牧代表作之一，既是一篇优美的文赋，又是一首极有艺术特色的诗歌，一直为后世所称道。

【原赋】

六王毕①，四海一，蜀山兀②，阿房出③。覆压④三百余里，隔离天日⑤。骊山北构而西折⑥，直走⑦咸阳。二川溶溶⑧，流入宫墙。五步一楼，十步一阁；廊腰缦回⑨，檐牙高啄⑩；各抱地势⑪，钩心斗角⑫。盘盘焉⑬，囷囷焉⑭，蜂房水涡⑮，矗不知其几千万落⑯。长桥卧波⑰，未云何龙⑱？复道⑲行空，不霁何虹⑳？高低冥迷㉑，不知西东。歌台暖响㉒，春光融融㉓；舞殿冷袖㉔，风雨凄凄㉕。一日之内，一宫之间，而气候不齐。

妃嫔媵嫱㉖，王子皇孙㉗，辞楼下殿㉘，辇来于秦㉙，朝歌夜弦㉚，为秦宫人㉛。明星荧荧㉜，开妆镜也；绿云扰扰㉝，梳晓鬟也㉞；渭流涨腻㉟，弃脂水也㊱；烟斜雾横，焚椒兰也㊲。雷霆乍惊㊳，宫车㊴过也；辘辘远听㊵，杳不知其所之也㊶。一肌一容㊷，尽态极妍㊸，缦立㊹远视，而望幸焉㊺。有不见者，三十六年㊻。

燕赵之收藏㊼，韩魏之经营㊽，齐楚之精英㊾，几世几年，剽掠其人㊿，倚叠㉛如山。一旦不能有㉜，输来其间㉝。鼎铛玉石㊴，金块珠砾㉟，弃掷逦迤㊱，秦人视之，亦不甚惜。

嗟乎！一人之心，千万人之心也。秦爱纷奢㊲，人亦念其家；奈何取之尽锱铢㊾，用之如泥沙？使负栋之柱㊾，多于南亩㉰之农夫；架梁之椽㉱，多于机上之工女㉲；钉头磷磷㉳，多于在庾㉴之粟粒；瓦缝参差㉵，多于周身之帛缕㉶；直栏横槛，多于九土㉷之城郭；管弦呕哑㉸，多于市人之言语。使天下之人，不敢言而敢怒。独夫㉹之心，日益骄固㉺。戍卒叫㉻，函谷举㉼，楚人一炬㉽，可怜焦土㉾。

呜呼！灭六国者，六国也，非秦也。族秦者㊀，秦也，非天下也。嗟乎！使六国各爱其人㊁，则足以拒㊂秦，使秦复爱六国之人，则递三世可至万世而为君㊃，谁得而族灭也？秦人不暇自哀㊄，而后人哀之；后人哀之而不鉴之㊅，亦使后人而复哀后人也。

【注释】

①六王：指战国末年齐、楚、燕、赵、韩、魏六国的国君。毕：完了，指统治结束了。②蜀山兀：蜀地山上的树木全都砍光了。蜀：蜀地，今四川。兀：高而上平，这里指山的光秃。③出：出现，指建成宫殿。④覆压：盖住、压住。⑤隔离天日：指高大的宫殿把天日都遮蔽了。⑥骊山北构而西折：从骊山北面开始建筑折而向西。骊山：山名，在今西安临潼。构：造。⑦走：趋向。⑧二川：指渭水和樊川。溶溶：水盛大的样子。⑨廊腰缦回：连接建筑物的走廊像缦带一样回环曲折。廊腰：建筑物之间以走廊相连，如人的腰部，所以称廊腰。缦（màn）：无花纹的缯帛。⑩檐牙高啄：屋檐高耸，像禽鸟啄食的姿态。檐牙：屋檐突出，状如牙齿。⑪各抱地势：楼阁各就地势而建立，环抱在一起。⑫钩心斗角：楼阁和中心建筑相钩连，彼此屋角相对，又像是互相用角顶斗。⑬盘盘焉：盘结的样子。⑭囷囷（qūn）焉：屈曲的样子。⑮蜂房水涡：楼阁层层像蜂房，攒聚像水涡。⑯矗：高高耸立的样子。落：这里是"座""所"的意思。⑰长桥卧波：指阿房宫有桥横卧于渭水之上。⑱未云何龙：没有云哪里来的龙？形容长桥如龙，伏于水上，但又不是龙，因为没有云相随。⑲复道：架在空中的道。⑳不霁何虹：不是雨过天晴，哪里来的彩虹？霁（jì）：雨过天晴。㉑冥迷：分辨不清。㉒歌台暖响：歌台上发出的歌声，让人感到充满暖意。㉓春光融融：像春光那样融和。融融：和乐的样子。㉔舞殿冷袖：舞殿中舞女衣袖飘动，好像带来寒气。㉕风雨凄凄：像秋风秋雨那样凄冷。㉖妃嫔媵嫱：这里指六国的宫妃。妃：皇帝的妾，太子、王的妻。嫔（pín）：宫廷女官名。媵（yìng）：妾的一种，古代贵族女子出嫁，妹妹或侄女陪嫁称媵。嫱（qiáng）：宫廷女官名。㉗王子皇孙：指六国王侯的子女。㉘辞楼下殿：辞别六国的楼阁宫殿，指被秦所掳。㉙辇来于秦：乘着车子来到秦国。辇：帝王乘的车。㉚朝歌夜弦：早晨晚上唱歌弹琴，指六国宫妃

被掳后侍奉秦王。㉛为秦宫人：成为秦国的宫女。㉜荧荧：微光闪烁的样子。㉝绿云：比喻女子的头发。扰扰：纷乱的样子。㉞梳晓鬟也：宫女们早晨梳理头发。㉟渭流涨腻：渭水上涨起一层油腻。㊱弃脂水也：宫女们泼弃脂粉水。㊲焚椒兰也：指宫女们焚烧椒、兰等香料以薰香自己的宫室。㊳雷霆乍惊：巨雷突然响起。乍惊：如突然受惊而起。㊴宫车：指皇帝所乘之车。㊵辘辘：车声。远听：听着声音远去。㊶杳不知其所之也：渐无声息，不知车往哪里去了。杳（yǎo）：无声无息。所之：所去的地方。㊷一肌一容：指宫女们的肌肤和姿容。㊸尽态极妍：极为娇媚和艳丽。㊹缦立：久立。㊺而望幸焉：希望得到皇帝的宠幸。㊻三十六年：秦始皇从继秦王位至死共三十六年，这里是指有的宫女幽闭宫中，始终未见到过皇帝。㊼收藏：指收藏的金玉珍宝。㊽经营：也指悉心保存的金玉珍宝。㊾精英：精粹英华，这里也指金玉珍宝。㊿剽掠其人：从他们统治下的人民那里抢掠而来。剽：抢劫，掠夺。其人：其民，他们统治下的人民。㉑依叠：积累。㉒一旦不能有：有一天国破家亡，不能占有。㉓其间：指阿房宫中。㉔鼎铛玉石：以鼎为铛，以玉为石，指秦把金鼎看成铁锅，把美玉看成石头，毫不爱惜。铛（chēng）：锅一类的东西。㉕金块珠砾：以金为土块，以珍珠为碎石。指不爱惜宝物。块：土块。砾（lì）：碎石。㉖弃掷逦迤（lǐ yǐ）：扔得到处都是。逦迤：接连不断。㉗纷奢：繁华奢侈。㉘取之尽锱铢：连一点点财物都掠取干净。锱铢（zī zhū）：古代重量名，六铢为一锱，一铢为后来一两的二十四分之一，这里极言少。㉙负栋之柱：承担栋梁的柱子。㉚南亩：泛指田亩。㉛架梁之椽：架在梁上的椽子。㉜机上之工女：在机上纺织的织女。㉝磷磷：玉石色彩明丽的样子，这里指梁上柱上钉头光彩夺目。㉞庾（yǔ）：粮仓。㉟瓦缝参差：楼阁上面的瓦缝长短不一，纵横交错。㊱周身之帛缕：全身所穿丝帛的线缕。㊲九土：九州之土，指全国。㊳管弦：泛指乐器。管：箫笛等管乐器。弦：琴瑟等弦乐器。呕哑：指杂乱的乐声。㊴独夫：失去人心的君主，这里指秦始皇。㊵骄固：骄横顽固。㊶戍卒叫：指陈涉、吴广起义。因为陈涉、吴广和他们所率的起义士兵原都是被谪守边的戍卒。㊷函谷举：函谷关被攻下。指刘邦打进关中，秦已无法守住函谷关。举：攻下来。㊸楚人一炬：楚国人点起一把火。指项羽入咸阳后火烧阿房宫，大火三月不息。楚人：指项羽，因项羽是战国时期楚将项燕的后代。㊹可怜焦土：可怜阿房宫化为一片焦土。㊺族秦者：杀灭秦国的。族：灭族，这里是杀灭的意思。㊻使：假使。各爱其人：各自爱护他们自己的人民。㊼拒：抗拒。㊽则递三世可至万世而为君：就可以传三世以至于万世做天下的君主。递：传。㊾不暇自哀：来不及为自己悲哀。不暇：没有时间。㊿鉴之，以此为鉴戒。

【译诗】

六国已经灭亡,
天下归于一方。
砍光蜀地山林,
建起宫殿楼房。
覆盖三百多里,
遮蔽天空太阳。
郦山北而向西,
直通京城咸阳。
渭水樊川二河,
浩荡流进宫墙。
五步一座小阁,
十步一座楼堂。
走廊盘旋萦绕,
屋檐翘向天上。
依山而建,紧密相连,
钩心斗角,奇形怪状。
弯弯曲曲,曲曲弯弯,
又像水涡,又像蜂房。
矗立的楼阁不可胜数,
真不知道有几千几万?
长桥横卧在渭河之上,
没云为何有龙在飞翔?
条条复道高架在空中,
没雨为何彩虹挂天上?
忽高忽低,迷迷糊糊,
让人分不清东西方向。
歌台上歌声带来暖意,
使人感受到融融春光。
舞殿里舞女摆动衣袖,

使人觉得风雨般凄寒。
一日之内，一宫之间，
气候竟然是完全两样！

那些六国的妃子宫女，
王侯贵族的公子儿郎。
离开自己的楼阁宫殿，
乘车汇集到秦地咸阳。
她们早晚在弹琴歌唱，
成了秦国的宫女丫环。
为何前面有星光闪烁？
是宫女们在对镜梳妆。
为何朵朵乌云在浮动？
是宫女的发鬓在摇晃。
为何渭水上涨起油腻？
是宫女的脂粉浮水上。
为何宫殿里烟雾升腾？
是宫女焚烧香料椒兰。
为何屋外有雷霆响过？
是皇帝车驾驶过身旁。
隆隆的车声越听越远，
无人知车子驶向何方。
宫女们皮肤白貌如花，
一个赛过一个地漂亮。
她们翘首向远处眺望，
巴望着皇帝走进卧房。
有人年轻时就在等待，
耗去了三十六年时光。

古韵今品——经典古诗词译赏

燕齐楚国的金玉珍宝,
赵韩魏国的无穷宝藏。
全是对百姓巧取明抢,
年复一年地堆积如山。
可一旦他们不能占有,
就都被送入秦宫收藏。
珍贵的宝鼎当成铁锅,
无价的美玉当成石卵。
昂贵的黄金当成土块,
稀有的珍珠当成泥丸。
宝物被到处东摆西放,
四处丢散得零乱不堪。
秦国人看着毫不可惜,
精美珠宝也弃之不管。

唉,一人心中怎么想,
千万人也都会一样想。
秦人喜好过度的奢侈,
别人也想保自己家产。
为何对别人要搜刮尽,
挥霍起来如泥沙一般?
使得承担栋梁的柱子,
竟多过田里的庄稼汉。
房梁上的一根根椽子,
多过织机上的纺织娘。
柱上个个闪亮的钉头,
多过粮仓的粒粒米粮。
屋顶纵横交错的瓦缝,
多过衣服上线缕行行。
宫殿中那纵横的栏杆,

多过九州的城苑宫墙。
管弦奏出的嘈杂乐声，
比闹市人声还要响亮。
使得天下所有的百姓，
嘴上不说而怒火万丈。
而已背离人心的君主，
却一天天地顽固骄蛮。
终于陈涉和吴广起义，
函谷险关被一举攻占。
楚人点起的一把大火，
让阿房宫变成了焦炭。

唉，灭六国的是自己，
不能只去怪罪秦始皇。
灭掉秦国的也是自己，
不能怪罪六国的君王。
如六国各自爱护百姓，
就足以对秦进行抵抗。
如秦能爱护六国百姓，
那么就可以万世称王。
又有谁能灭得了秦国？
谁能将秦人斩尽杀光？
秦人已没有时间自哀，
只有后人为他们哀叹。
如后人还不引以为鉴，
更后者又要为其哀伤。

【赏析】

　　这是一篇借古讽今的辞赋。作者通过描写阿房宫的兴建及其毁灭，生动形象地总结了秦朝统治者骄奢亡国的历史经验，向唐朝统治者发出警告，表现出忧国忧民、匡世济俗的情怀。

全篇分为四个部分。第一部分是第一段，从地理位置、建筑规模、宏伟气势等方面写阿房宫的雄伟壮观。从秦始皇一统天下的豪迈气概写到阿房宫的整体构筑，再写到局部建筑特点。其中实写了楼阁、廊檐，描绘得细致入微；虚写了长桥、复道，想象得神奇瑰丽。然后用夸张和衬托的手法，借写歌舞的冷暖，描述阿房宫"一日之内，一宫之间，而气候不齐"的现象，陪衬出它的宏大宽广。第二部分是第二、三段，写阿房宫里的美女之多和珍宝如山，揭露秦朝统治者奢侈的生活，为下文的议论埋下伏笔。其中对美人和珍宝的描写，极尽铺排和夸张，既表现了宫女命运的悲惨，也揭示了秦始皇生活的骄奢淫逸。第三部分为第四段，由描写转为议论，点明写作本篇的主旨："秦爱纷奢"。使用了六组"使……多于……"的比喻句排比，尽情地揭露了秦王朝的奢靡给人民带来的沉重灾难。第四部分为最后一段，总结六国和秦灭亡的历史教训，向当世统治者发出警告。作者连续慨叹，情不能禁。"呜呼"之后提出论点，阐明兴亡自取的道理。

在艺术特色上，这篇赋叙事、描写、议论和抒情紧密结合，运用赋的传统手法，前面极力铺叙渲染宫殿歌舞之盛、宫女珍宝之多、人民痛苦之深，既夸张又富于想象，且比喻奇巧新颖。后面发议论，回环往复，层层推进，见解精辟，发人深省。语言上骈散兼行，错落有致，词采瑰丽，声调和谐，加之多种修辞手法的运用，使之具有很强的表现力和艺术感染力，成为古代不可多得的亦赋亦诗的佳作。

瀑布联句[①]

李忱　香严闲禅师

名句：溪涧岂能留得住，终归大海作波涛。

【导读】

这是一首很独特的诗。诗由一位皇帝和一位僧侣共同完成。据《庚溪诗话》，"唐宣宗微时，以武宗忌之，遁迹为僧。一日游方，遇黄檗禅师（按：据《佛祖统纪》应为香严闲禅师）同行，因观瀑布。黄檗曰：'我咏此得一联，而下韵不接。'宣宗曰：'当为续成之。'其后宣宗竟践位，志先见于此诗矣"。李忱即唐宣宗（810—859年），唐朝第十七位皇帝（847—859年在位）。李忱经历坎坷，因母亲地位卑下，从小在宫中受尽欺压，后为逃避出家做了僧人。唐武宗死后，登基为帝，在位十三年。为人从谏如流，勤于政事，又工诗善书。此诗写于登基前。禅师作的前两句，有暗指李忱当时处境用意；李忱续的后两句，则寄寓了不甘落寞、思有作为的情怀。

【原诗】

千岩万壑不辞劳，远看方知出处②高。
溪涧岂能留得住，终归大海作波涛③。

【注释】

①联句：赋诗时，每人各一句或几句，合而成篇，称联句。②出处：源头，也指瀑布的出水口。③作波涛：掀起波涛。

【译诗】

穿过千山万壑不辞辛劳，
从远看才知它出处很高。
小小溪涧怎能将它留住，
定要奔向大海掀起波涛。

【赏析】

这是一首以景寓意、托物言志的诗。诗歌通过对瀑布形象的描写，表现了作者远大的志向和不畏艰险冲决一切的气势。

开首"千岩万壑不辞劳，远看方知出处高"二句写瀑布的不凡经历和高远气象，刻画出瀑布最突出的形象特征。深山中无数涓涓细流百折千回，攀崖流石，逐渐汇集为大股的山泉溪流，在经历穿越"千岩万壑"的艰险后，它终于到达断崖前一落千丈，形成气势壮观的瀑布。此句抓住瀑布形成的曲折过程，赋予无生命之物以活生生的性格。"不辞劳"三字有强烈的拟人化色彩，充溢着赞美之情。然后笔锋一转，将视线转向远处，说只有从远处看方知其出处很高。这是写瀑布，更是写具有不凡出身和凌云壮志的人。

"溪涧岂能留得住，终归大海作波涛"二句是诗歌表达的核心。前两句是禅师出的上联，而此二句是李忱对出的"下韵"。"千岩万壑不辞劳"的瀑布一泻千里冲决一切是为了什么？它将要奔向何处？这里有了回答：小小溪涧式的安乐并不能使它满足,它心向大海,要不断开辟阔大的前程。唯其如此,它才能化为崖前瀑布,而且最终东归大海。"溪涧岂能留得住"一句的发问,增加了语势,使末句"终归大海作波涛"更有冲决的力量。"岂能"与"终归"前后呼应,表现出一往无前的信心和决心。尤其"作波涛"三字极具形象性,令人如睹恣肆浩瀚、巨浪如山的海涛景象。从"留""归"等字可以体味结尾两句已不仅仅是在写瀑布,更是在写志向远大的人。使读者联想到弃燕雀之小志、慕鸿鹄以高翔的豪情壮怀。正因为有着这样的志向,李忱后来终于掀起了波涛,完成了由僧人到帝王的转型,成就了一番事业,在历史上留下了"小太宗"的美名。

这是一首著名的咏物诗。所谓咏物诗,是作者通过歌咏某种自然物来表达自己思想感情的诗,其主要特点就是托物言志。这首诗描绘了冲决一切、气势磅礴的瀑布的艺术形象,富于哲理,富有激情。整首诗虽短,但含义颇丰。有景,有情,有意,有理。读来使人振奋,具有令人鼓舞的力量。

无题二首(其一)①

李商隐

名句:身无彩凤双飞翼,心有灵犀一点通。

【导读】

李商隐(约813—858年),晚唐诗人。字义山,号玉谿生,河内(今河南沁阳)人。早年被天平军节度使令狐楚赏识,并借其子令狐绹力得中进士。后入泾原节度使王茂元幕府,成了王茂元的女婿。没想到令狐楚和王茂元是政敌,尽管李商隐并不想专附于某个集团,却从此陷入朋党倾轧的漩涡中,一再受到排挤,无以自处。一生位卑禄微,心情抑郁。四十六岁死于郑州。在晚唐诗坛上,李商隐是一位极富才华的诗人。他与杜牧齐名,并称为"小李杜"。尤其是他独创的无题诗,大多以爱情相思为题材,情思缠绵,辞藻华丽,隐晦曲折,诗意浓郁。被誉为"朦胧诗之祖"。有《李义山诗集》和《樊南文集》。

【原诗】

昨夜星辰昨夜风,画楼西畔桂堂东②。
身无彩凤③双飞翼,心有灵犀④一点通。
隔座送钩⑤春酒暖,分曹射覆蜡灯红⑥。
嗟余听鼓应官去⑦,走马兰台类转蓬⑧。

【注释】

①这是诗人以"无题"为题目写的组诗中的一首有名的寄情诗。②画楼:有彩饰的楼。桂堂:用香木筑成的堂。③彩凤:形容美丽的凤凰。④灵犀:古代视犀牛角为灵异之物。犀牛角中心有一条白纹如线,直通两头。这里借喻两心相印。⑤送钩:即"藏钩",古代的一种游戏,藏钩于手中让人猜,猜不中者罚酒。⑥分曹:分队。射覆:也是一种游戏,覆物于器皿之下令人猜。射:猜。⑦听鼓:指听到报时的更鼓声。应官去:去应官差。⑧兰台:指秘书省。李商隐曾为秘书省正字。类:像。转蓬:飞转的蓬草,比喻漂泊不定,身不由己。

【译诗】

昨夜里星斗满天,阵阵和风,
我见到你在画楼的桂堂之东。
虽无凤凰双翅能飞到你身旁,
但我俩的心如灵犀息息相通。
隔座看人玩着游戏喝着暖酒,
蜡灯把射覆的人们映得通红。
可叹我只能听更鼓声应官事,
骑马兰台命运如蓬草飘风中。

【赏析】

这是一首寄情诗。诗人追忆参与一次夜宴的经过,表达了与意中人席间相遇却不能相叙的惆怅。犹以"身无彩凤双飞翼,心有灵犀一点通"两句传诵最广。

首联由今宵之景触发对昨夜席间欢聚时光的美好回忆。诗人并未直接叙写昨夜的情事,而是借助于星辰好风、画楼桂堂等外部景物的映衬,烘托出昨夜柔美旖旎的环境气氛,将读者带入温馨浪漫的回忆中。颔联抒写今夕对意中人的思念。"身无""心有",一退一进,相互映照,是间隔中的契合与沟通,惆怅中的喜悦与慰藉,表现了诗人对这段美好情缘的珍视和自信。这两句比喻新奇贴切,刻画深切细致。颈联具体追忆昨夜与意中人共与盛会的场景,"春酒暖"和"蜡灯红",不但传神地描摹出宴会间热烈融洽的欢乐气氛,也表现了诗人此时的落寞和抑郁。尾联回忆今晨离席应差时的情景和感慨。诗人自叹像随风飘转的蓬草,身不由己,而与意中人则后会难有期了。

这首诗写的实际是作者在参与某同年庆贺升迁的盛会之后引起的对自己政治上失意的感慨。但这种情感不是直接表达出来而是寄托在爱情的描写中,亦即通过写欲与意中人相会而不能如愿的惆怅情怀来表达的。作者在这二者之间找到了一个共同点,采用双关的手法。如隔座看别人游戏欢笑,既反衬了爱情上的失意,也反衬了仕途的不顺;最后只能像随风飘荡的蓬草似的到兰台应官事,既写出了不能与意中人遇合的惆怅心情,又隐喻着诗人的沉沦下落,所追求的政治理想不能实现的愁闷。它曲折地反映了晚唐社会的黑暗和处在重压下遭遇不顺的文人的苦闷心声,具有很强的社会意义和艺术感染力。

无题四首(其一)

李商隐

名句:来是空言去绝踪,月斜楼上五更钟。

【导读】

这是李商隐又一首著名的恋情诗。诗中女主人思念远别的情郎,有好景不常在之恨。此诗诗意浓郁,有多种理解。

【原诗】

来是空言去绝踪,月斜楼上五更钟①。
梦为远别啼难唤,书被催成墨未浓②。
蜡照半笼金翡翠③,麝熏微度绣芙蓉④。
刘郎已恨蓬山远,更隔蓬山一万重⑤。

【注释】

①"来是"二句:这两句为倒装句,意思是盼望情人通宵难眠,直到明月西沉,更

高五点，才发现情人说过要回来的话竟然全是空话，一去就无影无踪了。②"梦为"二句：意谓由于远别而积思成梦，梦中又为离别啼哭，难以呼唤。醒后在强烈相思之情催逼下，墨未研浓便忙着执笔修书。③蜡照：烛光。半笼：半映。指烛光隐约，不能全照。金翡翠：指上面绘有金色翡翠鸟的屏风。此句写烛光朦胧地照着金色屏风。④麝熏：麝香的香气。度：透过。绣芙蓉：指绣有芙蓉花图案的帷帐。此句谓香气微微透过帷帐。⑤"刘郎"二句：刘郎指汉武帝刘彻，史载他曾派人寻找海中蓬莱山上的仙人，未找到（也有一解认为刘郎是指刘晨。相传东汉时刘晨、阮肇一同入山采药，遇二女子，邀至家，留半年乃还乡。后也以此典喻"艳遇"）。蓬山：蓬莱山，指仙境。

【译诗】

别时你说还要回来走后却无影无踪，
醒时月已西斜小楼回荡着五更晨钟。
梦中同你远别我的悲啼声你可听见，
我急着给你写信墨汁都来不及研浓。
半盏烛光把翡翠屏风照得半明半暗，
麝香的香气微微透过帷帐上的芙蓉。
刘郎已怅恨蓬山仙境远得难以寻找，
想想我俩相隔之远何止蓬山一万重。

【赏析】

这首诗写一个钟情的女子梦醒时思念远别情人的情景，表现了与情人天涯相隔、见面无期的思念之情和痛苦心声。

诗的首联写女主人公梦醒时分的怨思。情人有约不来，杳无音讯，自己孤苦相思。上句说负约，下句写梦见醒来已经天明。以冷月、凄钟衬托相隔之远、寂寞凄苦、相会无期的伤感。颔联倒叙梦中情景，上句写远别思念成梦，下句写醒后寄书。以梦中哭声和淡墨的书信表达与情人远别的痛苦及相思之深。颈联写主人公寂寞幽居的情状，写往昔爱情生活成了幻梦。以"蜡照半笼"和"麝熏微度"的景物描写创造特殊环境，写出物是人非、往日的爱情生活已成梦幻的凄凉。尾联直抒胸臆，写其人已远难以相聚，表达"君归难有期"的怅恨。

全诗围绕"梦"写远别之情，意境朦胧，构思巧妙，以虚衬实，虚实相生，综合运用景物描写、环境描写、叙事描写、心理描写、细节描写等多种描写手段，深刻表现了主人公的空幻感、失落感和凄清孤寂的情绪，曲折表达了对失去的美好岁月的怅恨和美好岁月永不再来的难言伤痛。

无 题
李商隐

名句：春蚕到死丝方尽，蜡炬成灰泪始干。

【导读】

这是李商隐《无题》诗中最有名的一首，尤其因"春蚕到死丝方尽，蜡炬成灰泪始干"两句而名传千古。

【原诗】

相见时难别亦难，东风无力百花残①。
春蚕到死丝②方尽，蜡炬成灰泪始干③。
晓镜但愁云鬓改④，夜吟应觉月光寒⑤。
蓬山⑥此去无多路，青鸟⑦殷勤为探看。

【注释】

①东风：春风。残：（百花）凋谢的样子。②丝：语意双关，既指蚕丝，又同"情思"之"思"谐音。③蜡炬：蜡烛。泪：语意双关，既指烛泪，又指相思的眼泪。④晓镜：晨起面对梳妆镜。但：只。云鬓：古代形容女子蓬松的秀发，这里指女子的容颜。⑤吟：吟诗。月光寒：指夜色渐深，月光更冷。⑥蓬山：即蓬莱山，传说中的海上三座仙山之一。这里虚指情人所居之处。⑦青鸟：传说中西王母身边的使者。

【译诗】

相见多不容易相别就更难，
看东风已柔弱百花已衰残。
春蚕到死时余丝才会吐尽，
蜡烛化成灰烛泪才会流干。
早上照镜只愁容颜渐渐老，
夜里吟诗倍觉月光格外寒。

蓬山离这里并不算太遥远,
烦青鸟替我把心上人看望。

【赏析】

这是李商隐最有名的一首《无题》诗。诗人以极具表现力的语言描写了爱情的珍贵难得和坚贞不渝。字里行间熔铸着主人公刻骨铭心的相思之苦和深沉执着的追求之情,同时表现了对扼制这种追求的不满和对摧残爱情势力的抗争。

首联写暮春伤别,以两个"难"字极写恋人别离后的惆怅伤感,以暮春衰残的景象来映衬别情,表现相见无期的凄怆。颔联从自身落笔,以"春蚕""蜡炬"为喻,表达至死不渝的绵绵深情。颈联转换笔锋,悬想到别后对方的相思之苦,进一步表现对恋人的一片痴情。尾联借用神话故事表示对恋人的体贴关怀,既劝慰对方,也聊以自慰。写得情调伤感,凄切动人。

诗的第二联"春蚕到死丝方尽,蜡炬成灰泪始干"是流传千古的名句,作为爱情的盟誓,历来为人们激赏。它采用比兴、联喻、双关等手法,以春蚕吐丝和蜡烛滴泪这两种常见的自然现象和生活现象,象征相思情感的绵绵不止和对爱情的忠贞不渝,写得生动贴切,形神兼备,意蕴隽永,给人以心灵的震撼。

夜雨寄北

李商隐

名句: 何当共剪西窗烛,却话巴山夜雨时。

【导读】

这首诗是诗人从巴山寄给在长安的妻子王氏的。诗中抒写了作者客居异乡时的孤寂心情和对妻子的深切思念。

【原诗】

君①问归期未有期,巴山夜雨涨秋池②。
何当共剪西窗烛③,却话④巴山夜雨时。

【注释】

①君：指诗人的妻子王氏。②巴山：亦称大巴山，又叫巴岭，这里泛指巴蜀之地。涨秋池：指大雨使秋池水涨。③何当：何时才能。剪烛：古代点烛为灯，蜡烛点久了，烛心会结穗形烛花，须剪去它，烛灯才会明亮。④却话：再来谈。

【译诗】

你问我的归期现在我还说不上，
今晚巴山的秋雨已涨满了池塘。
等返家与你在西窗共剪烛花时，
再诉说巴山夜雨时的孤独惆怅。

【赏析】

这是一封以诗歌形式写成的独特书信。诗中穿越时空，将今天与来日、巴山与长安交织在一起，抒发了悲欢离合之感和相思深恋之情。

诗的首句"君问归期未有期"起笔突兀，迅速抓住了读者，造成了悬念。因为诗是写给远在北方的妻子的。当时诗人被秋雨阻隔滞留在巴山。妻子从家中寄来书信询问归期。但秋雨连绵，已将交通中断，归期无法确定。所以回答"君问归期未有期"。这一句有问有答，跌宕有致，很有人情味，自然流露了诗人滞留异乡、思念亲人而归期未卜的羁旅之愁。接着以眼前这"巴山夜雨涨秋池"来说明原因，用一个"涨"字将"巴山""夜""雨""秋""池"等五种物象连在一起，构成了一幅明晰的图画，生动地描写诗人此时愁情如雨的心境。末两句驰骋想象，另辟新境，表达与妻子重逢的美好愿望。"共剪西窗烛"的细节描写生动传神，既表现了思念，又突出了期盼；既反映了离愁，又讴歌了真情。

《夜雨寄北》是李商隐脍炙人口的抒情短章。全诗构思新颖，不落俗套。第一句写妻子，第二句写自己，第三句写愿望，末句写对二人团聚的向往。诗人用朴实无华的文字，写出对妻子的一片温情，语短情长，亲切有味。

登乐游原①

李商隐

名句：夕阳无限好，只是近黄昏。

【导读】

乐游原是唐代长安的风景游览地，也叫乐游苑。每到春秋佳日，就有达贵仕女登临游览。这首诗描写了诗人在一个傍晚登上乐游原时发出的感叹。

【原诗】

向晚意不适②，驱车登古原③。
夕阳无限好，只是近黄昏。

【注释】

①乐游原：在长安城南，地势高，登原可以瞭望长安。②向晚：傍晚。意不适：心情不适，烦闷。③驱车：驾着马车。古原：指乐游原。

【译诗】

傍晚时心情觉得有些烦闷，
坐车来到乐游原景色真美。
极目远望夕阳是多么美好，
可惜的只是它已靠近黄昏。

【赏析】

这首诗通过诗人在夕阳西下时游览古原的感慨，写出了对自身、对时局、对国家衰微的思虑和感伤。诗歌使用的是直抒胸臆的写法，开头交代登古原的原因是"意不适"，本想来到这里散散心，排遣胸中的烦闷。这时突然发现夕阳落山时的美丽景色，不由得为之陶醉和感叹"夕阳无限好"。紧接着发出深深的叹息："只是近黄昏"，美景不常，好景难再，不能不令人感到遗憾。

"夕阳无限好，只是近黄昏"是传诵最广的名句，含有浓郁的诗意和哲理。它一方面感叹时光飞逝、青春逝去，感叹晚唐政治日益衰微，国家由盛转弱的局面；另一方面极力赞美夕阳之美，表达了对大自然的喜爱和对生活的热爱之情。"只是"两个虚字用得极好，它告诉人们，"近黄昏"只是人生中的必然，毫不可怕，关键要去大自然中发现美、体味美、欣赏美、依恋美，这种珍惜时光、热爱生活、懂得人生的情怀引起了人们心中情感的共鸣，这也正是千百年来人们经常传诵、玩味这两句诗的原因。

锦　瑟
李商隐

名句：庄生晓梦迷蝴蝶，望帝春心托杜鹃。

【导读】

《锦瑟》是李商隐诗中最具"诗味"的一首诗，历来极负盛名。全诗词采华美，意蕴深厚，诗意朦胧。有的说是爱情诗，有的说是悼亡诗，有的说是咏物诗，有的说是诗人晚年自述身世遭遇的诗，众说纷纭。

【原诗】

锦瑟无端五十弦①，一弦一柱思华年②。
庄生晓梦迷蝴蝶③，望帝春心托杜鹃④。
沧海月明珠有泪⑤，蓝田日暖玉生烟⑥。
此情可待成追忆，只是当时已惘然⑦。

【注释】

①锦瑟：装饰华美的瑟。无端：没有理由。②一弦一柱：犹言每弦每柱。华年：指逝去的美好岁月。③"庄生"句：《庄子·齐物论》说，"昔者庄周梦为蝴蝶……不知周之梦为蝴蝶与？蝴蝶之梦为周与？"庄生，即庄周。④"望帝"句：传说周朝末年，蜀国君主望帝，国亡悲痛，死后魂化为杜鹃鸟。这里用此典故来表达殷切的思念。⑤"沧海"句：传说南海有鲛人，像鱼一样生活在海中，哭泣时眼泪能变成珍珠。⑥"蓝田"句：陕西蓝田是著名的产玉地。传说有美玉的地方笼罩着若有若无的烟雾，远看则有，近看则无，可望而不可即。⑦惘然：迷惑怅惘，若有所失。

【译诗】

这花纹如锦的瑟为何偏有五十根弦？
琴上的一弦一柱使我忆起青春少年。

我一生像做了场蝴蝶梦理想成虚幻，
心中忧愁无法言明像那悲啼的杜鹃。
我如明珠被弃沧海珠上还闪着眼泪，
我像美玉被埋土中光泽还腾起云烟。
这痛楚心情岂是等追忆往事时才有，
事情发生之时就惆怅不已难以忘怀。

【赏析】

诗的首联以幽怨悲凉的锦瑟起兴，点明"思华年"的主旨。意思是说：绘有花纹的美丽如锦的瑟有五十根弦，我也快到五十岁了，一弦一柱都唤起了我对似水流年的追忆，暗示自己才华出众而年华流逝。中间两联追忆往昔，化实为虚，一连用了四组典故，构成一幅幅色彩凄艳而又迷离恍惚的具有高度象征意义的画面，既抒悼亡之情，又发失意之叹。诗的颔联与颈联是全诗的核心。颔联中庄周梦蝶的典故是李商隐有感于晚唐国势衰微、政局动乱、命运如浮萍的现实，还包含着他对爱情与生命消逝的伤感。望帝的传说中，诗人笔下美丽而凄凉的杜鹃已升华为诗人悲苦心灵的象征。颈联紧接颔联，"珠""玉"乃诗人自喻，不仅喻才能，更喻德行和理想。诗人借这两个形象，体现自己具有卓越的才德却不被世用的悲哀。诗的尾联，采用反问递进句式加强语气，结束全诗。"此情"总揽所抒之情，"成追忆"则与"思华年"呼应，说明"此情"令人惆怅和伤感。

总的说来，诗歌围绕对作者自己一生遭遇的回顾，从多个不同的角度抒写了人生道路中的坎坷和由此产生的感伤，痛惜年华流逝而抱负成空，反映出诗人在当时社会的重重压抑下不得舒展的痛苦和横遭埋没的悲剧命运。

这首诗内容朦胧而深广，情意含蓄而深长，婉曲回旋，斑斓华妙，辞藻华丽，形象明丽，给人以极大的想象空间。加之将典故、比兴、象征手法兼用并举，且属对工整，造词新颖，声韵流畅，因此达到了极佳的艺术效果。

江楼感旧

赵嘏

名句：同来望月人何处？风景依稀似去年。

【导读】

赵嘏（gǔ）（806—约852年），唐代诗人。字承祐，山阳（今江苏淮安）人。唐武宗会昌二年（842年）进士，一生仕途不顺，仅做过渭南尉这样的小官。擅长七言，诗风清丽自然。有《渭南集》。

这是一首记游诗。作者在江边一处楼台旧地重游，怀念友人，写下这首感情真挚的怀人之作。

【原诗】

独上江楼思渺然①，月光如水水如天。
同来望月人何处？风景依稀②似去年。

【注释】

①渺然：渺茫的样子。②依稀：仿佛，好像。

【译诗】

独自登上江楼我不由得思绪联翩，
眼前月光皎皎如水江水澄莹如天。
那曾与我一起赏月的人如今在哪？
这江这楼这月这水分明如同去年。

【赏析】

故地重游，睹物思人而物是人非的时候，最容易引发人的情感。这首小诗以情味隽永、淡雅洗练的风格脍炙人口，流传很广。

诗的开头先交代重游故地时的情况和所见到的景致。在一个清凉寂静的夜晚，诗人独自登上曾在去年来过的江边小楼。"独上"，透露出诗人寂寞的心境；"思渺然"三字，又使人仿佛见到他那凝神沉思的情态。这就引起读者的联想：诗人在夜阑人静的此刻究竟"思"什么呢？对这个问题，诗人并不急于回答。第二句故意将笔荡开去从容写景，进一步点染"思渺然"的环境气氛。登上江楼，放眼望去，但见清澈如水的月光，倾泻在波光荡漾的江面上。"月光如水"，波柔色浅，宛若有声，静中见动，动中衬静。诗人由月而望到水，只见月影倒映，恍惚觉得四周的一切在脚下浮涌，意境显得格外幽美恬静。整个世界连同诗人的心，好像都融化在无边迷茫恬静的月色水光之中。这一句诗人巧妙运用了叠字回环的技巧，一笔包蕴了天地间景物，将江楼夜景囊括于胸。然而后一句，诗人发出一声低沉的感喟：去年同来赏月的朋友却不知如今身在何方？这才道出了"思渺然"的答案。原来风景虽然与去年相同，但人已不同，怅惘之情油然而生。这才是诗人"思渺然"的原因。诗人省去了去年与朋友同游的欢快场面，让读者自己去联想、去体味。

这首诗叙事、写景、抒情相结合，因情设景，借景生情。用洗练的笔墨表达诗人孤独、惆怅的情绪，手法含蓄。"同来望月人何处？风景依稀似去年"二句，使人产生强烈的物是人非之感，引发读者的共鸣，令人回味无穷，与崔护的"人面不知何处去，桃花依旧笑春风"有异曲同工之妙。

蜂

罗隐

名句：采得百花成蜜后，为谁辛苦为谁甜？

【导读】

罗隐（833—909年），唐末文学家。字昭谏，原名横，因屡试不第，愤而改为隐。自号江东生，新城（今浙江富阳）人。罗隐诗文多愤世之作，今存《甲乙集》。

这首诗赞美了蜜蜂辛勤劳动的品格，也暗喻了对不劳而获者的痛恨和不满。

【原诗】

不论平地与山尖①，无限风光尽被占。
采得百花成蜜后，为谁辛苦为谁甜？

【注释】

①山尖：山巅。

【译诗】

无论是在平地还是在山巅，
鲜花盛开之处蜜蜂全飞遍。
它们采尽百花酿成蜂蜜后，
竟不知是为谁辛苦为谁甜？

【赏析】

这是一首别具特色的咏物诗。蜜蜂成了诗歌的主角。蜜蜂一生为酿蜜而辛劳，积累甚多而享受甚少。作者着眼于这一点，用诗的形式写出这样一则寄寓深远的"动物故事"，仅其命意就令人耳目一新。

这首小诗在艺术表现上很有特点：其一是正言欲反、欲夺故予。此诗寄意集中在末二句的感喟上，感慨蜜蜂一生经营，除"辛苦"而外别无所有。前两句却用几乎是矜夸的口吻，说无论是平原田野还是崇山峻岭，凡是鲜花盛开的地方，都是蜜蜂的领地。这里作者运用极度的副词、形容词——"不论""无限""尽"等，极称蜜蜂占尽风光，似与题旨矛盾。其实是使用了正言欲反、欲夺故予的手法。末二句对前二句语意反转，说蜂采花成蜜，却不知究属谁有，将"尽被占"三字一扫而空，表达效果就更强。其二是叙述反诘，唱叹有情。此诗采用了夹叙夹议的手法，前三句主叙，第四句主议。但议论并未正面发出，而是运用反诘语气来表达"辛苦归自己、甜蜜属别人"的寓意。

诗歌以物寄情，立意新奇，形象生动。"采得百花成蜜后，为谁辛苦为谁甜"两句诗，非常形象地借蜂这种勤劳的小动物说明事理，也使蜂作为一种"劳动光荣"美德的象征随此诗的流传而广受赞扬。

自 遣[①]

罗隐

名句：今朝有酒今朝醉，明日愁来明日愁。

【导读】

罗隐仕途坎坷，十举进士而不第，于是作了这首《自遣》诗来自遣。诗歌表现了他在政治上失意后的颓唐情绪，其中明显隐含愤世嫉俗之意。

【原诗】

得即高歌失即休，多愁多恨亦悠悠②。
今朝有酒今朝醉，明日愁来明日愁。

【注释】

①自遣：自我排解、自我安慰的意思。②悠悠：悠闲自得、无所谓的意思。

【译诗】

得了就高歌一曲失了就罢休，
纵有太多的愁恨也过了就丢。
今天只要有了酒就喝个大醉，
明天的愁事就到明天再去愁。

【赏析】

这首诗历来因"今朝有酒今朝醉"一句成为人们传诵的名篇，其在诗歌内容和艺术表现上颇有独到之处。

首先是形象性的追求。诗人用"得即高歌失即休"那种半是自白、半是劝世的口吻和仰面"高歌"的情态，给人异常生动具体的形象化感受。不说"多愁多恨"太难受，而说"亦悠悠"，就收到具体生动的效果。同样，不说得过且过而说"今朝有酒今朝醉，明日愁来明日愁"，更将"得即高歌失即休"一语具体化，一个放歌纵酒的旷士形象呼之欲出。其次是在重叠中求变化，从而形成咏叹调风格。一是情感上的重叠变化，二是音响即字词上的重叠变化。可以说，每一句都有重叠与变化，而每一句具体表现又各不相同。再其次是明白晓畅、极易记诵的语言和活泼的句式。"今朝有酒今朝醉""明日愁来明日愁"这样的语言和句式，反复中有推进，对偶中有映衬，读者很好理解，又很容易记忆和传诵。

更重要的是，这首诗内容所表达的是一种能引起共鸣的人生体验，是一种能使人感受到的内在凄凉和愤嫉之情，它具有个性、共性和典型性。所以千百年来人们每遭遇挫折、饮酒"自遣"时，最容易记起"今朝有酒今朝醉"这句诗。

题菊花
黄巢

名句：他年我若为青帝，报与桃花一处开。

【导读】

黄巢（820—884年），唐末农民起义领袖。曹州冤句（今山东菏泽）人，举进士不第，乾符二年（875年）率众参加并领导农民起义，称"冲天大将军"。广明元年（880年）在长安建大齐国，登皇帝位，年号金统，四年后战败，不屈自杀。留诗三首。

黄巢的这首咏菊诗，一反文人笔下菊花孤高绝俗、落落寡合的传统，赋予菊花以顶风傲寒、战天斗地的精神，读来动人心魄。

【原诗】

飒飒①西风满院栽，蕊②寒香冷蝶难来。
他年我若为青帝③，报与桃花一处开。

【注释】

①飒飒（sà）：风声。②蕊：花心。③青帝：神话中掌管春天的神。

【译诗】

满院菊花在飒飒霜风中绽放异彩，
可花蕊寒香气冷很少有蝴蝶飞来。
有朝一日我当上掌管春天的青帝，
一定叫它与春天的桃花一起盛开。

【赏析】

这是黄巢在起义前写的一首托物言志的咏物诗。它以菊花为题材，表达了作者对正和霜风寒冷战斗的菊花的处境深感不平，表现了他立志打乱旧秩序、建立新秩序的斗争精神和崇高理想。

诗的第一句写满院菊花在飒飒秋风中开放。"西风"点明节令，"满院"极言其多。说"栽"而不说"开"，给人一种挺立劲拔之感。这里的"满院栽"与文人诗中菊花"孤高绝俗"的形象不同，在作者的心目中，这菊花是劳苦大众的象征，与"孤"字无缘。第二句"蕊寒香冷蝶难来"，写菊花因为开放在寒冷的季节，蝴蝶也就难来寻芳了。诗人不免为菊花的开不逢时而惋惜、不平。第三、四两句正是上述感情的自然发展，揭示环境的寒冷和菊花命运的不公。作者想象有朝一日自己做了"青帝"（司春之神），就要让菊花和桃花一起在春天开放。这一充满强烈浪漫主义激情的想象，集中表达了作者的宏大抱负。

这首诗有着很深的寓意。诗中的菊花，是当时社会上千千万万底层人民的化身。作者既赞赏他们迎风霜而开放的顽强生命力，又深深为他们所处的环境、所遭遇的命运而激愤不平，立志要彻底加以改变。诗歌想象奇特，出语豪壮，感情激越，有很强的艺术感染力。

菊 花

黄巢

名句：冲天香阵透长安，满城尽带黄金甲。

【导读】

这首诗也题为《咏菊》，又题《不第后赋菊》。黄巢年轻时善武能文，赴试不第，对唐朝的黑暗统治极为不满。《菊花》这首诗，表达了他藐视封建统治者，要投身农民起义的志愿与决心，设想将来有那么一天，他要带着身披黄金盔甲的战士攻入长安，推翻唐朝的统治。

【原诗】

待到秋来九月八①，我花开后百花杀②。
冲天香阵③透长安，满城尽带黄金甲④。

【注释】

①九月八：古代九月九日为重阳节，有登高赏菊的风俗。说"九月八"是为了押韵。②杀：凋谢。③香阵：阵阵香气。④黄金甲：金黄色的铠甲，此指菊花的颜色。

【译诗】

等到秋季九九重阳这一天，
只有菊花怒放而百花尽衰。
冲天的香气弥漫了长安城，
满城尽见黄金铠甲杀进来。

【赏析】

这首诗以菊喻志，借物抒怀，通过刻画菊花的形象、歌颂菊花的威武精神，表现了作者等待时机改天换地的英雄气魄。全诗字里行间洋溢着一种痛快杀敌、喜迎胜利的激情。

首句"待到秋来九月八"中一个"待"字，极有分量，意味深长。诗人等待的是一个天翻地覆、扭转乾坤的特殊日子。次句"我花开后百花杀"的一个"杀"字，极富暗示性，容易使人生发联想。诗人将"我花"的含苞怒放与"百花"的凋零破败并置对比，感情色彩极为鲜明。第三、四两句写菊花盛开的壮丽情景。京都长安，菊花满地，金光闪闪，浓香四溢，直冲云天。这简直就是菊花的天下、菊花的王国。这里用"黄金甲"喻"冲天香阵"的菊花，甚至将其幻化为身披盔甲的战士，让人联想到毫无畏惧的战斗精神和主宰一切的胜利前景。

短短四句诗既写了菊花的外形，也写了菊花的精神，形神兼备；既写了菊花的香气冲天，又写了菊花的金甲满城，色味俱全，形象十分鲜明。语言朴素，气魄宏伟，充满了令人振奋的力量。

春　怨①

金昌绪

名句：啼时惊妾梦，不得到辽西。

【导读】

金昌绪，临安（今浙江余杭）人，生平事迹不详。《全唐诗》仅录存其诗一首，即本诗。

【原诗】

打起②黄莺儿，莫教③枝上啼。
啼时惊妾梦，不得到辽西④。

【注释】

①春怨：题一作《伊州歌》。②打起：赶走。③莫教：不让。④辽西：辽河以西。

【译诗】

　　快拿竹竿将黄莺鸟打起，
　　莫让它叽叽喳喳地鸣啼。
　　啼叫声惊醒了我的好梦，
　　使我不能随夫去到辽西。

【赏析】

　　这是一首反映妇女闺中幽怨情思的小诗，在唐诗中独具特色。

　　诗的第一、二句写一位女子拍打树枝，意在赶走树上正啼鸣的黄莺鸟。第三、四句用"啼"字紧承前两句，运用顶针手法，点明赶走黄莺的原因：黄莺的啼鸣吵醒了这位女子与在辽西的丈夫团聚的美梦。

　　这首诗最主要的特点是构思精妙，角度新颖。诗人摄取了一位少妇日常生活中一个饶有趣味的细节，反映了一个重大题材，即当时唐王朝与在东北边境的契丹等民族战争频仍，不断调兵戍边，广大人民希望早日和平、亲人团聚、过安定的生活。这样的题材，作者并没有正面去描写和表现，而是巧妙地选取了一个新颖的角度，以一个闺中少妇在梦中与戍边丈夫团聚却被黄莺惊醒，嗔而赶鸟的生活片断，含蓄而又深刻地表现了广大人民在当时所承受的精神痛苦和哀怨情绪。这种以小见大、语短意长的写法很值得称道。

贫　女①

秦韬玉

名句：苦恨年年压金线，为他人作嫁衣裳。

【导读】

　　秦韬玉（生卒年不详），唐末诗人。字中明，一作仲明，京兆（今陕西西安）人。《全唐诗》录存其诗三十六首，以《贫女》一诗流传最广。

【原诗】

　　蓬门未识绮罗香②，拟托良媒益自伤③。
　　谁爱风流④高格调？共怜时世俭梳妆⑤。

敢将十指夸针巧⑥，不把双眉斗⑦画长。
苦恨年年压金线⑧，为他人作嫁衣裳。

【注释】

①贫女：穷人家的女子。②蓬门：用蓬草编制的门，指家境贫寒。绮罗香：绫罗绸缎，指华贵的服饰。③拟：欲，想要。益：更加。④风流：此指装饰漂亮高雅。⑤时世俭梳妆：当时流行的梳妆打扮，称为"俭妆"，指唐大和年间那种"高髻、去眉、开额"，刻意求奇异的装饰。⑥针巧：指手指灵活，精于刺绣等针线活。⑦斗：比。⑧苦：极，非常。恨：遗憾。压：按，刺绣的一种技法。

【译诗】

穷人家的女孩从没穿过绫罗绸缎，
想请个好媒人却做不到心中悲伤。
有谁欣赏贫女淡雅和纯真的品格？
世人都爱追求时髦的发式和打扮。
敢用十个手指来夸耀刺绣的灵巧，
不愿与别人争美去比画眉的短长。
可叹的是年年辛苦一针一线刺绣，
都是替富家女制作出嫁时的衣裳。

【赏析】

《贫女》这首诗通篇是一个未嫁贫女的独白，倾诉了贫女抑郁惆怅的心情，流露的却是诗人怀才不遇、寄人篱下的怅恨。

首联"蓬门未识绮罗香，拟托良媒益自伤"。主人公的独白从女孩子的家常——衣着谈起，说自己生在蓬门陋户，自幼穿的是粗衣布裳，从没穿过绫罗绸缎。因为贫穷，虽早已是待嫁之身，却总不见媒人前来问津。想请人去做媒吧，可是既请不起又开不了口，不觉更加伤感。颔联"谁爱风流高格调，共怜时世俭梳妆"写贫女不同流俗的高尚情操。颈联"敢将十指夸针巧，不把双眉斗画长"写贫女一双巧手女工出众，敢在人前夸口，但决不迎合流俗把眉毛画长去同别人争妍斗丽。尾联"苦恨年年压金线，为他人作嫁衣裳"是全诗的主旨。个人的亲事茫然无望，却要每天压线刺绣，不停息地为别人做出嫁的衣裳。月复一月、年复一年地过着这种憋屈的日子。贫女的独白到此戛然而止，女主人公忧郁神伤的形象默然呈现在读者面前。

本诗通篇用比，句句以贫女自伤而喻贫士的遭遇，语意双关，耐人寻味。良媒不问蓬门之女，寄托着寒士出身贫贱、举荐无人的苦闷哀怨；夸指巧而不斗眉长，隐喻寒士内美修能、超凡脱俗的孤高情调；"谁爱风流高格调"喻指寒士独清独醒的寂寞情怀；而"为他人作嫁衣裳"则暗喻了终年为上司辛劳自己却屈居下僚的不平，成为名句和"为人作嫁"的成语流传后世。

金陵图①

韦庄

名句：无情最是台城柳，依旧烟笼十里堤。

【导读】

韦庄（836—910年），字端已，长安杜陵人，被称为唐代最后一位诗人。他留世的作品不多，《金陵图》是他的代表作，作于唐朝已近灭亡之时。作品以留恋的情绪哀叹曾经盛极一时的大唐王朝。

【原诗】

江雨霏霏江草齐，六朝如梦鸟空啼②。
无情最是台城③柳，依旧烟笼十里堤。

【注释】

①金陵：今江苏南京。本诗题又作《台城》。②六朝：指吴、东晋、宋、齐、梁、陈。空：枉然。③台城：一名苑城，在南京玄武湖边。

【译诗】

江上细雨霏霏江岸的小草茵茵如碧，
转眼六朝如梦幻只有鸟儿空自悲啼。
最无情义的就是那台城边的杨柳树，
它依旧在招烟惹雾笼罩着十里长堤。

【赏析】

《金陵图》全诗写景，以江雨、江草、江鸟啼叫和台城堤畔的烟柳，构成了一幅水墨画。暮春时节，江雨霏霏，江草长齐了，鸟儿婉转啼鸣，金陵的山水依然。那历经六个朝代所筑起的歌榭楼台、被脂粉水染成胭脂色的秦淮河依旧，但繁华的六朝已成历史。诗人以此联系时下即将灭亡的大唐，不禁潸然泪下。然而最使诗人悲愤的还是台城堤畔那仍在招摇的烟柳，依旧是那般葱茏而妩媚，多么无情而又何其可恨呀！

全诗音律纯正，朗朗上口，诗意隽永，情感充沛。尤其"无情最是台城柳，依旧烟笼十里堤"两句，写景物多情，实是无情。如落花有意，却随水流走，道出诗人的悲愤和无奈。诗人将一种悲愤之情写到极致，从而使这首诗成为历代传诵的杰作。

谒金门

冯延巳

名句：风乍起，吹皱一池春水。

【导读】

冯延巳（903—960年），南唐词人。一名延嗣，字正中，广陵（今江苏扬州）人。官至中书侍郎、左仆射同平章事（即宰相）。《谒金门》这首词写一个贵族女子独处的寂寞相思。"谒金门"为词牌名。

【原词】

风乍起，吹皱一池春水。闲引鸳鸯香径里①，手挼②红杏蕊。

斗鸭阑干③独倚，碧玉搔头斜坠④。终日望君君不至，举头闻鹊喜⑤。

【注释】

①引：逗引。香径：即采香径，溪水名。②挼（ruó）：搓揉。③斗鸭阑干：古代贵族之家，临池养鸭，使之相斗为戏。阑干：同"栏杆"。④碧玉搔头：即玉簪。斜坠：斜着下垂。⑤举头闻鹊喜：举头望鹊，闻鹊声而喜。鹊喜：古人认为喜鹊叫是喜事临门的征象。

【译诗】

一阵怡人的清风突然吹起，
满池的春水顿时泛起涟漪。

百无聊赖逗着池中的鸳鸯，
手中随意搓揉红杏的花蕊。

独自倚着栏杆看鸭子相戏，
不知发髻上玉簪快要坠地。
成天盼着夫君归家不见归，
仰见喜鹊在鸣叫格外惊喜。

【赏析】

这是一首非常有名的怀春词，写贵族少妇在春日思念丈夫的苦闷心情和百无聊赖的景况。

词的上片以写景为主，点明时令、环境及人物活动。"风乍起"两句是双关语，表面写景，实际写情。对于女主人公来说，那吹皱的不是春水，而是春心，吹得春心荡漾的不是春风，而是怀春之情。"闲引"两句是倒装句，女主人公为了排遣苦闷，就双手揉搓着红杏的花蕊，引逗着鸳鸯。虽然得到暂时的愉悦，但看见鸳鸯成对，又为自己的孤单而烦恼。下片以抒情为主，并点明所以烦闷的原因。"斗鸭"两句是说女主人公独自靠着栏杆看鸭子相戏，没注意头上的簪子已经斜坠，勾画出其百无聊赖的心绪。最后"终日望君"两句写从早到晚思妇都在想着丈夫现在何处，何时才能回来。喜鹊的鸣叫勾起了她的期望。这是整篇词的画龙点睛之笔，它揭示了思妇烦闷的原因所在。

全词借景抒情，融情于景，用清新的语言写平常事物，通过一系列动作情态来刻画人物的心理活动，含蓄而不直白，富有人情味。尤其"风乍起，吹皱一池春水"如生花妙笔，成为传诵千古的名句。

相见欢

李煜

名句：剪不断，理还乱，是离愁，别是一般滋味在心头。

【导读】

李煜（937—978年），五代十国时南唐国君和杰出词人。字重光，初名从嘉，号钟隐。南唐中主李璟第六子，宋建隆二年（961年）继位，世称"李后主"。开宝八年，国破降宋，俘至汴京，后被宋太宗毒死。李煜在中国词史上占有重要地位，被称为"词中之帝"。其词主要收集在《南唐二主词》中。"相见欢"为词牌名。

【原词】

无言独上西楼，月如钩①。寂寞梧桐深院锁清秋②。

剪不断，理③还乱，是离愁④，别是一般⑤滋味在心头。

【注释】

①钩：弯钩状。②锁清秋：意为作者被囚深院，悲秋无尽，只有与清冷的秋天相伴。③理：整理。④离愁：指去国之愁、亡国之恨。⑤一般：一种。

【译诗】

我默默无语，独自登上西楼，
举头望着月亮，月亮弯如钩。
像眼前这梧桐被紧锁在深院，
独自一人，面对着清冷的秋。

那用剪子剪不断越理越乱的，
是切肤的亡国之痛离别之愁。
想起往日已逝去的悠悠岁月，
别有种难言的痛楚涌上心头。

【赏析】

这首词名叫"相见欢"，咏的却是别离愁。李煜亡国后，被迫离开了自己的都城金陵，囚居在汴京的一座深院小楼内，过着"以泪洗面"的凄凉寂寞的日子。在一个清冷的秋夜，词人独自登上西楼，为离别、寂寞的愁苦所缠绕，写下了这首词。

首句"无言独上西楼"是叙事，定下了全词凄凉哀婉的基调。"无言"二字，意蕴极深，心事深深埋在心底，无人倾诉，不愿倾诉，也无法倾诉。由作者"无言""独上"的凝重神情和滞重步履，可见心情是多么抑郁，而如钩的残月更增添了人事的悲凉。俯视楼下,深院被凄清的秋色所笼罩。一个"锁"字把孤独寂寞的情绪渲染到了极致。这里表面上看是写梧桐、写深院,实际是写人、写自己。"寂寞"者究竟是梧桐还是作者自己,已无法分辨,也无须分辨,情与景达到了高度的融合。词的下片是直抒胸臆。"剪不断"三句,以麻丝比喻离愁,将抽象的情感具体化、形象化,极其生动,历来为人称道。末句"别是一般滋味在心头"是点睛之笔,饱含了词人极度的伤心和沉痛。这"别是一般"的"滋味",多少年来也让读者咀嚼品尝、意味无穷。

相见欢

李煜

名句:自是人生长恨水长东。

【导读】

这是一首即景抒情的词作,表现的是词人离乡去国的深愁惨痛。一般认为写于李煜归宋以后,是"识尽愁滋味"后的血泪之作。

【原词】

林花谢了春红①,太匆匆。无奈朝来寒雨晚来风。

胭脂泪②,相留醉,几时重③?自是人生长恨水长东。

【注释】

①林花:泛指草本的春花。谢:凋谢。②胭脂泪:指女子的眼泪。女子脸上搽有胭脂,泪水流时沾上胭脂的红色,故云。③几时重:何时再相逢。

【译诗】

转眼间林花凋谢遍地残红,
春光失去得未免过于匆匆。
无可奈何面对着迟暮春景,
经受早晨的冷雨夜晚的风。

胭脂泪给人留下了多少醉，
与心上人何时才能重相逢？
叹人生空留多少悠悠长恨，
恰如江水滚滚滔滔流向东。

【赏析】

　　这首《相见欢》，咏的同样是别离愁。词人将自己一生失意的无限怅恨寄寓在对暮春残景的描绘中，是即景抒情的典范之作。

　　起句"林花谢了春红"，即托出作者的伤春惜花之情；而续以"太匆匆"，则强化了这种伤春惜花之情。残红狼藉，春去匆匆，而作者生命的春天也早已匆匆而去，只留下伤残的春心和破碎的春梦。因此，"太匆匆"的感慨，固然是为林花凋谢之快而发，但其中也糅进了人生苦短、来日无多的喟叹。接着"无奈朝来寒雨晚来风"一句点出林花匆匆谢去的原因是风雨侵袭。此句同样既是叹花，也是自叹，充满了不甘听凭外力摧残而又自恨无力改变环境的感慨。下片"胭脂泪"三句，转以拟人化的笔墨，表现作者与林花之间的依依惜别之情。"胭脂泪"，照应了上片"林花谢了春红"一句。"相留醉"一句，写出花固怜人，人亦惜花；泪眼相向之际，是人恋花抑或人恋人，是人留花抑或人留人，已难以分清。一个"醉"字，写出彼此如醉如痴、眷恋难舍的情态。"几时重"则表达了人与人、人与花共同的期盼和自知期盼无法实现的怅惘与迷茫。

　　结句"自是人生长恨水长东"是流传很广的名句。它将无形的愁绪比喻为有形的江水，将人生失意的悠悠长恨比作江水永远东流不息，给人以无尽的联想和思考，引起人们的广泛共鸣。

望江南二首

李煜

【导读】

　　《望江南》是李煜降宋被囚后写的几首小词，表达的都是词人囚居汴京时的哀痛心情，艺术上很有特点。这里选其中的两首。"望江南"为词牌名，又名"忆江南"等。

其 一

名句：车如流水马如龙。

【原词】

多少恨，昨夜梦魂中。
还似旧时游上苑①，车如流水马如龙②，
花月正春风。

【注释】

①上苑：古代帝王游览的场所。②车如流水马如龙：形容车马很多，络绎不绝。

【译诗】

多少怨恨还残留在昨夜的梦中，
当年游上苑的情景好像又相逢。
车子就像流水，走马就像游龙，
我俩正在花前月下沐浴着春风。

其 二

名句：心事莫将和泪说，凤笙休向泪时吹。

【原词】

多少泪，断脸复横颐①。
心事莫将和泪说，凤笙②休向泪时吹，
肠断更无疑。

【注释】

①断脸复横颐：眼泪在脸上纵横流淌。颐：面颊；②凤笙：精美的笙。相传秦穆公时，萧史善吹箫，秦穆公把女儿弄玉嫁给他，弄玉跟萧史学吹箫，声音优美，引动了凤，他们便驾凤飞去。

【译诗】

多少伤心的泪水流满了面容。
切莫在流泪时诉说心事重重，
更别在流泪的时候吹奏笙歌。
那样会肝肠寸断，难止伤痛。

【赏析】

　　这两首小词通过对梦境中游上苑情景和现实生活的描写，表现了作者囚居汴京时的哀痛心情，抒写旧时娱乐生活的欢乐和梦醒之后的悲恨。

　　其一首句"多少恨，昨夜梦魂中"总领全词，点明主旨，意思是一切的悲愤都来自昨夜梦中之事。前句表示结果，后句表示原因。而昨夜梦中之事，又来自日有所思，寥寥八字将日夜思念、悲愤交加、郁愁难解的心情概括地描述出来。接着"还似旧时游上苑，车如流水马如龙，花月正春风"句回到了梦中，在梦境中又重现了昔日春季去游上苑时的欢乐情景。短短三句不仅具体而形象地将梦中之事描写了出来，还抒写出留恋旧时之情。这种以乐写悲的对比手法，不仅表现了作者重温旧时帝王之梦的悲恨，同时给读者以强烈的艺术感染。这种悲愤的情感被作者概括为一个"恨"字，表现了作者抱恨终生的强烈情感。

　　其二起句"多少泪，断脸复横颐"与前首起句看似形式相同，但内容不同。前首恨由梦生，是从侧面虚写，而这首完全从正面刻画，是实写。词人极度伤心无处排遣，唯有日日以泪洗面。接着写心中的痛楚无法向谁诉说，只有伤心断肠。词人由泪入手，极尽描摹，断脸横颐的情景俨然在目。随后则为劝慰语，心事不必再说，凤笙不必再吹，尤其在伤心落泪的时候。可谓含泪吞声、有隐难言。

　　这两首小词"深哀浅貌，短语长情"，具有很高的艺术技巧。其特点是从大处落墨，选取游上苑这种能代表帝王豪华游乐活动的典型场景，以梦中的乐景抒写现实生活的哀情，写"以泪洗面"的痛楚，语语真切，皆为肺腑之言，有很强的感染力。其中，"车如流水马如龙"写得生动形象，很受后人推崇，已成为"车水马龙"这一成语流传。"车水马龙"经常被用来形容热闹繁华的街市。

浪淘沙令

李煜

名句：流水落花春去也，天上人间。

【导读】

这是李煜降宋后囚居汴京时的作品，写的是一次春雨夜梦以及梦醒后的感受，表达国亡被俘的哀痛心情。"浪淘沙"为词牌名。

【原词】

帘外雨潺潺①，春意阑珊②，罗衾③不耐五更寒。梦里不知身是客，一晌④贪欢。

独自莫凭栏，无限江山，别时容易见时难。流水落花春去也，天上人间⑤。

【注释】

①潺（chán）潺：水声。②阑珊：衰败的样子。③罗衾：丝质的被子。④一晌（shǎng）：片刻，时间很短。⑤"流水"句：意思是美好的日子已一去不复返，那时如同在天上，而今如掉到了地上。

【译诗】

帘外一夜的雨声潺潺不断，
那美好的春光啊已经衰残。
丝被抵不住五更时的寒冷，
梦中我竟忘记已成了囚犯，
还偷享着片刻欢乐的时光。

千万不要一个人凭栏远望，
河山会引起我无限的伤感，
离开容易要再见它就很难。
流水落花带走了浓浓春意，
想我故国已如远逝的天堂。

【赏析】

这首词表达了作者对故国、家园和往日美好生活的无限追思，反映出作者由一国之君沦为阶下囚的凄凉心境。

　　词的上片写梦醒后一瞬间的情景与感觉，借伤春以惜别。开头采用了倒叙的写法，写主人公梦里暂时忘却了俘虏的身份，贪恋着片刻的欢愉。但帘外潺潺春雨、阵阵春寒惊醒了美梦，又重回真实人生的凄凉境况当中。梦里梦外的巨大反差正是今昔两种生活的对比，梦中越欢，梦醒后越苦。不着"悲""愁"等字眼，但悲苦之情毕现。下片写凭栏远眺，进一步直接抒发家国之恨。首句却提醒自己，独自一人千万不要凭栏远眺，因为凭栏而望故国江山，就会引起无限的伤感，让人承受不了。这真是特定人物特定的情感体验。接下去"别时容易见时难"一句再把这种独特的人生体验抒发得淋漓尽致，引起读者的共鸣。"流水落花春去也"中的一个"去"字，包含了多少留恋、惋惜和哀痛。"天上人间"暗指了今昔两种截然不同的人生际遇。

　　这首词成功地借用了对伤春惜别之情的描写，用梦境反衬现实，形成鲜明而强烈的对比，虽然字面上不出现悲愁惨恨，却将悲愁惨恨的情感表现得格外深沉，真可谓"语语沉痛，字字泪珠，以歌当哭，千古哀音"。

破阵子

李煜

名句：最是仓皇辞庙日，教坊犹奏别离歌，垂泪对宫娥。

【导读】

这是李煜被宋俘虏后回首往事的痛心疾首之作。《破阵子》为词牌名。

【原词】

　　四十年来家国，三千里地山河。凤阁龙楼连霄汉，玉树琼枝作烟萝①，几曾识干戈？

　　一旦归为臣虏，沈腰潘鬓消磨②。最是仓皇辞庙日③，教坊④犹奏别离歌，垂泪对宫娥⑤。

【注释】

　　①玉树琼枝：比喻珍贵的花木。烟萝：形容多而密。②沈腰：《梁书·沈约传》：

"约陈情于徐勉，'老病有日数句，革带常应移孔'。"说沈约老病，腰瘦了，要收紧腰带。潘：指潘岳，字安仁，晋代人，是美男子。鬓：头发。这句词的意思是人变瘦了、变丑了。③仓皇：形容心情十分悲哀，不知如何是好。庙：太庙，皇室放置祖宗神位的庙宇。④教坊：这里指宫廷乐队。⑤宫娥：宫女。

【译诗】

四十年来的悠悠故国，
三千里地的壮丽山河。
豪华的宫殿耸入霄汉，
葱茏的树木又密又多，
战争风云我哪里见过？

一旦变成了阶下之囚，
瘦弱的身子怎堪折磨。
最伤感是辞别祖庙时，
乐队还奏着别离的歌，
只能流着泪面对宫娥。

【赏析】

这首词从头至尾都是一个亡国之君的真情流露。

词的上片从今忆昔，写出极度的悲哀和悔恨。前四句极力铺陈故国河山、宫殿楼阁的壮丽辉煌，后一句"几曾识干戈"写出极度追悔的心情和他实在无法接受眼前这种从皇帝一下跌到阶下囚的残酷现实。下片转而写归为臣虏之后的处境。他不便直说生活的窘迫、处境的恶劣，只以外貌的变化来含蓄表现，与上片的铺陈形成鲜明对比。最后"最是仓皇辞庙日，教坊犹奏别离歌，垂泪对宫娥"三句，又由眼前折回过去，写临别南唐时的情景还历历在目。"垂泪对宫娥"是李煜当时真情实事的写照，写得形象逼真，表达了难以言说的隐痛和悲哀。

这首词叙事抒情结合，以今昔对比的写法，再现词人当年以皇帝身份尴尬出降的刻骨铭心一幕，真实地刻画了一个荒淫无能的亡国之君形象，真切表达了词人无颜面对三千里山河的极度悲哀和悔恨心情，文情相得益彰，给读者留下深刻的印象。

虞美人

李煜

名句：问君能有几多愁？恰似一江春水向东流。

【导读】

　　这是李煜的绝命词，大约作于李煜归宋后的第三年。词中流露了不加掩饰的故国之思，抒发其从皇帝变成阶下囚的感慨和怅恨，据说这就是宋太宗下令毒死李煜的重要原因。"虞美人"是唐教坊曲名，初咏项羽宠姬虞美人，后用为词调。

【原词】

　　春花秋月[①]何时了？往事知多少。小楼昨夜又东风，故国不堪回首月明中。雕栏玉砌应犹在，只是朱颜[②]改。问君能有几多愁？恰似一江春水向东流。

【注释】

　　①春花秋月：指每年春花开、秋月圆，表示一年的岁月。②朱颜：红颜，青春的容貌。

【译诗】

　　春花开，秋月圆，何时才会了？
　　那令人伤心的往事不知有多少。
　　昨夜春风又吹进我囚居的小楼，
　　想起明月下的故国我悲痛难消。

　　金陵那华丽的宫殿应该还在吧，
　　只是宫女们的容颜已变得衰老。
　　请问你心中究竟怀有多少忧愁？
　　就像满江的春水东流滚滚滔滔。

【赏析】

　　《虞美人》是"词皇帝"李煜后期的代表作，抒写他亡国被俘后深切的故国之思和切肤的亡国之痛。

　　词的上片侧重叙事，作者触景伤情，引起故国之思。首句"春花秋月何时了"向天发问，起得突兀。"春花秋月"是人们企盼的美好事物，可作者却问它"何时了"。而接下来"小楼东风"带来的春天信息，反而引起作者对无限往事的"不堪回首"。这是因为这些现实中的美景都勾起作者物是人非、囚居异邦的怅恨，真切地表现出作者这一由皇帝变成囚犯特定人物的特有感受。词的下片侧重抒情，作者在对故国的无尽思念中抒发亡国的痛楚。起头两句由上片首句的问天变换为问人，对故国的现状加以推测。先是思念旧时的宫殿，"雕栏玉砌"应该还是老样子，接着是思念宫中的人，可惜"朱颜"已改。把"物"和"人"对照来写，深切地表现了物是人非、江山易主、故国凄凉的感慨。最后，词人的满腔幽愤再难控制，汇成了旷世名句"问君能有几多愁？恰似一江春水向东流"。这里，词人向自己发问，并巧妙地用满江的春水比喻无尽的愁绪，既新颖又形象，大大增强了作品的艺术感染力，使整首词在这无尽的愁思中结束。

　　全词抒写亡国之痛，感情真挚，意境深远，语言清新，结构精妙。先问天，后问人，再自问，将感情的波澜层层推向高潮，并成功地使用设问、比喻、夸张、对比、白描等表现手法，将无形的愁绪写得十分贴切、形象，余味无穷。尤其是"问君能有几多愁？恰似一江春水向东流"两句，能震撼人的心灵，引起人们的共鸣，遣词造句精工，表现手法独到，千百年来被后人传诵。

酒泉子
潘阆

名句：弄潮儿向涛头立，手把红旗旗不湿。

【导读】

　　潘阆（？—1009年），北宋词人。字梦空，号逍遥子，大名（今属河北)人。他在太宗和真宗两朝做过几任小官,后因"狂妄"得罪权贵,被撵出汴京,漂泊江湖。作《忆杭州》多首,一时盛传,曾得到苏东坡的欣赏。"酒泉子"为词牌名。

【原词】

长忆观潮,满郭①人争江上望。来②疑沧海尽成空,万面鼓声中。

弄潮儿③向涛头立,手把红旗④旗不湿。别来几向梦中看,梦觉尚心寒。

【注释】

①郭:外城。②来:语助词,几乎,将要。③弄潮儿:周密《武林旧事》说:八月十五钱塘大潮,吴地少年善于游水的有数百人,手持彩旗,迎着潮头而上,在万丈波涛中出没。④红旗:红色的旗帜。

【译诗】

常常忆起观钱塘潮的壮观景象,
满城人都争上大堤向江中眺望。
潮水来时真怀疑大海已被淘空,
像千万面大鼓爆发出震天雷响。

那弄潮的人能稳稳立在涛头上,
手中的红旗竟然一滴水也不沾。
别后我曾几次梦中把江潮观看,
梦醒还感到惊心动魄胆战心寒。

【赏析】

这首词是作者为了回忆观钱塘江盛况而写的。它以事后回忆、梦中再现的方式来间接描写,选取了观潮时所见的若干剖面图来突出潮水的汹涌气势。全词以豪迈的气势和劲健的笔触,描绘了钱塘江潮涌的壮美风光。

词的前半部分描写观潮盛况,表现大自然的壮观、奇伟;后半部分描写弄潮的情景,表现弄潮健儿与大自然奋力搏斗的大无畏精神,抒发出人定胜天的豪迈气概。上片起首两句,写杭州人倾城而出,拥挤在钱塘江边,万头攒动,争看江面潮水上涨。为下面潮水的涌现制造了气氛,做好了铺垫。随后两句运用比喻、夸张等手法,把钱塘江潮涌的排山倒海、声容俱壮渲染得有声有色、惊险生动。下片转而描写弄潮儿的英勇无畏、搏击风浪、身手不凡和履险如夷。这两句纯用白描手法,写得有声有色,富于动感,炫目惊心。结句由回忆转为现实,写词人虽离杭已久,但那壮观的钱塘江涌潮仍频频入梦,以至于梦醒后尚感心惊胆战。

这首词对于钱塘江潮涌的描绘,可谓匠心独运,别具神韵。词中"来疑沧海尽成空"一句采用夸张手法,浓墨重彩,大开大阖,感染力强。上片第二句的"争""望"二字,生动地表现了人们盼潮到来的迫切心情,从空间广阔的角度进行烘托,与大潮的壮观结合得非常紧密。结句言梦醒后尚心有余悸,更深化了潮水的雄壮意象。前后的烘托与中间重点描写当中的夸张手法配合紧密,使全词结构浑然一体。尤其弄潮儿踏浪立涛、红旗不湿两个细节写得精彩,使那些敢于在风口浪尖上向潮头挑战、藐视潮头的钱塘江健儿的神韵跃然纸上,给人以惊心动魄的强烈感受。

山园小梅(其一)

林逋

名句:疏影横斜水清浅,暗香浮动月黄昏。

【导读】

林逋(967—1028年),北宋隐逸诗人。字君复,钱塘(今浙江杭州)人。早年漫游江淮间,隐居西湖孤山,二十年不入城市。酷爱植梅养鹤,时人称其"以梅为妻,以鹤为子"。死谥"和靖先生"。工诗词,能书画。诗多描写西湖风光,风格淡远,刻画细腻,尤以咏梅之作著称于世。有《林和靖先生诗集》。

【原诗】

众芳摇落独暄妍①,占尽风情②向小园。
疏影横斜水清浅③,暗香④浮动月黄昏。
霜禽⑤欲下先偷眼,粉蝶如知合断魂⑥。
幸有微吟可相狎⑦,不须檀板共金樽⑧。

【注释】

①众芳:各种花卉。喧妍:鲜明而美丽。②风情:风采,情韵。③疏影:疏淡的树影。横斜:横枝斜出。④暗香:清幽的香气。⑤霜禽:白色的鸟,冬天的鸟。⑥合:应该。断魂:形容神魂飘荡。⑦微吟:低吟。狎(xiá):亲近。⑧檀板:用檀木做的拍板,代指唱歌。金樽:金杯,华贵的酒杯。

【译诗】

百花都凋零了唯有它开得格外鲜艳,
在这小园中独显它美丽孤傲的风采。
横斜的疏枝倒映在浅水中分外清晰,
幽微的香气透过黄昏月色时隐时现。
白鸟想飞下来先停在枝上偷看一眼,
粉蝶如知道错过美景定会断魂伤怀。
好在我可以低吟着小诗与它相亲近,
用不着非要唱着歌同把酒杯举起来。

【赏析】

这首诗歌咏梅花的美丽与高洁。全诗没有一个"梅"字,却句句都写梅。

首联写梅花独放。"众芳摇落"一句将百花的凋零衰败与梅花的明媚艳丽进行鲜明对比,衬托出梅花卓尔不群的风姿。"占尽"二字,谓梅花将小园的风光全部占尽,暗含众人皆浊我独清之意。颔联"疏影横斜水清浅,暗香浮动月黄昏"两句历来最为人称道,集中写梅花的姿态,为读者描画了一幅优美的山园小梅图。上句轻笔勾勒出梅之骨,下句浓墨描摹梅之韵,写出了梅花倒映于清浅的水中轻波摇曳的闲适之态,以及黄昏时在朦胧的月色中轻轻浮动、暗香四溢的婀娜之姿。颈联从侧面写梅花的孤洁之美,用"霜禽"的"偷眼"和"粉蝶"的"断魂"形象传神地写出对梅花的爱慕之情。尾联由梅花而及人,把梅当成亲密的朋友来表白,既独特又真切感人。

全诗使用形象化的拟人手法,将梅花写得超凡脱俗、俏丽可人、生动传神,言近旨远,成为写梅的名篇。"暗香疏影"也由此成了梅花的代称。

长相思

林逋

名句：两岸青山相送迎，谁知离别情？

【导读】

这首词采用民歌的形式，借一个女子之口，抒写了因爱情生活遇到障碍，被迫与心上人江边诀别的悲伤情怀。

【原词】

吴山青，越山青①，两岸青山相送迎，谁知离别情？

君泪盈，妾泪盈②，罗带同心结未成③，江头潮已平。

【注释】

①吴山、越山：泛指钱塘江两岸的山。一般把钱塘江北岸的山称为"吴山"，南岸的山称为"越山"。②君、妾：古代女子对男子尊称为"君"，自己卑称为"妾"。③"罗带"句：罗带即香罗带，用丝织成，古人常把香罗带打成结比喻同心相爱。结未成：比喻婚姻遇到障碍。

【译诗】

吴山一片青青，越山一片青青，
两岸的青山把情人们相送相迎，
可它们怎知道离人的痛楚心情？

你的泪眼盈盈，我的泪眼盈盈，
想用香罗带与你结同心却未成，
眼见船就要启航，江潮已涨平。

【赏析】

这首词以一个女子的口吻，抒发与情人离别的情怀。"吴山青，越山青，两岸青山相送迎"，一开头就采用了起兴的手法。吴山、越山，年年岁岁面对江上行舟迎来送往，早已习惯了人间的聚散离合。"谁知离别情"运用拟人手法向青山发问，借自然之无情反衬人生之有情。"君泪盈，妾泪盈"两句将视觉由远拉近，由自然转到人间。原来在青山底下还有一对送别的人儿正在泪眼相对、哽咽无语。为什么这人间常有的离别，却使他们如此感伤，以至于连青山也要责难？下句"罗带同心结未成"含蓄道出他们难言的悲苦：原来是他们的爱情生活遭遇阻隔，心心相印却难成眷属，只能洒泪而别。

这首词艺术上的显著特点是反复咏叹，达到回环往复、一咏三叹的艺术效果，情深韵美，具有浓郁的民歌风味。本词还句句压韵，前后呼应，显示出女主人公柔情似水、一往情深。最后"江头潮已平"一句在简洁明快写景中带着永恒的悲伤，余味不尽，有很强的艺术感染力。

雨霖铃
柳永

名句：今宵酒醒何处？杨柳岸、晓风残月。

【导读】

柳永（约987—约1055年），北宋著名词人。崇安（今福建武夷山）人，原名三变，字景庄，后改名永，字耆卿，因排行七，又称柳七。宋仁宗朝进士，官至屯田员外郎，故世称柳屯田。由于仕途坎坷、生活潦倒，他由追求功名转而厌倦官场，耽溺于旖旎繁华的都市生活，在"倚红偎翠""浅斟低唱"中寻找寄托。他自称"奉旨填词柳三变"，是北宋第一个专力作词的词人，是宋代婉约词派的代表作家。"凡有井水饮处，即能歌柳词"，说明他的词在当时流行极广。有《乐章集》。

"雨霖铃"是首慢词，表现了作者离京南下时长亭送别的情景。

【原词】

寒蝉凄切。对长亭晚，骤雨①初歇。都门帐饮无绪②，留恋处③、兰舟④催发。执手相看泪眼，竟无语凝噎⑤。念去去⑥，千里烟波，暮霭沉沉楚天阔⑦。

多情自古伤离别，更那堪冷落清秋节！今宵酒醒何处？杨柳岸、晓风残月。此去经年⑧，应是良辰好景虚设。便纵有千种风情⑨，更与何人说？

【注释】

①骤雨：阵雨。②都门帐饮：在京都郊外搭起帐幕设宴饯行。无绪：没有情绪，无精打采。③留恋处：一作"方留恋处"。④兰舟：据《述异记》载，鲁班曾刻木兰树为舟。后用作船的美称。⑤凝噎：悲痛气塞，说不出话来。⑥去去：分手后越走越远。⑦暮霭：傍晚时的云气。沉沉：深厚的样子。楚天：南天，泛指南方地区的天空。古时长江中下游地区属楚国，故称。⑧经年：经过一年或多年。⑨风情：指男女的恋情。

【译诗】

秋蝉在凄切地鸣唱，
长亭外已暮色苍茫。
一场骤雨刚刚下过，
四周显得格外清凉。
在城外帐幕内饯别，
我们俩都黯然心伤。
正依依难舍的时候，
船夫催促就要开船。
手拉着手泪眼相对，
言语竟哽咽在心上。
想这次要离去千里，
南天辽阔迷雾茫茫。

多情人都为离别伤感，
难忍受这秋天的凄凉。
今夜酒醒我身在何方？
一定是在那杨柳岸边，
沐着早晨习习的凉风，
看那残月挂在树梢上。
此次分别后年复一年，
要想再见面已经很难。
纵有再好的良辰美景，

也形同虚设无心游赏。
就算心中有千般情意，
又让我对谁倾诉衷肠？

【赏析】

　　这首词是柳永的代表作，也是宋代婉约词的代表作，是"伤别"的名篇。全词围绕悲秋写离愁别恨，构思清晰，层次分明。先写离别之前，重在勾勒环境；次写离别之时，重在描写情态；再写别后想象，重在刻画心理。三个层次，逐层深入，从不同层面上写尽离情别绪。

　　开头三句点明时间、地点、景物，事件是与自己的恋人饯别。秋雨初歇，寒蝉鸣叫，长亭饯别，作者一开始就营造了一个引人伤感的氛围，用"凄切"二字定下了全词感情的基调。接着"都门帐饮""兰舟催发""执手相看""无语凝咽"几句，逐渐把伤别的情绪推向高潮，尤其"执手相看泪眼，意无语凝噎"二句，作者用特写镜头的方式，描写出一对恋人即将分手时的生动情态。"念去去"以后几句，设想恋人别后道路辽远，前途茫茫，情人相见难有期，景无边而情无限。下片开头"多情自古伤离别，更那堪，冷落清秋节"点明全词"伤别"的主旨，概括出自古以来人们离别时的感情体验。尤其"今宵酒醒何处？杨柳岸，晓风残月"几句，是宋代婉约词的代表名句。作者以"今宵酒醒"进一步推想别后的情景，集中使用最能引人动情的几种景物，渲染别后的凄楚。明写眼前景而暗写别时情，显得含蓄而有余味，给人以身历其境之感。最后四句直抒胸臆，重在心理描写，道出主人公的心理感受，今后即使有良辰美景，但因无法和心上人共赏而毫无意义。作者在这里尽情地倾吐心声，在设问中结束了全篇。

　　这首词长过百字，描写细腻。写景抒情，手法高妙；点染衬托，层次清晰。上阕多用实笔，实中有虚；下阕多用虚笔，虚中见实。全篇使用白描的手法层层铺叙，感情深挚直率，文字生动鲜明，艺术感染力强，是婉约词的代表作。

望海潮①

柳永

名句：重湖叠巘清嘉，有三秋桂子，十里荷花。

【导读】

《望海潮》是柳永写杭州的名篇。宋真宗咸平末年，柳永从家乡前往京城开封应试，途经钱塘江（今浙江杭州）。此时与柳永为布衣之交的孙何正好在此任两浙转运使，柳永想拜访他。但孙何已做了大官，无法见到。于是柳永就写了这首词，让歌女楚楚在青楼广泛传唱。楚楚歌唱的《望海潮》果然引起了孙何的注意，后来柳永终于见到了孙何。"望海潮"为柳永所创的词牌名。

【原词】

东南形胜②，三吴③都会，钱塘④自古繁华。烟柳画桥，风帘翠幕，参差⑤十万人家。云树⑥绕堤沙，怒涛卷霜雪⑦，天堑⑧无涯。市列珠玑⑨，户盈罗绮⑩，竞豪奢。

重湖叠巘清嘉⑪，有三秋桂子⑫，十里荷花。羌管弄晴⑬，菱歌泛夜，嬉嬉钓叟莲娃⑭。千骑拥高牙⑮，乘醉听箫鼓，吟赏烟霞⑯。异日图将好景⑰，归去凤池⑱夸。

【注释】

①望海潮：这首词极写钱塘即杭州的美丽风光，被称为"钱塘赋"。②形胜：指地理形势优越。③三吴：泛指江浙一带，旧指吴兴郡、吴郡、会稽郡。④钱塘：即杭州。⑤参差：形容建筑高低错落。⑥云树：形容高大茂密的树。⑦霜雪：形容浪花白如霜雪。⑧天堑：天然的险阻，多用以指长江，这里指钱塘江。⑨珠玑：泛指各种珍贵的珠玉。玑：不圆的珠子。⑩罗绮（qǐ）：泛指各种绫罗绸缎。绮：有花纹的丝织品。⑪重湖：西湖分为外湖、里湖，故称。叠巘（yǎn）：重叠的山峰。清嘉：清秀美丽。⑫三秋：泛指秋日。桂子：桂花。⑬"羌管"句：笛声在晴空中飘荡。弄晴：指白天，与下句的"泛夜"相对。羌管：传说笛子是羌人所制，所以称羌管。⑭嬉嬉：嬉笑欢乐。钓叟：钓鱼的老头。莲娃：采莲的姑娘。⑮千骑（jì）：形容随从很多的样子。拥：簇拥。高牙：军中大旗，这里代指达官贵人。⑯吟赏：吟诗欣赏。烟霞：烟雾云霞。⑰"异日"句：将来把美好的风景描画出来。将：语助词，无义。⑱凤池：凤凰池，原指皇宫禁苑中的池沼，这里代指朝廷。

【译诗】

地处东南要冲，湖山优美如画，
三吴中心城市，土地辽阔广大，
钱塘自古以来就十分热闹繁华。
柳树罩着云烟，小桥绘着图画，
挂着翠色帘幔的房屋星罗棋布，
这里高低错落居住有十万人家。
挺拔的绿树围绕着沙滩和堤坝，
奔涌的波涛翻卷着雪白的浪花。
钱塘江像一道天然形成的壕沟，
延绵至很远的地方，无边无涯。
街市上处处都摆放着珍珠宝物，
家家户户的人们穿着绫罗绸纱，
一个赛着一个地摆阔气争奢华。

重叠的山峦环抱着里湖和外湖，
湖光辉映着山色显得格外清雅。
秋天山里山外落满清香的桂子，
夏天十里湖面开满鲜艳的荷花。
白天悠扬的笛声在晴空中飞扬，
夜晚动听的菱歌在月夜里飘洒。
怡然自乐嘻嘻哈哈聚在一起的，
是那悠闲的钓翁和快乐的莲娃。
看千面旗帜簇拥着高官的车驾，
太守在湖边饮酒赏乐好不潇洒，
箫鼓声中乘醉吟赏着烟雾云霞。
过些日子要把这美景绘成图画，
升官时带到朝廷去好好夸一夸。

【赏析】

这首词一反柳永惯常的婉约风格，以大开大阖、波澜起伏的笔法，浓墨重彩地铺叙杭州的繁荣壮丽景象，是柳永的一首传世佳作。

开头"东南形胜，三吴都会，钱塘自古繁华"三句，起首扣题，以博大的气势笼罩全篇。首先点出杭州位置的重要、历史的悠久，揭示出所咏主题，字字铿锵有力。其中"形胜""繁华"四字，为点睛之笔。自"烟柳画桥"以下，便从各个方面描写杭州之形胜与繁华。"市列珠玑，户盈罗绮，竞豪奢"三句，抓住"珠玑"和"罗绮"两个细节，把市场的繁荣、市民的殷富写了出来，"竞豪奢"三个字还渲染了这个繁华都市穷奢极欲的一面。下片重点描写西湖，写西湖的湖山之美。词人先用"清嘉"二字概括，接下去写山上的桂子、湖中的荷花。这两种花也是代表杭州的典型景物。"三秋桂子，十里荷花"写得高度凝练，把西湖甚至整个杭州最美的特征概括出来，具有很强的艺术概括力。以下"羌管弄晴，菱歌泛夜"，对仗也很工稳，情韵悠扬。"泛夜""弄晴"，互文见义，说明不论白天或是夜晚，湖面上都荡漾着优美的笛声和采菱的歌声。接着对吹羌笛的渔翁、唱菱歌的采莲姑娘进行了栩栩如生的刻画，生动地描绘了一幅国泰民安的游乐图卷。接着词人写达官贵人到此游乐的场景。成群的马队簇拥着高高的牙旗，缓缓而来，一派显赫声势。结局"异日图将好景，归去凤池夸"意谓升官之日应将这好景绘成图画到朝廷夸耀，进一步烘托西湖之美。

这首词被称为"钱塘赋""杭州赋"。词人以清新的笔墨、铺陈的手法，从不同角度把杭州富丽非凡的景象描绘得淋漓尽致。钱塘江潮的壮观、西湖的美景、杭州市区的繁华、人民生活的美好都尽收词人笔下。相传后来金主完颜亮听唱了"有三秋桂子，十里荷花"以后，十分羡慕钱塘的繁华，顿起渡江吞宋的野心。这从另一个侧面印证了这首词极强的艺术魅力，被传为文学史上的佳话。

蝶恋花①

柳永

名句：衣带渐宽终不悔，为伊消得人憔悴。

【导读】

这是一首因句而名的词作。"衣带渐宽终不悔，为伊消得人憔悴"二句因包含有深刻的象征意义而流传很广。"蝶恋花"为词牌名。

【原词】

伫②倚危楼风细细，望极③春愁，黯黯④生天际。草色烟光残照里，无言谁会⑤凭阑意。

拟把疏狂图一醉⑥，对酒当歌，强乐⑦还无味。衣带渐宽⑧终不悔，为伊消得人憔悴⑨。

【注释】

①这首词有版本作《凤栖梧》。②伫（zhù）：久立。③望极：极目远望天际。④黯黯：暗暗，迷蒙不明。⑤会：领会，了解。⑥拟：打算。疏狂：狂放散漫。⑦强乐：勉强寻欢作乐。⑧衣带渐宽：意为人越来越消瘦。⑨伊：她。消得：消磨、值得。

【译诗】

独自伫立在高楼迎着眼前晚风习习，
一缕缕春愁暗暗滋生在辽远的天际。
看草地上夕阳残照着一片烟光雾气，
有谁能领会我此时凭栏远眺的心意？

本想把狂放和散漫寄托于酩酊一醉，
可对酒当歌勉强作乐还是毫无趣味。
为了她我人已瘦衣已宽始终不后悔，
为了她我已熬得形容枯槁人全憔悴。

【赏析】

这是作者怀恋情人的一首词。它采用"曲径通幽"的表现方式抒情写景，巧妙地把漂泊异乡的落魄感受，同怀恋意中人的缠绵情思融为一体。

词的上片写登高望远，离愁油然而生。开篇"伫倚危楼风细细，望极春愁，黯黯生天际"说登楼引起了"春愁"。全词只此一句叙事，便把主人公在细风中极目远眺、黯然神伤的形象突显了出来。接着"草色烟光残照里，无言谁会凭阑意"写主人公望断天涯时所见之景和孤单凄凉之感。前一句用景物描写点明时间，"草色烟光"写春天景色极为生动逼真。凄美的景色再加上"残照"二字，便又多了一层感伤的色彩，为下一句抒情定下基调。词的下片写主人公为消释离愁，决意痛饮狂歌，即"拟把疏狂图一醉"，但强颜为欢，终觉"无味"。从"拟把"到"无味"，笔势开合起伏，着力渲染了"春愁"的缠绵和执着。结句"衣带渐宽终不悔，为伊消得人憔悴"二句以健笔写柔情，自誓甘愿为思念伊人而日渐消瘦憔悴也决不后悔，表现了主人公的坚毅性格与对爱情的执着，词境也因此得以升华。

"衣带渐宽终不悔，为伊消得人憔悴"二句誓言，体现了甘愿为思念伊人而日渐消瘦憔悴也决不后悔的精神，同时概括了一种为理想的实现而锲而不舍的坚毅性格和执着态度。王国维在《人间词话》中谈到"古今之成大事业、大学问者，必经过三种之境界"时借用来形容"第二境"，因此成为名句流传后世。

浣溪沙

晏殊

名句：无可奈何花落去，似曾相识燕归来。

【导读】

晏殊（991—1055年），北宋词人。字同叔，临川（今属江西）人。幼年聪慧，七岁能文，十四岁时以神童召试，景德中赐同进士出身。现存《珠玉词》。

这首词表达了作者对美好景物及难忘往事的流连之情，流露出对光阴流逝的无限惆怅。"浣溪沙"为词牌名。

【原诗】

一曲新词酒一杯，去年天气旧亭台①。夕阳西下几时回？
无可奈何花落去，似曾相识燕归来。小园香径②独徘徊。

【注释】

①去年天气旧亭台：意谓天气、亭台与去年一样。②香径：指散发着落花香味的小路。

【译诗】

赋一首新词饮一杯酒我触景伤怀，
眼前仍是去年的天气去年的亭台。
看夕阳已经西下不知几时再回来？

无可奈何园里的花儿已纷纷凋落，
似曾相识的那些燕子又翩翩飞来。
我独自在花园小路上徘徊，徘徊。

【赏析】

  这首词是晏殊的名作，主要抒写作者新词对酒的闲适生活和对暮春残景的叹惋惆怅，抒发了光阴易逝、人生易老、富贵难久的"闲愁"，比较典型地反映了北宋前期达官显贵们的精神状态。

  词的上阕主要写持酒吟新词，意兴无穷，但是突然记起去年也是此时、此地、此情、此景，一样的天气，一样的亭台，感到光阴的流逝，难以回首，虽有富贵，犹有不足，因而深深叹息景物未变而人在变，表达一种惜春叹老之情。下阕主要抒发对春残花落、美好事物衰亡不可抗拒的无可奈何。而看到似曾相识的燕子依恋旧巢，又引起人对青春的分外珍惜和留恋。可惜的是青春一去不归，只好带着无穷的惆怅和莫名的闲愁在园中小路上徘徊。

  这首词在艺术上具有很高的审美价值。"无可奈何花落去，似曾相识燕归来"是全词的灵魂，词也因句而名。它给了读者以充分的美感联想，能产生广泛的象征性。"落花"的衰亡、无情，"燕归"的新生、有情，充满辩证法，思想意蕴远远高过字面的形象和意义，产生回环起伏、抑扬顿挫的艺术美感，加之构思精巧、选景典型，使之成了流传千古的宋词精品。

蝶恋花

晏殊

名句：昨夜西风凋碧树，独上高楼，望尽天涯路。

【导读】

这首词主要抒发了离恨相思之苦，情景交融，细致入微，感人至深。"蝶恋花"为词牌名。

【原词】

槛①菊愁烟兰泣露，罗幕轻寒，燕子双飞去。明月不谙②离恨苦，斜光到晓穿朱户③。

昨夜西风凋碧树，独上高楼，望尽天涯路。欲寄彩笺兼尺素④，山长水阔知何处？

【注释】

①槛：栏杆。②不谙（ān）：不懂、不解。③朱户：朱红的窗户，这里指闺房。另，"朱户"犹言"朱门"，指大户人家。④彩笺：彩色的精美笺纸，可供题诗和写信用。尺素：古人书写用素绢，通常为一尺，故称"尺素"，用作书信的代称。语出《古诗》："客从远方来，遗我双鲤鱼。呼儿烹鲤鱼，中有尺素书。"

【译诗】

园栏边菊花笼罩着一层烟雾，
兰花似在哭泣叶子缀着白露。
帷幕轻轻掀起带来一丝寒意，
看眼前的燕子双双飞向远处。
月光不懂情人们离别的愁苦，
竟然彻夜照着这失眠的思妇。
到天快破晓时仍将它的余晖，
斜照进闺楼里朱红色的窗户。

昨晚秋风劲吹一夜没有停住，
凋残了户内户外的棵棵碧树。
我独自一人默默地登上高楼，

极目望尽消失在天涯的道路。
准备好写信用的信笺和尺素,
想要把满腹的思念一一写出。
可山是那样高啊水是那样远,
我真不知道要将它寄往何处?

【赏析】

这是晏殊的一首闺中秋思怀人之作。词的上片写闺中人由夜到晓的离别相思,但他不直抒胸臆,而是采用移情于景的写法,从苑中景物起笔。"槛菊愁烟兰泣露",开篇就推出一个亦真亦幻的特写镜头,用伤感之景映照出主人公悲凉、迷离而孤寂的心态。接着写轻寒的罗幕、双飞的燕子、斜照的月光,这一连串精选特设的景物,均能引动人的愁情,衬托主人公孤单、寂寞、惆怅的情怀。下片写登楼望远,作者的笔锋一转,在时间上写昨夜。"昨夜"与"到晓"在时间上形成对照,先写黎明之景,再将画面回到昨夜,点明失眠的原因。末句写主人公独上高楼望心上人不见,回到室内急忙修书,可又不知道要将书信寄往何处。这一细节描写将主人公对心上人的思念和对爱情的执着写得更加真切。

这首词中最著名的诗句是"昨夜西风凋碧树,独上高楼,望尽天涯路"。王国维的《人间词话》将它列为"古之成大事业、大学问者"必须经过的境界中的"第一境",喻为治学的第一境界,意思是只有勇于攀登、登高远望、志向远大、视野开阔的人,才能成就大学问、大事业,很值得玩味。

木兰花①

宋祁

名句:绿杨烟外晓寒轻,红杏枝头春意闹。

【导读】

宋祁(998—1061年),宋代史学家、文学家。字子京,安陆(今属湖北)人。天圣二年(1024年)与其兄宋庠同举进士,当时称为"二宋",以出色的文采名著一时，修撰《新唐书》，官至工部尚书。其词现存约六首。"木兰花"为词牌名。

【原词】

东城渐觉风光好，縠皱波纹迎客棹②。绿杨烟外晓寒轻，红杏枝头春意闹。

浮生③长恨欢娱少，肯爱千金轻一笑④。为君持酒劝斜阳，且向花间留晚照⑤。

【注释】

①有的版本为《玉楼春·春景》。②縠（hú）皱：有皱纹的纱，此处形容波纹之细。棹（zhào）：划船的小桨，这里指小船。③浮生：指漂浮无定的短暂人生。④肯：怎肯，反诘语气。爱：吝惜。⑤晚照：傍晚时温暖的阳光。

【译诗】

> 东城的风光感觉是越来越好，
> 细波荡漾如纱，小舟迎客早。
> 如烟的绿柳带着微微的寒意，
> 春天在红杏枝头上又闹又吵。
>
> 人们常恨一生如梦欢乐太少，
> 宁愿弃千金来博取一次欢笑。
> 让我为你举起酒杯劝劝夕阳，
> 暂且在花丛中再留片刻晚照。

【赏析】

这是一首广为流传、脍炙人口的词作，其中"红杏枝头春意闹"一句尤其为人津津乐道，词人当时就因此获得"红杏尚书"的美称。

全词歌咏春天，洋溢着珍惜青春和热爱生活的情感。上片写初春的风景。起句"东城渐觉风光好"，以叙述的语气缓缓写来，表面上似不经意，但"好"字已压抑不住对春天的赞美之情。以下三句就是"风光好"的具体发挥与形象写照。首先是"縠皱波纹迎客棹"，把人们的注意力引向盈盈春水，那一条条漾动着的水波纹，仿佛是在向客人招手表示欢迎。"晓寒轻"写的是春意，也是作者的情意。"波纹""绿杨"都象征着春天，更能象征春天的是春花,在此铺垫下,上片最后一句终于咏出了"红杏枝头春意闹"这一绝唱。"闹"字不仅形容出红杏的众多和纷繁,而且把生机勃勃的大好春光全都点染出来了。"闹"字不仅有色,而且似乎有声。王国维在《人间词话》中说:"着一'闹'字而境界全出。"下片再从词人主观情感上对春光进行进一步的烘托。"浮生长恨欢娱少,肯爱千金轻一笑"二句从功名利禄这两个方面来衬托春天的可爱与可贵,抒发宁弃"千金"也要从春光中获取短暂"一笑"的感慨。春天如此可贵可爱,词人禁不住"为君持酒劝斜阳",提出"且向花间留晚照"的愿望,充分表现了词人对春天的喜爱和对光阴的珍惜。

陶 者①

梅尧臣

名句:十指不沾泥,鳞鳞居大厦。

【导读】

梅尧臣(1002—1060年),北宋诗人。字圣俞,宣城(今属安徽)人。宣城古名宛陵,故称梅宛陵。仁宗皇祐三年(1051年)召试,赐进士出身。其诗风格平淡质朴,人称"宛陵体"。有《宛陵先生集》。

【原诗】

陶②尽门前土,屋上无片瓦。
十指不沾泥,鳞鳞③居大厦。

【注释】

①陶者:烧制瓦器的工人。②陶:此处作动词用,取土制瓦器。③鳞鳞:屋顶上的瓦像层层的鱼鳞。

【译诗】

为烧制砖瓦挖光了门前的土,
自家的屋子上却没有一片瓦。
那十个指头从未沾过泥的人,
却住着砖瓦建盖的高楼大厦。

【赏析】

梅尧臣的很多作品充满了对人民的同情,这首小诗就是这样的作品。它着眼于一种社会上的不平等现象,用鲜明形象的语言,叙述人所共知的事实:在这社会上存在着两种人,一种是劳而无获,一种是不劳而获。一方面是辛辛苦苦烧瓦的人没有瓦房住,另一方面是不烧瓦、不劳动的人却住着大瓦房。

诗歌描述的事例典型,语言形象而夸张,语气平和而含义深刻,且使用艺术对比的方法,鞭答不公,启迪读者,有很强的表现力。

戏答元珍①

欧阳修

名句:春风疑不到天涯,二月山城未见花。

【导读】

欧阳修(1007—1072年),北宋政治家、文学家、史学家。字永叔,号醉翁,又号六一居士,庐陵(今江西吉安)人。仁宗天圣八年进士及第,历仕仁宗、英宗、神宗三朝,官至翰林学士、枢密副使、参知政事。为"唐宋八大家"之一。著有《欧阳文忠公集》《六一词》等。

【原诗】

春风疑不到天涯,二月山城②未见花。

残雪压枝犹有橘,冻雷③惊笋欲抽芽。

夜闻归雁生乡思,病入新年感物华④。

曾是洛阳花下客,野芳虽晚不须嗟⑤。

【注释】

①元珍:欧阳修的好友丁宝臣的字,时任峡州军事判官。②山城:指夷陵。③冻雷:初春的雷声。④物华:美好的景物。⑤嗟:惊叹。

【译诗】

真怀疑春风吹不到这遥远的天涯,
已经二月了这山城还未见到开花。
残雪压着橘枝那上面还挂着金橘,
冻雷惊醒了竹笋好像要长出新芽。
夜里听到归雁的鸣叫引起了乡思,
病中跨入新年不由感慨美景年华。
当年我们都是在洛阳赏花的常客,
这里野花开得晚也不必感叹惊诧。

【赏析】

这首诗是欧阳修被贬官峡州做夷陵县令的第二年(1037年)写给朋友丁宝臣(字元珍)的酬答诗。虽然题目冠以"戏"字,但全诗抒写的是作者由早春物候而感发的特定境遇下的深切感慨:既有谪居山乡的抑郁、寂寞,又有排遣内心苦闷的自我宽慰,更有身处逆境下不甘消沉的乐观、豁达。

首联两句,写山城僻远,时至二月还冬寒未去,未见花开。这两句诗表面是写景,实际上是写作者被贬官的境遇。颔联写山城早春的奇异景物,写出了橘、笋傲雪斗寒的生命力,象征着诗人在逆境中的操守和气节,也暗示出正义力量不但无法被摧垮,而且必将重新焕发出蓬勃的生机。颈联写作者的心情,前句写乡愁,后句写感受。既感到了被贬"天涯"的冷漠,也感悟到了严寒中的春意。尾联是回忆过去,想到将来,自我宽慰。"洛阳花客"和"野花虽晚"是荣辱迥异的两种对照,"不须嗟"含蓄地传达出诗人对前途的乐观。

这首诗寓情于景,在平直的写景抒情中,表现了一种新颖的意境和积极向上的精神。头四句重在写景,景中寓情;后四句意在抒情,情未离景。尤其"春风疑不到天涯,二月山城未见花"两句一问一答,起得自然巧妙,既破"早春"之题,写出地点、时令和料峭春寒的气象,又为后面写景抒怀留出充分的余地,实为独具匠心之笔,因而成为名句流传。

画眉鸟①

欧阳修

名句：始知锁向金笼听，不及林间自在啼。

【导读】

这首诗是作者于庆历七年（1047年）谪贬滁州时所作，表达了诗人对不受拘束的自由生活的热烈向往。

【原诗】

百啭千声②随意移，山花红紫树高低。
始知锁向金笼听③，不及林间自在啼。

【注释】

①诗题一作《郡斋闻百舌》。画眉：又名百舌，鸣声悦耳。②百啭千声：鸟声不断变化，婉转动人。啭：鸟婉转地啼叫。③向：在。金笼：装饰华丽的鸟笼。

【译诗】

随意地放声歌唱随意地飞来飞去，
在万紫千红的花树中飞高又飞低。
才知将画眉关在金笼里听它啼叫，
远不及它在林中自在地鸣唱动听。

【赏析】

这是一首借咏画眉鸟来抒发诗人自己情怀的小诗。诗的前两句写景，景中寓理：画眉鸟千啼百啭，一高一低，舞姿翩翩，随意歌唱，使得姹紫嫣红的山花更加赏心悦目，表达了诗人对不受拘束的自由生活的热烈向往。后两句抒情，情理兼容：通过画眉鸟被锁在金笼中失去自由的情景描写，表现诗人对禁锢人才的憎恶和否定，也曲折表达了诗人对官宦生活的厌倦以及政治上受排挤的苦闷心情。

小诗借物发感慨，形象而富有理趣，巧妙地使用对比的手法，将自由自在、任意翔鸣的画眉与陷入囚笼、失去自由的画眉构成对比，含蓄而耐人寻味。

蝶恋花

欧阳修

名句：泪眼问花花不语，乱红飞过秋千去。

【导读】

这是一首伤春词。作者以独特的笔法写尽了幽居深院的女主人公不能解脱恋情的忧愁。"蝶恋花"为词牌名。

【原词】

庭院深深深几许？杨柳堆烟，帘幕无重数。玉勒雕鞍游冶处①，楼高不见章台路②。

雨横风狂三月暮，门掩黄昏，无计留春住。泪眼问花花不语，乱红飞过秋千去③。

【注释】

①玉勒雕鞍：镶着玉的马笼头和雕着图案的马鞍，指富贵人家的华丽坐骑。游冶：寻欢作乐。②章台：在汉代，长安有章台街，是妓女聚居的地方，后来"章台"就成为妓院的代称。"章台路"指长满柳树的风景秀美的路，也指"他"游冶的地方。③乱红：飘零的落花。秋千：游戏或运动的器具。

【译诗】

弯弯的小路通向庭院深处，
棵棵杨柳笼罩着薄薄烟雾，
院中帘幕一重重难以尽数。
主人骑着雕鞍宝马去游乐，
登上高楼也难寻他的去路。

雨急风狂已到了春天之暮，
沉沉朱门虽然能挡住黄昏，
却无法把大好的春天留住。
我含着眼泪问花花不言语，
看花瓣越过秋千随风飞舞。

【赏析】

这是一首深闺佳人的伤春词。作者以含蓄的笔法描写了幽居深院的少妇伤春及怀人的复杂思绪和怨情。

词的起句不写佳人先写佳人居处。"庭院深深深几许"三个"深"字的重叠使用,写出了佳人禁锢高门、内外隔绝、闺房寂寞的境况。接下来几句写树多雾浓、帘幕严密,愈见其深。"章台路"指的是主人骑着雕鞍宝马去的"游冶"之处。望而不见是因宅楼高,表明高楼的华贵也难弥补感情世界的凄冷。眼看着花木摇落,春天无法留住,只好含泪而问花,花乱落而不语。伤花实则自伤,佳人与落花同一命运。在这里,是花,还是人?物我合一,情景交融,含蕴深沉。

整首词如泣如诉,凄婉动人,意境交融,语言清丽,尤其是最后"泪眼问花花不语,乱红飞过秋千去"两句,历来为词评家所赞誉,王国维将其称之为状写"有我之境"的代表诗句。

生查子
欧阳修

名句:月上柳梢头,人约黄昏后。

【导读】

这首词是欧阳修很别致的一首抒情小品,描写主人公元夜恋旧的一个片断。最早收录在《欧阳文忠公近体乐府》三卷中。唐圭璋《全宋词》作欧阳修词。也有版本注为朱淑真作。"生查子"为词牌名。

【原词】

去年元夜①时,花市灯如昼。月上柳梢头,人约黄昏后。

今年元夜时,月与灯依旧。不见去年人,泪湿春衫袖。

【注释】

①元夜:即元宵,正月十五日夜。从唐代起,在这一天晚上就有观灯的风俗,又称灯节、上元节。

【译诗】

记得去年元宵灯节的时候,
花市的灯光亮得如同白昼。
当月亮爬上了柳树的梢头,
我俩亲密约会在黄昏之后。

又到了今年元宵节的时候,
眼前月亮与花灯依然如旧。
可亲爱的人儿再也找不见,
泪水不由沾湿了我的衣袖。

【赏析】

  这首词是欧阳修脍炙人口的名篇之一。它与唐朝诗人崔护的名作《题都城南庄》("去年今日此门中,人面桃花相映红。人面不知何处去,桃花依旧笑春风")有异曲同工之妙。词中描写了作者昔日一段缠绵悱恻、难以忘怀的爱情,抒发了旧日恋情不再的失落感与孤独感。

  词的上片写去年元夜情事。头两句写元宵之夜的繁华热闹,为下文情人的出场渲染出一种柔情的氛围。后两句情景交融,写出了恋人在月光柳影下两情依依、情话绵绵的景象,营造出朦胧清幽、婉约柔美的意境。下片写今年元夜相思之苦。"月与灯依旧"与"不见去年人"相对照,引出"泪满春衫袖"这一旧情难续的伤感,表达出词人对昔日恋人的一往情深。

  这首词采用了去年与今年的对比性写法,使得今昔情景之间形成哀乐迥异的鲜明对比,从而有效地表达了词人对爱情的美好回忆和爱情遭遇阻隔的伤感。语短情长,形象生动,又适于记诵,因此流传很广。

登飞来峰①

王安石

名句：不畏浮云遮望眼，自缘身在最高层。

【导读】

王安石（1021—1086年），北宋杰出的政治家、思想家、文学家、大诗人、改革家，"唐宋八大家"之一。字介甫，晚号半山。临川（今属江西）人，世称临川先生。他曾两次任北宋宰相，实行变法，又两次遭罢相，被列宁誉为"中国十一世纪改革家"。封荆国公，世人又称王荆公，传《临川先生文集》等。

王安石的这首绝句写登飞来峰时的所见、所闻、所感，在抒发豪迈之情中灌注着清晰可见的理性思索。

【原诗】

飞来峰上千寻塔②，闻说鸡鸣见日升。

不畏浮云遮望眼，自缘③身在最高层。

【注释】

①飞来峰：又名灵鹫峰、鹫岭，在杭州灵隐寺前。相传晋时印度高僧慧理来到杭州，说此山很像天竺国的灵鹫山，但"不知何时飞来"。故名。②飞来峰：一作"飞来山"。千寻：形容塔身高耸。古时八尺为一寻。③自缘：一作"只缘"，只因为。

【译诗】

飞来峰屹立的古塔高达千仞，

听说鸡鸣时能看见旭日东升。

不怕浮云会遮住远眺的视线，

只因我已站在了塔的最高层。

【赏析】

这首绝句与苏东坡著名诗作《题西林壁》有异曲同工之妙，而早于苏诗三十四年，是王安石1050年夏途经杭州登飞来峰时有感而作。首句"飞来峰上千寻塔"极写飞来峰上古塔之高，次句"闻说鸡鸣见日升"化用孟浩然《天台诗》"鸡鸣见日出"的诗句，虚写登飞来峰观日出的壮美景色，表现高瞻远瞩、胸怀大志、朝气蓬勃的情怀。后两句"不畏浮云遮望眼，自缘身在最高层"是议论。"不畏"二字表现诗人不惧困难、不畏奸邪的勇气和决心;而"身在最高层"拔高了诗境,揭示"站得高,望得远"的哲理。

全诗前联写景,后联抒情议论,景、情、理融合,表现了诗人高瞻远瞩的恢宏气概和"不畏浮云遮望眼"的顽强斗争精神。

元 日①

王安石

名句:爆竹声中一岁除,春风送暖入屠苏。

【导读】

这是一首写春节的名诗。诗歌描写了新年元日热闹、欢乐和万象更新的动人景象,抒发了作者革新政治的思想感情。

【原诗】

爆竹声中一岁除,春风送暖入屠苏②。
千门万户曈曈③日,总把新桃④换旧符。

【注释】

①元日:农历正月初一,即春节。元:开始,第一。一年的第一天,称"元日"。
②屠苏:酒名。古代风俗,农历正月初一,家人先幼后长饮屠苏酒(用屠苏草泡的酒)。
③曈曈(tóng):日出时光亮而温暖的样子。④桃:桃符。古代习俗,农历正月初一时用桃木板写神荼、郁垒二神名,悬挂门旁,以为能压邪。五代时后蜀的宫廷里开始在桃符上题联语,后遂成为春联的别名。

【译诗】

热烈的鞭炮声中旧年已经结束,
和煦的春风中人们在举杯祝福。
看太阳初升照耀着家家的门户,
各家都用新桃符替换了旧桃符。

【赏析】

这是一首古代描述新年气象的即景之作,也是一首节令诗。诗歌取材于民间习俗，摄取了老百姓过春节时的典型素材，抓住有代表性的生活细节：燃放爆竹、饮屠苏酒、换新桃符，充分表现出春节的欢乐气氛，富有浓郁的生活气息。

诗的开头两句"爆竹声中一岁除，春风送暖入屠苏"，描写过年时的典型习俗。逢年过节燃放爆竹，全家老小喝屠苏酒，以"驱邪"和躲避瘟疫。这两句是说：在爆竹的响声中，旧的一年已经过去了。人们喝着过节的屠苏酒，暖洋洋地感到春天就要来临。第三句"千门万户曈曈日"，承接前面诗意，是说家家户户都沐浴在初春朝阳的光照之中。结尾一句描述转发议论，"总把新桃换旧符"是压缩省略的句式，"新桃"省略了"符"字，"旧符"省略了"桃"字，交替运用，这是因为七绝每句字数限制的缘故。意思是：各家都用新桃符替换了旧桃符。以桃符的更换揭示出"除旧布新"的主题。

作为政治家的王安石，在描写新年新气象的同时，还蕴含了比喻象征意义。它以除旧布新来比喻和歌颂新法的胜利推行，表达他的政治抱负和政治理想。"爆竹声中一岁除""总把新桃换旧符"还包含着赞美新生事物的诞生，揭示新生事物总是要取代没落事物的深刻哲理。

泊船瓜洲①

王安石

名句： 春风又绿江南岸，明月何时照我还？

【导读】

宋神宗熙宁元年（1068年），作者从江宁家中出发，乘船由长江水路进京任职，重返政治舞台。船经过京口时，与好友会面，留宿了一夜。然后渡过长江，停船在瓜洲。隔江相望，不禁生出一股依依惜别之情，写下了这首诗。

【原诗】

京口②瓜洲一水间，钟山③只隔数重山。
春风又绿江南岸④，明月何时照我还？

【注释】

①瓜洲：在长江北岸，与京口隔江相望。②京口：今江苏镇江，在长江南岸。③钟山：今南京紫金山。④"春风"句：化用李白"东风已绿瀛洲草，紫殿红楼觉春好"等诗语意。

【译诗】

京口和瓜洲分列在长江两岸，
钟山与这里仅隔着几重山峦。
看春风已吹绿了江南的原野，
明月何时能照着我返回家乡？

【赏析】

这是一首流传很广的抒情小诗。诗人通过对春天景物的描绘，抒发了眺望江南、思念家园的深切感情，表现了诗人此番出来做官的无奈和欲急切回归江宁的心情，也寄寓着他重返政治舞台、推行新政的强烈愿望。

诗的头两句写地理位置，写泊船瓜洲回首江宁时的所见景物。后两句以景写心，既有变法给自己带来的欣慰，也有留恋故园、及早功成身退的想法。这首诗最被人津津乐道的是"春风又绿江南岸"的"绿"字，据说作者先后选换了"到""过""入""满"等十多个字，最后才决定用"绿"字。将形容词"绿"字活用为入动词是一个创造，不但充满了色彩感，而且包含了动感和形象感，使整首诗顿时变得生动鲜活而富有生命力，成为古诗中锤炼字句的一个典范。

梅 花

王安石

名句： 遥知不是雪，为有暗香来。

【导读】

在古代众多的咏梅诗中，这首《梅花》诗堪称一首饶有特色、脍炙人口的佳作。全诗仅四句二十字，却形象地刻画了早春梅花的神韵和香色。

【原诗】

墙角数枝梅,凌寒①独自开。
遥知不是雪,为有暗香来。

【注释】

①凌寒:冒着寒冷,面对着寒冷。

【译诗】

几枝梅花盛开在墙角边,
严寒中独自绽放着风采。
远看去就知那不是白雪,
因为有阵阵幽香飘过来。

【赏析】

这是王安石写梅花的一首有名的小诗。诗中写出梅花的色彩、香气、姿态,赞美了它坚贞不屈、清高脱俗的品格。

诗的开头"墙角数枝梅,凌寒独自开"写梅花生长、开放的环境。"墙角""数枝""独自"几个词语,就写出梅花不怕寂寞、孤高傲世、独立不移的性格。"凌寒"一词更写出了梅花与严寒斗争的不屈精神。后面"遥知不是雪,为有暗香来"进一步写梅花的颜色与气味,从视觉、嗅觉入手赞美梅花的高洁。

小诗寓情于景,通过赞美梅花的高洁、孤傲、坚强,隐含作者不随波逐流、不向保守势力低头的斗争精神。全诗采用比喻和对比的手法,选取的角度独特自然,语言简洁生动,含意深远,耐人寻味。

读 史

王安石

名句:糟粕所传非粹美,丹青难写是精神。

【导读】

这首诗是王安石针对当时俗儒歪曲历史事实,甚至把糟粕当作精华的情况而写的,同时表达了对身后他人如何评价自己的忧虑。

【原诗】

自古功名亦苦辛,行藏①终欲付何人。
当时黮暗犹承误②,末俗③纷纭更乱真。
糟粕所传非粹美④,丹青⑤难写是精神。
区区⑥岂尽高贤意,独守千秋纸上尘⑦。

【注释】

①行藏:行止,指事迹。②黮(dàn)暗:昏暗,不清楚。犹承误:还以误传误、以讹传讹。③末俗:后世的习俗。④粹美:指精华。⑤丹青:中国古代绘画的材料,这里指绘画艺术。⑥区区:形容很少,指一点点历史记载。⑦"独守"句:意为俗儒只会死抱着史书里的糟粕当宝贝。尘:尘土,这里指糟粕。

【译诗】

自古以来要历尽辛苦才能名就功成,
可如实记载他的事迹要靠哪一个人?
往往会因当时的情况不清以讹传讹,
加上后世的流俗搅乱事实以假乱真。
低俗的东西即使流传也谈不上精美,
绘画最难的是要画出人的气质精神。
点点记录怎能写尽贤哲的品格学问,
俗儒只会死守古书糟粕真可笑可憎。

【赏析】

这首诗直言不讳地表达了王安石的历史观。作者抨击了当时俗儒歪曲历史事实的现象,表现了一个改革家的战斗精神。

诗的开头四句说自古以来一个人的功名是经过一番艰难才得到的,但是靠谁能如实记载他们的事迹呢?历史从来都是难以说清的,即便在当时也是非难辨,何况在遥远的后世?后四句说有人把古人流传下来的糟粕当作了精华,而真正美好的东西是很难流传下来的,即便是最出色的画师,也无法描绘出人的精神。因而有的史书不过是故纸堆而已,哪里能够真正表达出历代高贤之意呢?王安石不仅是替古人感慨,也是为自己担忧,他已经预感到那些守旧势力不可能轻易放过自己,后世强加于他的污水肯定不会少。他提醒人们,不要轻易相信所谓的"正史"对他的评价,应当透过层层迷雾追寻历史的真相。

"糟粕所传非粹美,丹青难写是精神"是被后人推崇引用的名句,它告诉人们低俗的东西即使流传也谈不上精美,绘画最难的是要画出人的气质精神。这常用来说明在文艺创作上刻画人物时,外表好写而内心世界和本质精神却不易写的道理,从而说明要反映事物的本质是很不容易的。

卜算子·送鲍浩然之浙东①

王观

名句:水是眼波横,山是眉峰聚。

【导读】

王观(生卒年不详),北宋词人。字通叟,如皋(今属江苏)人。宋仁宗嘉祐二年(1057年)进士,历任大理寺丞、江都知县等职。有《冠神集》,已佚。"卜算子"为词牌名。

【原词】

水是眼波横②,山是眉峰聚③。欲问行人④去那边?眉眼盈盈处⑤。

才始送春归,又送君归去。若到江南⑥赶上春,千万和春住。

【注释】

①鲍浩然:作者的朋友。之:去。②"水是"句:水是眼波横流。古人把美人的眼比喻为水波,称为"眼波"。这里作者反过来用美人的眼波比喻水流。③"山是"句:山是眉峰耸聚。古人把美人的眉比喻为山峰,称为"眉峰",这里作者反过来用美人的眉峰来比喻山峰。④行人:远行的人,这里指鲍浩然。⑤"眉眼"句:比喻山水秀丽、迷人的地方。盈盈:美好的样子。⑥江南:这里指浙东。

【译诗】

水是美人横流的眼波,

山是美眉蹙起的峰峦。

请问你要远行到何处？
定是风光迷人的地方。

刚刚把春天送向南方，
又送你到遥远的江南。
如你到江南赶上春天，
好好享受明媚的春光。

【赏析】

　　这是一首独具特色的送别词。词中以轻松活泼的笔调、巧妙别致的比喻、风趣俏皮的语言，表达了作者送别友人鲍浩然时依依不舍的心绪。

　　词的上片着重写人。起首两句，运用风趣的笔墨，把景语变成情语，把送别时所见的自然山水化为有情之物。当朋友归去的时候，路上的一山一水都对他显出了特别的感情。那些清澈明亮的江水，仿佛变成了他所想念的人流动的眼波；而一路上团簇纠结的山峦，也似乎是她们蹙起的眉峰了。所见山水都变成了有情之物。第三、四两句，点出行人此行的目的：他的去处，是"眉眼盈盈处"。这"眉眼盈盈"一指江南的山水清丽明秀，有如女子的秀眉和媚眼；二指有着盈盈眉眼的那个人。因此，"眉眼盈盈处"既写了江南山水，也写了他要见到的人物。这两句写送别时的一往情深却又含而不露。

　　上片写友人一路山水行程，含蓄地表达了惜别深情；下片则正面点明送别，兼写离愁别绪和对友人的深情祝愿。作者用两个"送"字递进，将作者黯然销魂的愁苦之情描写得极为深切。结尾两句是词人对远去友人的美好祝愿与叮咛，一反送别中惯常的悲悲切切，写得情意绵绵而又富有灵性，惜春之情与对友人祝福之意溢于言表，对友人祝福之意也寓于其中。这首词中"水是眼波横，山是眉峰聚"两句，因比拟形象鲜活而脍炙人口，成为名句久远流传。

饮湖上，初晴后雨二首（其二）

苏轼

名句：欲把西湖比西子，淡妆浓抹总相宜。

【导读】

苏轼（1037—1101年），北宋大文学家、书画家。字子瞻，号东坡居士，眉山（今四川眉山）人。他的父亲苏洵、弟弟苏辙都是著名的文学家，合称"三苏"。苏轼是一位多才多艺的文学艺术家，散文、诗、词、书法、绘画等成就都很高。他的散文明白畅达，为"唐宋八大家"之一，与欧阳修并称"欧苏"；其诗歌清新豪健，善用夸张比喻，在艺术表现方面独具风格，与黄庭坚并称"苏黄"；词风豪放，境界开阔，对后代产生了巨大影响，直接影响到南宋爱国词人辛弃疾，与辛弃疾并为宋代豪放词派的代表作家，世称"苏辛"；书法长于行楷，与蔡襄、黄庭坚、米芾并称为"宋四家"。

这是一首赞美西湖美景的诗，写于诗人任杭州通判期间。原作有两首，这是第二首。

【原诗】

水光潋滟晴方好①，山色空蒙②雨亦奇。
欲把西湖比西子③，淡妆浓抹总相宜④。

【注释】

①潋滟（liàn yàn）：波光闪动的样子。方：正。②空蒙：雨雾迷茫的样子。③西子：春秋时期越国的美女西施，古代四大美女之一。后来"西施"成为美人的代名词。④相宜：合适，都一样美丽动人。

【译诗】

晴空万里波光闪动景色多美丽，
四围青山雨雾迷蒙格外地神奇。
如将西湖与美女西施拿来相比，
那无论淡妆还是浓妆都很相宜。

【赏析】

这是苏轼写西湖最有名的一首诗。诗人从西湖上初晴后雨的变化中触动了诗兴、激发了灵感，记下了令人神往的西湖美景。

诗的前两句写晴天的水、雨天的山,从不同的天气表现西湖山水风光之美和晴雨多变的特征,写得具体细致而又高度概括。首句"水光潋滟晴方好"描写西湖晴天的水光:在灿烂的阳光照耀下,西湖水波荡漾,波光闪闪,十分美丽。次句"山色空蒙雨亦奇"描写雨天的山色:在雨幕笼罩下,西湖周围的群山迷迷茫茫,若有若无,非常奇妙。在善于领略自然美景的诗人眼中,西湖的晴姿雨态都是美妙的。"晴方好""雨亦奇"是诗人对西湖美景的赞誉。"欲把西湖比西子"两句,诗人用一个奇妙而又贴切的比喻,写出了西湖的神韵。诗人之所以拿西施来比西湖,不仅是因为二者同在越地,同有一个"西"字,同样具有婀娜多姿的阴柔之美,更主要的是二者都具有天然美的姿质,不用借助外物,不必依靠人为的修饰,都能展现美的风致。西施无论浓施粉黛还是淡描蛾眉,总是风姿绰约;西湖不管晴姿雨态还是花朝月夕,都美妙无比,令人神往。

"欲把西湖比西子,淡妆浓抹总相宜"两句为神来之笔,角度新颖,比喻别致,令人耳目一新,给人丰富的联想和想象。这使得西湖名声大噪,从此人们干脆把西湖叫作"西子湖"。

江城子

乙卯正月二十日夜记梦
苏轼

名句:料得年年肠断处,明月夜,短松冈。

【导读】

这首词题记中"乙卯"年指的是宋神宗熙宁八年(1075年),其时苏轼任密州(今山东诸城)知州,年已四十。正月二十日这天夜里,他梦见已病故十年的妻子王弗,便写了这首著名的悼亡词。"江城子"为词牌名。

【原词】

十年生死两茫茫①。不思量,自难忘。千里孤坟②,无处话凄凉。纵使相逢应不识,尘满面,鬓如霜。

夜来幽梦忽还乡,小轩窗③,正梳妆。相顾无言,惟有泪千行。料得年年肠断处:明月夜,短松冈④。

【注释】

①"十年"句:苏轼的妻子王弗逝世已十年。②"千里"句:王弗的坟墓在四川彭山,离作者当时所在地密州几千里。③小轩窗:小窗口。④短松冈:长满矮小松树的山冈。指王弗坟墓的所在地。

【译诗】

十年生死相隔一片茫茫,
尽管我强忍着不去怀想,
仍一刻也不能将你遗忘。
你的孤坟远在千里之外,
让我到哪里去倾诉凄凉?
即使相逢你恐怕认不出,
此时我已经是灰尘满面,
两鬓也早就染上了白霜。

昨夜突然梦见回到故乡,
在家中熟悉的闺房窗口,
你正在那里精心地梳妆。
我俩相互凝视说不出话,
任凭脸上的眼泪在流淌。
料想年年令我断肠之地,
就是在明月朗照的夜里,
那长满了小松树的山冈。

【赏析】

这是豪放派大师苏轼写的一首著名的婉约词,是古代悼亡词的名篇。

词的上片侧重写入梦之前,写十年来对亡妻的思念。其中既倾诉了对亡妻生死不渝的深情,也掺杂着自己因仕途多艰带来的忧伤。词的开篇点出夫妻生死两别已经十年,而这十年作者都是在对妻子无尽的思念中度过的。"千里孤坟,无处话凄凉"二句写出生者与死者空间的距离,感慨与妻子永远不能相逢的遗恨。"纵使相逢应不识,尘满面,鬓如霜"三句又从另一个角度写如相逢而不相识的遗憾,表达失去妻子、仕途不顺的凄凉和辛酸。词的下片承接"相逢"写梦,境换而意相连,展现乍见而喜、喜极而悲的感人场面。正是由于对亡妻刻骨铭心的思念,才产生了诗人的梦境。夫妻相逢在梦中,现实中时间与空间的距离顿时消失。妻子梳妆、相对无言、泪眼相对的场面写得情真意切,感人至深。"料得年年肠断处,明月夜,短松冈"三句,写梦后的哀思,写出生者和死者相互无尽的怀念,而以孤凄的景象结束全篇,让读者睹景思情,余味无穷。

全词叙事、写景、抒情,均以白描的手法取胜。写人物的容貌、情态,写相逢的场面,写景物,都采用粗线条勾勒的方法,寥寥几笔,生动传神,景中寓情,因情生景。另外,设置梦境写思念,以虚映实,虚中见实,是又一突出的特点。梦是虚幻缥缈的,而梦中人的感情却是真挚深沉的。"小轩窗,正梳妆"的细节描写,真实而感人。正是因为借助于梦境的虚幻与缥缈,才格外地显得情真意切。全词凄婉哀伤,出语悲苦,真谓一字一泪,具有很强的艺术感染力。

江城子·密州出猎

苏轼

名句: 会挽雕弓如满月,西北望,射天狼。

【导读】

这首词作于熙宁八年(1075年)冬。作者在《与鲜于子骏书》中曾说:"数日前,猎于郊外,所获颇多,作得一阕,令东州壮士抵掌顿足而歌之,吹笛击鼓以为节,颇壮观也!"指的就是这首词。

【原词】

老夫聊发少年狂①,左牵黄②,右擎苍③,锦帽貂裘④,千骑⑤卷平冈。为报倾城随太守⑥,亲射虎,看孙郎⑦。

酒酣胸胆尚开张⑧。鬓微霜⑨，又何妨。持节云中⑩，何日遣冯唐⑪? 会挽雕弓如满月⑫，西北望，射天狼⑬。

【注释】

①老夫：苏轼自称，这一年苏轼三十八岁。聊：姑且。狂：这里指豪情。②黄：黄毛的猎狗。③擎（qíng）：向上托。苍：苍鹰。④锦帽貂（diāo）裘（qiú）：锦蒙帽和貂鼠裘，这里作动词用。貂裘：貂皮做的袍子。⑤骑（jì）：一人一马的合称，这里指太守的随从。⑥为报：为了报答。倾城：全城所有的人都出来了。太守：作者当时任密州知州（相当于汉朝的太守），所以自称为"太守"。⑦孙郎：指三国时孙权。他曾亲自骑马射虎以表示勇敢。这里是作者以孙郎自比。⑧酒酣（hān）：酒喝得很畅快。胸胆尚开张：胸怀更加开阔，胆气更为豪壮。尚：更。⑨鬓：鬓发。霜：变白。⑩持节：拿着作为使者凭据的符节。云中：汉代郡名，在今内蒙古自治区托克托一带。⑪冯唐：西汉大臣。⑫会：会当，定将。雕弓：弓背上雕有花纹，故称"雕弓"。如满月：弓形像半月一样，射箭时尽量把弓拉开，便成了满月形。⑬天狼：星名。古人认为天狼星主侵略，这里指侵扰我国西北边境的敌人。

【译诗】

我姑且学一学少年人的豪气和狂放，
左手牵猎狗右手架猎鹰直奔打猎场。
看我头戴锦帽身穿貂裘意气多豪迈，
带领着上千的骑手卷过平缓的山冈。
为了报答全城百姓随我出猎的激情，
要亲自射杀猛虎像三国时孙郎一样。

喝酒喝得痛快啊胸中胆气更加豪壮，
完全不去在意两鬓已染上点点白霜。
多么盼望着有人手持符节来到云中，
也不知朝廷什么时候能派遣出冯唐？
到了那个时候我一定要把雕弓拉满，
望着西北边境方向，狠狠射杀天狼。

【赏析】

这首词是苏轼早期豪放词的代表作。全词借"出猎"场面的描写抒发了作者保卫边疆、打击敌人的报国热情。

　　词的上片主要写打猎时的豪迈气概和热闹场面，依次写出猎的起因、出猎的行装和出猎的盛况，最后借用历史英雄人物写出猎的愿望。开篇一个"狂"字贯穿全篇，笔墨放纵，气概豪迈，接着一个"卷"字与之呼应，力抵千钧，生动地描绘出"千骑"风驰电掣的行动和叱咤风云的气势。接下来"为报倾城随太守，亲射虎，看孙郎"三句塑造了一个意气风发、豪情万丈的英雄形象。词的下片由实而虚，进一步抒发"少年狂"的胸怀，抒发由打猎激发起来的慷慨报国之情。以"胸胆开张"四字为中心，直抒自己时时想着报国大事，时时盼望"遣冯唐"得以重用，实现"射天狼"的愿望，表现了词人气概非凡、老当益壮的豪情壮志。

　　这首词在题材内容和艺术形式上都具有开创性的意义。它进一步发展了范仲淹悲壮苍凉的边塞词词风，为宋代蔚为大观的抗战词开了先河。而且通过对特定情景细节的描写，以及对抵御外族侵扰的忠义之情的抒发，形成了一种粗犷豪放的风格，具有一种阳刚之美，与当时笼罩在词坛上的婉约词风形成鲜明对照，从而奠定了豪放词的基础。

水调歌头

苏轼

名句： 人有悲欢离合，月有阴晴圆缺，此事古难全。
　　　但愿人长久，千里共婵娟。

【导读】

　　这首词作于宋神宗熙宁九年（1076年），即丙辰年的中秋日。作者当时知密州（今山东诸城）。从小序可知，此词系作者醉后抒怀之作，同时表达了对弟弟苏辙（子由）的思念。据《苕溪渔隐丛话》评价："中秋词自东坡《水调歌头》一出，余词尽废。"可见这首词在文学史上的地位。"水调歌头"为词牌名。

【原词】

丙辰中秋，欢饮达旦，大醉，作此篇。兼怀子由。

明月几时有？把酒①问青天。不知天上宫阙②，今夕是何年③。我欲乘风归去④，又恐琼楼玉宇⑤，高处不胜⑥寒。起舞弄清影⑦，何似在人间！

转朱阁⑧，低绮户⑨，照无眠⑩。不应有恨，何事长向别时圆？人有悲欢离合，月有阴晴圆缺，此事古难全。但愿人长久，千里共婵娟⑪。

【注释】

①把酒：端起酒杯，举起酒杯。②天上宫阙：指月中宫殿。宫阙：宫殿。阙：古代宫殿前左右竖立的楼观。③今夕是何年：古代神话传说，天上只三日，世间已千年。古人认为天上神仙世界年月的编排与人间不同。所以作者有此一问。④乘风归去：乘驾着风回到天上去。作者在这里浪漫地认为自己是下凡的神仙。⑤琼楼玉宇：白玉砌成的楼阁，指月中宫殿广寒宫。⑥不胜：忍受不住，不堪承受。⑦弄清影：在月光下起舞，自己的影子也在舞动，诗人觉得仿佛和自己的影子一起嬉戏、舞蹈。弄：赏玩。⑧朱阁：朱红色的楼阁。⑨绮（qǐ）户：刻有纹饰的门窗。⑩照无眠：照着有心事的失眠的人。⑪婵娟：月里的嫦娥，代指美丽的月亮。

【译诗】

丙辰年的中秋日，我高兴地畅饮，喝得大醉，直到天亮，写下了这首词抒发情怀，同时表达对弟弟子由的思念。

天上的明月从何时出现？
我举起酒杯来询问青天。
不知道天上的广寒宫中，
今夜里已经过到哪一年。
我本想乘风回到天上去，
又担心身居于琼楼玉宇，
那凄冷的高处寂寞难耐。
我在月下伴着影子起舞，
感慨天上怎比得过人间。

月光转过朱红色的楼阁，
低低地照进雕花的窗前，

照在一个离乡游子身上，
看他因思乡而彻夜难眠。
月亮该不是对人有怨吧，
为何偏在此时又大又圆？
人间有悲有欢有离有合，
月亮有阴有晴有圆有缺，
此事自古来就难以求全。
只希望亲人们安康健在，
虽隔千里也能共赏婵娟。

【赏析】

这是苏轼的一首千古绝唱的中秋词。

词的上片写望月奇思，幻想游仙于月宫。首句"明月几时有？把酒问青天"便将诗人在中秋佳节触景生情、思念久未聚首的弟弟的情怀引出。这里苏轼把青天当作自己的朋友，把酒相问，显示了他豪放的性格和不凡的气魄。接下来"不知天上宫阙，今夕是何年"几句，作者幻想着自己是天上的游仙在游历天宇，明写月宫的高寒，暗示月光的皎洁，把那种既向往天上又留恋人间的矛盾心理十分含蓄地表现了出来，把对于明月的赞美与向往之情更推进了一层。但是作者又在"起舞弄清影"中发出"何似在人间"的感叹，将自己的幻景抹掉，保持乐观、豪迈的精神。上片从幻想上天写起，又回到热爱人间的感情上来。"我欲""又恐""何似"，这中间的转折开阖，显示了苏轼感情的波澜起伏。在出世与入世的矛盾中，入世的思想终于占了上风。

下片由中秋的圆月联想到人间的离别。"转朱阁，低绮户，照无眠。"这里，"转""低"和"照"都是描写月亮的动态，暗示夜已深沉。"无眠"泛指那些因为不能和亲人团圆而感到忧伤，以致不能入睡的人。月圆而人不能圆，这是多么遗憾的事。于是诗人"埋怨"明月说："不应有恨，何事长向别时圆？"这是埋怨明月故意与人为难，给人增添忧愁，含蓄地表达了对于离人们的同情。接着诗人又为明月"开脱"："人有悲欢离合，月有阴晴圆缺，此事古难全。"这几句从人写到月，从古写到今，进行了高度的概括，很有哲理意味。最后"但愿人长久，千里共婵娟"两句中对弟弟遥远的祝福，表现出作者豁达的胸襟和不为离愁别苦所束缚的积极、乐观态度。

在表达对弟弟怀念之情的同时,也是作者在中秋之夜对所有经受着离别之苦的人们表示的美好祝愿。

全词构思奇幻,立意高远,想象丰富,情韵兼胜,境界壮美。诗人以咏月为中心,表达了自己游仙"归去"与直舞"人间"、出世与入世的矛盾和困惑,以及旷达自适、人生长久的乐观态度和美好愿望,极富哲理与人情,具有很高的审美价值。加之全篇皆是佳句,情感动人,表达了人们共同的人生体验和情感经验,成为"空前绝后"的中秋词被人们传唱至今。

念奴娇·赤壁怀古

苏轼

名句:大江东去,浪淘尽、千古风流人物。

江山如画,一时多少豪杰!

人生如梦,一樽还酹江月。

【导读】

元丰五年(1082年)七月,即在苏轼贬居黄州(现湖北黄冈)任团练副使两年后,他乘舟游黄州赤壁矶,借地发挥,将赤壁矶说成是孙刘联军与曹操大战的赤壁,写成著名的《赤壁赋》和《念奴娇·赤壁怀古》。这首词是苏轼的代表作,历来也被视为宋代豪放词的代表作。"念奴娇"为词牌名。

【原词】

大江①东去,浪淘尽、千古风流人物。故垒②西边,人道是,三国周郎赤壁③。乱石穿空,惊涛拍岸,卷起千堆雪④。江山如画,一时多少豪杰!

遥想公瑾当年,小乔⑤初嫁了,雄姿英发⑥。羽扇纶巾⑦,谈笑间⑧,樯橹⑨灰飞烟灭。故国神游⑩,多情应笑我,早生华发⑪。人生如梦,一樽还酹江月⑫。

【注释】

①大江:长江。②故垒:黄州古老的城堡。作者推测可能是古战场的遗迹。③"人道"句:人们说那是三国时候周瑜作战的赤壁。周郎:周瑜,字公瑾,为吴中郎将时年仅

二十四岁，吴中称他为"周郎"。④雪：这里比喻浪花。⑤小乔：吴国乔玄有二女，大乔嫁孙策，小乔嫁周瑜。⑥英发：勃发。形容周瑜英俊勃发。⑦羽扇纶（guān）巾：手摇羽扇，头戴纶巾。这是古时儒将的装束，形容周瑜从容儒雅。纶巾：古代配有青丝带的头巾。⑧谈笑间：谈笑之间，形容指挥若定。⑨樯橹：这里指曹操的水军。一作"强虏"。⑩故国神游：神游于故国。指词人想象当年周瑜大破曹军的情景。故国：这里指旧地。⑪"多情"句：应笑自己多愁善感，头发早白了。华发：花白的头发。⑫樽：古代盛酒的器具。酹（lèi）：古人祭奠时把酒洒在地上。这里指洒酒酬月，寄托自己的感情。

【译诗】

浩荡的长江水滚滚不息向东流去，
波浪已将千古英雄人物冲洗净尽。
在从前曾经用来作战的营垒西边，
有人说那是三国周瑜破曹的赤壁。
岩石陡峭刺破天空波涛拍击江岸，
那卷起的浪花就如同千万堆白雪。
放眼眺望这雄伟的江山壮如画卷，
一时之间涌现出了多少英雄豪杰！

想当年周公瑾刚迎娶了小乔美女，
何等雄姿勃勃风流倜傥英武刚烈。
手里轻摇着羽扇头上披戴着丝巾，
谈笑间八十万曹军就如灰飞烟灭。
神游于故国战场人笑我多愁善感，
以至人未老而白发已爬上了双鬓。
人的一生苦于太短就如一场梦幻，
还是举起酒杯洒向这江中的明月。

【赏析】

《念奴娇·赤壁怀古》是宋词中一首千古传诵的咏史佳作。

词的上片以写景为主，主要描写赤壁的景色，同时兼怀古人，仿佛是由远景、近景、特写等不同镜头组成的画面组合。起首三句是远景扫描，长江水浩浩荡荡、奔流不息，亘古不变的滔天波浪如大浪淘沙，送走一代代风流人物。次三句铺陈其事,是近景的定格,目光投向赤壁古战场。"人道是"三字,表明作者只是借"赤壁"之名咏写古事、抒发感叹。而"乱石穿空,惊涛拍岸,卷起千堆雪"几句是特写,为"江山如画"造势,引起下片对周瑜的追怀。下片怀古,词人抓住周瑜年轻有为这个特征,塑造了他雄姿英发的英雄形象。想当年,年轻的周瑜手执羽扇、头戴纶巾,是那样的英俊潇洒、风流倜傥,又是那样的富有谋略。谈笑之间,曹军便被打得落花流水,建立了世人瞩目的赫赫功绩。而自己现在已鬓染霜华,却一事无成,一腔报国之志无处施展,让诗人无限感伤。华发早生,功业无成,失望之余,词人不免产生"人生如梦"之感,发出深沉而又颇多消极的慨叹。

全词运用联想、衬托、对照等手法进行艺术概括,将写景、抒情、咏史、议论高度融合。写景绘声绘色,抒情气势磅礴,境界壮阔,英雄人物形象突出。加之作者善于驾驭语言,以富于个性特征的笔触点染山水,说古道今地抒发性情,从而构成了雄浑豪放的词风。这首词写得豪迈奔放,大开大合,气象恢弘,堪称历代咏史怀古诗词之绝唱,也开了后世豪放一派的先河,对后世词作产生了深远的影响,以至于"大江东去"成了中国古代优秀诗词的代称。

题西林壁

苏轼

名句:不识庐山真面目,只缘身在此山中。

【导读】

庐山是江西境内的一座名山,有"匡庐奇秀甲天下"的美名。苏轼在游览庐山后,写下了《庐山二胜》等记游诗。《题西林壁》是作者最后游西林寺时题写在墙壁上的诗。

【原诗】

横看成岭侧成峰①,远近高低各不同。
不识庐山真面目,只缘②身在此山中。

【注释】

①岭：延绵起伏的高山。峰：山最突出的尖顶部分。②只缘：只因为。

【译诗】

横着看像山岭侧着看像山峰，
远近高低去看姿态各不相同。
看不清这庐山到底什么形状，
只因绕来绕去身处庐山之中。

【赏析】

《题西林壁》是苏轼游观庐山后的心得。它描写庐山变化多姿的面貌，并借景说理，指出观察问题应客观全面，如果主观片面，就得不出正确的结论。

开头两句"横看成岭侧成峰，远近高低各不同"，实写游山所见。庐山是一座丘壑纵横、峰峦起伏的大山，游人所处的位置不同，看到的景物也各不相同。这两句诗概括而形象地写出了步移景换、千姿万态的庐山风景。后两句"不识庐山真面目，只缘身在此山中"是即景说理，谈游山的体会。为什么难以辨认庐山的真实面目呢？因为身在庐山之中，视野为庐山的峰峦所局限，看到的只是庐山的一峰一岭一丘一壑的局部而已，这必然带有片面性。游山所见如此，观察世上事物也常如此。这两句诗有着丰富的内涵，它启迪我们去认识为人处世的道理——由于人们所处的角度不同，看问题的出发点不同，对客观事物的认识难免有片面性。正所谓"当局者迷，旁观者清"，要认识事物的真相与全貌，必须超越狭小的范围，摆脱主观成见。

这首诗一反过去写景状物的惯常写法，独辟蹊径，以议论入诗。诗里写的是游庐山的总体感受，没有一句话具体描绘庐山风景，但气势恢宏，满目是山，气象万千。尤其后两句把感情融入事理，写出人生哲理，让人产生深层次的思考，意味无穷。

惠崇《春江晚景》
苏轼

名句：竹外桃花三两枝，春江水暖鸭先知。

【导读】

这是苏轼题在惠崇《春江晚景》画上的一首诗。惠崇是北宋初期有名的和尚，是宋初"九诗僧"之一，能诗能画。

【原诗】

竹外桃花三两枝，春江水暖鸭先知。
蒌蒿满地芦芽短①，正是河豚欲上时②。

【注释】

①蒌蒿（lóu hāo）：一种生在洼地的野草。芦芽：芦苇初生的芽。②河豚（tún）：一种味道鲜美而带有毒性的鱼。上：河豚逆水而上，人们准备捕捞河豚了。

【译诗】

竹林外的桃花已绽开了两三枝，
春天的江水变暖鸭子最先感知。
遍地是春草初生芦芽刚刚出土，
正是肥肥的河豚逐水而上之时。

【赏析】

这首诗用简练的语言描绘出江南水乡早春充满生机的景象。

开头两句诗，诗人使用白描的手法，挑选最富有特征的景物"竹""桃花""春江""鸭"等，突出早春的季节特点和勃勃生机。诗的首句写静态，次句写动态；首句写实景，次句写推想。动静结合，虚实结合。后两句从万物生长的角度去写生机。江的两岸长满了野草，水边的芦苇也长出了嫩芽，河豚正欲逆水而上，渔民准备捕捞河豚，处处充满盎然的春意和浓郁的生活气息。

这首题画诗融诗于画，诗中有画。诗人抓住瞬间所见所想，把《春江晚景》图立体化、形象化，使人如临其境地感受早春美丽的风光。"春江水暖鸭先知"一句颇含哲理，耐人寻味，有很强的可读性和艺术感染力。

卜算子

李之仪

名句：我住长江头，君住长江尾。

【导读】

李之仪（1035—1117年），北宋婉约派词人。字端叔，自号姑溪居士，无棣（今属山东）人。有《姑溪词》等。"卜算子"为词牌名。

【原词】

我住长江头①，君住长江尾。日日思君不见君，共饮长江水。

此水几时休②，此恨何时已③。只愿君心似我心，定不负相思意。

【注释】

①长江头：指长江上游，在今四川一带；下游在今江苏一带。②几时，何时。休：断绝。③已：停止，罢休。

【译诗】

我的家住在长江之头，
你的家住在长江之尾。
天天念你却见不到你，
我俩同饮一条长江水。

这江水何时才会枯竭，
这相思何时才会停息？
只要你的心像我的心，
一定不会辜负相思意。

【赏析】

这是作者写的一首民歌风味的叙事诗，以独特的构思、清新通俗的语言、重叠的句式、歌咏的风格抒发强烈而深挚的情感——被隔绝的永恒之爱。

全词围绕着长江水，表达男女相爱的思念和分离的愁怨。上片写相离之远与相思之切。开头写两人各在一方、相隔千里，喻相逢之难。"日日思君不见君"表现思恋之切。"共饮长江水"以水贯通两地、沟通两心。虚的心灵与实的事物合二为一。下片以水竭恨消和君我同心写女主人公对爱情的执着追求与热切期望。全词处处是情,层层递进而又回环往复,短短数句却感情起伏。语言明白如话,感情热烈而直露,明显吸收了民歌的风格,但质朴清新中又曲折委婉、含蓄深沉。

此诗借水言情,融情于水,情意绵长,脍炙人口,民歌味浓,在民间流传很广,几乎家喻户晓,在宋代词作中可算是别具一格。

鹊桥仙
秦观

名句:两情若是久长时,又岂在朝朝暮暮。

【导读】

秦观(1049—1100年),宋代婉约派著名词人,为"苏门四学士"之一。字少游,一字太虚,号淮海居士,扬州高邮(今江苏高邮)人。著有《淮海集》等。"鹊桥仙"为词牌名。

【原词】

纤云弄巧①,飞星传恨②,银汉迢迢暗度③。金风玉露一相逢④,便胜却人间无数。

柔情似水,佳期如梦,忍顾鹊桥归路⑤。两情若是久长时,又岂在朝朝暮暮。

【注释】

①纤云弄巧:纤薄的云彩不断变幻出奇巧的形状。②飞星传恨:牵牛织女二星闪烁,互相传达不能相见的怨恨。③银汉:天河,银河。迢迢:路漫长。④金风:秋风。玉露:七月七日前后露水色白,故云"玉露"。⑤忍顾:不忍回头看。鹊桥:传说牛郎织女在天为星不得相见,七月七日夜晚喜鹊在天河搭桥让他们相会。

【译诗】

薄薄的纤云变幻着奇妙的色彩,
牵牛织女星传递着长久的思念。

天上的银河路途是多么地遥远,
只有在七夕这天才能见上一面。
一旦我俩相逢在秋风玉露之中,
这一天便远远胜过人间无数年。

千言万语说不尽情意似水绵绵,
相逢是如此短暂恍如美梦一现。
怎忍心回头看各自归去的身影,
那鹊桥铺成的路一直铺到心间。
只要你我的爱情能够天长地久,
又何必在乎早早晚晚的每一天。

【赏析】

  这是一首咏七夕的节序词。起句展示七夕独有的抒情氛围,"巧"与"恨"两字,则将七夕人间"乞巧"的主题及牛郎、织女故事的悲剧性特征点明,简练而凄美。中间几句概述路途的遥远、见面的艰难和短暂相会时的甜蜜、离别时的凄楚,借牛郎和织女悲欢离合的故事,歌颂坚贞诚挚的爱情。结句"两情若是久长时,又岂在朝朝暮暮"最有境界,这两句既指牛郎、织女爱情模式的特点,又表述了作者的爱情观,是高度凝练的名言佳句,这首词也因而具有了跨时代、跨国度的审美价值和艺术品位。

  全词熔写景、抒情与议论于一炉,叙写牵牛、织女二星相爱的神话故事,赋予这对仙侣浓郁的人情味,讴歌了真挚、细腻、纯洁、坚贞的爱情。作者将画龙点睛的议论与散文句法和优美的形象、深挚的情感结合起来,明写天上双星,暗写人间情侣。其抒情则以乐景写哀,以哀景写乐,倍增其哀乐,读来令人感动。

如梦令

李清照

名句：争渡，争渡，惊起一滩鸥鹭。

【导读】

李清照（1084—约1155年），中国文学史上最杰出的女词人。号易安居士，章丘（今属山东）人，生于北宋，逝于南宋。她出生在一个书香门第的美满家庭。但金兵南下、北宋灭亡后，李清照经历了国破家亡的悲惨遭遇，孤苦漂泊，晚景凄凉。李清照的词作，以1127年"靖康之变"为界，前期为闺情相思之作，后期大多抒写对个人身世的哀痛和山河破碎的感慨。词作形象鲜明、善用口语、抒情细腻，具有鲜明的创作个性。有《漱玉词》等。

这首《如梦令》表达了她早期生活的情趣和心境，境界优美怡人，给人以美的享受。"如梦令"为词牌名。

【原词】

常记溪亭日暮，沉醉不知归路。兴尽晚回舟，误入藕花深处。

争渡①，争渡，惊起一滩鸥鹭。

【注释】

①争：通"怎"，怎么。"怎渡"意即"怎么渡"，也有解为"争相"。

【译诗】

还记得那次在溪边亭中游玩日色已暮，

沉迷在优美的景色中忘记了归家的路。

尽兴以后大家乘着夜色赶快掉转船头，

却不料走错了路小船划进了藕花深处。

怎么出去呢？怎么出去呢？

叽喳声惊叫声划船声惊起了一滩鸥鹭。

【赏析】

这是一首追述往事的词作，写的是作者少女时代一次难忘的游玩体验。

开篇用"常记"二字点出往事——一次泛舟湖中、寻幽探胜的经历。接着并没有具体写所游之景，也没有直接写心情心境，而是用"沉醉"从侧面衬托溪亭的景色太诱人，以致迷失了归家的路。词中"溪""亭""藕花""鸥鹭"等景物的描写,全是因"误入藕花深处"这一插曲而产生经久不忘的记忆。"争渡"一节很有趣,让读者真切地感受到主人公的急切之态,充满生活气息。

全词语言浅显,通篇白描,风格清新自然,综合运用景物描写、叙事描写、心理描写、细节描写等手段,情景交融,动静相宜,有极强的艺术感染力。尤其摄取一个生活片断,从多角度细写自己情感体验的写法令人印象深刻。

如梦令
李清照

名句:知否,知否?应是绿肥红瘦!

【导读】

本篇是李清照早期的词作之一。词中表现了作者对大自然、对春天的喜爱,也反映出那个时期作者悠闲、风雅的生活情调。"如梦令"为词牌名。

【原词】

昨夜雨疏风骤。浓睡不消残酒。试问卷帘人,却道"海棠依旧"。

知否,知否?应是绿肥红瘦①!

【注释】

①绿肥:指枝叶茂盛。红瘦:谓花朵稀少。

【译诗】

昨天夜里雨下得小风却很大,
浓浓睡意消不去酒后的疲乏。
问一问卷帘人外面境况怎样?
她说还是一样盛开着海棠花。
不对吧?不对吧?
应是枝叶繁茂而花儿多落下。

【赏析】

　　李清照的这首小令，通过对暮春景致片断的描写，委婉地表达了词人怜花惜花的心情，也流露了她内心的孤单和苦闷。

　　这首词描写暮春时的一个生活片断和细节，构思上颇具匠心。词的开头就写得很别致，作者不是平铺直叙地去描写百花凋残的暮春景象，而是立足清晨醒后，从"昨夜"写起，而且从听觉写起。先以听觉的角度写所闻："雨疏风骤"；再以知觉的角度写所感："浓睡不消残酒"；接着再以心理的角度写所想：询问"卷帘人"外面的境况怎样。词人预感到昨天春夜里经历了一场风吹雨打后，庭园中的花木必然是绿叶繁茂、花事凋零了，因此急切地问"卷帘人"。没想到粗心的"卷帘人"却答之以"海棠依旧"。这样一个细节掀起了波浪。对此，词人禁不住连用两个"知否"与一个"应是"来纠正其观察的粗疏与回答的错误。直到这时，词人也没有直接写所见，而是通过联想，最后才转化为视觉形象，即"绿肥红瘦"。"应是绿肥红瘦"一句，形象地反映出作者对春天将逝的惋惜之情。

　　这首词写得活泼有趣，有景物，有人物，有场景，还有对白，以景衬情，着意人物心理情绪的刻画，同时通过问答进行感情上的对比烘托。此外，词中成功地使用拟人和比喻的手法，把本来用以形容人的"肥""瘦"二字，借来用以形容绿叶的繁茂与红花的稀少，暗示出春天的逐渐消失。这一句不论是在语言的提炼上还是在修辞手法的使用上都是极富创造性的。用"肥""瘦"来描摹自然景物，成了李清照的独创，不可复制。

点绛唇

李清照

名句：倚门回首，却把青梅嗅。

【导读】

　　靖康之乱前，李清照的生活是幸福美满的。她这时期的词，主要是抒写对爱情的追求、对自由的渴望。这首词就是这一时期的作品。"点绛唇"为词牌名。

【原词】

蹴①罢秋千，起来慵整纤纤手②。露浓花瘦，薄汗轻衣透。

见有人来③，袜刬④金钗溜。和羞走。倚门回首，却把青梅嗅。

【注释】

①蹴（cù）：踏。这里是荡足的意思。②慵（yōng）整：懒懒地整理。纤纤：细嫩。③见有人来：一作"见客入来"。④袜刬（chǎn）：穿袜行走。

【译诗】

刚刚荡完一轮秋千过后，
站起来懒懒地揉揉纤手。
露水正浓，花渐渐枯瘦，
一层细汗已将衣衫湿透。

突然听到有个公子来访，
穿着袜子未戴金钗溜走。
跑到房前忍不住回头看，
却装作把青梅嗅了又嗅。

【赏析】

这首词通过一个精妙的生活片断，描写少女初次萌动的爱情，刻画了一个活泼可爱、率真淘气的少女形象，写得真实而生动。

词的上片写少女荡完秋千时的精神状态，妙在静中见动。词中没有写少女荡秋千时的矫健身影和欢乐心情，而是选取了"蹴罢秋千"以后刹那间的镜头。"起来慵整纤纤手"，"慵整"二字用得非常恰切，令人想到她下秋千后的疲累和娇嗔之态。"纤纤手"用以形容双手的细腻柔嫩，也借以点出人物的年华和身份。"薄汗轻衣透"，描写荡秋千时因用力，汗水湿透了"轻衣"的情态。"露浓花瘦"一语表明时间是在春天的早晨，地点是在花园。下片写少女乍见家里来客的种种细节。她荡完秋千，正累得不愿动弹，突然花园里来了一个陌生人。惊诧之余来不及整理衣装，急忙回避。"袜刬"是说来不及穿鞋子，仅仅穿着袜子行走。"金钗溜"是说头发松散，金钗下滑坠地。此时虽未正面描写这位突然来到的客人是谁,但从少女的反应中可以印证,他定是一位举止不凡、风度潇洒的年轻人。"和羞走"三字,把她此时此刻的内心感情和外部动作进行了精确的描绘。然而更妙的是"倚门回首,却把青梅嗅"二句,以极精湛的笔墨描绘了这位少女怕见又想见、想见又羞见的微妙而细致的心理。几个动作层次分明,曲折多变,把一个少女惊诧、含羞、好奇、多情的心理活动,栩栩如生地刻画出来。

这首词风格明快,节奏轻松。寥寥四十一个字,就刻画了一个天真纯洁、感情丰富又带着几分矜持的少女形象。作者尤其擅长心理描写和细节描写,词末"倚门回首,却把青梅嗅"的细节最为精彩,可谓生花妙笔。

醉花阴①

李清照

名句:莫道不消魂,帘卷西风,人比黄花瘦。

【导读】

这首词是李清照前期的怀人之作。李清照婚后不久,丈夫赵明诚便负笈远游。深闺寂寞的她深深思念着丈夫,在重阳佳节时写了这首词。"醉花阴"为词牌名。

【原词】

薄雾浓云愁永昼②,瑞脑消金兽③。佳节又重阳,玉枕纱厨④,半夜凉初透。

东篱⑤把酒黄昏后,有暗香⑥盈袖。莫道不消魂⑦,帘卷西风,人比黄花⑧瘦。

【注释】

①这首词有的版本为《醉花阴·重阳》。②永昼:漫长的白天。③瑞脑消金兽:在金兽香炉内点燃瑞脑香料。消:一作"销"。④纱厨:即纱橱、纱帐。⑤东篱:此处泛指篱笆。晋陶渊明有"采菊东篱下"的诗句。⑥暗香:指菊花散发的幽香。⑦消魂:同"销魂",这里指极度忧伤。⑧黄花:菊花。

【译诗】

薄薄的雾气浓浓的云如愁绪漫漫,
我孤身一人如何承受白天的漫长,
看金兽炉内的瑞脑清烟飘向远方。
又到了重阳佳节可夫君不在身旁,
独自一人靠着玉枕躺在碧纱帐里,
睡到半夜醒来时感到凄凉又孤单。

夕阳西下时我把盏独酌在东篱旁,
衣袖里盈满了菊花散发出的幽香。
每逢佳节更加思念着久别的丈夫,
我的心里怎能不充满忧伤和惆怅?
看眼前瑟瑟的秋风又将门帘掀起,
吹拂着我那比黄花还消瘦的脸庞。

【赏析】

　　作者在这首词中描述了在重阳节这一天的所见、所历、所感,表达了对丈夫的深切思念和难以消除的寂寞及忧愁。

　　开头"薄雾浓云愁永昼,瑞脑消金兽"两句,借助室内外秋天的景物描写,表现了词人白日孤独寂寞的愁怀。这两句虽为景语,却句句含情,构成一种凄清惨淡的氛围,有力地衬托出思妇百无聊赖的闲愁。接着"佳节又重阳,玉枕纱厨,半夜凉初透"三句,写出了词人在重阳佳节孤眠独寝、夜半相思的凄苦之情。常言道"每逢佳节倍思亲",今日"佳节又重阳",词人又怎能不更加思念远方的丈夫呢?一个"又"字,充满了寂寞、怨恨、愁苦之感。"半夜凉初透"里的"凉",不只是肌肤所感之凉意,更是心灵所感之凄凉。下片"东篱把酒黄昏后,有暗香盈袖"两句,写出了词人在重阳节傍晚于东篱下菊圃前把酒独酌的情景,衬托出词人无语独酌的离愁别绪。词末"莫道不消魂,帘卷西风,人比黄花瘦"三句直抒胸臆,写出了抒情主人公憔悴的面容和愁苦的神情。"消魂"极喻相思愁绝之情。"帘卷西风"即"西风卷帘",暗含凄冷之意。这三句先以"消魂"点神伤,再以"西风"点凄景,最后一个"瘦"点心情。在这里,词人巧妙地将思妇与菊花相比,展现出两个叠印的镜头:一边是萧瑟的秋风摇撼着羸弱的瘦菊,一边是思妇布满愁云的面容,情景交融,创设出了一种凄苦的境界。

全词开篇点"愁",结句言"瘦"。"愁"是"瘦"的原因,"瘦"是"愁"的结果。贯穿全词的愁绪因"瘦"而得到了最集中、最形象的体现。可以说,全篇画龙,结句点睛,"龙"画得巧,"睛"点得妙,巧妙结合,相映生辉,创设出了"情深深,愁浓浓"的意境。

一剪梅

李清照

名句:花自飘零水自流。一种相思,两处闲愁。
此情无计可消除,才下眉头,却上心头。

【导读】

这首词是李清照的前期作品,是作者写给丈夫赵明诚的。词中叙说自己独居生活的寂寞和对离家在外的丈夫的相思之苦。"一剪梅"为词牌名。

【原词】

红藕香残玉簟秋①。轻解罗裳②,独上兰舟③。云中谁寄锦书④来?雁字回时⑤,月满西楼。

花自⑥飘零水自流。一种相思,两处闲愁⑦。此情无计可消除,才下眉头,却上心头。

【注释】

①"红藕"句:红色荷花的清香已经消失,席子已感到冰冷。玉簟(diàn):竹席。秋:凉意。②轻解罗裳:轻轻脱下罗绸外裳。③兰舟:木兰舟,对船的美称。④锦书:对书信的美称。⑤雁字回时:雁儿回来的时候。雁群飞行的行列,组成"人"字或"一"字,所以称为"雁字"。⑥自:空自。⑦闲愁:为相思而愁苦。这两句的意思是彼此都在思念对方,可又不能相互倾诉,只好各在一方独自愁闷。

【译诗】

荷香已经褪去，竹席越来越凉。
轻轻解下罗裳，独自登上小船。
一心盼望有人从远方捎来书信，
等大雁飞回，西楼洒满了月光。

花儿空自凋零，水在空自流淌。
同样一种相思，缠得两人神伤。
这种刻骨的思念实在无法消除，
刚离开眉头却又暗暗爬上心房。

【赏析】

这是一首工巧的别情词作，是古代抒写离情别绪词作中的珍品。

词的起句"红藕香残玉簟秋"领起全篇。"红藕香残"写户外之景，"玉簟秋"写室内之物，对清秋季节起了点染作用。花开花落，既是自然界的现象，也是悲欢离合的人事象征；枕席生凉，既是肌肤间的触觉，也是凄凉独处的内心感受。起句为全词定下了优美的抒情基调。接下来的五句依次写词人一天内所做之事、所触之景、所生之情。前两句"轻解罗裳，独上兰舟"，写的是白天在水面泛舟之事，以"独上"二字暗示处境、暗寓离情。下面"云中谁寄锦书来"一句，则明写别后的悬念。接以"雁字回时，月满西楼"两句，构成一种目断神迷的意境。明月自满，人却未圆；雁字空回，锦书无有，所以有"谁寄"之叹。

下片"花自飘零水自流"一句，承上启下，既是即景，又兼比兴。其所展示的花落水流之景，遥遥与上阕"红藕香残""独上兰舟"两句相呼应；而其所象征比喻的人生、年华、爱情、离别，则给人以凄凉无奈之恨。下片自此转为直接抒情，以内心独白的方式展开。"一种相思，两处闲愁"二句，在写自己的相思之苦、闲愁之深的同时，由己身推想到对方，深知这种相思与闲愁不是单方面的，而是双方面的，以见两心之相印。正因人已分在两处，心已笼罩深愁，此情就当然难以排遣，而是"才下眉头，却上心头"了。这里，"眉头"与"心头"相对应，"才下"与"却上"成起伏，语句结构工整，表现手法巧妙，表达感情细腻，历来为世人所称道。此词充分展示了李清照过人的艺术才华。

夏日绝句

李清照

名句：生当作人杰，死亦为鬼雄。

【导读】

此诗另有题作《绝句》。李清照南渡之后，建炎三年（1129年）与丈夫赵明诚乘船经过和县乌江（项羽兵败自刎处），该诗可能作于此时。

【原诗】

生当作人杰①，死亦为鬼雄②。
至今思项羽③，不肯过江东④。

【注释】

①人杰：人中的豪杰。汉高祖曾称赞开国功臣张良、萧何、韩信是"人杰"。②鬼雄：鬼中的英雄。屈原《国殇》："身既死兮神以灵，魂魄毅兮为鬼雄。"③项羽：秦末起义军领袖，即西楚霸王。④江东：今称江南，长江下游安徽段呈西南——东北流向。项羽和刘邦争夺天下最后被刘邦打败，别人劝他退回江东整兵再举，项羽却认为当初跟他一起渡江西进的八千江东子弟没有一个人活着回来，自己只身回去无颜见江东父老，结果在乌江自刎。

【译诗】

活着就要当人中的豪杰，
死了也要做鬼中的英雄。
至今还佩服楚霸王项羽，
宁死不肯苟且返回江东。

【赏析】

这是一首咏史兼及言志的诗歌。李清照在这首诗中不以成败论英雄，对楚汉之争中最后以失败而结束生命的楚霸王项羽表达了钦佩和推崇。诗歌以楚霸王的故事为题材，讽刺南宋统治者的苟且偷安，歌颂失败了的英雄项羽，表现了作者崇尚的气节。

这首诗起调高亢，鲜明地提出了人生的价值取向：人活着就要做人中的豪杰，为国家建功立业；死也要为国捐躯，成为鬼中的英雄。爱国激情溢于言表。面对南宋统治者抛弃中原河山，但求苟且偷生的惨痛现实，诗人想起了项羽。项羽突围到乌江，乌江亭长劝他急速渡江，回到江东重整旗鼓，项羽自己觉得无脸见江东父老，便回身苦战，杀死敌兵数百，然后自刎。诗人在这里赞美了不肯忍辱偷生的英雄项羽，鞭挞了南宋当权派的苟且行径，借古讽今，正气凛然。

这是婉约派词人李清照写出的少有的豪放诗。全诗仅二十个字，连用了三个典故，内容丰富，笔力雄健。"生当作人杰，死亦为鬼雄"二句也成了世代传诵的豪壮之声。

声声慢

李清照

名句：寻寻觅觅，冷冷清清，凄凄惨惨戚戚。
这次第，怎一个愁字了得！

【导读】

《声声慢》是李清照晚期的名作，历来为人们所称道。当时正值金兵入侵，北宋灭亡。南渡避难的李清照经历了国破家亡丈夫死一连串的打击，尝尽了颠沛流离的苦痛，在这种背景下写下了这首词。"声声慢"为词牌名。

【原词】

寻寻觅觅，冷冷清清，凄凄惨惨戚戚①。乍②暖还寒时候，最难将息③。三杯两盏淡酒，怎敌他、晚来风急？雁过也，正伤心，却是旧时相识。

满地黄花④堆积，憔悴损，如今有谁堪摘？守着窗儿，独自怎生得黑⑤！梧桐更兼细雨，到黄昏、点点滴滴。这次第⑥，怎一个愁字了得⑦！

【注释】

①戚戚：忧伤的样子。②乍：刚。③将息：保养、休息。④黄花：指菊花。⑤怎生：怎样。黑：天黑。这句说孤独中度日如年，怎样熬到天黑啊！⑥这次第：这些情况，这种情况。⑦了得：指包括尽，意谓心头万般苦味，用一个普通的"愁"字如何能包括得了。

【译诗】

寻觅啊寻觅，我在四处寻觅，
可陪伴我的只有冷落和孤寂。
想到国破家亡丈夫死的遭遇，
我的内心凄楚难忍惨痛不已。
正碰上乍暖还寒的秋天季节，
我多病的身子最难调养休息。
想借着两三杯淡酒消除忧愁，
可这酒怎能敌得过夜深风急！
我正伤感不已恰见大雁北去，
熟悉的雁儿更勾起我的回忆。

看眼前秋菊怒放黄花开满地，
可人已憔悴谁还有心思摘取？
我长时间地站立在小窗之前，
独自一人叫我怎能熬到夜里！
秋风不断地吹打着梧桐树叶，
秋雨一直下到黄昏点点滴滴。
这细细密密淅淅沥沥的秋雨，
就像是永远洒不完的伤心泪。
面对着眼前这一连串的情景，
一个愁字怎能概括我的心情！

【赏析】

《声声慢》是李清照晚年的代表作。作品用铺叙的手法，描写了一天中所见、所闻、所感的一些平常事物，倾诉了一个离乡背井、家破人亡妇女的深愁惨痛。

上片开篇的"寻寻觅觅，冷冷清清，凄凄惨惨戚戚"几句写动作，写环境，更写心情。环境孤寂，心情空虚凄苦，无可排遣寄托。词人在这里别出心裁地用了七组叠词，由外而内、由浅入深，文情并茂地描写出女主人公寂苦无告的凄凉心境。紧接着写词人悲苦心境产生的原因。

"乍暖还寒时候，最难将息"两句，说由于环境不佳，心情不好，身体也就觉得难以适应。接下来以酒不敌急风，来表达借酒浇愁但愁仍难排遣之意。"雁过也，正伤心，却是旧时相识"三句，借归雁可以回到北方，人却只能客寄江南的现实来表达词人天涯沦落之感。下片直承上文。诉说眼前满地黄花开得极其茂盛，可是人已憔悴不堪，谁还有兴致去摘取？"守着窗儿，独自怎生得黑"一句写自己孤孤单单地靠着窗儿，怎样才能挨到天黑呢？真是苦到了极点。紧接着写梧桐叶落，秋色愁人，细雨霏霏，更添愁绪。这里将凄凉的景色与痛苦的心情交融在一起，使词的意境更为深远。最后一句总括上文，"这次第，怎一个愁字了得"中"这次第"三字极其有力，表达愁不胜愁、愁无尽期的怨恨，使主题进一步深化。

总之，作者通过描绘种种暮秋的景物，来渲染心中的愁情；借秋日平常的景物，委婉含蓄地表达痛苦难熬的内心活动。同时，使用宋时的日常口语入词，写眼前景，道心中意，语浅而情深。尤其开篇连用十四个叠字，历来为人赞赏。从构思上说，连用十四个叠字出奇制胜，很见功力；从感情表达上说，使用直抒胸臆的写法，既表情又达意；从格调上说，奠定了全词凄切、哀婉的感情基调；从音律上说，抑扬顿挫，和谐悦耳，朗朗上口；从语言表达上说，用字自然妥帖且造语新颖，有独创性，被历代评论家称为"真似大珠小珠落玉盘"。

满江红

岳飞

名句：三十功名尘与土，八千里路云和月。
　　　莫等闲、白了少年头，空悲切。

【导读】

岳飞（1103—1142年），字鹏举，汤阴（今属河南）人。南宋初抗金名将，屡破金兵，以恢复社稷为己任。历官荆湖东路安抚都总、河南北诸路招讨使等职。绍兴十一年（1141年），大败金兀术，进军至朱仙镇。在金兵面临全面溃退的大好形势下，被宋高宗赵构用秦桧计以一日十二道金牌召回，以"莫须有"罪名诬陷至死。

这首词写于1136年，作者三十四岁。"满江红"为词牌名。

【原词】

怒发冲冠①，凭栏处，潇潇雨歇。抬望眼，仰天长啸，壮怀激烈。三十功名尘与土②，八千里路③云和月。莫等闲④、白了少年头，空悲切。

靖康耻⑤，犹未雪。臣子恨，何时灭！驾长车，踏破贺兰山缺⑥。壮志饥餐胡虏肉，笑谈渴饮匈奴血⑦。待从头、收拾旧山河，朝天阙⑧。

【注释】

①怒发冲冠：极愤怒的样子。头发因愤怒而竖起，把帽子往上顶。《史记·廉颇蔺相如列传》："相如因持璧却立，倚柱，怒发上冲冠。"②三十功名尘与土：岳飞在三十多岁时就已被任命为宣抚副使、少保、太尉等职，说"尘与土"，是自谦之词。③八千里路：泛指道途悠长。④等闲：轻易。⑤靖康耻：指靖康二年（1127年）金兵攻陷汴京，徽、钦二帝被掳走。靖康，北宋钦宗年号。⑥贺兰山：现宁夏回族自治区和内蒙古自治区的界山。这里泛指宋、金边界的界山。缺：指山口。⑦胡虏、匈奴：泛指敌人。⑧天阙：宫殿前的楼观。

【译诗】

我怒不可遏，激愤得头发竖起，
倚靠着栏杆，一场雨刚刚停歇。
抬起头仰望蓝天我长长地感叹，
那精忠报国的意志是多么壮烈。
三十多年的功名化为了尘与土，
八千里征程飘逝过多少云和月。
千万不要虚度自己的青春年华，
等银发满头之时空自悔恨悲切。

靖康年间的耻辱至今仍未洗雪，
臣子的遗恨要到何时才会泯灭！
我要驾战车领军去踏破贺兰山，

亲自把被敌人掠夺的土地收回。
志气壮饿时恨不得吃敌人的肉，
笑谈中渴了恨不得喝强盗的血。
等王师光复中原重整河山那天，
我将把胜利捷报飞传京城宫阙。

【赏析】

这是一首千年传唱、振奋人心的正气歌。

词的开篇，作者就抑制不住满腔的悲愤直抒胸臆，用"怒发冲冠""仰天长啸"这样激愤的动作和感情色彩强烈的词语表现对山河破碎的愤慨和英雄无奈的深度叹息。接着在回顾自己转战南北的征程后，发出了"莫等闲、白了少年头，空悲切"的感叹，这是对自己功业未就的痛惜和遗憾，具有警醒的力量。下片由抒情转为言志。先写英雄的宏愿和壮志：雪耻灭恨；再写实现壮志的具体行动："驾长车""饥餐胡虏肉""渴饮匈奴血"，既表现了对敌人的蔑视，又表现了对胜利充满信心的大无畏气概。最后以"待从头、收拾旧山河"为最终目的，充分表现了岳飞的碧血丹心、忠贞报国之情。

全词感情慷慨激昂、悲壮豪放、音调高亢，回荡着爱国主义旋律和英雄主义的气概，是一首永远激励中华民族奋起战斗、自强不息的壮歌。

钗头凤

陆游

名句：红酥手，黄縢酒，满城春色宫墙柳。

【导读】

陆游（1125—1210年），南宋著名词人。字务观，号放翁，山阴（今浙江绍兴）人。十二岁即能诗文，一生著述丰富，有《剑南诗稿》等数十种存世。陆游具有多方面文学才能，尤以诗的成就为最高。自言"六十年间万首诗"，今尚存九千三百余首，是中国文学史上留诗最多的诗人之一。与杨万里、范成大、尤袤齐名，并称为南宋"中兴四大诗人"。

这是一首著名的爱情词，词中包含着一个令人伤感痛心的爱情悲剧。据说陆游原来的妻子是其表妹唐婉，两人婚后感情很好。可陆游的母亲不喜欢唐婉，两人被迫离婚。后来，唐婉改嫁同郡赵士程，陆游也另娶了妻子。公元1155年的一次春游中，两人偶遇于禹迹寺南的沈园。唐婉遣人送酒肴给陆游。陆游非常伤感，就乘醉吟赋了这首词，信笔题于园壁上。"钗头凤"为词牌名。

【原词】

红酥手，黄縢酒①，满城春色宫墙柳②。东风③恶，欢情薄，一怀愁绪，几年离索④。错，错，错！

春如旧，人空瘦，泪痕红浥鲛绡透⑤。桃花落，闲池阁，山盟虽在⑥，锦书难托⑦。莫，莫，莫⑧！

【注释】

①红酥手：红润白嫩的手。黄縢（téng）酒：即黄封酒，用黄纸封口的官酒。②宫墙柳：用以暗喻唐氏如宫墙中的柳一样可望而不可即，与下片"锦书难托"句相呼应。③东风：暗喻陆游的母亲。④离索：离散。⑤红浥：泪水沾湿了脸上的胭脂。浥（yì）：湿润。鲛（jiāo）绡：神话中鲛人（美人鱼）所织的丝绢，后世用为手帕的别称。⑥山盟：盟誓如山，不可易移。⑦锦书难托：唐氏已另有丈夫，按照封建礼法，不能再与之通书信。⑧莫，莫，莫：表示无可奈何，只好作罢的意思。

【译诗】

你用那红润白嫩的纤手，
为我送来了黄封的美酒。
看眼前到处已杨柳青青，
正好是春色满园的时候。

可恼人的东风实在可恶，
转眼把我们的恩爱剥夺。
我们只能空怀满腔愁绪，
熬过了几年离异的生活。
一切都是：错、错、错！

看眼前明媚的春光依旧,
相思的人却白白地消瘦。
你的眼泪和着胭脂流淌,
已经把丝织的手帕湿透。

院中的桃花在纷纷飘落,
显得冷清的是池塘楼阁。
当年山盟海誓言犹在耳,
现在却连书信也难寄托。
不堪回首:莫、莫、莫!

【赏析】

　　陆游的这首词记述了与唐氏在沈园的这次相遇,表达了他们眷恋之深和相思之切,抒发了词人难以言状的凄楚心情。

　　词的上片通过追忆往昔美满的爱情生活,感叹被迫离异的痛苦。开头"红酥手"三句描述与唐氏游园的美好情景,勾勒出一个明媚和谐的场景,写春景的无限美好。接着以下四句感情突然急转直下,宣泄美满姻缘被无端拆散的怨恨。"东风恶"三个字,一语双关、含蕴丰富,是全词的关键所在。"东风"既指吹落春花、送春归去的春风,也隐喻造成这场悲剧的其母。最后连用三个"错"字直抒胸臆,将激愤的感情发抒到极至,既感人至深,又耐人寻味。

　　词的下片即景抒情,由感慨往事回到现实,进一步抒写与妻子被迫离异的巨大悲痛。"春如旧"三句承接上片,写沈园重逢时对唐婉的印象,逼真地刻画出一个为"一怀愁绪"所折磨得泪湿丝绢而"空瘦"的相思女的形象。"桃花落"以下四句写词人与唐婉相遇以后的痛苦心情。用落花和闲池写词人凄寂冷落的心境,用虽在的山盟和难托的锦书写内心爱恨交织的极度痛苦。最后连用三个"莫"字,将无终无了的怅恨推向高潮,令人叹息不已。

　　全词多使用艺术对比的手法,始终围绕着沈园这一特定空间来安排笔墨,把同一空间不同时间的情事和场景对比叠印出来,充分表现出"几年离索"给双方带来的巨大精神折磨和痛苦。再加上"错、错、错"和"莫、莫、莫"先后两次感叹,荡气回肠,大有恸不忍言、恸不能言的情致。这首词很好地做到了内容和形式的完美统一,是一首别开生面、催人泪下的作品。

游山西村

陆游

名句:山重水复疑无路,柳暗花明又一村。

【导读】

陆游这首诗写于他被罢官回乡的第二年(1167年)初春。诗歌通过对家乡一带农村风光习俗的描绘,表现了热爱故土和乡亲的感情。

【原诗】

莫笑农家腊酒浑,丰年留客足鸡豚①。
山重水复疑无路,柳暗花明又一村。
箫鼓追随春社②近,衣冠简朴古风③存。
从今若许闲乘月④,拄杖无时⑤夜叩门。

【注释】

①豚(tún):小猪。②春社:古代春、秋两季祭祀土地神的日子,叫作"社日"。春季的社日,简称"春社"或"春社日"。③古风:古代的风尚习俗。④闲乘月:趁着月明之夜出外闲游。⑤无时:不时,随时,说不定什么时候。

【译诗】

不要笑话农家腊月的小酒浑浊不清醇,
丰年里招待客人吃饭有的是鸡汤肉羹。
山峦重重溪水弯弯仿佛前面已没有路,
柳树荫荫繁花灿灿不觉又到了另一村。
此起彼伏的箫鼓声响起原来春社已近,
人们衣着简朴古时风俗习惯依然保存。
今后如果我还有闲暇乘明月之夜出游,
说不定哪天又挂着拐杖来叩你的家门。

【赏析】

这首别开生面的诗篇是陆游的名作之一。

诗歌的首联渲染出丰收之年农村一片宁静、欢悦的气象，并借"腊酒""鸡豚"写出农民的朴实、纯真和热情，以及对得到盛情款待的感激。次联"山重水复疑无路，柳暗花明又一村"写山间水畔的景色，写景中寓有哲理，是千百年流传的名句。这里先以大范围落笔，以"山重水复"来勾画整个山环水抱的自然环境。然后落笔写"柳暗花明"中的一个村庄。用"暗"来写柳的茂密，用"明"来写花的繁盛，从而描绘出一片美丽的风光和蓬勃的生机。这两句诗不仅画面生动逼真，形象性极强，还暗含了人世间事物总会有消长变化、希望永远存在的哲理。第三联转入对乡土习俗的描写，由自然入人事，赞美古老淳朴的乡土风俗，表达对故土及乡亲的热爱。最后一联用"拄杖无时夜叩门"收束全文。亲切的语调、老朋友式的闲谈，洋溢着诗人与当地民众在感情上融洽的气氛，表现出浓浓的人情和温馨的气息。

在这首记游诗里，诗人为读者描画了农村美丽迷人的自然风光，表现了农民的真诚热情和民风的淳朴可亲。尤其"山重水复疑无路，柳暗花明又一村"两句诗意浓郁，千百年来为读者广泛传诵，百读不厌。

卜算子·咏梅

陆游

名句：无意苦争春，一任群芳妒。

【导读】

这是陆游一首非常有名的咏梅诗，也是古代咏物诗中的精品。"卜算子"为词牌名。

【原词】

驿外①断桥边，寂寞开无主。已是黄昏独自愁，更著风和雨。

无意苦争春，一任群芳妒。零落成泥碾作尘，只有香如故。

【注释】

①驿外：驿站外。驿站即古时传递文书人员中途更换马匹或休息、住宿的地方。

【译诗】

驿站外的一个断桥旁边，
有一树梅花在独自吐艳。
夕阳中它任凭风吹雨淋，
晚霞映出它孤独的愁态。

孤梅全无心去苦争春天，
一任群花妒忌它的姣妍。
纵然花瓣飘零变成尘土，
它的香气依然长留人间。

【赏析】

这首咏梅词题名为"咏梅"，实则是借梅来表达自己的思想感情。作者十分成功地运用比兴手法，以梅花自喻，将梅花人格化，咏物寓志。

词的上片状物写景，描绘了风雨中独自绽放的梅花，集中写了梅花的艰难处境。梅花长在偏僻的"驿外断桥边"且"寂寞开无主"，在黄昏中独自挺立开放，在风雨交加中倍受摧残，实在令人叹息。上阕四句可说是"情景双绘"，让读者在一系列景物中感受到作者特定环境下的心绪——愁。下片抒情，主要抒写梅花的两种美德。"无意苦争春，一任群芳妒"写的是美德之一：朴实无华，不慕虚荣，不与百花争春，在寒冬中孤傲挺立开放，它的与世无争使它胸怀坦荡，一任群花自去嫉妒。"零落成泥碾作尘，只有香如故"写的是美德之二：志节高尚，操守如故，就算化作尘泥，还香气依旧。末句"只有香如故"意味深长，具有扛鼎之力，它振起全篇，把前面梅花的不幸处境和风雨侵凌、凋残零落、成泥作尘的凄凉和悲戚，一股脑抛到九霄云外，曲折地表达了自己虽历尽艰辛也决不趋炎附势的决心和孤高雅洁的志趣。

这首词以深沉的情调写出了梅花傲然不屈的精神，暗喻了自己坚贞不屈的品格。笔触细腻，意味深远，是咏梅词中的杰作。

书 愤

陆游

名句： 楼船夜雪瓜洲渡，铁马秋风大散关。

出师一表真名世，千载谁堪伯仲间！

【导读】

《书愤》是陆游的七律名篇之一，全诗感情沉郁，气韵浑厚。中间两联属对工稳，尤以颔联"楼船夜雪瓜洲渡，铁马秋风大散关"两句，雄放豪迈，为人们广泛传诵。

【原诗】

早岁那知世事艰①，中原北望气如山②。

楼船夜雪瓜洲渡③，铁马秋风大散关④。

塞上长城⑤空自许，镜中衰鬓已先斑。

出师一表⑥真名世，千载谁堪伯仲⑦间！

【注释】

①早岁：早年，指青年时期。世事艰：指北伐事业受到投降派的阻挠、破坏。②中原北望：即北望中原。气如山：形容收复失地的壮志豪情有如高山。③楼船：高大的战船。瓜洲：在今江苏扬州南，地处运河流入长江口岸，是当时重要的军事据点。④铁马：披着铁甲的战马。大散关：在今陕西宝鸡市西南大散岭上。当时为宋金西部分界处的军事要塞。⑤塞上长城：边疆上的万里长城。南朝刘宋大将檀道济自称为能够抵御外侮的"万里长城"。这里是作者自比。⑥出师一表：即诸葛亮的《出师表》。⑦伯仲：古时兄弟间长幼的次序。伯为长，仲为次。

【译诗】

年轻时哪里知道世事如此艰难，

北望中原时豪情万丈气势如山。

曾在雪夜乘战船巡查瓜洲古渡，

又跨铁马迎秋风登上边塞雄关。

曾经以"塞上长城"自勉自许，

可至今一事无成已经白发苍苍。

诸葛亮的《出师表》名传万世，
谁还能写出可与他比肩的文章！

【赏析】

这是爱国诗人陆游晚年时的一首诗作。诗歌抒发了作者内心慷慨激愤、壮志难酬、报国无门的抑郁之情，在激愤的情调中透着一种无可奈何的悲怆。

首联用自问的方式回顾少年时的壮志豪情，写年轻时不知道世事艰难，满怀着收复中原的万丈豪情，流露出激愤不平之意。颔联追述了宋人抗金的两次胜利，将这种壮志豪情具体化，使用意象组合的方法，把分别表示军队、时令、地点的名词并列叠加在一起，构成了雄健激越的艺术画面，洋溢着战斗的豪情，展示出年轻时报效祖国的雄心。颈联使用"塞上长城"的典故，以南朝时抵御外侮的名将檀道济自况，表现已到鬓发斑白的晚年终还一事无成、倍感人生失意的无奈和壮志难酬的苦痛。尾联引用诸葛亮的典故，感叹自己不能像诸葛亮一样实现北伐愿望而产生的难以抑止的失意和悲怆。

强烈的抒情性是本诗的最大特点，一个"愤"字贯穿全诗。前四句写得气势磅礴，极书早年意气的壮烈和愿望的宏大；后四句写得情调苍凉，写尽晚年因一事无成在心中无法抑制的悲愤。这种因心理与现实的巨大落差而产生的情感，凸显了诗歌"书愤"的题旨——书写心中的义愤之情。细读诗歌，但见句句是愤、字字是愤，愤而为诗，诗尽是愤。

临安春雨初霁①

陆游

名句：小楼一夜听春雨，深巷明朝卖杏花。

【导读】

这首诗写于淳熙十三年（1186年），此时陆游已六十二岁，在家乡赋闲了五年。诗人少年时的意气风发与壮年时的裘马清狂，都随着岁月的流逝一去不返了，但他光复中原的壮志未衰。这一年春天，陆游被起用为严州知府，赴任之前，先到临安（今浙江杭州）去觐见皇帝，住在西湖边上的客栈里听候召见，在百无聊赖中写下了这首广泛传诵的名作。

【原诗】

世味②年来薄似纱，谁令骑马客京华③？
小楼一夜听春雨，深巷明朝卖杏花。
矮纸斜行闲作草④，晴窗细乳戏分茶⑤。
素衣⑥莫起风尘叹，犹及⑦清明可到家。

【注释】

①霁（jì）：雨雪停止。②世味：人情世态。③京华：京城。指南宋京城临安。④矮纸：短纸。斜行：写草书的笔势。草：指草书。⑤细乳：沏茶时水面浮起像乳一样的小泡沫。分茶：品茶。⑥素衣：浅色的衣服。这里是诗人的谦称，犹言"素士""布衣"。陆机《为顾彦先赠妇》诗："京洛多风尘，素衣化为缁。"⑦犹及：还来得及。

【译诗】

近年来真感到世态炎凉人情薄如纱，
谁让你骑着马离开家乡客居在京华？
住在小楼上彻夜听着那沙沙的春雨，
幽深巷子里明早又会有人叫卖杏花。
闲来无事在短纸上随意写几行草字，
晴天窗下漾开茶沫慢慢品一壶清茶。
不必担心京城的风尘会把素衣弄脏，
令人欣慰的是清明前还来得及回家。

【赏析】

这首诗在陆游的诗作中是一首风格较独特的诗，以"小楼一夜听春雨，深巷明朝卖杏花"两句尤为出名。

开篇就言"世味"之"薄"，并自问"谁令骑马客京华"，写出对世俗和官场的厌倦。一方面感叹人情冷暖，如半透明的薄纱；另一方面又扪心自问：谁叫自己离家而客居京华？表明寓居临安的寂寞无聊和无奈。次联写春夜的感受，挑选了极富生活气息的细节"听春雨"和"卖杏花"进行描写，让人联想起江南淡而浓、深而远的温馨春意，又从字里行间感受到诗人的孤寂和苦涩。诗句形象鲜明、意味深长、对仗工整。传说这两句诗传入皇宫中,深得孝宗皇帝的赞赏。颈联写诗人客居时的生活,又挑选了两个典型的生活细节:"作草书"和"品清茶",这一"闲"一"戏"既表现诗人追求清新淡雅生活的愿望,又深藏着诗人无穷的感慨和牢骚。尾联写离清明已不远,想早早离京回家。"素衣莫起风尘叹"一句言明要保持自身清白的品行。"犹及清明可到家"一句表明诗人归心似箭的同时,又包含着自嘲之意和不平之慨。

这首诗为陆游惆怅徘徊之时的作品。整首诗清雅灵秀,情趣深长,别有韵致,诗意浓郁,既表现了对现实的否定,也体现了作者刚直的气节。

冬夜读书示子聿①

陆游

名句:纸上得来终觉浅,绝知此事要躬行。

【导读】

爱国诗人陆游一生勤奋好学,写过不少流传千古的育子诗。这些诗篇不仅饱含对子女的殷切期望,也体现了诗人的教育思想。《冬夜读书示子聿》写于宋宁宗庆元五年(1199年)冬日,共八首,这是其中的第三首。

【原诗】

古人学问无遗力②,少壮工夫老始③成。
纸上得来终觉浅,绝知此事要躬行④。

【注释】

①子聿:陆游的小儿子。②无遗力:竭尽全力。遗:余,保留。③始:才。④绝知:彻底了解。躬行:亲身实践。

【译诗】

古代做学问的人都是竭尽了全力,
年轻时就狠下功夫老了才出成绩。

光凭书本上得来的知识毕竟肤浅，要彻底了解事物还必须亲身践行。

【赏析】

　　诗的前两句"古人学问无遗力，少壮工夫老始成"赞扬了古人刻苦学习的精神，强调了做学问的艰难，说明只有少年时养成良好的学习习惯，竭尽全力打好扎实基础，将来才能成就一番事业。其中"无遗力"三个字，形容古人做学问勤奋用功、孜孜不倦，既生动又形象。第二句阐述了做学问应当持之以恒的道理，同时也强调"少壮工夫"的重要性。诗的后两句特别强调了只有经过亲身实践，才能把书本上的知识变成自己的实际本领。诗人从书本知识和社会实践的关系着笔，强调实践的重要性，凸显其不凡的真知灼见。这里"要躬行"包含两层意思：一是学习过程中要"躬行"，二是获取知识后还要"躬行"，通过亲身实践化为己有、转为己用。

　　这首诗以思想性和哲理性取胜，让读者在理性的思辨中受到教益。它蕴含着深刻的哲理：直接经验和间接经验是人们获取知识的两条途径。短短的四句诗，读起来朗朗上口，且意境深远，余味无穷。"纸上得来终觉浅，绝知此事要躬行"两句用简明的语言阐明事理，成为流传很广的名句。

沈园①二首（其一）

陆游

名句：伤心桥下春波绿，曾是惊鸿照影来。

【导读】

　　沈园是陆游与唐婉相识相恋的地方，也是他们爱情的归宿之地。由于陆游母亲的原因，这一对恩爱夫妻被拆散。十年后，两人在沈园偶然相遇，唐婉用酒殷勤相待，陆游伤感地在园壁上题了《钗头凤》一词，表达了不忍分离的哀怨和离别后的相思。唐婉读后伤心欲绝，也回了一首《钗头凤》，不久就忧郁而死。于是，沈园成了陆游终生魂牵梦萦的相思地。四十年后，陆游已七十五岁，来到沈园，重温往事，感慨万千，写下了这首诗。

【原诗】

城上斜阳画角②哀，沈园非复旧池台。
伤心桥下春波绿，曾是惊鸿③照影来。

【注释】

①沈园：故址在今绍兴禹迹寺南。②画角：古代的一种管乐器。出自西羌。以竹木或皮革制成，因外形彩绘，故名。其声哀厉高亢。古时军中多用，以警昏晓。③惊鸿：受惊的鸿雁。常用以比喻女子体态轻盈。

【译诗】

残阳斜照着城头传来画角声哀，
沈园里已没有昔日的亭池楼台。
桥下起伏的碧波看了使人伤心，
那里曾照过她的身影翩翩走来。

【赏析】

这首悼亡诗是一个七十五岁的老人对发生在四十年前的一场爱情悲剧的惨痛回味。当唐婉去世四十年后，陆游又来到沈园，故地重游，触景生情，引起千种感慨，于是含泪写下了这首诗以寄托哀思。

诗歌回忆与唐婉离异后在沈园邂逅的往事，写物是人非之悲。诗歌使用了借景言情的手法，以城头的斜阳和哀鸣的画角来渲染气氛，使眼中之景和耳中之声都染上哀怨的色彩。"伤心桥下春波绿，曾是惊鸿照影来"二句转入回忆，以乐景反衬哀情，写桥下荡漾的春波当年曾映照过唐婉的身影，展现出深藏在诗人心底那翩若惊鸿的美好形象，令人感动。

这首诗因情写景，借景言情，表达的是诗人的一片真情、深情和痴情，可谓情到自然成，感人至深。

示 儿

陆游

名句：王师北定中原日，家祭无忘告乃翁。

【导读】

《示儿》是陆游临死前写下的一首绝笔诗。整首诗写出了诗人一生的心事和期盼，表达了他强烈的爱国之情。

【原诗】

死去元知①万事空，但悲不见九州②同。

王师北定中原日③，家祭无忘告乃翁④。

【注释】

①元知：本来就知道。元：同"原"，本来的意思。②九州：中国的代称。古代中国分为九州。③王师：这里指南宋军队。中原：指淮河以北被金兵侵占的地区。④家祭：祭祀家中死去的长辈。乃翁：你的父亲。乃：你的、你们的。翁：父亲，这里指陆游自己。

【译诗】

人死后原本知道万事已成空，

令人悲痛的只是九州未大同。

王师收复北方失地的那一天，

祭祖时千万别忘告诉你家翁。

【赏析】

这是爱国诗人陆游临终写给儿子的遗嘱，表达了诗人至死念念不忘"北定中原"、统一祖国的深挚强烈的爱国之情。

头两句直抒胸臆，表明人死后本知万事皆空，任何事物都再无牵挂，唯独一件事放不下，那就是沦丧的国土尚未收复，而要将这种遗恨从生前带到死后。但诗人并没有绝望，第三句"王师北定中原日"表明诗人坚信总有一天自己的愿望会实现，"王师"一定会光复中原。于是诗的情调由悲痛转为激昂，诗人把希望寄托给后代子孙，郑重地嘱咐儿子在家祭时千万别忘记把"北定中原"的喜讯告诉他。

这首诗用笔曲折，情真意切地表达了诗人临终时复杂的思想情绪，既有对抗金大业未就的无穷遗恨，也有对神圣事业必成的坚定信念。全诗表达悲切，但基调是激昂的。一个人在临终前的遗嘱中，不讲任何家中私事，没有表达任何儿女私情，唯一记挂的是祖国的统一大业，以至于死不瞑目，这是何等高尚的人格和崇高的爱国情怀！这正是《示儿》作为一篇用诗写成的独特遗嘱千百年让人传诵、令人感奋的原因。

钗头凤

唐婉

名句：世情薄，人情恶，雨送黄昏花易落。

【导读】

唐婉（1128—1156年），字蕙仙，山阴（今浙江绍兴）人，陆游的前妻，宋代才女。

这是唐婉对陆游《钗头凤》的和词。陆游原娶舅父唐闳之女唐婉，夫妻相爱，但陆游的母亲不喜欢唐婉，遂被迫离婚。后来二人偶遇于沈园，唐氏遣人送酒肴致意。陆游"怅然久之"，就题了一首《钗头凤》在园壁上。唐婉读后伤心不已，就和了这首词，不久就忧郁而死。

【原词】

世情薄，人情恶，雨送黄昏花易落。晓风干，泪痕残，欲笺①心事，独语斜阑。难、难、难！

人成各，今非昨，病魂常似秋千索。角声②寒，夜阑珊③，怕人寻问，咽泪装欢。瞒、瞒、瞒！

【注释】

①笺（jiān）：原意是写信的纸，这里是"记下"的意思。②角声：原为军中器乐声，这里指更鼓声。③阑珊（lán shān）：将近，衰落。

【译诗】

  人世间的感情竟如此淡薄，

  人与人的关系是这样险恶。

春雨又送走了一个个黄昏，
柔弱的春花多么容易飘落。

一夜间残留在脸上的泪行，
醒来时已被习习晨风吹干。
想要诉说心中难言的忧痛，
只能默默自语斜靠着栏杆。
一言难尽：难、难、难！

心爱的人如今已天各一方，
今天和昨天已经完全两样。
病魂如同荡来荡去的秋千，
日复一日萦绕在我的身旁。

尖利的角声传来阵阵凄凉，
朦胧的夜色也已渐渐衰残。
最怕的是有人来寻问心事，
只能咽下泪水把笑脸强装。
今生只能：瞒、瞒、瞒！

【赏析】

唐婉是我国历史上一位美丽多情的才女。这是她读了陆游《钗头凤》后写的和词。词中倾诉了满腹心事，抒发了委屈、怨恨、凄楚、绝望的情怀，令人感动。

词的上片交织着十分复杂的感情。开篇"世情薄，人情恶"两句直接抒写对于在封建礼教支配下的世故人情的愤慨之情。"薄"和"恶"两字用得准确有力。"雨送黄昏花易落"采用象征的手法，暗喻自己备受摧残伤害的悲惨处境。以下几句写内心的深切痛苦，最后一连串的"难"字是内心的独白，生动地表达了作者的千种委屈、万般愁恨。

词的下片继续直抒胸臆。"人成各"几句，从空间和时间的角度申诉自己遭遇的不幸和痛苦。"角声寒"以下四句，具体形象地倾诉自己痛不欲生、生不如死的苦境。"怕人寻问，咽泪装欢"的细节，真切地表现明明内心痛苦不已却还要咽下泪水、强装笑颜的情态，尤其生动感人。最后再以三个"瞒"字呼应作结，给读者留下深刻的印象。

与陆游的原词相比，本词更多地采用自怨自泣、独言独语的方式，以缠绵执着的感情和悲惨心酸的遭遇感动古今。陆词更多地是着力描绘出一幅幅凄怆酸楚的感情画面，以景、情、事交融的手法表达悔恨交加的悲痛而打动读者。两首词的表现手法虽然不尽相同，但切合各自的性格、遭遇和身份，写得同样出色。

合起来读，能给人以珠联璧合、相映生辉的感受。

小 池

杨万里

名句：小荷才露尖尖角，早有蜻蜓立上头。

【导读】

杨万里（1127—1206年），南宋著名诗人。字廷秀，号诚斋，吉水（今属江西）人。绍兴二十四（1154年）年进士，官至宝谟阁直学士。与陆游、范成大、尤袤齐名，并称为南宋"中兴四大诗人"。相传杨万里作有两万多首诗，是我国古代最高产的诗人。现存诗歌四千多首。

【原诗】

泉眼无声惜细流①，树阴照水爱晴柔②。
小荷才露尖尖角③，早有蜻蜓立上头。

【注释】

①泉眼：泉水的出口。惜：爱惜，珍惜，舍不得。细流：细小的水流。②照水：倒映在水面。照：映照。晴柔：晴天里柔和的风光。③小荷：指刚刚长出水面的嫩荷叶。尖尖角：指刚生出、还没有打开的嫩荷叶的尖端。

【译诗】

泉眼悄然无声是因舍不得细流，
树阴倒映水面是爱和风的轻柔。

娇嫩的小荷叶刚露出尖尖的角，
就有一只小蜻蜓立在它的上头。

【赏析】

《小池》一诗描写了诗人走出书斋、投入自然的感受。作者运用丰富新颖的想象和拟人的手法，细腻地描写了小池周边自然景物的特征和变化。

头两句写"泉眼"和"树阴"，分别使用了一个"惜"和一个"爱"字，就给了泉水和绿树以鲜活的生命。后两句"小荷才露尖尖角，早有蜻蜓立上头"是流传最广的名句。诗人用一个"露"字和一个"立"字，活灵活现地刻画了小池的勃勃生机，生动地描绘出蜻蜓与荷叶相依相偎的情景，给读者以鲜明的形象感，表现出诗人对大自然景物的喜爱之情。

这是一首描写初夏池塘美丽景色的清新小品。画面美丽，感情饱满。它以朴实细腻的语言生动展现了初夏时小池的明媚风光。品读诗句中所描绘的自然景物，一切都是那么细、那么柔、那么富有情意，可谓行行是诗，句句是画，做到了画面美、动态美和情感美的完满结合，因而成为一首为后人喜爱的传世之作。

晓出净慈寺送林子方[①]

杨万里

名句：接天莲叶无穷碧，映日荷花别样红。

【导读】

这是诗人在六月的西湖送别友人林子方时写的诗。全诗通过对西湖美景的赞美，委婉地表达对友人的眷恋之情。

【原诗】

毕竟西湖六月中，风光不与四时同。
接天[②]莲叶无穷碧，映日荷花别样红[③]。

【注释】

①净慈寺：西湖南岸的一座寺庙。林子方：作者的朋友。②接天：形容荷花一望无

边,仿佛与天相连。③别样红:红得很特别,不同于一般。

【译诗】

毕竟置身在六月西湖美景中,
风光确实与其他时节大不同。
荷叶田田连到天边满眼翠绿,
阳光映照荷花显得格外娇红。

【赏析】

西湖美景历来是文人墨客描绘的对象,杨万里的这首诗以其独特的手法流传千古,值得细细品味。

"毕竟西湖六月中,风光不与四时同",首句看似突兀,实则新奇、大气,读者首先从诗人赞叹的语气中就感受到了西湖的美景。这一句似脱口而出,是惊喜之余最直观的感受,因而强化了西湖之美。果然,"接天莲叶无穷碧,映日荷花别样红",诗人用一"碧"一"红"突出了莲叶和荷花给人带来的强烈视觉冲击。莲叶无边无际仿佛与天宇相接,气象宏大,既写出莲叶之无际,又渲染了天地之壮阔,具有极其丰富的空间感。"映日"与"荷花"相衬,又使得整幅画面色彩艳丽、绚烂生动。

全诗明白晓畅,其特别之处就在于先写感受,再叙实景,从而造成一种先虚后实的效果。读过之后,确实能感受到六月西湖"不与四时同"的美丽风光。

春 日

朱熹

名句:等闲识得东风面,万紫千红总是春。

【导读】

朱熹(1130—1200年),宋代著名的理学家、思想家、诗人。字元晦,号晦庵,别号紫阳,婺源(今属江西)人,生于建州尤溪(今属福建)。绍兴十八年(1148年)进士。有《晦庵先生朱文公集》《晦庵词》《四书章句集注》等。

【原诗】

胜日寻芳泗水滨①，无边光景一时新②。
等闲识得东风面③，万紫千红总是春。

【注释】

①胜日：风和日丽的晴朗日子。寻芳：赏花观景。泗水：古水名，在山东省中部。源出山东泗水县南麓，四源并发，故名。这里是泛指水滨。②光景：风光景物。一时新：同时焕然一新。③等闲：随便。识得：见到。

【译诗】

选个好日子赏花景来到泗水之滨，
无边山川景物让人感到焕然一新。
放眼四望随处都可见春风的身影，
催得百花姹紫嫣红全是它的原因。

【赏析】

这是朱熹一首很有名的富于哲理的写景诗。

首句"胜日寻芳泗水滨"，"胜日"指晴日，点明天气。"泗水滨"点明地点。"寻芳"，即是寻觅美好的春景，点明了主题。下面三句都是写"寻芳"所见所得。次句"无边光景一时新"，写观赏春景中获得的初步印象。用"无边"形容视线所及的全部风光景物。"一时新"，既写出春回大地，自然景物焕然一新，也写出了作者郊游时耳目一新的欣喜感觉。第三句"等闲识得东风面"一句中的"识"字承首句中的"寻"字。"等闲识得"是说春风吹拂，随处都可见到春天的面容。"东风面"借指春天。第四句"万紫千红总是春"，是说这万紫千红的景象全是由春风点染而成的，人们从这万紫千红中认识了春天。这就具体解答了为什么能"等闲"。第三、四句是用形象的语言具体写出光景之新和寻芳之所得。

从字面上看，这首诗好像只是写游春观感，但细究寻芳的地点是泗水之滨，而此地在宋南渡时早被金人侵占。朱熹未曾北上，当然不可能在泗水之滨游春吟赏。其实诗中的"泗水"是暗指孔门，因为春秋时孔子曾在洙、泗之间弦歌讲学，教授弟子。因此所谓"寻芳"即指寻求为人之道。"万紫千红"喻孔学的丰富多彩。诗人将圣人之道比作催发生机、点染万物的春风。这其实是一首寓理趣于形象之中的哲理诗。

观书有感二首

朱熹

【导读】

这是大学问家朱熹写读书心得的诗,写得独特而具启发性。人们读书有收获时,常会有一种豁然开朗的感觉。这两首诗就是以象征的手法将这种内心感觉化作可感触的具体形象加以描绘,让读者自己去领略其中奥妙的诗作。

其 一

名句:问渠那得清如许?为有源头活水来。

【原诗】

半亩方塘一鉴开①,天光云影共徘徊。
问渠那得清如许②?为有源头活水来。

【注释】

①一鉴开:像一面镜子一样打开。鉴:镜子。②渠:代词,它,指塘水。清如许:像这样清澈。

【译诗】

半亩大的方塘像一面镜子打开,
天光和云影全在水中游动徘徊。
若问它为何始终这样清澈明净?
因为源头不断地有活水注进来。

其 二

名句:向来枉费推移力,此日中流自在行。

【原诗】

昨夜江边春水生,艨艟①巨舰一毛轻。
向来②枉费推移力,此日中流自在行。

【注释】

①艨艟（méng chōng）：古代战船名。②向来：从前，以前。

【译诗】

昨天夜里江上春水涨得连岸平，
巨大的战舰变得像鸿毛一样轻。
先前费尽力气都推不动的巨舰，
今天却可以在江心自在地航行。

【赏析】

　　这是两首以诗歌形式写成的独特的"读后感"，它通过形象化的比喻来阐明自己读书的心得体会。尤以第一首流传最广。

　　其一以池塘活水设喻，强调不断读书学习、不断吸取新知识的重要性。作者先描绘了一个清澈明净的池塘，然后揭示原因，"为有源头活水来"。正是因为有活水不断从源头流进来，池水才会如此清澈明净，像一面镜子，映照着绚丽多彩、变幻无穷的蓝天白云。它形象地告诉人们，只有不断地学习，博览群书，用新知识、新信息来丰富自己的头脑，才能使思想不致僵化，适应时代的发展。这里，"方塘"喻人的大脑，"活水"喻新鲜的知识信息，"天光云影"喻丰富多彩的客观世界。比喻巧妙，形象生动，富于理趣，耐人寻味，把一篇读书心得写得如此生动简练、诗意化、哲理化，确是一首独特的精彩诗作。

　　其二改换比喻，阐述读书和学习的效果。诗以江上行船作比，说明在江上行船必须有江水为基本条件。没有水就行不了船，没有满满的江水，就行不了大船。以此告诉人们，读书做学问也如同行船一样，需要不断积累，待条件成熟后，功到自然成。就如巨舰停在江边，水浅时费尽九牛二虎之力也推不动，而一旦"春水生"，巨舰就变成了"一毛轻"。同样用巧妙的比喻，生动形象地说明了自己读书后的心得体会，给人以有益的启迪。

南柯子

王炎

名句： 人间辛苦是三农。要得一犁水足望年丰。

【导读】

王炎（1138—1218年），南宋词人，字晦叔，号双溪，婺源（今属江西）人。宋孝宗乾道五年（1169年）进士，著有《双溪类稿》等。"南柯子"为词牌名。

【原词】

山冥①云阴重，天寒雨意浓。数枝幽艳湿啼红。莫为惜花惆怅对东风。

蓑笠朝朝出，沟塍②处处通。人间辛苦是三农③。要得一犁水足望年丰。

【注释】

①山冥：山色昏暗。②沟塍（chéng）：田间沟埂。塍：与沟相对的埂。③三农：三次农忙，指春耕、夏耘、秋收。

【译诗】

　　山色昏暗，阴云重重，
　　天气寒冷，雨意渐浓。
　　花枝经过风吹雨打后，
　　更让人觉得冷艳娇红。
　　千万不要因怜悯红花，
　　用伤感情绪面对春风。

　　披蓑戴笠天天风雨中，
　　辛苦理得田沟处处通。
　　春耕、夏锄和秋收，
　　人间最苦就是这三农。
　　但愿开犁后雨水充足，
　　家家期盼着人寿年丰。

【赏析】

这是一首描写农民生产劳动题材的作品，在宋词中少见。

词的前半部分描写农村秀丽的风光。作者描画了"山雨欲来风满楼"的田园景色，摄取了"数枝幽艳湿啼红"这样一个特写镜头。然后笔锋一转，奉劝人们"莫为惜花惆怅、对东风"，不要满怀愁怨、无病呻吟。后半部分描绘在这大美风光中农民却要在田间辛苦劳动的情景。农民年复一年，天天披蓑衣戴斗笠，顶风冒雨进行春耕、夏锄、秋收。同时抒发感慨："人间辛苦是三农"，表现了作者与劳动人民息息相通的思想感情。

整首词语言通俗、简单易懂。由于作者曾做过主簿、知县等下级官员，有机会接近农民和农村生活，所以他的词摆脱了文人词以风情离怨为题材的俗套，关注和描写了农业生产及农民生活，这是难能可贵的。

水龙吟·登建康赏心亭①

辛弃疾

名句：楚天千里清秋，水随天去秋无际。

【导读】

辛弃疾（1140—1207年），南宋豪放词派代表作家。字幼安，号稼轩，历城（今山东济南）人。青年时期的辛弃疾，曾聚众参加耿京的义军，抗击金兵。后南归，做过一些小官。他一贯主张坚决抗金，受到朝廷当权者的疑忌，被闲置达二十年，到了晚年才重被起用。他继承和发展了苏轼、张孝祥的风格，与苏轼并称"苏辛"。辛弃疾是古代最高产的词人之一，有"词中之龙"之称。他的词现存六百多首，具有强烈的爱国情感和广阔的社会内容。有《稼轩长短句》。

这首词写于淳熙元年（1174年）作者正值壮年的三十五岁时。词中抒发了南归后报国无门、壮志难酬的悲愤心情。"水龙吟"为词牌名。

【原词】

楚天千里清秋，水随天去秋无际。遥岑远目②，献愁供恨，玉簪螺髻。

落日楼头，断鸿③声里，江南游子。把吴钩④看了，栏杆拍遍，无人会、登临意。

休说鲈鱼堪脍，尽西风，季鹰⑤归未？求田问舍，怕应羞见，刘郎才气⑥。可惜流年，忧愁风雨，树犹如此⑦！倩何人唤取，红巾翠袖⑧，揾⑨英雄泪！

【注释】

①赏心亭：在建康（今南京）秦淮河边。②岑（cén）：小而高的山。目：望。③断鸿：失群的孤雁。④吴钩：吴地出产的一种宝刀，泛指锋利的刀剑。李贺："男儿何不带吴钩，收取关山五十州"。⑤季鹰：晋代人张翰，字季鹰。他在秋风起时，想到家乡的莼菜羹和鲈鱼脍好吃，便辞官回乡（见《晋书·张翰传》）。⑥刘郎：刘备。《三国志·陈登传》中记载，许汜曾向刘备诉说自己受到陈登的慢待。刘备听后，认为许汜只顾"求田问舍"，不关心国家的命运，是活该受到慢待的。⑦树犹如此：刘义庆著的《世说新语·言语》中记载，"桓公（桓温）北征，经金城，见前为琅琊（令）时种柳皆已十围，慨然曰：'木犹如此，人何以堪！'攀枝折条，泫然流泪。"这里是叹息年华飞逝、功业无成。⑧倩（qiàn）：请，请人代替自己做。红巾翠袖：这是歌女的装束。宋代官绅举行宴会时，多请歌女唱歌、劝酒。⑨揾（wèn）：擦，拭。

【译诗】

楚天一望千里正值凄清的秋季，
看滔滔江水连天秋色无边无际。
远眺尖似簪圆如髻的崇山峻岭，
美丽河山带给我的是义愤填膺。
落日西沉楼头传来孤雁的哀鸣，
江南游子空看宝刀把栏杆拍尽。
可叹的是竟然没有一个人理解，
我这壮志难酬报国无门的心情。

休说家乡鲈鱼的味道实在鲜美，
尽管秋风起季鹰是否辞官归里？
或像许汜只知贪富贵买房买地，
那样我可无脸去见有志的刘备。

叹人生易老如树长年华如流水，
国势风雨中飘摇让人忧愁不已。
世无知已我还指望着谁的慰藉，
只有唤侍女拭去止不住的眼泪。

【赏析】

　　这首词通过对秋景的描绘，抒发了作者怀恋北方故土、渴望收复祖国山河的雄心壮志，同时也表现了对偏安江南的南宋朝廷的极度不满。

　　寓情于景是这首词的一大特色，这突出地表现在作品的上阕。"楚天千里清秋，水随天去秋无际"，连用两个"秋"字，隐含了作者心中的愁苦之情。那烟波浩渺、水天一望无际的画面更增加了愁的力度，把此地之"景"和登临者的"情"有机地融为一体。下面的"遥岑远目，献愁供恨，玉簪螺髻。落日楼头，断鸿声里，江南游子"也是如此，这些景物将作者的愁具体化。远处美丽的山峦已沦陷敌手，景色之美相反更增加了作者的惋惜和愁恨。"落日""断鸿""游子"的情调和谐，一股悲凉凄怆的氛围迎面而来，达到了情与景的有机统一。

　　妙用典故抒情言志是这首词作艺术上的另一特色，这又突出地表现在作品的下阕。词的下阕连用三个典故说明自己的心境，让人体会作者的"登临意"。"休说鲈鱼堪脍，尽西风，季鹰归未"说的是张翰因不满于官场的浑浊不堪，见到秋风起，便想到家乡的莼菜羹和鲈鱼脍，于是弃官返乡。此典一方面反映了作者对朝政的不满，同时也表现了作者尽管壮志难酬，但也不愿学张翰弃官归隐。"求田问舍，怕应羞见，刘郎才气"，则通过许汜在国势艰危之时不思报国却只顾购买田地房产的典故，表明了作者尽管难以见用于朝廷，却渴慕刘备的英雄气概而厌弃许汜的胸无大志。"可惜流年，忧愁风雨，树犹如此"这一有关桓温的典故颇富深意，一方面作者借桓温北征来表达自己北征的渴望；另一方面也感慨年华易逝而功业难成，表明了作者对朝廷苟安的不满。这三个典故的运用，既深化了作品的思想深度，又非常形象地表达了作者深挚的情感，增强了作品的艺术感染力。词末"倩何人"三句与上文的"无人会"相呼应，进一步发抒"世无知己"的感慨和壮志难酬的悲愤。

　　这首词是辛词的名作之一。它真实反映了那个时代的社会矛盾，抒发了作者强烈的爱国情怀和壮志未酬的悲愤之情,使用寓情于景、直抒胸臆和引用典故等多种艺术手法把内容完美地表达出来,具有强烈的感染力量。

青玉案①
辛弃疾

名句:众里寻他千百度,蓦然回首,那人却在,灯火阑珊处。

【导读】

我国古代有元夕观灯的风俗。词人假借在元宵节时对一位不喜热闹、自甘寂寞的女子的寻觅,含蓄地表达了自己高洁的志向和情怀。"青玉案"为词牌名。

【原词】

东风夜放花千树②。更吹落,星如雨。宝马雕车③香满路。凤箫④声动,玉壶⑤光转,一夜鱼龙舞⑥。

蛾儿雪柳黄金缕⑦,笑语盈盈暗香去。众里寻他千百度,蓦然回首,那人却在,灯火阑珊⑧处。

【注释】

①此词题有版本为《青玉案·元夕》。元夕:农历正月十五为上元节,这日晚上称"元夕",也称"元宵""元夜"。此词一般认为描写的是南宋都城临安(今杭州)元夕的情景。②花千树:形容灯火之多,如千树繁花齐开。③宝马雕车:指观灯的贵族豪门的华丽车马。④凤箫:《神仙传》载,秦穆公之女弄玉善吹箫作凤鸣声,引来了凤。故称箫为"凤箫"。⑤玉壶:喻明月,有高洁、晶莹之意。⑥鱼龙舞:指舞动鱼灯、龙灯。⑦蛾儿雪柳黄金缕:均为元宵节时妇女头上戴的各种饰物。⑧阑珊:零落。

【译诗】

好像一夜之间春风吹开了万千灯树,
焰火似流星如雨点散落到每家每户。
街市上全都是佩金饰银的华丽车马,
浓郁扑鼻的香气塞满了每一条道路。

凤箫声中玉壶般的月亮在缓缓移动，
看那满街的鱼灯、龙灯在彻夜欢舞。

四处是笑语盈耳人声鼎沸暗香轻拂，
走过一群插金戴银的大姑娘小媳妇。
我在人堆里到处寻找着心上的人儿，
百遍千遍地寻找啊她竟然踪影全无。
猛然一回头，没料想她竟然站在那，
街旁游人稀少灯火冷落的僻静之处。

【赏析】

  这是一首别有寄托的词作，是辛弃疾的名篇。作者通过对元宵节赏灯情景的描绘，运用强烈对比的手法，反衬出了一个甘于寂寞、独立不移、性格孤傲的女性形象。并以这样一个不肯随波逐流、甘于淡泊的女性形象婉转地表达自己屡受排挤仍矢志不移，宁可过寂寞的闲居生活也不肯与投降派同流合污的情操。

  词的上片，极写元夕灯火辉煌、车水马龙、歌舞繁盛的热闹景象。"东风夜放花千树，更吹落，星如雨"，前一句写灯，后一句写焰火。上元之夜，满城灯火，令人眼花缭乱。"花千树""星如雨"不仅写出了灯火之盛、之美，还给人热闹非凡的感觉，渲染出了节日的热烈气氛。接着"宝马雕车香满路"是概括地勾勒游人之盛。最后三句描绘歌舞之乐。"一夜鱼龙舞"，写出了人们彻夜狂欢的情景。下片写寻觅意中人的过程。"蛾儿雪柳黄金缕，笑语盈盈暗香去"几句具体地描写了观灯的游人，尤其突出观灯看花、打扮得花枝招展的妇女，一个"去"字也暗传出对意中人的寻觅。"众里寻他千百度，蓦然回首，那人却在，灯火阑珊处"写经过反复的寻觅，终于在灯火冷落的地方发现了她。人们都在尽情狂欢，她却在热闹圈外，独自站在"灯火阑珊处"，充分显示了"那人"的与众不同和孤高。"众里寻他千百度"极写寻觅之苦，而"蓦然"二字则写出了发现意中人后的惊喜之情。

  这首词最主要的艺术特点是对比和反衬，先用大量笔墨渲染元夕的热闹景象，最后突然笔锋一转，以冷清作结，形成了鲜明的对比。这种对比，不仅造成了境界上的强烈反差，深化了全词的意境，而且很好地起到了突出人物形象的作用。读到这里，读者才恍然大悟：那上片的灯、月、烟火、笙笛、社舞交织成的元夕欢腾，那下片的惹人眼花缭乱的一队队丽人靓女，原来都只是为了那一个意中之人而设。若无此人在，那一切都失去了意味。这是词中最精彩的一笔。近代国学大师王国维在《人间词话》中把"众里寻他千百度，蓦然回首，那人却在，灯火阑珊处"列为"古今成大事业、大学问者"所必须经历的第三种境界，也是最高的境界。

菩萨蛮·书江西造口①壁

辛弃疾

名句：青山遮不住，毕竟东流去。

【导读】

辛弃疾这首词写于淳熙三年（1176年）。当时他任江西提点刑狱住在赣州，在造口作此词。"菩萨蛮"为词牌名。

【原词】

郁孤台下清江水②，中间多少行人③泪。西北望长安④，可怜无数山。

青山遮不住，毕竟东流⑤去。江晚正愁余，山深闻鹧鸪⑥。

【注释】

①造口：在今江西万安，也称"皂口"。②郁孤台：古台名，在今江西赣州西南。清江：赣江与袁江合流处一名"清江"，此指赣江。③行人：指流离失所的人民。这句是追述当年金兵侵扰、百姓受害的惨状。④长安：汉、唐数朝的京城，借指汴京。⑤东流：向东流。⑥鹧鸪：鹧鸪鸟鸣声凄切，古人认为它的叫声像"行不得也哥哥"。

【译诗】

　　　　郁孤台下的清江水泛着波浪，
　　　　中间溶进了多少行人的泪行。
　　　　向西北眺望遥远的京城长安，
　　　　可惜的是隔着一重一重青山。

青山毕竟不能把清江水遮断，
看它仍浩浩荡荡地奔向海洋。
江边的夜色正引起我的忧愁，
耳旁又传来鹧鸪凄切的鸣唱。

【赏析】

　　这是一首表现作者强烈忧国情怀的词作。词从怀古开端，用比兴的手法反映了作者渴望恢复中原的爱国思想以及羁留后方、不能一展抱负的苦闷。

　　词的上片即景抒情，表现对金兵的痛恨及故园难觅的悲愤。开篇两句起笔奇特，将郁孤台下的清江水比作行人的眼泪，将满腔的悲愤化为悲凉的诗句，既写了"实"，又写了"虚"。"实"指人民当年饱受的战乱之祸，"虚"指以无尽江水喻人民所受苦难的深重。"西北望长安，可怜无数山"两句，"虚"以"望长安"喻自己渴望收复失地、驱逐敌人之志；"实"以"无数山"喻无数宵小的民族败类。下片在豪壮中显沉郁，抒发理想不能实现的苦闷。"青山遮不住，毕竟东流去"仍采用虚实结合的写法，表现作者的信念：人民的抗敌意志毕竟是不可阻挡的，字里行间充满豪迈乐观的精神。结句突然一转，用深山里的鹧鸪声委婉表达壮志难酬、报国无门的深切悲痛。

　　全词融情入景，以比兴和虚实结合的手法抒发情怀，给人一种悲壮苍凉、沉郁顿挫的美感。

丑奴儿·书博山①道中壁

辛弃疾

名句：少年不识愁滋味，爱上层楼。

【导读】

　　这是辛弃疾写于博山道中石壁上的一首词。辛弃疾在被解职后闲居在信州上饶期间，经常在博山闲游。尽管博山风景美丽，可诗人联想到国势风雨飘摇，自己却报国无门，心情愤懑，充满忧愁，写下了这首词。"丑奴儿"

为词牌名。

【原词】

少年不识愁滋味,爱上层楼②。爱上层楼,为赋新词强③说愁。
而今识尽愁滋味,欲说还休④。欲说还休,却道天凉好个秋。

【注释】

①博山:山名,在今江西广丰。②层楼:指高楼。③强(qiǎng):勉强。④欲说还休:想要说出来而又说不出来。此化用李清照《凤凰台上忆吹箫》"多少事、欲说还休"词意。

【译诗】

少年时不懂得愁滋味,
很喜欢独自登上高楼。
很喜欢独自登上高楼,
为写新词去勉强说愁。

如今尝尽了愁的滋味,
提起"愁"字就罢休。
提起"愁"字就罢休,
只说天气凉爽好个秋。

【赏析】

这首词通过回顾"少年"时不知愁苦的情景,衬托"而今"深深领略了愁苦的滋味却又无法言明的感受,写出"少年"和"而今"两种截然不同的思想感情。

上片写少年时没有经历过人世艰辛,喜欢登上高楼赏玩景致,本来没有愁苦可言,但是"为赋新词",只好勉强写一些愁苦的字眼应景。上片生动地写出少年时代纯真幼稚的境况。"不识"写少年根本不知道什么是愁,十分真切。下片笔锋一转,写出历尽沧桑、饱尝愁苦滋味之后思想感情的变化。"识尽愁滋味"概括了作者半生的经历。积极抗金,献谋献策,力主恢复中原,这些不仅未被朝廷重视,反而使他遭受投降派的迫害、打击。他这愁郁结心头已久,很想对人倾诉,但是一想到朝廷昏庸黑暗,投降派把持政权,说了也于事无补,就不再说了。"欲说还休"深刻地表现了作者这种痛苦矛盾的心情，悲愤愁苦溢于言表。值得注意的是，"欲说还休"四字重复出现，用叠句的形式渲染了有苦无处诉的气氛，增强了艺术效果。

这首词通篇言愁，融进了作者复杂、深刻却又难以言明的人生体验，通过"少年"时与"而今"的对比，表现了受压抑、遭排挤、壮志难酬的痛苦，也表现了对南宋朝廷的讽刺与不满。词末以"却道天凉好个秋"这样一句闲谈的话来收束全篇，表现心中极度的愤懑之情。写法高明，耐人寻味。

鹧鸪天·送人

辛弃疾

名句：今古恨，几千般，只应离合是悲欢？

【导读】

这首词是辛弃疾中年时的作品，是一首送别的词作。"鹧鸪天"为词牌名。

【原词】

唱彻阳关①泪未干，功名馀事且加餐②。浮天水送无穷③树，带雨云埋一半山。

今古恨，几千般④，只应离合是悲欢？江头未是风波恶，别有⑤人间行路难。

【注释】

①阳关：指《阳关曲》，古代著名的送别歌曲。②此句的意思是功名是身外多余的事，还是加餐吧。③无穷：无尽，无边。④般：种。⑤别有：更有。

【译诗】

唱完了《阳关曲》眼泪还未干，
功名本身外之事不如努力加餐。
江水流向天边送走无尽的树木，
带雨的阴云低垂遮住一半青山。

古今来的遗憾怅恨有百样千般,
说过来说过去都是离合与悲欢。
最险恶的事情不只是风急浪险,
更是那在人生路上行走的艰难。

【赏析】

这首词虽为送友人而作,但由于作者当时在仕途上已经历了很多挫折,所表达的更多是世路的艰难和人生的感慨。

开篇两句叙事抒情。"泪未干""且加餐"等语,皆为对自己报国壮志难酬而被迫退隐的激愤之辞。"浮天水送无穷树,带雨云埋一半山"既是写送别时翘首遥望之景,又表达了报国之士被奸邪小人遮蔽、压制的愤懑之情。"今古恨,几千般,只应离合是悲欢"是送别的主旨,将人世间最能引动人情感的社会现象进行归纳和升华,赋予其普遍的社会意义。结尾"江头未是风波恶,别有人间行路难"两句是对友人的提醒和忠告。

全词篇幅虽短,但包含了广阔深厚的思想感情。笔调深沉含蓄,举重若轻,不见用力之迹而力透纸背,在古代送别诗中独具特色。

鹧鸪天·代人赋

辛弃疾

名句: 城中桃李愁风雨,春在溪头荠菜花。

【导读】

这是豪放派词人辛弃疾的一首优美的婉约词。"鹧鸪天"为词牌名。"代人赋"为词题,假托代他人所写之意。

【原词】

陌上①柔桑破嫩芽,东邻蚕种已生些②。平冈细草鸣黄犊,斜日寒林点暮鸦。

山远近,路横斜,青旗沽酒③有人家。城中桃李愁风雨,春在溪头荠菜花。

【注释】

①陌（mò）上：指田间。陌：田间小路。②些：（sā）：语气词。③沽（gū）酒：卖或买酒。

【译诗】

田野里柔嫩的桑条已长出新芽，
东邻家的蚕宝宝已孵出了蚕娃。
山坡平缓绿草如茵小牛在欢叫，
夕阳斜照寒林飞过去几只乌鸦。

弯弯小路一直伸进远近的山洼，
挂着青旗的地方有卖酒的人家。
城中桃花李花正在风雨中发愁，
春风已吹开了小溪边的荠菜花。

【赏析】

  这是辛弃疾作品中写得很别致的一首词。词中描述的全是初春的景象，写的全是鲜活的事物，描摹的全是有生命力的景物，使用的全是充满人情味的语言，表达的是深沉而富有哲理的思想感情。

  这首词通过写景和抒情，表达了作者在罢官乡居期间对农村生活的欣赏流连和对城市上层社会的鄙弃，并由此把词的思想意义向纵深方向拓展。荠菜花的花瓣碎小，颜色也不鲜艳，只有淡淡的香味，在城市人眼里是算不上什么花的，作者却偏偏热情地赞美。除此之外，引起作者注意并捕捉到的，还有桑芽、幼蚕、细草、黄犊等，多是新鲜的、富有生命力的事物，连同那出现在画面上的山村茅店的酒旗，都体现了一种活泼向上的生机。词中关于"城中桃李"和"溪头荠菜花"的对比，含有对生活的哲理性思考。荠菜花不怕风雨，占有春光，在它身上仿佛体现了一种人格精神。词人风趣地以代友人填词的方式回答对方，一方面借荠菜花的形象自我写照，另一方面又流露出自己不做愁风愁雨的"城中桃李"，而愿做朴素坚强的"溪头荠菜花"，以此与友人共勉。

  这首词语言生动，音韵和谐，易读易诵，把深刻的思想乃至哲理与新鲜生动的艺术形象有机地结合起来，给人多方面的启迪。

清平乐·村居

辛弃疾

名句：醉里吴音相媚好，白发谁家翁媪。

【导读】

这是辛弃疾写的一首反映农村生活的别具特色的词作，作于闲居带湖期间。"清平乐"为词牌名。

【原词】

茅檐低小，溪上青青草。醉里吴音相媚好①，白发谁家翁媪②。

大儿锄豆溪东，中儿正织鸡笼；最喜小儿亡赖③，溪头卧剥莲蓬。

【注释】

①吴音：此泛指江南地方话。媚好（hǎo）：指说话声音轻柔悦耳。②媪（ǎo）：年老的妇女。③亡赖：形容小儿子的嬉皮笑脸之貌。亡：通"无"。

【译诗】

　　茅草盖的房屋又矮又小，
　　溪水的两岸长满了青草。
　　边喝着酒边说着家乡话，
　　这对白发夫妻配得多巧。

　　大儿子锄豆在溪水之东，
　　二儿子在家里编织鸡笼。
　　最顽皮无赖的是小儿子，
　　躺在小溪边上剥吃莲蓬。

【赏析】

这是辛弃疾写的一首反映农村生活的词作。这首小令很有特点，以极其朴素清新的语言描绘了江南一个普通农村家庭朴实的生活画面，充满了浓厚的乡土气息。

开头两句，描写这老小五口之家所居的环境：一所低小的茅草房，紧靠着一条流水淙淙、清澈见底的小溪，溪水边长满碧绿的青草。诗人淡淡两笔就把由茅屋、小溪、青草组成的秀丽的村居环境勾画了出来。第三、四两句是平中见奇的妙笔，描写一对彼此"媚好"的白发老夫妻边喝酒边聊天的悠闲自得的情态。下面四句直陈其事，简要勾勒三个儿子的不同形象，尤其是小儿无赖贪吃的天真活泼情态，勾勒得饶有趣味，栩栩如生。

这首词构思新巧，使用白描手法，将茅檐、溪水、青草的环境，一家五口的不同神态、语调，简洁而自然地组合成一幅生动而趣味盎然的农村家庭生活图景，给人一种清新朴素的美感。

破阵子
为陈同甫赋壮词以寄之①
辛弃疾

名句：醉里挑灯看剑，梦回吹角连营。

【导读】

这首词是辛弃疾写给他的朋友陈同甫（陈亮）的。"破阵子"为词牌名。

【原词】

醉里挑灯看剑②，梦回吹角连营③。八百里分麾下炙④，五十弦翻塞外声⑤，沙场秋点兵⑥。

马作的卢飞快⑦，弓如霹雳弦惊⑧。了却君王天下事⑨，赢得生前身后名⑩。可怜⑪白发生！

【注释】

①陈同甫：陈亮，字同甫，与辛弃疾为同一历史时期的思想家、文学家，力主抗金，反对议和。赋：写作。壮词：壮烈的词章。寄：寄托。②挑灯看剑：把灯挑亮，抽出宝剑细看。③梦回：梦中回到。吹角连营：各个军营里接连不断地响起号角声。④八百里：泛指军队驻扎的范围。麾下：部下。炙：烤熟的肉。⑤五十弦：指多种合奏的乐器。翻：演奏。塞外声：这里指雄壮悲凉的军乐。⑥沙场：战场。点兵：检阅军队。⑦作：如，像。的卢：额部有白色斑点的名马。⑧霹雳：巨大的雷声。惊：震动。⑨了却：完成。天下事：指收复中原。⑩赢得：得到。名：声名，名誉。这里指为恢复中原而建立功名。⑪可

怜：可惜。

【译诗】

带着醉意挑亮灯花细看宝剑，
梦中营房里号角声响成一片。
出征的将士正一起分吃烤肉，
雄壮的军乐声已飞出了塞外。
正值霜风劲厉肃杀的秋季里，
看这沙场上阅兵的豪壮场面。

坐骑跑起来似的卢马般飞快，
无数支弓箭齐射像雷声震天。
完成了君王交付的统一大业，
我们的功名将在史册上记载。
可叹的是英雄还没到用武时，
满头白发却不知不觉长出来。

【赏析】

　　这首词写得豪放悲壮。全词以抒发壮志为主，回忆自己当年的战斗经历，表现了作者渴望抗金杀敌、建功立业的决心。

　　词的上片写想象中的秋天早晨沙场上点兵时的壮观场面。首句叙写现实生活，"醉里挑灯看剑"使用了三个连续性且富有特征性的动作，表现他随时不忘收复中原、统一祖国的大事。"梦回吹角连营"以后几句写梦中的想象，号角吹响、分吃烤肉、军乐齐奏、沙场阅兵，一系列军营场面写得逼真动人，预示着作者"醉里""梦里"所想的一切统统变成了现实。词的下片写投入战斗的惊险场面。骏马飞奔，风驰电掣，弓弦雷鸣，万箭齐发，又是一连串的战斗场面，写得非常逼真，甚至使人预想到欢声动地、旌旗招展的胜利情景，既"了却君王天下事"，又"赢得生前身后名"，真是多么惬意、多么豪壮。可惜的是回到现实以后才发现现实是多么无情，末句"可怜白发生"写出原来这一切全是梦想、空想，自己白发已满头却英雄无用武之地、报国无门，是何等沉痛、悲愤。

　　这首词构思奇特，由醉而梦，由梦而醒，醉情、梦境、现实三者交融，理想与现实的矛盾表现得尖锐突出。一首壮词最终由雄壮化为悲壮,具有感人的力量。

游武夷,作棹歌呈晦翁①十首(其七)

辛弃疾

名句: 人间正觅擎天柱,无奈风吹雨打何。

【导读】

这首诗作于绍熙四年(1193年)春,当时辛弃疾任福建提点刑狱,赴任途中顺道去建阳拜访朱熹(晦翁),两人同游武夷山,辛弃疾即兴赋《九曲棹歌》十首,这是其中的第七首。

【原诗】

巨石亭亭缺啮多②,悬知③千古也消磨。
人间正觅擎天柱,无奈风吹雨打何。

【注释】

①武夷:武夷山,在江西、福建两省之间,有九曲溪、虎啸岩等风景名胜,为游览胜地。棹歌:划船时唱的歌。棹:船桨,代指船。晦翁:朱熹号晦庵,人称"晦翁"。②亭亭:高高耸立的样子。啮(niè):侵蚀。③悬知:推想。

【译诗】

巨石高高耸立着缺损处已经很多,
想它经千年风雨怎不受侵蚀消磨。
人间正到处寻找这样的擎天大柱,
可它在这里遭风吹雨打无可奈何。

【赏析】

这首诗颇为奇特,全诗以石起兴,以石为题,以石言志。

武夷山的九曲溪畔有一座山,全由一块巨石组成,形成一道奇景,被称为"一石成山"。这块巨石高高耸立犹如一根擎天大柱。然而它被弃置在山野,历经千年万载,遭受风吹雨淋日晒,如今已千疮百孔、遍体鳞伤。诗人即以这块巨石借题发挥，托物寓意。表面写石，实则写己，表达对南宋统治者不能起用贤才重整山河的悲愤和无奈。

南乡子·登京口北固亭^①有怀

辛弃疾

名句：千古兴亡多少事？悠悠，不尽长江滚滚流。

【导读】

这首词是辛弃疾知镇江府时所作。镇江又称京口。自南宋与金国划淮水为界后，京口便成了长江下游的军事重镇。作者在这里登楼远眺，感慨历史的兴衰，写下了这首词作。《南乡子》为词牌名。

【原诗】

何处望神州②？满眼风光北固楼③。千古兴亡多少事？悠悠④，不尽长江滚滚流。

年少万兜鍪⑤，坐断⑥东南战未休。天下英雄谁敌手？曹刘⑦。生子当如孙仲谋⑧！

【注释】

①北固亭：在镇江市长江边的北固山上，下临长江，形势险峻。②神州：原指全中国。这里指被金人占领的江北中原沦陷地区。③北固楼：即北固亭。④悠悠：长远的样子。⑤年少万兜鍪（dōu móu）：指二十来岁就能统率上万兵马的孙权。兜鍪：战士的头盔，这里借指士兵。⑥坐断：占据。⑦曹刘：曹操和刘备。⑧生子当如孙仲谋：这是曹操称赞孙权的话。仲谋：孙权，字仲谋。

【译诗】

到什么地方去眺望中原神州？
放眼这风光无限美的北固楼。
古往今来经历过多少兴亡事，
就像滚滚不息的长江无尽头。

看他年少有为指挥千军万马,
屡战屡胜占据江南尽显风流。
天下英雄只有曹刘是他对手,
难怪人称"生子当如孙仲谋"!

【赏析】

这是一首怀古诗。作者通过对古代英雄人物的歌颂,讽刺南宋统治者在金兵的侵略面前不敢抵抗、昏庸无能,抒发了作者爱国、卫国的强烈感情。

词的上片写作者登临北固楼,从眼前的景物引发对古今兴亡变化的慨叹。首两句写登上北固楼极目远眺,映入眼帘的是周围一片美好的风光,而中原故土已非我有!开篇这突如其来的一问,饱含悲愤和无奈。接下来再自问自答一句:"千古兴亡多少事?悠悠。"这是作者囊括了时间和空间的全局,从宏观上发出的一种感慨。千百年来,在这块土地上经历了多少朝代的兴亡更替?这一问一答纵观千古成败,意味深长,回味无穷。然而,"不尽长江滚滚流",往事悠悠,英雄已逝,只有这无尽的江水依旧滚滚东流,成为历史的见证。下片讴歌历史英雄人物孙权,暗讽南宋统治者的苟且偷安。首两句"年少万兜鍪,坐断东南战未休"极力渲染三国时孙权不可一世的英姿,写孙权年纪轻轻就统率千军万马,雄踞东南一隅,奋发自强,何等英雄!接下来,他再次向人发问:"天下英雄谁敌手?"然后自答说只有曹操、刘备才堪与孙权争胜。"生子当如孙仲谋"这句话本是曹操所说,现在由辛弃疾口中说出,化为了意在言外的激愤之声。

这首词围绕着"登北固楼"的主题,大处落墨,视野开阔,把写景和抒情、议论密切结合起来。全词层次分明,通篇三问三答,自相呼应,创设宏大的意境。同时化古人语言入词,活用典故成语。它与作者的另一首登北固亭词《永遇乐》相比,一风格明快,一沉郁顿挫,同是怀古伤今,都可称千古绝唱。

永遇乐·京口北固亭怀古

辛弃疾

名句： 想当年，金戈铁马，气吞万里如虎。
凭谁问：廉颇老矣，尚能饭否？

【导读】

这首词写于宋宁宗开禧元年（1205年）作者任镇江知府时，辛弃疾六十五岁。当时南宋朝廷中韩侂胄掌权，有人劝他北伐建功以巩固其政治地位。于是他起用了辛弃疾等主战派人士。辛弃疾积极支持北伐，但又担心韩侂胄好大喜功，不做好准备而仓促出兵，重蹈南朝刘义隆草率北伐而失败的覆辙，因此在京口的北固亭上写下了这首怀古讽今的词作。"永遇乐"为词牌名。

【原词】

千古江山，英雄无觅孙仲谋处①。舞榭歌台②，风流总被，雨打风吹去。斜阳草树，寻常巷陌③，人道寄奴④曾住。想当年⑤，金戈铁马⑥，气吞万里如虎。

元嘉草草，封狼居胥，赢得仓皇北顾⑦。四十三年⑧，望中犹记，烽火扬州路⑨。可堪回首，佛狸祠下，一片神鸦社鼓⑩。凭谁问：廉颇老矣，尚能饭否⑪？

【注释】

①"英雄"句：无处寻找英雄孙仲谋（那样的人物）。仲谋：孙权的字。他曾在京口建立吴都，并曾打败来自北方的曹操军队。②舞榭（xiè）歌台：歌舞的台榭。榭：台上的房子。③寻常巷陌：普通的街道。巷、陌：这里都指街道。④寄奴：南朝宋武帝刘裕的小名。刘裕的祖先由北方移居京口。⑤当年：指刘裕为了恢复中原大举北伐的时候。⑥金戈铁马：这里指代精锐的部队。金戈：用金属制成的长枪。⑦"元嘉"三句：南朝宋文帝刘义隆（刘裕的儿子）在元嘉二十七年（450年）草率出师北伐，想要建立像古人封狼居胥山那样的功绩，结果落得北望敌军而仓皇失措。封狼居胥：汉朝霍去病追击匈奴至狼居胥山（在现在内蒙古自治区西北部），封山（筑土为坛以祭天，纪念胜利）而还。⑧四十三年：作者于宋高宗绍兴三十二年（1162年）从北方抗金南归，至写这首词时（1205年）已有四十三年。⑨烽火扬州路：指整个扬州路都有金兵劫掠。路：宋代行政区域名，

相当于现代的"省"。⑩"佛狸"二句：佛狸祠下，一片神鸦的叫声和社日的鼓声。佛狸：后魏太武帝拓跋焘的小名。神鸦：这里指在庙里吃祭品的乌鸦。社鼓：社日祭神所鸣奏的鼓乐。⑪"凭谁问"句：（现在）靠谁来问：廉颇老了，饭量还好吗？这是作者以廉颇自况，抒发感慨，说自己虽然老了，还不忘为国效力、恢复中原，可是朝廷一味屈膝投敌，早没有起用他的意思了。

【译诗】

千古以来的大好江山依然如故，
却难以寻觅英雄孙仲谋的去处。
往昔繁盛的歌舞和英雄的业绩，
早已经被雨打风吹得踪迹全无。
西下的残阳斜照着荒草和古树，
人们说刘裕曾在这街巷里居住。
当年他带军时金戈铁马的军威，
长驱万里杀敌真如下山的猛虎！

元嘉年草率出兵为封山的抱负，
结果只落得大败而逃仓皇北顾。
南归四十三年向北眺望中原时，
依然还记得硝烟弥漫的扬州路。
怎忍心回看被侵占的佛狸祠下，
竟是神鸦飞社鼓敲的升平景图。
还指望着谁来问一问廉颇老将：
你是否还饭量不减、勇猛依旧？

【赏析】

这首词从题目看是"怀古"，实则是借古讽今。写登临所见又处处关合古人古事，词中不仅抒情，而且言志，不仅言志，而且直陈时事，发表政治见解，处处紧扣住"怀古"二字。

词的上片追怀与京口有关的历史人物。词的开头"千古江山，英雄无觅，孙仲谋处"三句，写的是三国时期的英雄人物孙权。这里表面上是追怀历史人物，实际上是暗寓南宋统治集团中连雄踞江左的孙权这样的人物也无处寻觅了。接着又进一步写了与京口有关的历史人物刘裕，"想当年，金戈铁马，气吞万里如虎"三句突出了刘裕的英雄气概。下片是借历史人物、历史事件，发表对时事和重大国策的看法。开头"元嘉草草，封狼居胥，赢得仓皇北顾"，作者在这里用南朝宋文帝的历史教训，告诫南宋统治者，仓促上阵必然导致不可设想的后果。接着作者回忆自己南归时的情景，"四十三年，望中犹记，烽火扬州路"三句隐含着无比沉痛的感情。接下去"可堪回首，佛狸祠下，一片神鸦社鼓"几句，词人借历史影射现实，对金人南侵、国家的耻辱渐渐被人们淡忘的现实表示深深的忧虑。结尾借用廉颇的典故，表明自己虽然年老但报国雄心未灭的壮志。

全词运用反衬、对比的手法，将叙事、写景、议论、抒情融为一体。先追怀历史英雄人物，赞扬孙权、刘裕叱咤风云的英雄气概，反衬南宋统治者的软弱无能和苟且偷安，又对比韩侂胄等当权者的草率失误表达自己壮志难酬的悲愤；词中使用大量典故，丰富了诗歌的内容；结构严密集中，笔墨大开大阖，做到了思想性和艺术性的高度统一，不愧为一首千古传诵的怀古名作。

绝句·古木阴中系短篷

志南

名句：沾衣欲湿杏花雨，吹面不寒杨柳风。

【导读】

志南，南宋诗僧，志南是他的法号，生平不详。

【原诗】

古木阴中系短篷①，杖藜②扶我过桥东。
沾衣欲湿杏花雨，吹面不寒杨柳风。

【注释】

①短篷：小船。篷：船帆，这里代指船。②杖藜："藜杖"的倒文。藜：一种草本植物，茎杆直立，年久的可做拐杖。

【译诗】

在古树的浓荫下系好了船篷，
拄着藜杖我慢慢地走过桥东。
沾湿衣裳的是杏花上的春雨，
吹拂人面的是杨柳下的和风。

【赏析】

这首小诗写的是诗人在微风细雨中拄杖春游的乐趣。

诗的首句就交代了一个极其美好的自然环境：一条弯弯的小河蜿蜒于树林之中，在长有参天古木的岸边，诗人系好了船篷，然后上岸春游。第二句"杖藜扶我过桥东"是写诗人拄杖行走，诗中却说"杖藜扶我"，这是将藜杖人格化了，仿佛它是一位可以依赖的游伴，默默无言地扶人前行，欣欣然通过小桥，一路向东而行。古诗里的"东"，有些时候便是"春"的同义词，东风专指春风，如李煜"小楼昨夜又东风"。诗人过桥东行，正好有东风迎面吹来，增加了诗意。诗的后两句"沾衣欲湿杏花雨，吹面不寒杨柳风"尤为精彩："杏花雨"，早春的雨；"杨柳风"，早春的风。这样说比"细雨""轻风"更有美感，更富于画面美。杨柳枝随风荡漾，给人以春风生自杨柳的印象。称早春时的雨为"杏花雨"，与称夏初的雨为"黄梅雨"，道理相似。"沾衣欲湿"，用衣裳似湿未湿来形容初春细雨似有若无。"吹面不寒"，和风迎面吹来，不觉有一丝寒意，这是多么惬意的春日远足！

"古木""短篷""小桥""杏花雨""杨柳风"，再加上拄着藜杖漫游的僧人……读这首诗，就像欣赏一幅中国古代的文人画。画面很雅，很古朴，很有意味。尤其"沾衣欲湿杏花雨，吹面不寒杨柳风"两句，语言生动，对仗工整，将视觉、触觉、感觉融合在一起，准确精练地表现了春天杏花盛开、小雨纷纷、杨柳飘舞、东风和暖的美丽宜人的景象，是传诵千古的名句。

扬州慢

姜夔

名句：二十四桥仍在，波心荡、冷月无声。

【导读】

姜夔（约1155—1221年），南宋词人。字尧章，号白石道人，鄱阳（今江西鄱阳）人。一生屡试不第，漂泊四方，以布衣终。精通音律，善自度曲。他是南宋格律词派的代表词人，其作品对后世影响深远。有《白石道人歌曲》留世。

扬州于宋高宗在位期间曾两次遭到金兵的侵扰。南宋建炎三年（1129年），金兵大举南侵，攻破扬州，烧杀掳掠。绍兴三十一年（1161年），金兵又大举进犯淮南地区，扬州惨遭洗劫。诗人于宋孝宗淳熙三年（1176年）冬至这一天，即金兵第二次南侵后的第十五年，路过扬州，目睹了遭战争洗劫后扬州的萧条残破景象，抚今追昔，写下了这首词。"扬州慢"为姜夔自制曲词。

【原词】

淳熙丙申至日，予过维扬。夜雪初霁，荠麦弥望。入其城，则四顾萧条，寒水自碧，暮色渐起，戍角悲吟。予怀怆然，感慨今昔，因自度此曲，千岩老人以为有《黍离》之悲也①。

淮左②名都，竹西③佳处，解鞍少驻初程。过春风十里④，尽荠麦青青。自胡马窥江⑤去后，废池乔木，犹厌言兵。渐黄昏，清角吹寒，都在空城。

杜郎⑥俊赏，算而今、重到须惊。纵豆蔻词工，青楼梦⑦好，难赋深情。二十四桥⑧仍在，波心荡、冷月无声。念桥边红药⑨，年年知为谁生！

【注释】

①千岩老人：南宋诗人肖德藻，号千岩老人。《黍离》：指《诗经·王风·黍离》篇。"黍离之悲"：对国家残破、今不如昔的哀叹。②淮左：宋设淮南东路和淮南西路，淮南东路又称"淮左"。③竹西：扬州城东一亭名，景色清幽。④春风十里：借指昔日扬州的最繁华处。⑤胡马窥江：1129年和1161年，金兵两次南下，扬州都遭惨重破坏。⑥杜郎：指唐朝诗人杜牧，他以在扬州诗酒轻狂著称。⑦青楼梦：杜牧《遣怀》一诗中的句

子,"十年一觉扬州梦,赢得青楼薄幸名"。⑧二十四桥:在扬州西郊,传说有二十四个美人吹箫于此。⑨桥边红药:二十四桥又名"红药桥",桥边生长着红芍药花。

【译诗】

淳熙年丙申月冬至这一天,我从扬州经过。这时刚刚雪后初晴,放眼望去,四处全是青青的荠草和麦苗。扬州城内一片萧条,河水碧绿凄冷。天色渐晚,城中响起凄凉的号角。我内心悲凉,感慨于扬州城今昔的变化,于是自创了这支曲子。千岩老人认为这首词有《黍离》的悲凉意蕴。

淮南这一带非常著名的都城,
竹西亭是它最佳的风景名胜。
我在这里解下马鞍稍事休息,
开始了一段难以忘怀的行程。
经过那春风十里的繁华扬州,
满眼是青青的荠麦让人心冷。
自从金兵劫城以后直到今天,
废池乔木还控诉着那场战争。
暮色越来越近天气越来越凉,
凄清的号角回荡在整座空城。

当年杜牧的扬州诗令人感奋,
假如他来重游定会惊讶万分。
纵然他作词的技艺超群出众,
有写出青楼梦好的赋诗才能。
倘若面对着如此荒凉的景象,
也难表达对扬州的一往情深。
二十四桥仍横卧在瘦西湖上,
碧波映照冷月四周寂静无声。
看桥边芍药花开得多么红艳,
年复一年开放不知它为谁生?

【赏析】

　　这首词写于宋孝宗淳熙三年（1176年）冬至日，词前的小序对写作时间、地点及写作动因均做了交代。姜夔路过扬州，目睹了战争洗劫后扬州的萧条景象，抚今追昔，悲叹今日的荒凉，追忆昔日的繁华，因作这首词以寄托对扬州昔日繁华的怀念和对今日山河残破的哀思。

　　词的上片写景，着重写词人亲眼目睹的景象和心理感受。开头几句写扬州是淮南东路著名的都城，城东禅智寺旁的竹西亭是扬州最美好的去处。词人在这里解下马鞍，小驻停留，开始远行中的一段路程。接下来"过春风十里，尽荠麦青青"写经过昔日扬州处处亭台的十里长街，如今却是一片青青的荠菜和野麦，景象无比萧条。"自胡马窥江去后，废池乔木，犹厌言兵"几句写历史：自从宋高宗时金人两次进犯长江退去以后，古都扬州只剩下荒废的池苑和高大的古树，似乎还在控诉着那两次残暴的战争。"渐黄昏，清角吹寒，都在空城"转换了一个画面，由所见转写所闻：黄昏时分戍楼上又吹起了凄清的号角，使行人感到阵阵寒意，号角声不断在劫后的空城上空回荡，进一步渲染了凄清的气氛。词的下片抒情，运用典故，伤今怀古，抒发感慨，进一步深化了"黍离之悲"的主题。接着写杜牧情事，主要目的不在于评论和怀念杜牧，而是通过"化实为虚"的手法，点明这样一种"情思"：即使杜牧风流俊赏、"豆蔻词工"，可是如果他而今重到扬州的话，也定然会惊讶河山的巨变了。借"杜郎"史实，反衬出"难赋"之苦。"二十四桥仍在，波心荡、冷月无声"描写凄冷的月光沉浸在水中，二十四桥下波涛激荡，显得十分清冷、空寂。词人用桥下"波心荡"的动，来映衬"冷月无声"的静。"波心荡"是俯视之景，"冷月无声"本来是仰观之景，但映入水中，又成为俯视之景，与桥下荡漾的水波合成一个画面，这是一个精彩的特写镜头，是历来传诵的写景名句。最后"念桥边红药，年年知为谁生"句向芍药花发问，表达词人的强烈感受，把悲怆的心情抒发到极致。

　　全词用语凝练精警，诗意含蓄，即景抒情，言有尽而意无穷。善于化用前人的诗境入词，用虚拟的手法，使其一波未平，一波又起，余音缭绕，余味不尽。既揭示了战争给人民所造成的灾难，又对南宋王朝的偏安一隅有所谴责，是一首深刻反映现实、表现"黍离之悲"的经典作品。

雪 梅

卢梅坡

名句： 梅须逊雪三分白，雪却输梅一段香。

【导读】

卢梅坡，南宋诗人。生卒年不详。卢梅坡留下的诗不多，以这首诗最为有名。

【原诗】

梅雪争春未肯降①，骚人搁笔费评章②。

梅须逊③雪三分白，雪却输梅一段香。

【注释】

①降（xiáng）：让步。②骚人：指诗人。③逊：差，比不上，不及。

【译诗】

梅雪争春谁也不肯相让，

诗人搁下笔来颇费思量。

梅花比雪少了三分洁白，

雪却差了梅花一股清香。

【赏析】

这是一首咏物言志的七言绝句。诗人通过对"雪""梅"的评论，在比较中巧妙地写出各自的特色，并寓理于其中。

这首诗写得很有意思，它使用拟人化的手法写"梅雪争春"，说梅花和雪花都认为各自占尽了春色，谁也不肯相让。这样难坏了诗人，难写评判文章。说句公道话，梅花须逊让雪花三分晶莹洁白，雪花却输给梅花一段清香。古今不少诗人往往把雪、梅并写。雪因梅透露出春的信息，梅因雪更显出高尚的品格。谁也未将二者分个高低。但在诗人笔下，二者为争春发生了"摩擦"。这种写法新颖别致、出人意料，难怪诗人无法评判。诗的后两句巧妙地指出二者的长处与不足：梅不如雪白，雪没有梅香，回答了"骚人搁笔费评章"的原因。

这是一首带寓言意味的作品。读完全诗，我们不难看出作者写这首诗的言外之意：借雪梅的争春，告诫人们人各有所长，也各有所短，要有自知之明,取人之长,补已之短,才是正理。"梅须逊雪三分白,雪却输梅一段香"两句既有情趣,也有理趣,引人深思,因此成为名句流传后世。

题临安邸①

林升

名句:山外青山楼外楼,西湖歌舞几时休?

【导读】

林升(1131—1189年),字梦屏,平阳(今浙江平阳)人。生活在宋高宗绍兴至孝宗淳熙年间。家境贫寒,好学能文。《题临安邸》是他留下的唯一诗作。

【原诗】

山外青山楼外楼,西湖歌舞几时休?
暖风熏得游人醉,直把杭州作汴州②。

【注释】

①临安:今浙江杭州,为南宋都城。邸:旅店、客栈。②汴州:州名。因城临汴水得名。这里指北宋都城开封。

【译诗】

山外有青山啊楼外还有楼,
西湖边的歌舞何时才罢休?
暖风把游人们吹得醺醺醉,
竟把杭州当成了都城汴州。

【赏析】

这首诗是写在临安一家旅店墙壁上的,是诗人有感而发、针砭时弊之作。

自从金兵入侵、中原沦陷以后,以宋高宗为首的南宋朝廷偏安于江南,以杭州作为行都,苟且偷生,沉醉于西子湖畔花天酒地、轻歌曼舞的享乐生活中,将中原大好河山和沦陷区人民抛到九霄云外。诗人目睹这令人痛心疾首的现实,即景抒感,对南宋统治者苟且偷安、不图恢复、醉生梦死、寻欢作乐的腐朽生活进行了嘲讽和谴责。诗中一句写景,一句抒情,寓讽刺于生动的形象和图画中,含蓄委婉,切中时弊,语言通俗,易读易记。历来脍炙人口,传诵很广,尤以"山外青山楼外楼"一句最为出名。

约 客

赵师秀

名句: 黄梅时节家家雨,青草池塘处处蛙。

【导读】

赵师秀(1170—1219年),字紫芝,亦作灵芝,又字灵秀,号天乐,宋太祖八世孙,永嘉(今浙江温州)人。绍熙元年(1190年)进士。有《清苑斋集》。

【原诗】

黄梅时节①家家雨,青草池塘处处蛙。
有约不来过夜半,闲敲棋子落灯花。

【注释】

①黄梅时节:指梅子黄熟的初夏时节。这时江南地区经常阴雨绵绵,称为"黄梅雨"。

【译诗】

黄梅时节细雨笼罩着万户千家,
池边草丛中处处有鸣叫的青蛙。
约了个客人到半夜还不见他来,
闲得无聊敲敲棋子抖落了灯花。

【赏析】

这首小诗写得很别致,内容是写初夏的一个雨夜,主人公约客人来下棋消闲,但久等客人不至的寂寞无聊而悠闲的情绪。

开头两句写景,写出了黄梅时节的典型环境。"家家雨""处处蛙"两句极其凝练，概括性很强，抓住了黄梅季节农家四周具有特征的景物，有浓郁的生活气息。后两句叙事，"敲棋子落灯花"的动作给人印象很深，这既是一个传神的细节描写，也是一个成功的心态描写。

这首诗风格清新，形象鲜明，通过刻画景物渲染气氛，既生动反映了江南梅雨季节阴雨绵绵的气候特征，又把主人公约客不来而产生的焦急烦闷、孤独失望的心态描绘得细腻真切。

游园不值①

叶绍翁

名句：春色满园关不住，一枝红杏出墙来。

【导读】

叶绍翁（1194—1269年），南宋中期诗人。字嗣宗，龙泉（今浙江龙泉）人。擅长七言绝句，写景记游之作颇为清新隽永。著有《靖逸小集》等。

【原诗】

应怜屐②齿印苍苔，小扣柴扉久不开。
春色满园关不住，一枝红杏出墙来。

【注释】

①不值：不遇，没有遇到园主，未能进园门。②屐（jī）：一种木底鞋，鞋底前后有屐齿。

【译诗】

真可惜木屐底踩踏了青苔，
轻扣柴门好久都无人来开。
这满园的春色谁也关不住，
看一枝红杏伸到了墙外来。

【赏析】

这首诗写作者春日到园中赏花，恰逢主人不在，柴门紧闭着。他沿着长满青苔的路走去轻扣柴门，好久也不见人来开门。正在扫兴的时候，忽然看见一枝红杏伸出墙外来，于是产生联想写下了这首诗。"春色满园关不住，一枝红杏出墙来"是传诵很广的名句。诗人用"一枝红杏"写出了百花盛开的满园春色，又从"关不住"联想到一切美好的事物都是禁锢不住的，新生力量是不可战胜的，给读者以有益的启示。

诗歌含蓄委婉，曲折而有层次，既有诗情画意，又富于哲理，形象鲜明，语言流畅，易诵易记，读过就难以忘记。

虞美人·听雨

蒋捷

名句：悲欢离合总无情，一任阶前点滴到天明。

【导读】

蒋捷（约1245—1305年后），南宋词人。字胜欲，号竹山，阳羡（今江苏宜兴）人。咸淳十年（1274年）进士。与周密、王沂孙、张炎并称"宋末四大家"。有《竹山词》传世。"虞美人"为词牌名。

【原词】

少年听雨歌楼上，红烛昏罗帐。壮年听雨客舟中，江阔云低、断雁[①]叫西风。

而今听雨僧庐下，鬓已星星[②]也。悲欢离合总无情，一任[③]阶前点滴到天明。

【注释】

①断雁：失群孤雁。②星星：白发点点如星，形容头发斑白。③一任：听凭。

【译诗】

少年时候听雨是在歌楼上，
昏黄的红烛光映照着罗帐。
壮年时候听雨是在客船上，
秋风送来江天孤雁的哀唱。

而今听雨在寄居的寺庙旁,
镜中的我已经是两鬓斑斑。
人世间悲欢离合最是无情,
听阶前雨声点滴直到天亮。

【赏析】

这首词是蒋捷自己一生的真实写照。词人曾为进士,过了几年官宦生涯。但南宋很快就灭亡了,他的一生是在颠沛流离中度过的。《听雨》这首词写了作者三个时期听雨的三种心境,读来使人凄然。

词中以三幅象征性的画面,概括了词人从少年到老年在环境、生活、心情各方面所发生的巨大变化。虽然是一首小令,却概括出少年、壮年和晚年的特殊感受,可谓言简意赅。它以"听雨"为媒介,将几十年大跨度的时间和空间交相融合在一起。

开篇"少年听雨歌楼上,红烛昏罗帐"展现的只是一时一地的片段场景,写少年时只知追欢逐笑享受欢乐。年少的时候总是放荡不羁,不识愁滋味,就算听雨也要找一个浪漫的地方,选择自己喜欢的人陪在身边,无忧无虑。接下来"壮年听雨客舟中,江阔云低、断雁叫西风"写了一个客舟中听雨的画面,一幅水天辽阔、风急云低的江上秋雨图。而一失群孤飞的大雁恰是作为作者自己的影子出现的。这样一幅江雨图,已将一腔旅恨、万种离愁包蕴其中了。这里写的是壮年孤苦漂泊的经历和触景伤怀的感受。"而今听雨僧庐下,鬓已星星也"描写的是一幅显示作者当前处境的自我画像。一个白发老人独自在僧庐下倾听着夜雨,处境之萧索,心境之凄凉,在十余字中一览无余。江山已易主,少年欢乐与壮年愁恨,已被雨打风吹去,此时此地再听到点点滴滴的雨声,自己已木然无动于衷了。"悲欢离合总无情,一任阶前点滴到天明"一句,表达出词人无可奈何的心绪。

《虞美人·听雨》虽然是一首小令,却概括出作者少年、壮年和晚年的独特感受,层次清楚,脉络分明,内容包含较广,感情蕴藏较深。由少年歌楼听雨、壮年客舟听雨、晚年僧庐听雨概括了一生的遭遇。结尾两句更展现了一个新的感情境界。"一任"两个字,表达了听雨人在冷漠和决绝中透出深沉的无奈和痛苦,可谓力透纸背,字字千钧,耐人寻味。

过零丁洋①

文天祥

名句：人生自古谁无死？留取丹心照汗青！

【导读】

文天祥（1236—1283年），南宋爱国诗人。字宋瑞，又字履善，别号文山，庐陵（今江西吉安）人。宝祐四年（1256年）进士第一。历官江西提刑、平江知府，仕至右丞相兼枢密使，加少保，封信国公。他的诗、词和散文记录了抗元斗争的经历，表达了强烈的爱国思想，反映了南宋末年广大军民勇赴国难、誓死不屈的英雄气概和大无畏精神。有《文山先生全集》。

南宋祥兴元年（1278年）十二月，文天祥因敌众我寡，兵败被俘。第二年元月，元军统帅张弘范逼迫文天祥招降南宋将领张世杰，文天祥严词拒绝，并出示经过零丁洋时写下的这首诗来表明心态。张弘范看了以后也受到感动，"但称：'好人！好诗！'竟不能逼"。

【原诗】

辛苦遭逢起一经②，干戈寥落四周星③。
山河破碎风飘絮，身世浮沉雨打萍。
惶恐滩④头说惶恐，零丁洋里叹零丁。
人生自古谁无死？留取丹心照汗青⑤！

【注释】

①零丁洋：在广东珠江口外，一作"伶仃洋"。②起一经：依靠熟读一种经书，通过科举考试，走上仕途。文天祥于宝祐四年（1256年）以明经考取进士第一名。③干戈：干和戈是古代的两种兵器，这里代指战争。寥落：荒凉冷落的意思。四周星：指四年。④惶恐滩：一作"皇恐滩"。在江西万安境内，为赣江十八滩之一。⑤汗青：史册。古代制竹简时，先用火烤青竹，使水分蒸发，既易于书写，又可防腐蛀，称为"汗青"。后用以代指史册、书册。

【译诗】

一生的奔波都缘于一部儒经，
战火中又度过了四年的光阴。
河山破碎得如风吹散的柳絮，
命运难料就像雨水击打浮萍。

惶恐滩抗敌陷入惶恐的境地,
在零丁洋被俘更感孤苦伶仃。
人生自古来有谁能免于一死?
还是留取忠心让它光照汗青。

【赏析】

这首诗因"人生自古谁无死？留取丹心照汗青"两句而名垂千古。

诗的首联是回顾自己一生的主要经历：一是受到皇帝的选拔，经过科举考试进入仕途；二是前后四年的抗元斗争。次联写"山河破碎"的悲惨现实，抒发国破家亡的悲哀。第三联具体概括自己的抗元经历，表达国难当头、身世浮沉的悲怆。前六句把艰危悲愤的气氛渲染到了极致，接下去两句则笔锋一转，情绪由悲愤转为激昂，由压抑转为高亢。"人生自古谁无死？留取丹心照汗青"两句诗，充分表达了诗人舍生取义、以身殉国的决心，体现了诗人崇高的民族气节。千百年来，文天祥高尚的人格和爱国主义精神一直为人们景仰。这两句诗也成了催人奋进、催人自新、激励人们为了民族和祖国奋战的千古壮歌。

正气歌
文天祥

名句：天地有正气，杂然赋流形。
　　　悠悠我心悲，苍天曷有极！

【导读】

宋末帝赵昺祥兴元年（1278年），文天祥在海丰（今广东海丰）兵败被俘。次年被押解至元大都（今北京）。文天祥在狱中三年，受尽各种威逼利诱，但始终坚贞不屈。1281年夏，在湿热、腐臭的牢房中，文天祥写下了这首与《过零丁洋》一样名垂千古的《正气歌》。

【原诗】

余囚北庭①，坐一土室。室广八尺，深可四寻②。单扉③低小，白间短窄，污下而幽暗④。当此夏日，诸气萃然⑤：雨潦四集，浮动床几，时则为水气；涂泥⑥半朝，蒸沤历澜⑦，时则为土气；乍晴暴热，风道四塞，时则为日气；檐阴薪爨⑧，助长炎虐，时则为火气；仓腐寄顿⑨，陈陈⑩逼人，时则为米气；骈肩杂遝⑪，腥臊汗垢，时则为人气；或圊溷⑫，或毁尸，或腐鼠，恶气杂出，时则为秽气。叠是数气，当侵沴⑬鲜不为厉⑭。而予以孱弱俯仰其间⑮，于兹⑯二年矣，无恙。是殆有养致然⑰，然尔亦安知所养何哉？孟子曰："我善养吾浩然之气⑱。"彼气有七，吾气有一，以一敌七，吾何患焉！况浩然者，乃天地之正气也。作《正气歌》一首。

天地有正气，杂然赋流形⑲。
下则为河岳，上则为日星。
于人曰浩然，沛乎塞苍冥⑳。
皇路当清夷㉑，含和吐明庭㉒。
时穷节乃见㉓，一一垂丹青㉔：
在齐太史简㉕，在晋董狐笔㉖，
在秦张良椎㉗，在汉苏武节㉘；
为严将军头㉙，为嵇侍中血㉚，
为张睢阳齿㉛，为颜常山舌㉜；
或为辽东帽㉝，清操厉冰雪㉞；
或为《出师表》㉟，鬼神泣壮烈；
或为渡江楫㊱，慷慨吞胡羯㊲；
或为击贼笏㊳，逆竖㊴头破裂。
是气所磅礴㊵，凛烈㊶万古存。
当其贯日月，生死安足论！
地维㊷赖以立，天柱㊸赖以尊。
三纲㊹实系命，道义为之根㊺。

嗟予遘阳九㊻，隶㊼也实不力。
楚囚㊽缨其冠，传车送穷北㊾。
鼎镬甘如饴㊿，求之不可得。
阴房阒鬼火51，春院閟52天黑。
牛骥同一皂53，鸡栖54凤凰食。

一朝蒙雾露，分作沟中瘠⁵⁵。
如此再寒暑⁵⁶，百沴自辟易⁵⁷。
哀哉沮洳场⁵⁸，为我安乐国。
岂有他谬巧⁵⁹，阴阳不能贼⁶⁰！
顾此耿耿⁶¹在，仰视浮云白⁶²。
悠悠我心悲，苍天曷有极⁶³！
哲人⁶⁴日已远，典刑在夙昔⁶⁵。
风檐展书读，古道照颜色⁶⁶。

【注释】

①北庭：指元大都燕京。②寻：古代以八尺为一寻。③扉：门。④白间：窗子。污：浑浊的水，泛指脏东西。⑤萃然：聚集。⑥涂泥：泥泞。⑦蒸沤：夏天污水蒸发出来的水泡。历澜：波纹杂乱的样子。⑧爨（cuàn）：生火做饭。⑨仓腐寄顿：储藏着腐烂的粮食。⑩陈陈：同"阵阵"。⑪骈（pián）肩：并肩，肩挨肩，形容人多。杂遝（tà）：人多拥挤。⑫圊溷（qīng hùn）：厕所。⑬侵沴（lì）：侵害。沴：因气候条件不合而生的灾害。⑭疠：染疫病。⑮孱（chán）弱：虚弱。孱：软弱；瘦弱。俯仰其间：生活于其中。⑯于兹：在这里，到现在。⑰是殆有养致然：大概是有修养所致。⑱见《孟子·公孙丑》。⑲杂然：众多的样子。赋：赋予。流形：各种形体。⑳沛乎：充满的样子。苍冥：天，天地之间。㉑皇路：国运。清夷：清明太平。㉒含和：包藏着祥和之气。吐：吐露，表露。明庭：清明的朝廷。㉓时穷：时世艰危。节乃现：气节就表现出来。㉔丹青：画像、史册。㉕在齐太史简：春秋时齐国大夫崔杼杀其国君，太史如实写道："崔杼弑其君。"崔杼就将太史杀掉。太史的两个弟弟仍然那样写，也被杀了。最后，崔杼无可奈何，只好让史册上记载着这件事。㉖在晋董狐笔：董狐是春秋时晋国的史官。晋灵公想杀大夫赵盾，赵盾被迫逃亡。后来赵穿杀了晋灵公，赵盾才回来。于是董狐写道："赵盾弑其君。"赵盾说记录不符合实际。董狐说："你身为正卿，逃亡并未出国境，回来又不定赵穿的罪，你应负杀君的责任。"㉗张良椎：张良的祖先是战国时韩国人。韩国被秦灭后，张良决心为韩国报仇，找到一个大力士，铸了一个一百二十斤的大铁椎，在秦始皇经过博浪沙时，突然击出，但未击中。椎（chuí）：捶击器，如铁椎、木椎。㉘苏武节：汉武帝时，苏武出使匈奴被扣留，遣送到北海（贝加尔湖）边上去牧羊。他为了表示对祖国的忠诚，经常拿着从汉朝带去的符节。㉙严将军头：三国时，严颜镇守巴郡，作战时被张飞所擒，要他投降。他说："这里只有断头将军，没有投降将军。"㉚嵇侍中血：嵇绍，

晋惠帝时为侍中（皇帝的侍从官）。皇室内乱，他跟随晋惠帝司马衷，同叛乱的贵族作战。司马衷的侍卫都被击溃，只有嵇绍用自己的身体护住司马衷，因而被杀死在司马衷身边，鲜血溅在司马衷的衣服上。㉛张睢阳齿：唐朝安禄山叛乱时，张巡困守睢阳（今河南商丘），每次督战，他都大喊誓死杀敌，牙齿都咬碎了。后来城破被俘，叛军用刀撬开他的嘴，看见他的牙齿只剩下了两三颗。㉜颜常山舌：颜常山，即颜杲卿。安禄山叛乱时，颜杲卿为常山太守，城破被俘，骂不绝口，舌头被割掉，仍然骂声不绝，直到牺牲。㉝辽东帽：东汉末年，管宁避乱于辽东，不愿做官，平常喜欢戴一顶白帽子。㉞清操：清高的节操。厉冰雪：比冰雪还洁白。㉟出师表：诸葛亮伐魏前，曾上表给蜀汉后主刘禅，表示要为统一事业奋斗到底，“鞠躬尽瘁，死而后已”。㊱渡江楫：东晋时祖逖北伐，渡江中流，击楫（船桨）而誓曰：“不能清中原而复济者，有如此江。”㊲胡羯（jié）：古代北方的少数民族。这里是指后赵的统治者石勒，他是羯族人。㊳击贼笏（hù）：唐德宗时，朱泚谋反，段秀实不肯同流合污，一次议事时突然用手中的笏猛击朱泚的头，结果遇害。笏：封建时代大臣朝见时所持的手板。㊴逆竖：指朱泚。㊵是气：指浩然之气。磅礴：广大无边的样子。㊶凛烈：令人敬畏的样子。㊷地维：地的四角。古人认为地是方的，有四角，由四根大柱撑着。㊸天柱：神话传说，昆仑山有根大铜柱，支撑着天。㊹三纲：封建社会最高的道德规范。即君为臣纲，父为子纲，夫为妻纲。㊺道义：指封建社会道德行为准则。这句说正气是道义的根本。㊻遘（gòu）：遭逢。阳九：不吉利的时刻。㊼隶：古代低贱人的称谓。这里是作者自称。㊽楚囚：本指楚国被俘者，这里是作者自指。㊾传车：驿车，古代驿站准备的车子。穷北：极远的北方。㊿鼎镬（huò）：本为古代烹饪的器具，此指鼎镬之刑，即将人放入鼎镬中煮死。镬：古代指无足的鼎。饴（yí）：糖浆。(51)阴房：指牢狱。阒（qù）：静悄悄地。(52)闷（bì）：关闭着。(53)骥：良马，比喻杰出的人。皂：同“槽”，马槽。(54)鸡栖：鸡窝。(55)分（fèn）：估量，料想。胔：同“胔”（zì），没有完全腐烂的尸体。(56)再寒暑：再过两年。(57)百沴：各种疾病。辟易：退避。(58)沮洳场：卑下阴湿的地方。沮洳（jù rù）：由腐烂植物埋在地下而形成的泥沼。(59)谬巧：一作“缪巧”，机巧，窍门。(60)阴阳：指寒暑冷暖。贼：伤害。(61)耿耿：光明的样子，这里是形容自己的忠心。(62)浮云白：《论语·述而》：“不义而富且贵，于我如浮云。”(63)曷有极：哪有尽头。(64)哲人：杰出的人物。(65)典刑：榜样，楷模。一作“典型”。夙昔：从前，过去。(66)古道：古代传统的美德。照颜色：照耀在我的面前。意思是古人的道德范例永远照耀着我。

【译诗】

我被囚禁在北国的都城，住在一间土屋内。土屋有八尺宽，大约四寻深。有一道单扇门又低又小，一扇白木窗子又短又窄，地方又脏又矮、又湿又暗。碰到这夏天，各种气味都汇聚在一起：雨水从四面流进来，甚至漂起床、几，这时屋子里都是水气；屋里的污泥因很少照到阳光，蒸熏恶臭，这时屋子里都是土气；突然天晴暴热，四处的风道又被堵塞，这时屋子里都是日气；有人在屋檐下烧柴火做饭，助长了炎热的肆虐，这时屋子里都是火气；仓库里储藏了很多腐烂的粮食，阵阵霉味逼人，这时屋子里都是霉烂的米气；关在这里的人多，拥挤杂乱，到处散发着腥臊汗臭，这时屋子里都是人气；又是粪便，又是腐尸，又是死鼠，各种各样的恶臭一起散发，这都是秽气。这么多的气味加在一起，成了瘟疫，很少有人不染病。可是我以虚弱的身子在这样恶劣的环境中生活，到现在已经两年了，却没有什么病。这大概是因为有修养才会这样吧。然而怎么知道这修养是什么呢？孟子说："我善于培养我心中的浩然之气。"它有七种气，我有一种气，用我的一种气可以敌过那七种气，我担忧什么呢！况且博大刚正的，是天地之间的凛然正气，（因此）写成这首《正气歌》。

　　天地之间有一股堂堂正气，
　　它赋予万物化为各种体形。
　　在下面就表现为山川河岳，
　　在上面就表现为日月辰星。
　　在人间它被称为浩然之气，
　　充满了广袤的天地和寰宇。
　　碰到国运清明太平的时候，
　　它呈现为祥和开明的朝廷。
　　时运艰危之时义士就出现，
　　他们的气节一一垂于丹青：
　　在齐有舍命记史的太史简，
　　在晋有坚持正义的董狐笔。
　　在秦有为民除暴的张良椎，
　　在汉有赤胆忠心的苏武节。
　　有宁死不降的严将军的头，
　　有拼死抵抗的嵇侍中的血。

有张睢阳誓死而咬碎的齿，
有颜常山骂贼而被割的舌。
有避乱辽东戴白帽的管宁，
他高洁的品格胜过了冰雪。
有写《出师表》的诸葛亮，
他那耿耿忠心让鬼神哭泣。
还有祖逖渡江北伐时的楫，
激昂慷慨发誓要吞灭胡羯。
还有段秀实痛击奸人的笏，
让那逆贼的头颅顿时破裂。

这浩然之气充塞宇宙乾坤，
正义凛然而必将万古长存。
当直冲霄汉贯通日月之时，
生或死根本用不着去谈论！
大地靠着它才能得以挺立，
天柱靠着它才能得以支撑。
三纲靠着它才能维持生命，
道义靠着它才是有了根本。

可叹我遭遇了国难的时刻，
实在无法尽力去安国杀贼。
穿着朝服却变成了阶下囚，
被人用车送到遥远的塞北。
受酷刑对我就像是喝糖水，
为国捐躯那正是求之不得。

牢房内闪着鬼火一片静谧，
春院门到天黑都始终紧闭。
像马和牛被关着共用一槽，

凤凰在鸡窝里以鸡食充饥。
一旦受了风寒染上了疾病,
那沟壑定是我的葬身之地。
如能这样再经历两个寒暑,
无数种疾病就会自当退避。
可叹的是如此阴湿的处所,
竟然成了我安身立命之地。
这其中难道会有什么奥秘,
寒暑冷暖都不能伤我身体。
因为我胸中拥有一颗丹心,
功名富贵于我如天边浮云。
我心中的忧痛啊深广无边,
请问苍天何时才会有终极?
先贤们一个个已离我远去,
他们的榜样已铭记在心里。
屋檐下沐着清风展开书读,
古人光辉照耀我毅然前行。

【赏析】

这是文天祥最有名的诗作,是他用生命和人格写就的壮丽诗篇。

《正气歌》写于元世祖至元十八年(1281年),即宋亡后两年,作者就义前一年。诗的序文用简练的语言叙述两年来自己在敌人的监狱中与险恶的环境进行了不屈的斗争,由于胸有"正气",虽经种种严峻考验,仍旧安然无恙。

诗的正文共六十句,三百字。前半部分阐明什么是正气,指出正气充斥于天地之间,它在自然界和人世间有各种体现,在太平时代蕴含着祥和,动乱时代表现为操守。尤其以浓重的笔墨,歌颂"时穷节乃见",永垂于"丹青"的忠义之士。从齐国的"太史简"到唐朝段秀实的"击贼笏",一一列举出十二位历史人物,以他们视死如归的壮烈事迹,作为鼓舞自己的光辉榜样。后半部分在阐发浩然之气凛然不可侵犯而万古长存以后,叙述自己遭遇国难,一心想安国杀贼却成了阶下囚,表示甘愿赴汤蹈火,以身殉国,决不变节投降。全诗感情深沉，气壮山河，直抒胸臆，毫无雕饰，充分体现了作者崇高的民族气节和强烈的爱国主义精神，数百年来一直鼓舞着世世代代的中国人民。

人总是要有一点精神的，文天祥之所以在中国历史上彪炳千秋、永垂不朽，就是因为他有一种精神，这种精神就是不可战胜的"浩然正气"。有了它才能"鼎镬甘如饴""百沴自辟易。"《正气歌》是古代诗歌的精华，也是中华文化的精华，它是一笔最可宝贵的精神财富，永远值得后人珍视。

人月圆·卜居外家东园①

元好问

名句：醒来明月，醉后清风。

【导读】

元好问（1190—1257年），金、元时期文学家。秀容（今山西忻州）人，字裕之，号遗山。金宣宗兴定五年（1221年）进士及第，曾任南阳等县县令，尚书省左司员外郎，又入翰林知制诰。金亡后不仕，潜心诗文写作和文献搜集整理工作。著有《元遗山诗集》，存词三百七十多首。"人月圆"为曲牌名。

【原曲】

重冈已隔红尘断②，村落更③年丰。移居要就：窗中远岫④，舍后长松。

十年种木，一年种谷，都付儿童。老夫惟有：醒来明月，醉后清风。

【注释】

①卜居：选择地方居住。外家：舅家。②重冈：重重山冈。红尘：闹市的尘埃，尘世、凡间的代称。③更：再，又。④远岫（xiù）：远处的小山。岫：小山。

【译诗】

　　重重山峦隔断了外界的交通，
　　村里又迎来好年景人寿年丰。

移居到这里让我最惬意的是：
窗外可看到远山屋后有青松。

花十年去种树用一年种稻谷，
这些事全把它交给晚辈小童。
老夫每天要做的事只有一件：
清醒时赏明月酒醉后沐清风。

【赏析】

这支曲子写的是作者自己一次择居的过程，题中"外家东园"就是作者所"卜居"之地。

元太宗十一年（1239年），历尽磨难的元好问回到家乡秀容，择居在母亲张氏娘家东园。颠沛流离多年方始安定，眼见家乡宁静太平、年成丰收，他如释重负，作了这首曲。元好问在曲中表现的主题虽然是欣慰与满足，但在字句中也隐约透出国家灭亡后闲居无所作为的无奈。曲的前半部分描写"卜居"的自然环境，突出"已隔红尘断"的地理位置，和"窗中远岫，舍后长松"的自然环境，表现脱离官场、回归自然的欣慰和喜悦。后半部分写"卜居"后的生活状态，只想在明月清风中度过余生。"醒来明月，醉后清风"是其生活状况的逼真写照，在表达知足常乐、随遇而安的情绪中，感叹故国已非、世事难问的无奈与慨叹。对国家的沉痛伤悼，对家人的深情怀念，尽包罗在寥寥数语中。

全曲化用前人成句，意辞俱到，含蕴深远，所表现的生活和情感很有典型性，因此很受人们的喜爱。

庆东原

白朴

名句：千古是非心，一夕渔樵话。

【导读】

白朴（1226—1306年后），元代杂剧作家。字仁甫，又字太素，号兰谷。祖籍隩州（今山西河曲），后徙居真定（今河北正定）。幼年饱尝战乱之苦，后得元好问抚养并指教。金亡后，放浪形骸，寄情山水，每以诗酒为乐，终生不仕。作杂剧十六种，现存《梧桐雨》《墙头马上》等。与关汉卿、马致远、郑光祖并称为"元曲四大家"。"庆东原"为双调曲牌。

【原曲】

忘忧草①，含笑花②，劝君闻早冠宜挂③。那里也能言陆贾④？那里也良谋子牙⑤？那里也豪气张华⑥？千古是非心，一夕渔樵话。

【注释】

①忘忧草：即萱草，又名"紫萱"。相传其嫩苗可食，食后如酒醉，可以令人忘记忧愁。②含笑花：一种形似兰花的木本花，开放时像含笑的样子。③闻早：趁早，早些。冠宜挂：即宜辞官。挂冠：辞官。④陆贾：汉代人，以善辩著名。⑤子牙：姜尚，字子牙。曾为周武王出谋划策伐纣灭殷建立周王朝。⑥张华：字茂先，晋代人。博学能文，作《鹪鹩赋》，为阮籍所赏识。

【译诗】

学一学忘忧草忘记忧愁，
学一学含笑花常开笑口，
奉劝你趁早把那官帽丢。
哪里还见陆贾能言善辩？
哪里还见子牙足智多谋？
哪里还见张华气冲斗牛？
自古及今无数是非曲直，
化作渔翁樵夫闲话晚酒。

【赏析】

在这首曲中，作者劝友人要学"忘忧草""含笑花"，不要贪恋功名富贵，尽早辞官归隐。这既饱含了作者历经种种磨难和挫折后的人生体验，也表现了他超脱、豁达、潇洒的性格。接着作者借姜子牙、陆贾、张华等历史人物的命运，讽喻元王朝不重人才，使得英雄无用武之地。结句"千古是非心，一夕渔樵话"具有高度的概括性，表达了超然物外、回归自然的旷达态度。曲中内蕴着对朋友的深情厚谊，同时也有着对历史发展与人世命运的敏锐观察和深刻思考。

山坡羊·叹世

陈草庵

名句：今日少年明日老。山，依旧好；人，憔悴了！

【导读】

陈草庵（1245—约1330年后），元代散曲作家。名英，字彦卿，号草庵。析津（今北京）人。官至中丞。散曲现存小令二十六首。"山坡羊"为曲牌名。

【原曲】

晨鸡初叫，昏鸦争噪。那个不去红尘闹①？路遥遥，水迢迢②，功名尽在长安道。今日少年明日老。山，依旧好；人，憔悴了！

【注释】

①红尘：原指繁华热闹的街市，后引申为凡间、尘世。此处借指名利场。②迢迢：路途遥远。

【译诗】

从清晨时雄鸡的响亮鸣叫，
到黄昏时乌鸦烦人的聒噪，
有谁不去名利场上闹一闹？
山路也迢迢，水路也迢迢，
功名之路全集中在长安道，
今天英俊少年明天就衰老。
青山，依旧好；
人们，憔悴了！

【赏析】

这支曲子抒发的是对科举制度的感慨。

学而优则仕。在古代，多少人为了追求功名，不惜头悬梁，锥刺股，穷尽一生的精力。曲子中"那个不去红尘闹"和"功名尽在长安道"两句以生动的语言概括了这种社会现象，描述了这些人从早到晚为功名奔波的情况，并给予嘲讽、感喟。曲子表现了作者高洁志趣与世俗现实的矛盾，以及既对现实感到不满又无力改变现实的无奈。最后以"今日少年明日老。山，依旧好；人，憔悴了"作结，给人以深刻的启示，产生让人警醒的力量。

天净沙·秋思
马致远

名句：枯藤老树昏鸦，小桥流水人家。

【导读】

马致远（约1250—约1321年），元代著名杂剧作家和散曲作家。号东篱，大都（今北京）人。与关汉卿、白朴、郑光祖合称"元曲四大家"，有"曲状元"的美称。散曲集有《东篱乐府》，剧作有《汉宫秋》《陈抟高卧》等。"天净沙"为曲牌名，写漂泊天涯的旅人情感。

【原曲】

枯藤老树昏鸦①，小桥流水人家，古道西风瘦马。夕阳西下，断肠人在天涯②。

【注释】

①昏鸦：傍晚暮色中归巢的乌鸦。②断肠人：悲伤到极点时肝肠寸断的人，这里指为思乡而愁苦的旅人。天涯：指天边。

【译诗】

枯藤缠绕的老树上飞落回巢的乌鸦，
溪流畔的小桥边零星住有几户人家，
荒寂古道上游子迎着秋风牵着瘦马。
看天边的夕阳已经落到山后面去了，
这为思乡愁断肠的人还流落在天涯。

【赏析】

这是马致远的一支名曲。全曲以一些富有特征的事物构成萧瑟凄清的意境：秋深日落，乌鸦归树，行人归家，游子浪迹天涯。其凄苦情状，历历在目。这首小令篇幅短小，一共只有五句，二十八个字，但构思精巧，意境和谐，是精心撰写的佳作，是散曲中描写自然景色的绝唱。

曲子前四句侧重写景，最末一句点情。前四句作者采用类似"蒙太奇"式的手法，接连把十种平淡无奇的客观景物巧妙地连缀起来，组成了一组组镜头。通过"枯""老""昏""古""西""瘦"六个具有强烈悲凉色彩的字词，将作者自己的无限愁思很自然地寄寓于图景之中。尤其第二句的"小桥流水人家"，其造景与前后句的造景形成了鲜明的对照。一方是安逸、悠闲、温馨，一方是奔波不定、有家难归。在这种强烈的反差中，旅人凄苦、孤寂的情状得到了有力的烘托。最后一句是点睛之笔，在前边精心勾勒的凄凉秋景中，出现一位"断肠人"，强烈抒发了诗人怀才不遇、寂寞愁苦的悲凉情怀。

作者以凝练的笔法展现出一幅萧瑟苍凉的深秋景色。这种图景看似平淡无奇，却极富诗意，能给人强烈的感染，让读者自然感受到浪迹天涯游子的凄凉心情。这首小令艺术上达到了很高的成就，是元曲乃至中国古典文学遗产中一颗璀璨的明珠，被誉为"秋思之祖"。

山坡羊·潼关怀古

张养浩

名句：兴，百姓苦；亡，百姓苦！

【导读】

张养浩（1270—1329年），元代散曲作家。字希孟，号云庄，济南（今山东济南）人。历任监察御史、礼部尚书等职。他的散曲多写归隐生活，透露着对时政的不满，也有一些作品表现了对人民疾苦的关心。有散曲集《云庄休居自适小乐府》等，作者去世前数月，曾被任命为陕西行台中丞，治旱救灾。此曲或为赴任途中所作。"山坡羊"为曲牌名。

【原曲】

峰峦如聚，波涛如怒，山河表里①潼关路。望西都②，意踌躇③。伤心秦汉经行处④，宫阙万间都做了土。兴，百姓苦；亡，百姓苦！

【注释】

①山河表里：引喻潼关内有华山，外有黄河，形势险要。②西都：泛指长安和咸阳一带，秦代和西汉建都于此。③踌躇：一作"踌躇"，犹豫、徘徊。④"伤心"句：行经秦汉故都，见历史遗迹，倍觉伤心。

【译诗】

陡峭的华山峰峦在这里汇聚，
汹涌的黄河波涛在发着怒气。
向内有太华山向外有黄河水，
潼关自古以来就是险要之地。

西望长安古都心意徘徊凄楚。
最让人伤心的是所行经之处，
秦汉万间宫殿都变成了尘土。
朝廷兴盛劳民伤财百姓受苦，
朝廷衰亡战祸不断百姓更苦。

【赏析】

这首曲子是张养浩的代表作之一。它通过怀古，表现了对民间疾苦的关怀与同情，具有高度的思想价值。

开篇"峰峦如聚，波涛如怒，山河表里潼关路"几句借景抒情，描写的是广阔之景，借以抒深沉之情。同时使用拟人的手法写景物，赋予笔下的景物强烈的感情色彩。一个"聚"，一个"怒"，具有很强的概括力和表现力，连黄河、华山都为之发怒，有力地烘托了主题。然后通过怀古来抒发感情，时间跨越一千多年，对历代王朝的兴衰发出深沉的感叹，大大扩充了诗歌的内涵。最后用"兴，百姓苦；亡，百姓苦"的重复咏叹作结，在广阔的背景下展开议论，表现了对人民的深刻同情，深化了主题。封建王朝的兴和亡，给百姓带来的同样都是苦难。兴则大兴土木，亡则兵连祸结，曲子一语破的。作为一位封建社会的官员，能认识到这一点，确是难能可贵的。

该曲由写景而怀古，由怀古而议论，抒发感慨，借古伤时。篇幅虽小但格调沉郁悲壮，气势磅礴雄浑，尤以深刻的思想内容打动读者，是元曲中的名篇。

墨 梅①

王冕

名句：不要人夸颜色好，只留清气满乾坤。

【导读】

王冕（1287—1359年），元末诗人、画家。字元章，别号煮石山农、梅花屋主等，诸暨（jì）（今浙江诸暨）人。王冕自幼家贫，常常白天放牛，晚上到佛寺长明灯下苦读，终于学得满腹经纶，而且能诗善画，多才多艺，但屡试不第。王冕善画没骨梅花，他题画的梅花诗很多，《墨梅》是其中一首。

【原诗】

我家洗砚池②头树，朵朵花开淡墨痕③。
不要人夸颜色好④，只留清气满乾坤⑤。

【注释】

①墨梅：单用墨色画的梅花。②洗砚池：相传晋代大书法家王羲之在池边练习书法，在池水里刷洗笔砚，池水都变成了黑色，因而叫"洗砚池"。③淡墨痕：淡淡的墨水痕迹。④颜色好：一作"好颜色"。⑤清气：清香气味，也指清高的气节。乾坤：天地，这里指人间。

【译诗】

一棵梅树生长在我家洗砚池边，
朵朵花儿都染上了淡淡的墨点。
不需别人夸它的颜色是否鲜艳，
只愿梅花的清香充满天地之间。

【赏析】

这是一首题画诗。诗人赞美墨梅不求人夸，只愿给人间留下清香的美德，实际上是借梅自喻，表达自己的人生态度以及不向世俗献媚的高尚情操。

开头两句"我家洗砚池头树，朵朵花开淡墨痕"直接描写墨梅。画中小池边盛开的梅树，朵朵梅花都是用淡淡的墨水点染而成的。"洗砚池"，化用王羲之同姓，故说"我家"。第三、四两句"不要人夸颜色好，只留清气满乾坤"盛赞墨梅的高风亮节。它由淡墨画成，外表虽然并不娇妍，但具有神清骨秀、高洁端庄、幽独超逸的内在气质；它不想用鲜艳的色彩去吸引人、讨好人、求得人们的夸奖，只愿散发一股清香，让它留在天地之间。这两句正是诗人的自我写照。

这首诗题为"墨梅"，意在述志。诗人将画格、诗格、人格有机地融为一体。表面上是在赞誉梅花，实际上是赞赏自己的立身之德。尤其是末句"只留清气满乾坤"画龙点睛，一语双关，表现了诗人希望自己要像"墨梅"一样具有卓然独立、清贫自守、保持高尚节操、决不与恶势力同流合污的人格。

水仙子·夜雨

徐再思

名句：一声梧叶一声秋，一点芭蕉一点愁。

【导读】

徐再思，1320年前后在世，元后期散曲作家。字德可，号甜斋，嘉兴（今浙江嘉兴）人。曾为嘉兴路吏，后旅居江湖数十年。作品多写江南自然景物与闺情，以清丽著称。散曲现存小令一百零三首。"水仙子"为曲牌名。

【原曲】

一声梧叶一声秋①，一点芭蕉②一点愁，三更归梦三更后。落灯花棋未收③，叹新丰④孤馆人留。枕上十年事，江南二老⑤忧，都到心头。

【注释】

①一声梧叶一声秋：化用晚唐温庭筠《更漏子》词"一叶叶，一声声，空阶滴到明"句意。②芭蕉：阔叶植物，叶长大，椭圆形。③落灯花棋未收：化用宋代赵师秀《约客》诗"有约不来过夜半，闲敲棋子落灯花"句意。④新丰：今陕西临潼新丰。唐初文士马周，年轻时孤贫，曾游宿新丰的驿馆中，备受店主人冷遇，后因文才出众迁中书令（宰相）。⑤二老：父母双亲。

【译诗】

梧桐叶上的每一滴雨，
都让人感到浓浓的秋。

芭蕉叶上的每一滴雨,
都让人感到深深的愁。
夜里做着的归家好梦,
一直延续到三更之后。
灯花敲落棋子还未收,
叹新丰孤馆文士羁留。
十年宦海奋斗的情景,
江南家乡父母的担忧,
一时间都涌上了心头。

【赏析】

这是徐再思的代表作品,也是元曲小令中的一首精品。

曲子的内容写的是一个漂泊在外的游子,栖宿在旅店里逢上夜雨,归家的好梦被风雨声惊醒,于是再也睡不着,产生了万千思绪。开头三句对仗工整,造语新颖,并巧妙地连续叠用四个数量词"一",使人如闻雨声滴答,读起来既抑扬顿挫,又把整个气氛渲染得十分浓厚。以下的一切所见、所思、所感都是在雨中展开的。本篇题为"夜雨",实则写羁旅之愁苦。全曲分别从听、看、想、叹几个方面写旅愁,结构严谨,时空立体感强,有很强的感染力。

石灰吟
于谦

名句:粉骨碎身全不怕,要留清白在人间。

【导读】

于谦(1398—1457年),明代军事家、诗人。字廷益,号节庵,钱塘(今浙江杭州)人。曾任监察御史、兵部侍郎,以及山西、河南、江西等地巡抚,为民兴利除弊。他的诗多忧国忧民,风格质朴刚劲,语言不事雕琢。

《石灰吟》是一首托物言志的诗,据说是诗人十七岁时所写。石灰,由石灰岩烧制而成,须经过山中千锤百击的开采,然后放到石灰窑里,用熊熊大火煅烧才能最后成为白色粉末，即石灰。诗人就是抓住这一点，通过引申、比喻来抒发自己的思想感情。

【原诗】

千锤万击①出深山，烈火焚烧若等闲②。
粉骨碎身全不怕③，要留清白④在人间。

【注释】

①千锤万击：指古代开采石灰岩时全靠人用锤子和钢凿从山上一下一下地锤打、敲击。击：一作"凿"。②若等闲：好像极其平常的事。③粉骨碎身：是说岩石烧过后从窑中扒出来，用水一冲，就会炸裂开来成为粉末，即石灰。粉骨碎身：一作"粉身碎骨"。全：一作"浑"。浑：全、都。④清白：既指石灰的颜色洁白，也喻指自己高洁清白的品质。

【译诗】

经千万次锤打从深山中来，
熊熊烈火焚烧也全若等闲。
即使烧成粉末也毫不惧怕，
只为把一身清白留在人间。

【赏析】

这是一首托物言志的诗歌。作者以石灰作比喻，表达自己为国尽忠、不怕牺牲的意愿和坚守高洁情操的决心。

首句"千锤万击出深山"是形容开采石灰很不容易，要历经"千锤万击"、千难万险才能成功。次句"烈火焚烧若等闲"中"烈火焚烧"是指烧炼石灰石，加"若等闲"三字，又使人感到不仅是在写烧炼石灰石，它还象征着志士仁人无论面临怎样的严峻考验，都从容不迫、视若等闲。第三句"粉骨碎身全不怕"中"粉骨碎身"极形象地写出将石灰石烧成石灰粉，而"全不怕"三字又使人联想到其中寓有不怕牺牲的精神。至于最后一句"要留清白在人间"更是作者在直抒情怀，立志要做纯洁清白的人。

作为咏物诗，这首诗的价值在于处处以石灰自喻，咏石灰即咏自己磊落的襟怀和崇高的人格。于谦为官廉洁正直，曾平反冤狱、救灾赈荒，深受百姓爱戴。明英宗时，瓦剌入侵，明英宗被俘。于谦议立景帝，亲自率兵固守北京，击退瓦剌。但明英宗复辟后却以"谋逆罪"诬杀了这位民族英雄。这首《石灰吟》可以说是于谦生平和人格的真实写照。全诗语言简洁、生动，涌动着一种磊落刚正的浩然之气，读来令人感动，具有很强的艺术感染力。

临江仙·滚滚长江东逝水

杨慎

名句：滚滚长江东逝水，浪花淘尽英雄。
青山依旧在，几度夕阳红。

【导读】

杨慎（1488—1559年），明代文学家。字用修，号升庵，新都（今属四川）人。正德六年殿试第一，授翰林院修撰。后谪戍云南永昌卫，居云南三十余年，最后逝于云南。杨慎存诗约二千三百首，所写的内容极为广泛。其中多思乡、怀旧之作，一些诗作表现了人民的疾苦，还有一些诗叙写云南风光，很有特色。他的著作很多，除诗文外，杂著多至一百多种。据明史记载，明代记诵之博，著作之富，推慎为第一。有《升庵全集》八十一卷等。"临江仙"为词牌名。

【原词】

滚滚长江东逝水，浪花淘尽①英雄。是非成败转头空。青山依旧在，几度夕阳红。

白发渔樵江渚上②，惯看秋月春风。一壶浊酒喜相逢。古今多少事，都付笑谈中。

【注释】

①淘尽：荡涤一空。②渔樵：渔父和樵夫。渚（zhǔ）：水中的小块陆地。

【译诗】

滚滚滔滔的长江水一直流向东，
层层波浪不知淘尽了多少英雄。
当年是非成败转眼都灰飞烟灭，
留下的是每天夕阳映红的青峰。

江边小洲捕渔打柴的白发老翁，
看惯了秋夜的明月与春日和风。
举起杯浊酒庆贺我们老友相逢，
古今多少往事都抛到笑谈之中。

【赏析】

这是杨慎所作《二十一史弹词》第三段《说秦汉》的开场词，后明末清初文学批评家毛宗岗父子评刻《三国演义》时将其放在卷首。

词的开首两句化用杜甫的"无边落木萧萧下，不尽长江滚滚来"和苏轼的"大江东去，浪淘尽，千古风流人物"句意，以一去不返的江水比喻历史的进程，用后浪推前浪来比喻英雄叱咤风云的丰功伟绩。然而这一切终将被历史的长河带走。"是非成败转头空"是对上两句历史现象的总结，从中也可看出作者旷达超脱的人生观。接着"青山依旧在，几度夕阳红"，青山和夕阳象征着自然界和宇宙的亘古悠长，尽管历代兴亡盛衰循环往复，但青山和夕阳都不会随之改变，一种人生易逝的悲伤感悄然而生。下片为我们展现了"白发渔樵"的形象，任惊骇涛浪、是非成败，他们只着意于春风秋月，在握杯把盏的谈笑间，固守一份宁静与淡泊。而这老者显然不是一般的"渔樵"，而是通晓古今的高士。他们淡泊超脱的襟怀，正是作者所追求的理想人格。

全词怀古述志。开篇从大处落笔，切入历史的洪流，在景语中富含哲理，意境深邃。下片则具体刻画了老翁形象，在其生活环境、生活情趣中寄托自己的人生理想，从而表现出一种大彻大悟的历史观和人生观。

题李太白墓[①]

梅之涣

名句：鲁班门前弄大斧。

【导读】

梅之涣（1575—1641年），字彬父，号长公，明代黄州麻城（今湖北麻城）人。万历三十二年（1604年）进士。这首诗是作者路过李白墓时，看到有些人随便在墓前题诗有感而作。

【原诗】

采石江边一堆土，李白之名高千古。
来来往往一首诗，鲁班②门前弄大斧。

【注释】

①李太白墓：唐代大诗人李白之墓，在今安徽当涂。②鲁班：我国古代有名的巧匠，传说是春秋时的公输般，因"般"与"班"同音，后通称"鲁班"。

【译诗】

采石江边有大诗人李白的墓土，
他名声赫赫远近传扬流芳千古。
来往的人们常在墓前吟诗作赋，
真像在巧匠鲁班面前摆弄大斧。

【赏析】

开头两句"采石江边一堆土，李白之名高千古"采用简单的对比叙事，尽管这只是普普通通的"一堆土"，却是大诗人李白的墓地。在对李白表示赞扬和景仰的同时，也为后文的讽刺做了铺垫。这里说的"采石江边一堆土"，是指李白的墓地在安徽当涂县长江边的采石矶上。接下来一句"来来往往一首诗"，是指有不少自命不凡的人在墓前题了诗，而那些"诗"水平实在低劣。最后一句"鲁班门前弄大斧"是辛辣的讽刺，讽刺那些自不量力的人。这里引用了中国著名能工巧匠鲁班的典故。鲁班是中国建筑工匠的鼻祖。鲁班的名字常同能工巧匠、行家、专家等同起来。因此，"鲁班门前弄大斧"的意思是在鲁班家门口摆弄木工的斧子，比喻在专家面前摆弄、献丑。

"鲁班门前弄大斧"其实是化用宋代文学家欧阳修《与梅圣俞书》中"昨在真定，有诗七八首，班门弄斧，可笑可笑"的话语。现在人们常用"鲁班门前弄大斧"或"班门弄斧"这句成语比喻在行家面前卖弄本领、无自知之明的行为。

题《秋江独钓图》①

王士祯

名句：一曲高歌一樽酒，一人独钓一江秋。

【导读】

王士祯（1634—1711年），清代诗人。字子真，一字贻上，号阮亭，新城（今山东桓台）人。顺治进士，官至刑部尚书，谥文简。论诗创"神韵说"，在当时负有盛名，为"神韵派"的代表人物。有《带经堂集》等。

【原诗】

一蓑一笠一扁舟②，一丈丝纶③一寸钩。
一曲高歌一樽④酒，一人独钓一江秋。

【注释】

①这是题在《秋江独钓图》画上的诗。②扁舟：指小船。③丝纶：钓鱼的丝线。④樽：酒器。

【译诗】

披一件蓑衣戴一顶斗笠乘一叶轻舟，
钓竿上一丈长的丝线挂着一寸钓钩。
一边哼着一支歌一边饮着一壶清酒，
一个人孤独垂钓，钓的是满江的秋。

【赏析】

这是一首题画诗，其实本身就是一幅画，即《秋江独钓图》。

诗的前两句近乎白描，描写一个披着蓑衣、戴着斗笠的渔翁在一条扁舟上，拿着一杆鱼竿在江中垂钓。四周寂静无声，孤独、寂寞、凄清、静谧、清高之意油然而生，让读者产生很多联想。诗的后两句更有着无穷的意味。图中看似不可能的"一曲高歌一樽酒"在作者的想象中展现出来。而"一人独钓一江秋"似是回归原图，但此"钓"已非彼"钓"了，赏一江秋景，感一江秋色，在简明的景物中寄寓深沉的感慨，表达了随遇而安、超然物外的豁达与豪放。

这首诗充分体现了"神韵派"诗歌的特点。诗即画，画即诗。读者读的是一首诗，赏的是一幅画，感受的却是含蕴丰富的诸多神韵。尤其将九个"一"

字巧妙嵌缀，把诗与画的意境表现得细致入微，非常精彩，真可谓匠心独运。

木兰花·拟古决绝词柬友①
纳兰性德

名句：人生若只如初见，何事秋风悲画扇。

【导读】

纳兰性德（1655—1685年），清代词人，与朱彝尊、陈维崧并称"清词三大家"。字容若，号楞伽山人，满洲正黄旗人，大学士明珠长子。原名成德，因避皇太子胤礽（小名保成）之讳，改名性德。善骑射，好读书。词以小令见长，也能诗。情调多感伤，间有雄浑之作，后人对其词评价很高。词集名《纳兰词》。

"决绝词"为古诗的一种，以女子的口吻控诉男子薄情从而表示与之决绝。这首词也拟作一个被弃女子的口吻抒发闺怨之情。"木兰花"为词牌名。

【原诗】

人生若只如初见，何事秋风悲画扇②。
等闲变却故人心，却道故人心易变③。
骊山语罢清宵半④，泪雨霖铃终不怨⑤。
何如薄幸锦衣郎⑥，比翼连枝当日愿⑦。

【注释】

①拟古决绝词：古辞有《白头吟》等决绝词，故词题有"拟古"二字。柬：给……信札。②"何事"句：汉典故。班婕妤为汉成帝妃，被赵飞燕谗害，退居冷宫，后有诗《怨歌行》，以秋扇闲置为喻抒发被弃之怨情。后常用"秋风团扇"意象比喻妇人因年老色衰而见弃。③"却道"句：语出南朝齐谢朓《同王主簿怨情》后两句"故人心尚永，故心人不见"。故人：指情人。④"骊（lí）山"句：用唐明皇与杨玉环的爱情典故。《太真外传》载，唐明皇与杨玉环曾于七月七日夜，在骊山华清宫长生殿里盟誓，愿世世为夫妻。后安史之乱起，唐明皇入蜀，于马嵬坡赐死杨玉环。杨玉环死前云："妾诚负国恩，死无

恨矣!"⑤"泪雨"句:安史之乱起,唐玄宗入蜀,于马嵬坡赐死杨玉环,相传途中因在雨中闻铃声而思念杨贵妃,故作《雨霖铃》曲以寄哀思。⑥薄幸:薄情。锦衣郎:此处指唐玄宗。⑦"比翼"句:唐白居易《长恨歌》:"在天愿作比翼鸟,在地愿为连理枝。"

【译诗】

人生若都像初见时那样相爱,
就不会有如秋扇遭弃的悲哀。
如今你随随便便地移情变心,
却反倒说这世上的人心易变。
想当年玄宗贵妃曾山盟海誓,
霖铃泪雨中诀别也至死不怨。
你还比不上那薄情的唐明皇,
他许过比翼连枝的传世心愿。

【赏析】

这首词假托一个为情所伤的女子与伤害她的男子坚决分手的情景,借用汉班婕妤被弃以及唐玄宗与杨贵妃的爱情悲剧典故,通过"秋风悲画扇""骊山语""雨霖铃""比翼连枝"这些意象,营造了一种幽怨、凄楚、悲凉的意境,抒写了被抛弃的幽怨之情。

首句"人生若只如初见"是整首词里最出彩的一句。平淡朴实的话语中饱含着人人都会有的强烈情感体验。"初见"往往是最纯真、最难以忘怀的情感,如果你拥有过那段情感的话,那么无论以后经历多少变故,初见的一刹那会永远留在心里。"何事秋风悲画扇"使用了汉朝班婕妤被弃的典故。扇子是夏天用来驱走炎热的用具,到了秋天就没人理睬了,古典诗词多用秋扇来比喻被冷落的女性。这里是说本应当相亲相爱,却成了相离相弃。"等闲变却故人心,却道故人心易变"二句是模拟女性的口吻写出了主人公深深的自责与怨恨。情人已经变了心,还若无其事地说情人之间变心是很平常的事。而自己的用情专一换来的却是情人的多情善变。"骊山语罢清宵半,泪雨霖铃终不怨"二句使用唐明皇与杨玉环的爱情典故。七月七日夜半无人之时,唐明皇与杨玉环二人在华清宫里山盟海誓。可誓言犹在,马嵬坡事变一爆发,杨贵妃就成了政治斗争的牺牲品。据说后来唐明皇逃亡时在栈道上每听到雨中的马铃声,都会勾起对杨贵妃的思恋,就写了著名的曲子《雨霖铃》。这里借用此典说即使已作决绝之别，也不互相生怨。"何如薄幸锦衣郎，比翼连枝当日愿"二句写情人薄情寡义，不能与唐明皇相比。这里"比翼连枝"化用白居易《长恨歌》里"在天愿作比翼鸟，在地愿为连理枝"表达爱情的誓言。

全词假托失恋女子的口吻，抒写了被男子抛弃的幽怨之情。词情哀怨凄婉，曲折缠绵，语言流畅，富有哲思，大量用典，内容深邃。"秋风悲画扇"即是悲叹自己遭弃的命运；"骊山"之语暗指原来浓情蜜意的时刻；"泪雨霖铃"写像唐玄宗和杨贵妃那样的亲密爱人也最终肠断马嵬坡；"比翼连枝"写曾经的爱情誓言已成为遥远的过去。这闺怨的背后，诉说的是作者不如意的复杂感情经历和因爱情不顺的深层痛楚。但着眼于词题"柬友"，也可认为闺怨只是一种假托，此篇别有深意。词人是用男女间的爱情为喻而泛指朋友之间的友情，说明朋友之交也应该始终如一、不离不弃。

这首词常为人称道和引起共鸣的就是首句"人生若只如初见"。它揭示了每个人人生经历中都会碰到的一种情感体验。人们"初见"时的那段感情，是极其珍贵而难以忘却的。这种深厚的爱情或友情能否保持和坚守，却需要用时间来检验。如果后来产生了变故，那么"初见"那一刹那的记忆会让人感到格外温馨、美好、留恋和痛惜。

竹　石

郑　燮

名句：咬定青山不放松，立根原在破岩中。

【导读】

郑燮（1693—1765年），清代书画家、诗人。字克柔，号板桥，兴化（今江苏兴化）人。擅画竹、兰、石。书法以"六分半书"名世，诗文也写得很好，所以人称"三绝"。其画在画坛上独树一帜，他也被称为"扬州八怪"之一。

《竹石》是作者给自己所画水墨竹石而题的一首诗。

【原诗】

咬定①青山不放松，立根原在破岩中②。
千磨万击还坚劲③，任尔东西南北风④。

【注释】

①咬定：比喻竹的根扎得结实，像咬着不松口的样子。②立根：扎根、生根。破岩：破裂的岩石缝隙。③还：更加。坚劲：坚强有力。④任：任凭，不管。尔：你。

【译诗】

牢牢地咬住青山毫不放松，
根须深深地扎进石缝之中。
经历千百次打击更加坚韧，
任你东西南北刮来的狂风。

【赏析】

这是一首题画诗，也是一首咏物诗。既是写竹，又是写人。它通过赞美竹子的顽强坚韧，表现了诗人坚贞刚强的性格。

开头"咬定青山不放松，立根原在破岩中"两句，说竹子的根须深深扎在岩石的缝隙之中，基础非常牢固。后两句"千磨万击还坚劲，任尔东西南北风"，说任凭四面八方的狂风猛刮和再大的打击，它们仍坚定强劲。诗歌通过刻画竹子坚韧、顽强、执着的品格，表现了自己刚直不阿、不向恶势力低头的人格。尤其诗中赞美竹子那种不怕困难、战胜困难、"咬定青山不放松"的精神，闪烁着思想的光芒，给后人以深刻的启迪。

大观楼①长联

孙髯

名句：五百里滇池，奔来眼底，披襟岸帻，喜茫茫空阔无边。
数千年往事，注到心头，把酒临虚，叹滚滚英雄谁在？

【导读】

孙髯（约1711—1773年），清代诗人。字髯翁，号颐庵，原籍陕西三原，后随父迁住昆明。年轻时参加童试，考官下令搜查考生"夹带"。孙怒曰："以盗贼待士也，吾不能受辱。"便"掉头去，从此不复与考"。著有《金沙诗草》《永言堂文集》等，但大部散佚。其作品以本联最负盛名。

孙髯翁的长联大约写于公元1765年，当时官场腐败、民不聊生，诗人有感而发，在写景的同时触景生情，抨击了封建王朝的统治，揭示了封建王朝必然衰亡的规律。他把帝王们的"伟烈丰功"看作是"苍烟落照"里的"断碣残碑"。在当时来讲这是一种明显的叛逆思想，具有"犯上"的嫌疑，必然为当权者及其帮凶所不容。他们不敢公然撤消这副著名的长联，就找人用篡改字句的办法，仿照孙髯翁的格式另外又写了两副大观楼长联，企图通过改变其思想内涵，替代原有的长联，为封建统治者所用。但改来改去，总是弄巧成拙，没有得逞。现在昆明大观楼前所挂的长联，是清光绪十四年（1888年）云贵总督岑毓英重修大观楼后，命云南近代白族书法家赵藩以工笔楷书书写，刊刻后制成的。

【原诗】

五百里滇池，奔来眼底，披襟岸帻②，喜茫茫空阔无边。看：东骧神骏③，西翥灵仪④，北走蜿蜒⑤，南翔缟素⑥。高人韵士⑦，何妨选胜⑧登临。趁蟹屿螺洲⑨，梳裹就风鬟雾鬓⑩，更苹天苇地⑪，点缀些翠羽丹霞⑫。莫孤负⑬：四围香稻，万顷晴沙⑭，九夏芙蓉⑮，三春⑯杨柳。

数千年往事，注到心头，把酒凌虚⑰，叹滚滚英雄谁在？想：汉习楼船⑱，唐标铁柱⑲，宋挥玉斧⑳，元跨革囊㉑。伟烈丰功，费尽移山心力。尽珠帘画栋，卷不及暮雨朝云㉒，便断碣残碑，都付与苍烟落照㉓，只赢得：几杵㉔疏钟，半江渔火，两行秋雁，一枕清霜㉕。

【注释】

①大观楼：在昆明西南郊滇池草海畔，为中国的名楼之一。②披襟岸帻：解开衣襟，推开头巾。岸：高推；帻：头巾。③东骧神骏：指昆明东面的金马山。骧：骏马昂首奔驰。神骏：神马。④西翥（zhù）灵仪：指昆明西面的碧鸡山。翥：飞。灵仪：凤凰。⑤北走蜿蜒：指昆明北面的蛇山（又称"长虫山"）。蜿蜒：蛇前行状。⑥南翔缟素：指滇池南面晋宁的白鹤山。缟素：白色的丝织物。⑦高人：清高的人。韵士：诗人。⑧胜：优美的山水或古迹。⑨蟹屿螺洲：如蟹形、螺状的小岛、小沙洲。⑩风鬟雾鬓：

女子蓬松秀美的鬓发,这里指滇池沿岸的杨柳随风拂动。⑪苹天苇地:形容滇池水面浮萍连着芦苇,远远看去仿佛与天相接。苹:一种水生隐花植物,飘浮水面,俗称"浮萍"。⑫翠羽:翠鸟的羽毛,这里指代美丽的水鸟。丹霞:红色的晚霞。⑬孤负:同"辜负"。⑭晴沙:阳光映照下的白沙。⑮九夏:夏季有三个月共九十天,故称"九夏"。芙蓉:莲花。⑯三春:春天的三个月称孟春、仲春、季春,故称"三春"。⑰凌虚:飞升到太空,指神思飞越。虚:天空,太空。⑱汉习楼船:指汉武帝在长安修昆明池,治楼船,习水战,准备征伐昆明一事。⑲唐标铁柱:唐景龙元年(707年),唐御史唐九征在洱海地区击败吐蕃,在波州(今云南祥云)立铁柱以纪功。⑳宋挥玉斧:《续资治通鉴·宋纪》:太祖乾德三年(965年),"(王)全斌既平蜀,欲乘势取云南,以图献,帝鉴唐天宝之祸起于南诏,以玉斧画大渡河以西曰:'此外非吾有也。'"玉斧:文房器物。㉑元跨革囊:《元史·世祖本纪》:岁癸丑(1253年)冬十月,"过大渡河,又经行山谷二千余里,至金沙江,乘革囊及筏以渡……十二月丙辰,军薄大理城"。革囊:皮筏。㉒"尽珠帘"二句:王勃《滕王阁诗》有:"画栋朝飞南浦云,珠帘暮卷西山雨。"㉓苍烟:苍茫的雾霭。落照:落日的余晖。㉔几杵:几声。杵:撞钟的木槌。㉕一枕清霜:一觉醒来满地寒霜。

【译文】

五百里阔的滇池水似乎一下奔涌到眼前,
远望水连天的景致高兴得把衣巾敞开来。
看东边的金马山好像奔驰着神奇的骏马,
西边碧鸡山上的凤凰鸟展翅飞上了云天。
北面的蛇山似千里长蛇在地上匍匐爬行,
南面的白鹤山犹如一缎白绸飘飞在天边。
天下那些清高风雅登临揽胜的文人骚客,
何不如选择胜地来到这座有名的楼堂前。
登上如同蟹形螺状风光旖旎的小岛沙洲,
欣赏岛上风吹雾罩般垂柳花树千姿百态。
还有浮萍芦苇成片远看去仿佛与天相连,
翠色的水鸟在晚霞中上下翻飞点缀其间。
千万莫辜负了这四围的香稻万顷的晴沙,
夏天的芙蓉还有春天的柳枝在随风摇摆。

数千年的往事涌上了心头使人浮想联翩，
举起酒杯登上高楼叹古代英雄如今谁在？
想汉武帝修造楼船操练好水军准备入滇，
唐九征远征云南乘胜把纪功铁柱竖起来。
宋太祖曾挥起玉斧把云南划出了疆域外，
忽必烈率大军乘皮囊渡江把大理国取代。
这些伟大显赫的功勋和辉煌灿烂的业绩，
简直费尽无穷的心思和精力真使人感慨。
尽管帝王基业如豪华宫殿一时兴旺繁华，
但禁不住似暮雨朝云般政治风云的嬗变。
那为宣扬帝王功德的石碑也已断残模糊，
早已渐渐融入了残阳斜照下的重重暮霭。
如今仅落得几许稀疏的钟声寥落的渔火，
两行南飞的秋雁还有满目的清霜入梦来。

【赏析】

　　《大观楼长联》共一百八十字，历来为人称道，被誉为"天下第一长联"。诗人面对滇池的壮观景色，想到历史兴亡，英雄已逝，表达了珍惜生命、热爱生活的感情，也表现了对天地自然的一种敬畏之心。

　　其上联描写滇池风光，字里行间充溢着对自然美景的热爱；下联借史抒怀，纵论古今之事，对封建帝王的文治武功进行了无情的嘲笑，从客观上揭示了封建王朝必然灭亡的历史命运。上联突出一个"喜"字，喜溢四方，绘出了一幅颇富滇池风物特色的风景画。接着写大观楼四面东西北南的景观。凭楼四望之后，又回到眼前那浩瀚的滇池中，感慨不要辜负了美好的景致，其心旷神怡的喜悦之情跃然纸上。下联勾勒云南的历史，发悲凉讽喻之慨，重在一个"叹"字上下功夫。作者乘兴看够了眼前的美景之后，立即联想起云南风云变幻的历史，发出了无限的感慨——千古的英雄豪杰，都随滚滚的历史长河悄然地流走了。留给我们的只有寺庙里传来的钟声，湖岸边点点的渔家灯火，天上南飞的两行秋雁，还有山林间文人雅士醒后的满地清霜。这怎能不令人为之感叹！

　　整联情景交融，叙议结合，首尾贯注，气势磅礴，读来令人神思飞扬，回味无穷。上联似"滇池游记",下联如"读史随笔"。写景则意境壮美,场面开阔。有远景、有近景、有动态、有静态、有实写、有虚写;抒情则格调苍凉,辞深意切。有凭吊、有缅怀、有赞叹、有惋惜、有嘲讽、有不平。并首创融诗词、骈文、散句于一炉的对联创作手法,综合使用叙事、写景、咏史、抒情、议论等表现手法。因此,这是一副蜚声全国的对联,也是一篇优美的散文、一首优美的极具文采和表现力的诗。

论诗(其二)

赵翼

名句:江山代有才人出,各领风骚数百年。

【导读】

赵翼(1727—1814年),清代史学家、文学家。字云崧,号瓯北,阳湖(今江苏常州)人。乾隆二十六年(1761年)进士。其诗风格自然明畅,含蓄诙谐,好以议论入诗。作品主要有《瓯北诗话》等。

【原诗】

李杜①诗篇万口传,至今已觉不新鲜。
江山代有才人出②,各领风骚数百年③。

【注释】

①李杜:指唐代大诗人李白和杜甫。②江山:指江河山岭,这里泛指天地之间。代有:每个时代都有。才人:有才华的人,这里指诗人。③领:领袖,代表。风骚:《诗经》和《楚辞》的并称。《诗经》中的《国风》《楚辞》中的《离骚》对后代文学影响很大,所以常以"风骚"并称,后来泛指诗歌创作。

【译诗】

李杜诗篇众人传诵了许多代,
到现在好像已经感到不新鲜。
人世间每代都会有英才出现,
各自引领着诗坛风尚数百年。

【赏析】

这首诗题为"论诗",阐述的是"诗贵创新"的观点。作者赵翼是历史学家兼诗人,作诗长于说理。他的文学主张是作诗作文提倡创新,反对机械模拟,此诗就体现了这一点。

诗的前两句以李白、杜甫的诗为例来说理。"李杜诗篇万口传"是直接赞美李杜诗歌成就无人能及。但紧接着突然来个大转折,说如此伟大的诗篇至今也觉不新鲜了。原因在于"江山代有才人出,各领风骚数百年"。世间代代都有天才的诗人,他们影响后世不过几百年而已,强调诗歌应随着时代不断发展,诗人在创作上应求变创新,而不要刻意模仿、跟在古人后面亦步亦趋。

这是一首纯粹议论性的诗,以所阐述的观点取胜。说理通俗,语言浅显。"江山代有才人出,各领风骚数百年"是世人传诵的名句,对后代产生很大影响。

赴戍登程口占示家人

林则徐

名句:苟利国家生死以,岂因祸福避趋之?

【导读】

林则徐(1785—1850年),清代政治家、思想家、诗人。侯官(今福建福州)人,清嘉庆进士。道光二十一年(1841年)五月,林则徐因查禁鸦片、抗英有功遭投降派诬陷,被清廷革职查办"从重"遣戍新疆伊犁。他在与家人告别时,怀着悲愤的心情写下题为《赴戍登程口占示家人》两首七律。这里选其二。

【原诗】

力微任重久神疲,再竭衰庸①定不支。
苟利国家生死以,岂因祸福避趋之②?
谪居正是君恩厚③,养拙刚于戍卒宜④。
戏与山妻谈故事,试吟断送老头皮⑤。

【注释】

①衰庸：意近"衰朽"，衰老而无能，自谦之词。②"苟利"二句：郑国大夫子产改革军赋，受到时人的诽谤，子产曰："何害！苟利社稷，死生以之。"以：用，去做。祸福：此偏指祸。③"谪居"句：自我宽慰语。谪居：因有罪被遣戍远方居住。④养拙：犹言藏拙，有守本分、不显露自己之意。刚：正好。戍卒宜：做一名戍卒刚合适。这句诗谦恭中含有愤激与不平。⑤"戏与"二句：作者自注："宋真宗闻隐者杨朴能诗，召对，问：'此来有人作诗送卿否？'对曰：'臣妻有一首云：更休落魄耽杯酒，且莫猖狂爱咏诗。今日捉将官里去，这回断送老头皮。'上大笑，放还山。东坡赴诏狱，妻子送出门，皆哭，坡顾谓曰：'子独不能如杨处士妻作一首诗送我乎？'妻子失笑，坡乃去。"这里用此典故，表达他的旷达胸襟。山妻：对自己妻子的谦称。故事：旧事，典故。

【译诗】

我力量微薄却担当重任久已疲惫，
再衰三竭我的身体定会难以支撑。
只要对国有利的事都会尽力去做，
哪能因有了灾祸就逃避只顾自身？
遭贬官流放异地正是君王的恩惠，
去边疆做个戍卒恰好是我的本份。
想起杨朴的故事给老伴开个玩笑，
也吟诵"断送老头皮"送我登程。

【赏析】

这首诗是诗人在因功遭贬的情况下写的。尽管心情悲愤，但在此时此境仍然表现了诗人深怀忧民之心、忠君之意和难忘报国的爱国情感。

诗的首联叙事，以自谦自慰自嘲的口吻，道出所遭遇的不幸：我以微薄的力量为国担当重任早已感到疲惫。如果继续下去，必定再而衰、三而竭而无法支撑。这是正话反说、反言见义之辞。颔联直抒胸臆，表达为国献身、不计个人得失的崇高精神：只要有利于国家，哪怕是死，我也要去做；哪能因为害怕灾祸而逃避呢？颈联"谪居正是君恩厚，养拙刚于戍卒宜"两句从字面上看似乎心平气和、逆来顺受，其实心底却埋藏着巨痛。表面上是感恩之言，实际是对道光帝反复无常的讽刺。尾联以戏语劝慰妻子，诙谐之中带有难以掩饰的苦涩。"戏与山妻谈故事，试吟断送老头皮"二句使用宋真宗时杨朴奉召廷对的典故，杨朴借其妻的这首打油诗向宋真宗表示不愿入朝为官。林则徐在这里巧用此典幽默地说：我跟老伴开玩笑，这一回我也变成杨朴了，弄不好会送掉老命的。

这首诗围绕遣戍伊犁的事由展开全篇，在起伏变化之中，充分展现了复杂矛盾的心境。对仗工稳而灵活，是此诗写作技巧上的一个主要特点。尤其是第二联"苟利国家生死以，岂因祸福避趋之"两句，不仅形式上对仗极其工整，更以思想内容取胜，已成为百余年来广为传诵的名句，也是全诗的思想精华之所在。

咏 史

龚自珍

名句：避席畏闻文字狱，著书都为稻粱谋。

【导读】

龚自珍（1792—1841年），清代思想家、史学家、文学家。字璱（sè）人，号定庵，仁和（今浙江杭州）人。道光九年（1829年）进士，做过内阁中书、礼部主事等小京官。他对经学、史学深有研究，曾尖锐批判当时社会的政治腐败，主张改革，支持林则徐严禁鸦片的主张，被誉为中国近代著名的启蒙主义思想家。龚自珍在诗歌创作上也有相当高的成就。有《定庵文集》等。

这首七律写于道光五年（1825年）。当时龚自珍在守母丧期满之后客居昆山一带。这首诗题为"咏史"，实际上是借古讽今，写出了清代一些知识分子的典型心理。清前期曾屡兴文字狱，大量知识分子因文字获罪被杀。在这种酷虐的专制统治下，大多数知识分子不敢参与集会，言行十分谨慎，唯恐被牵入文字狱中。作者对这种现象十分愤慨，因而以婉转之笔写下了这首诗来讽喻。

【原诗】

金粉东南十五州①，万重恩怨属名流。
牢盆狎客操全算②，团扇才人③踞上游。

避席畏闻文字狱，著书都为稻粱谋④。
田横五百人安在，难道归来尽列侯⑤？

【注释】

①"金粉"句：泛指江南繁华富庶地区。金粉：古时女性化妆用的铅粉，引申为繁华绮丽之意。②牢盆：煮盐的器具。古代盐业官营，特多实惠，故多代指权贵。狎客：依附亲贵之门的帮闲清客。操全算：操有全权。③团扇才人：指手摇羽扇、清谈误国的贵族子弟。④稻粱谋：为生计打算。⑤"田横"二句：《史记·田儋列传》载，秦末汉初人田横贤而得士，尝自立为齐王。刘邦称帝后，田横率五百士入海。刘邦招降之，曰："田横来，大者王，小者乃侯耳！"田横遂往洛阳投降，行至距三十里处，田横深感事汉之耻辱，乃自刎。海上五百士闻之，亦皆自杀。此处对刘邦的欺骗伎俩进行了质疑和揭示，说难道田横及其五百士投降了汉朝，会真的被封王封侯吗？

【译诗】

青楼的脂粉气熏染着东南十五州，
成天争名夺利结怨的是那些名流。
盐官清客为谋利机关算尽很得意，
团扇才人不学无术竟居官场上游。
离席而起是惧谈虎色变的文字狱，
执笔著书只为谋生计要养家糊口。
那英勇的田横五百士如今在哪里，
难道归来投汉真的都能加爵封侯？

【赏析】

这首诗通过咏史讽今，揭露了清朝社会上层人物流连声色、醉心功名、趋炎附势的丑态，反映了在清王朝严酷统治下万马齐喑的现实。咏史的体裁，一般是针对特定史事借古讽今，本篇则从总体着眼，摆脱具体的事实，而撷取社会生活中某些不完全相连的片段，重点抒发今日今时的感受，单就立意而言，已是别具心裁之作。

诗的首联"金粉东南十五州，万重恩怨属名流"，指出富庶繁华的"十五州"恩怨缠结，都是因为"名流"互相倾轧。十四个字就高屋建瓴地描绘出当世一种龌龊的气息，对那些追逐名利、沉溺声色的社会名流给予无情的揭露。颔联申说官场中的"名流"，既有手握大权、铜臭熏天的"牢盆狎客"，也多手摇团扇、高谈阔论而百无一能的贵族子弟,二者共同酿就的恶浊之风深为诗人所厌憎。一"操"字、一"踞"字本无褒贬,此处却写得极富动感,带有鲜明的鞭挞之意。颈联"避席畏闻文字狱,著书都为稻粱谋"二句是本篇的"诗眼",向来为人所传诵。作者指出当时的文人们著书立说也只是为了自己的生计,弄口饭吃,不敢追求真理。作者在此直抒自己的愤慨,大胆抨击了清王朝文化专制的高压政策。"避席"二字形象地表现了文士们畏惧文字狱的诚惶诚恐的情态。尾联"田横五百人安在,难道归来尽列侯"一句,锋芒所向直指玩弄士人于股掌之中的最高统治层。作者引用历史上田横抗汉死节的故事,对古今志士不屈不挠的斗争精神表示了赞叹,对现实社会中文士们俯首听命、苟安于现状的态度进行了讽喻,启迪他们不要被统治者的利诱欺骗及高压政策蒙蔽和吓倒。

全诗以凝练的语言把社会生活中普遍存在的现象熔铸在诗句中加以讽喻,揭露深刻,警策有力,显示了极高的艺术概括能力。

己亥杂诗(其五)

龚自珍

名句:落红不是无情物,化作春泥更护花。

【导读】

"己亥"是道光十九年(1839年)。这一年龚自珍辞官南归,后来又北上接家属南返,在往返途中写了三百一十五首七言绝句,统称为《己亥杂诗》。因为诗的内容广泛,因而称为"杂诗"。这里选组诗的第五首。

【原诗】

浩荡离愁白日斜①,吟鞭东指即天涯②。
落红③不是无情物,化作春泥更护花④。

【注释】

①浩荡:形容广阔或壮大。这里形容作者离别京城时的无限愁绪。白日斜:傍晚时分。②吟鞭:一边吟诗,一边策马行进。东指:作者由京返杭,起初一段路是向东走的。天涯:指作者将要去的地方远离京城。③落红:落花,这里是诗人自比。④化作春泥更护

花：落花化成肥料滋养鲜花生长。这里比喻自己虽然已经辞官不做，但仍然要继续为国家培育新的人才而尽力。

【译诗】

满怀惆怅离京夕阳已经西下，
边吟诗边策马我向东走天涯。
红花即使凋落也不是无情物，
要化作春泥去滋养更美的花。

【赏析】

这首诗抒发了作者辞官离京时的复杂感情，表现了诗人不畏挫折、不甘沉沦、始终要为国家效力的坚强性格和献身精神，也表达了诗人希望为国家培育人才的心情。

诗的首句使用了"浩荡"来形容深深的离愁，写诗人心中的离愁有如江海浩浩荡荡、无边无涯，加上西斜的"白日"的衬托，给苍茫的大地笼罩了一层凄苦的色调。在这样的背景下，一位满怀离愁的诗人一边策马一边吟诗向天涯走去，浓重渲染了一种失落感和孤独感。后两句诗人触景生情，代花言情，表明自己没有沉浸在"浩荡离愁"之中一蹶不振，而是要"化作春泥"护养大地，贡献自己的一切乃至生命。这两句看似写花，实际写的是诗人的心声。

全诗采用典型的移情于物的写法，构思新巧，形象贴切，意境深远，语言通俗而生动。尤其是"落红不是无情物，化作春泥更护花"两句形象生动，比喻新颖，使诗人满腔的爱国爱民激情，变成人们易于领会的优美诗句，有着很强的艺术感染力，一直为人们传诵和引用。

己亥杂诗（其一二五）

龚自珍

名句： 我劝天公重抖擞，不拘一格降人才。

【导读】

这是《己亥杂诗》中第一百二十五首诗，是作者从京城返回故乡途经镇江时所写。

【原诗】

九州生气恃风雷①，万马齐喑究可哀②。
我劝天公重抖擞③，不拘一格④降人才。

【注释】

①九州：古代中国分为九州，这里代指中国。生气：生机勃勃、充满活力的景象。恃（shì）：依靠，依赖。②万马齐喑（yīn）：许多马都不鸣叫。比喻当时死气沉沉的社会局面。喑：缄默，不作声。究：毕竟、终究。③重（chóng）抖擞（sǒu）：重新振作精神。④不拘一格：不受常规限制，采用多种形式。拘：拘泥，束缚。

【译诗】

神州大地的生机依靠风雷袭来，
这死气沉沉的局面真让人悲哀。
我劝老天爷应当重新振作精神，
打破常规为人间降下更多良才。

【赏析】

这是清代著名的思想家、文学家龚自珍的一首思想性极强的政治诗。

诗的开篇就采用打比方的方式。前两句"九州生气恃风雷，万马齐喑究可哀"，使用了两个比喻，表面上是在赞扬风神、雷神，实际上暗示中国大地要想重新出现生机，就必须实行雷厉风行的改革。"万马齐喑"比喻在腐朽、残酷的反动统治下，思想被禁锢，人才被扼杀，到处是昏沉、庸俗、愚昧，一片死寂，令人窒息。这里"风雷"比喻新兴的社会力量，比喻尖锐猛烈的改革。诗的后两句"我劝天公重抖擞，不拘一格降人才"是传诵很广的名句。诗人用奇特的想象、浩大的气魄、拟人的手法表现了热烈的希望，期待着杰出人物的涌现，期待着改革大势形成新的"风雷"、新的生机，一扫笼罩九州的沉闷和迟滞的局面，既揭露矛盾、批判现实，更憧憬未来、充满理想。

这首诗独辟蹊径，别开生面，写出了诗人不满当时政治及社会现状、渴望进行改革的迫切心情。全诗想象奇特，气势宏大，用语生动，激情洋溢，是一首脍炙人口的好诗。

后　记

　　传承中华文化最好的方式之一，就是学习、欣赏中国古代诗词，这是毋庸置疑的。

　　由于多年来教学科研工作的需要以及自己对古代诗词的喜爱，我不断接触了一些中国古代诗词及其他古代文学作品。在学习和教学中，常常需要反复查阅相关的资料，向学生讲述作品和指导学生赏析作品。但由于古代诗词浩如烟海，相关的参考书也数不胜数，分门别类，想要找到相对比较好用、比较集中的参考书并不容易。尤其缺少用现代语汇翻译和改写得可读、好读的本子。而且不少同类的本子存在译诗散文化、赏析不够精当、注释失之明晰等问题。因此萌生了将已学过、已教过、已整理过的古代诗词讲稿和资料汇集成册的意念，并力图在知识性、专业性、学术性和可读性等方面做出特色，这就是这本书的最初成因。

　　如何向社会推出优秀的可读性、适用性强的古代诗词学习读本，是一个永久性的课题，也是一名中文教师的专业责任。这里至少涉及三个基本问题：其一，选哪些诗词？其二，怎么帮助读者读懂、有兴趣？其三，如何把握深浅度？

　　答案一，选经典古诗词。经典者，最具有代表性、典范性的经久不衰的传世名作也。这就要从古诗词中的名诗名句入手。古代名诗词是中国文化中的精华，而历代流传下来的人们辈辈相传、耳熟能详的那些经典名诗句则是精华中的精华。所以本书舍弃往常那些以朝代或内容归类编撰诗词的编法，而以名诗句和时序为线索来精选和编列古诗词，这样可以尽力囊括历朝历代为人们所喜爱的作品，又方便读者查阅，力争做到"一本在手，尽览精华"。

答案二，突出译诗和赏析。目前各种古诗词读本很多，但常见的多是针对作者、背景、字词、赏析进行或详或略的介绍，读者读后对诗词的整体内容常常是不甚了了。而真正能帮助读者完整读懂古代诗词的重要方面是对古诗词的翻译、改写和赏析。纵览以往所出的同类书，能将古诗词内容和韵味二者很好结合的译本很少见到。本书较好地将所选的古代诗词翻译和改写为现代诗歌（多数为字数整齐的现代诗），形成了"古韵今品，深文浅读"的特点，大大增加了亲近感和可读性。可以说，译诗和赏析是读诗和品诗的关键，也是本书的重点和亮点。

答案三，深浅适中，兼及普及性和学术性。目前古诗词读本中，一类是针对少年儿童及中小学生的普及类读本。这类读本选的诗词数量有限，赏析较为简略。另一类则是研究类学术性较强的读本。这类读本容量大，字数多，内容深，更多适用于大学以上的专业人士使用。本书注重普及和提高的结合，普遍适用于大中小学教师、学生和广大文学爱好者的需要。就普及性和适用性而言，效果应优于那些以朝代或内容归类编撰的诗词读本。

收在这本书中的篇目和内容，大多在云南大学我开设的"文学鉴赏""文学概论""文选与写作"和"大学国文精读"课的教学中讲授过以及我以前出版的《中国古代名诗词译赏》一书或报刊上发表过，也有部分是新近补写的。《中国古代名诗词译赏》出版十多年来，得到学生和读者的欢迎，曾先后印过几次，相当多篇目的译诗和赏析被百度、浏览器等网络引用。但其字数偏多，容量偏大。本书在此基础上对其进行了增删、斟酌、订正、润色，减少了篇数、字数和难度，在学术性的基础上增加可读性和趣味性，使之更好读好用，能兼顾教师、学生和社会更广泛的读者群体。既可以作为大中小学的辅助教材或参考书，供师生使用；也可以作为文学爱好者的一本课外读物，平时翻阅、查询和鉴赏。

需要说明的是，正如前面所介绍，书中大部分内容是在课堂讲稿的基础上形成的，在此书的编、译、著过程中，必然参阅、引用和吸收了诸多前辈或同辈专家的相关著述，无法一一注明，特在此说明并向各位编著者以及相关出版社、网站深表谢忱。还需要说明的是，有些诗词由于版本不同少数字、词、标点甚或题目有差异，本书则主要按上海辞书出版社出版、俞平伯等著的《中国文学鉴赏辞典》（系列丛书）等权威著作予以校正。

非常感谢云南大学和云南大学文学院对本书出版的支持和帮助，感谢王卫东教授、赵永忠博士等学院领导、同仁一直以来给予的关心和鼓励。感谢云南省诗词学会会长赵嘉鸿博士拨冗审阅文稿并为之作序。感谢责任编辑陈晨编审对书稿进行细致的校对、订正、修改和润色。感谢为本书出版付出过辛劳的徐昕、周永坤、马滨、余敬忠、王蔷、冯峨、周元晖、马敏亚、卢云燕、刘雨、张继荣、叶咏等老师。此外，还要对鼓励和关心本书出版的所有老师、同仁、同砚、读者、家人包括我可爱的学生们表示由衷的感谢！

致候每一位与本书偶遇的有缘人。

译著者

2024年6月18日